SILVERFALL – DEUTSCHE AUSGABE

DIE RAVEN CURSED-SERIE
BUCH ZWEI

MCKENZIE HUNTER

Übersetzt von
ANNA DRAGO

McKenzie Hunter

Silverfall — Deutsche Edition

© 2019, McKenzie Hunter

McKenzieHunter@McKenzieHunter.com

Cover: Orina Kafe

Übersetzung: Anna Drago

Lektorat (Deutsch): Katrin Dolle

ISBN: 978-1-946457-41-7

DANKSAGUNG

Jedes Mal, wenn ich ein Buch fertig geschrieben habe, denke ich darüber nach, wie viele Menschen mir direkt und indirekt geholfen haben, und ich fühle mich immer sehr geehrt. Ich bin meinen Freunden und meiner Familie für immer dankbar für ihre Ermutigung, Unterstützung und dafür, dass ich meine Schreibhöhle (auch als mein Büro bekannt) verlasse. Vielen Dank an meine Beta-Leser: Robyn Mather, Sherrie Simpson Clark und Stacey Mann, die so großzügig ihre Zeit zur Verfügung gestellt und unglaublich konstruktives Feedback gegeben haben. Elizabeth Bracker, meine Assistentin, keine Worte können angemessen ausdrücken, wie sehr ich dich und deine Gabe, das Schreiben so viel einfacher zu machen, schätze. Ich kann dir nicht genug danken. An meine Autorenfreundinnen: Annette Marie und Bilinda Sheehan, ich bin dankbar für all die Hilfe, die ihr leistet, und dafür, dass ihr da seid, wenn ich euch brauche.

Meredith Tenant und Therin Knite, ich weiß eure harte Arbeit und euer Engagement zu schätzen, mir bei der Verbesserung meiner Geschichten zu helfen. Sie sind besser dank euch. Danke Orina für mein wunderschönes Cover. Ich liebe es.

Ohne meine Leser könnte ich meinen Lebensunterhalt nicht verdienen. Ich bin dankbar, dass Sie sich entschieden haben, Erin durch ihr Abenteuer zu folgen. Sie sind die Besten.

Die leere Flasche Weißwein, die ich in den Müll geworfen hatte, klirrte laut gegen die Flasche Whisky, die ich ein paar Stunden zuvor ausgetrunken hatte. Sie gesellte sich zu der Flasche Rotwein, die ich heute Vormittag zu einer Zeit geöffnet hatte, die ich für Tagtrinken für akzeptabel gehalten hatte.

„Das hat nicht geholfen", murmelte ich, nachdem ich meine Wasserflasche aufgefüllt und etwas davon getrunken hatte. Mein Körper brauchte dringend Flüssigkeit. Fast vierundzwanzig Stunden zu trinken war nicht gut und löste das Problem nicht.

„Ich muss herausfinden, ob sie meine leiblichen Eltern sind." Es auch nur laut auszusprechen, fühlte sich falsch an. Das musste ein böser Traum sein.

Meine Eltern sind vielleicht nicht meine leiblichen Eltern.

Es hätte keine Überraschung sein sollen und doch war es so. Die Hinweise waren da, und ich hatte sie aktiv ignoriert. Die Magie meiner Eltern – oder besser gesagt meiner Mutter – hatte sich nie wie meine angefühlt. Von meinem Vater hatte ich das natürlich nicht erwartet; er ist ein Mensch. Aber meine Mutter ist eine Halbmagierin. Eine Halb-Todesmagierin. Eine halbe *Raven Cursed*. Ein paar Ähnlichkeiten sollten vorhanden sein.

Ich erinnerte mich an ihren traurigen und hilflosen Blick während der Jahre, in denen ich damit zu kämpfen hatte, meine Magie zu kontrollieren. Ich hatte angenommen, dass es daran lag, dass sie ihrer Tochter nicht helfen konnte, ihre Magie so in den Griff zu bekommen, wie sie es getan hatte. Der Blick meines Vaters war einfach ein Ausdruck niedergeschlagener Anteilnahme. Doch was, wenn ich Bedauern gesehen hatte, dass sie mich adoptiert hatten? Ich schauderte bei dem Gedanken, verwarf ihn aber schnell. Nein, sie bereuten es nicht, mich als ihre Tochter angenommen zu haben.

Es kam mir vor, als wären mehr als vierundzwanzig Stunden vergangen, seit Mephisto mir gesagt hatte, dass er vermutete, dass ich die Tochter von Malific, einer Göttin des Chaos und der Zerstörung war. Malific war im Schleier gefangen, während ihre Armee verflucht blieb und gezwungen war, außerhalb des Schleiers zu leben. Sie hatten es zu ihrem einzigen Ziel gemacht, den Fluch aufzuheben, in den Schleier zurückzukehren und Malific aus dem Gefängnis zu befreien, in dem sie zu Recht eingesperrt war.

„Der Rabe", flüsterte ich. Nicht *ein* Rabe oder vom Raben verflucht. *Der Rabe.* Dieser Titel hatte eine Bedeutung, obwohl ich keine Ahnung hatte, was sie war oder warum. Malific war nicht als der Rabe bekannt, sondern nur als Göttin der Zerstörung. Der Ausdruck auf Mephistos Gesicht verfolgte mich weiter. Zurückhaltend und argwöhnisch, und in diesem Moment hatte sich etwas zwischen uns verändert. Aber was?

Ein Klopfen an der Tür riss mich aus meinen Gedanken. Ich trank das Wasser aus der Flasche und füllte sie wieder auf, bevor ich einen kurzen Blick in den Spiegel neben der Konsole an der Tür warf. Mein Pferdeschwanz sah genauso unordentlich aus, wie er sollte, wenn man die wenigen

Sekunden bedenkt, die ich dafür aufgewendet hatte. Meine braunen Augen leuchteten heller, als man es von jemandem erwarten würde, der den größten Teil der letzten anderthalb Tage mit Trinken und betrunkenem Grübeln verbracht hatte.

Ich holte tief Luft, bevor ich die Tür öffnete, und schwor mir, die Situation mit meinen Eltern anzusprechen. Ich hasste Übergangsperioden. Leider wurde mein Leben zu einer Aneinanderreihung davon: Von der Frau, die nicht wusste, wie sie ihre Magie kontrollieren sollte, zu der Frau, die für Magie tötete. Von der Frau, die als *Raven Cursed* galt, zu der Frau, die jemand als *der Rabe* bezeichnet hatte. Von der Frau, die noch nie vom Schleier gehört hatte, zu der Frau, die sich mühelos durch ihn hindurch bewegte. Von der Frau, die sich das *Mystic Souls*-Buch gewünscht hatte, das ihr Zugang zu Magie verschaffen könnte, zu der Frau, die – dank dem Alpha des Nordwest-Rudels – Zugang dazu haben würde. Von der Frau, die einst die Tochter von Vera und Gene gewesen war, zu der, die möglicherweise die Tochter von Malific und einem Gott – oder Halbgott war.

Innerhalb weniger Tage hatte sich mein Leben so dramatisch verändert, dass ich es selbst nicht wiedererkannte.

Als ich die Tür für Asher öffnete, richtete sich meine Aufmerksamkeit sofort auf das ledergebundene Buch, das er an seine Brust drückte.

Er hat das Buch. Er hat Mystic Souls.

Mein Herz pochte, und mein Atem ging schneller, als ich es sah.

„Egal, wie oft es passiert, ich fühle mich immer geschmeichelt, wenn eine Frau so begeistert ist, mich zu sehen."

Ugh, dieser Typ. Ich verdrehte die Augen. „Ja, natürlich, besonders wenn du ihnen unbezahlbare Geschenke anbietest. Ich bin sicher, die Reaktion ist ganz anders, wenn du ihnen nur dich selbst anbietest", konterte ich.

Die Beleidigung perlte von ihm ab, als wäre er aus Teflon,

und das hochmütige schiefe Lächeln umspielte weiter seine Mundwinkel.

Immer seines abschätzenden Blicks bewusst, trat ich zur Seite, um ihn einzulassen. Er drückte das abgegriffene, in braunes Leder gebundene Buch fester an sich und trat ein. Vergoldete Worte liefen den Buchrücken entlang. Ein starker, pfeffriger Duft ging davon aus. Magie überflutete mich.

Er reichte mir das Buch, und ich verbrachte mehrere Minuten damit, es zu untersuchen, während meine Finger über die verfärbten Ränder strichen. Einige der Seiten begannen auszufransen. Es sah misshandelt aus.

Er hatte das Buch besorgt. Ich konnte es nicht fassen. Ich konnte nicht so tun, als wäre ich nicht skeptisch gewesen und hätte geglaubt, dass er sich als Aufschneider erweisen würde. Es war gut, sich zu irren.

Sein kastanienbraunes Haar war ein wenig zerzaust, als er mit seinen Fingern hindurchfuhr. Etwas, das er oft tat. Dann tat er etwas anderes, das er auch oft tat: Posieren. Warum nahm er immer eine gottverdammte Pose ein? Konnte er es nicht schaffen, mit jemandem zusammen zu sein, ohne ihm einen vollen, ungehinderten Blick auf etwas zu gewähren, das er für sehenswert hielt? Das war es, aber die Krümmung seiner Lippen stellte sicher, dass ich ihm nie die Genugtuung geben würde, zuzugeben, dass ich das dachte.

„Deine Angst und Unruhe stinkt", verkündete er mit einer Grimasse, gab schließlich seine Pose auf und ließ sich auf das Sofa fallen.

„Herzlichen Dank. Weil es nicht widerlich und gruselig genug ist, Leute zu riechen, beleidigst du sie auch noch", schnaubte ich zurück und brachte ein paar Zentimeter mehr Abstand zwischen uns. Es spielte keine Rolle. Er konnte mich quer durch den Raum wittern.

„Ich kann immer noch dich darunter riechen, und wie immer ist das entzückend."

„Das ist überhaupt nicht lustig, und lass dir von niemandem etwas anderes einreden."

Das tiefe Lachen hallte in seiner Brust wider, ein angenehmes, sonores Geräusch, das meine Stimmung hätte heben sollen.

Er wurde ernst – raubtierhaft genug, dass mein Blick zu jedem Ort in meiner Wohnung wanderte, an dem ich eine Waffe versteckt hatte, und ich überlegte, welche ich zuerst erreichen könnte. „Wovor hast du Angst, Erin?" Sein Ton war jetzt leise, tief und gebieterisch.

„Es waren ein paar anstrengende Tage", gab ich zu. Mehr würde er nicht erfahren. Mehr konnte ich ihm nicht sagen. Aufmerksame, intensive, dunkle Augen musterten mich weiter. Ich wandte mich wieder dem Buch zu. Diskret atmete ich seinen Duft ein und inhalierte reife Eiche mit leichten Pfeffernoten. Ein eigenartiger Geruch, den ich sehr mochte, oder vielleicht war es das, was er darstellte, das ich so berauschend fand.

Ashers Lächeln wurde breiter. „Wie ich sehe, konnte ich dich befriedigen", neckte er verführerisch. „Ich hätte nie gedacht, dass das passieren würde."

„Ja, ich bin sehr zufrieden", antwortete ich in einem Ton, der seinen imitierte, und gab dem Lächeln nach, das er mir zuwarf.

Ich blätterte durch die Seiten, erleichtert, als die ersten auf Englisch waren, vermischt mit lateinischen Zaubersprüchen. Ich wurde immer unruhiger, als ich weiter umblätterte und einige Zauber auf Griechisch fand, dann gegen Ende Arabisch und drei weitere Sprachen, die ich nicht einmal bestimmen konnte. Ich fluchte leise und blätterte hin und her. Natürlich konnte es nie einfach sein. Ich würde diese Seiten von jemandem übersetzen lassen müssen, dem ich vertraute.

„Erin." Ashers Stimme wurde lauter und erregte meine Aufmerksamkeit, was er anscheinend in den letzten paar

Minuten versucht hatte. „Das Buch muss innerhalb von zwei Wochen zurückgegeben werden. Es ist nur eine Leihgabe."

Natürlich. Viel Glück beim Versuch, es zurückzubekommen. Ich hatte immer noch Bücher aus der Bibliothek der Zauberschule, die ich nie zurückgegeben hatte. Ich nickte nur und behielt meine Bemerkung für mich. Als ich das Gewicht seiner Aufmerksamkeit auf mir spürte, presste ich das Buch an meine Brust, denn ich hatte das Gefühl, dass er wusste, was ich vorhatte, und wollte es mir wieder abnehmen.

„Ich brauche mehr Zeit."

„Ich würde dir gerne mehr Zeit geben, aber ich kann nicht."

Als ich das listige Funkeln in seinen Augen bemerkte, fragte ich: „Weiß derjenige, der dieses Buch hatte, dass es sich nicht mehr in seinem Besitz befindet?"

„Willst du das Buch oder nicht?"

Zwei Wochen. Da war so viel drin. Es war erheblicher Zeitdruck.

„Ich habe wirklich keine andere Wahl, oder?"

Er zuckte mit den Schultern. Die beiläufige Belustigung verschwand aus seinem Gesicht, und seine Augen wurden wild und hart – eine Erinnerung daran, dass er ein Wandler war. „Du kannst es ablehnen. Wenn es mir gehörte, wäre es deines. Das bin ich dir schuldig. Aber dem ist nicht so, und es hätte schwerwiegende Folgen, wenn es nicht zurückgegeben wird. Bring das Buch in zwei Wochen zurück." Wenn Asher sagte, dass es schwerwiegende Konsequenzen hätte, dann glaubte ich ihm. Nicht viele Leute besaßen diese Überzeugungskraft.

Auf dem Sofa zurückgelehnt, die Finger hinter dem Kopf verschränkt, betrachtete er mich mit einem unerschütterlichen Blick. „Ich habe die erhöhte Herzfrequenz und Atmung verursacht – und darauf bin ich ziemlich stolz. Die Angst und die Sorge, die ich nicht verursacht habe. Wer oder was hat das getan, Erin?"

Ich drückte das Buch an meine Brust wie eine Schmusedecke und schüttelte den Kopf. „Nichts."

Er atmete die Luft ein. „Der Geruch von Wein und Whisky erzählt eine andere Geschichte. Das ist nicht „nichts", Erin. Ich bin ein sehr einfallsreicher Mann, vielleicht kann ich helfen."

Er durchbohrte mich mit einem harten Blick, der wahrscheinlich sonst seinem Rudel vorbehalten war. Es war der unbestreitbare Blick eines Mannes, der es gewohnt war, dass seine Fragen beantwortet wurden.

„Nichts", wiederholte ich.

„Erin, warum musst du so stur sein? Habe ich dein Vertrauen nicht verdient?"

Ich verschluckte mich vor Lachen. „Nein, ich vertraue dir nicht. Asher, niemand vertraut dir außer deinem Rudel. Es tut mir leid, Mr. Alpha, CEO von *Northwest Wolf Pack*. In dem Moment, in dem meine Situation oder Probleme Sie kompromittieren oder gefährden würden, hätte ich Reifenspuren von dem Bus, der mich überfahren hat, auf meinem Rücken."

Sein wissendes Grinsen bahnte sich seinen Weg zu seinen Augen, die vor listiger Belustigung tanzten. Belustigung, die ich nicht teilte. „Erin." Er schnurrte meinen Namen. „Betrifft es mein Rudel?"

„Nein."

„Dann lass mich dir helfen."

Schließlich nickte ich und setzte mich auf die Ottomane vor dem Sofa. „Okay", begann ich mit einem ernsten Flüstern, „ich habe einen aufdringlichen Alpha in meinem Haus, der ein Nein als Antwort nicht akzeptieren kann. Wir haben eine turbulente Vergangenheit, also vertraue ich dem Bastard nicht wirklich, aber aus irgendeinem seltsamen Grund will er, dass ich es tue. Kannst du ihn loswerden? Ich wäre dir unendlich dankbar."

Er beugte sich vor und positionierte sein Gesicht nur wenige Zentimeter von meinem entfernt. Ein Lächeln umspielte seinen Mund, und warmer Atem streifte meine Lippen. Wandler hatten keine aktive Magie, was schade war, denn das Prickeln, das sich über meine Arme bewegte, hätte ich gerne dafür verantwortlich gemacht. „Natürlich. Was auch immer Erin will, ich gebe es gerne."

Er stand mit einem eleganten Schwung auf und wirkte immer noch amüsiert, als hätte ich ihm versehentlich etwas verraten. Ich hatte seine Fingerfertigkeit während der verschiedenen Jobs, die ich mit ihm abgewickelt hatte, gesehen. Obwohl ich wusste, dass es für ihn unmöglich war, ließ ich meine Hände über die Seiten meiner Leggings gleiten und tastete über mein Shirt, um zu sehen, ob etwas fehlte.

Meine Hand lag auf der Türklinke, als er hinzufügte: „Ich würde es nicht zu spät zurückgeben." Der Hauch von Drohung in seiner Stimme ließ mich herumfahren, um zu antworten.

„Warum tun alle so, als wären sie toughe Hunde, reden aber bei Drohungen um den heißen Brei herum? Sag einfach, was du meinst."

Er griff an mir vorbei und öffnete die Tür. „Erin, zwei Wochen sind kein Vorschlag, sondern ein festes Datum."

Er blickte auf seine Uhr und prägte sich die Zeit ein, und ich tat es auch, als ich auf die Uhr über dem Herd blickte.

„Du bekommst es in zwei Wochen zurück", bestätigte ich.

2

Das Buch auf der Ottomane durchzublättern würde mich den ganzen Tag beschäftigen und mir auch einen Vorwand liefern, das unvermeidliche Gespräch mit meinen Eltern zu verschieben. Sollte ich es einfach rausposaunen? „Hey, wusstet ihr, dass ich nicht euer Kind bin und möglicherweise die Tochter einer Göttin, die eine Armee erschaffen hat und gern zum Spaß Menschen und andere Dinge zerstört? Und wie läuft euer Tag so?"

Ich ließ mich zurück aufs Sofa fallen, legte meinen Kopf zur Seite und konzentrierte mich auf eine Sache: Ich schuldete Asher nichts dafür, dass er mir *Mystic Souls* besorgt hatte, auch wenn Cory davon überzeugt war, dass es mit einer großen Schuld gegenüber dem Northwest Rudel einherging. Es ist besser, schuldenfrei zu leben, und noch besser, wenn man keine Schulden beim Rudel hat. Nein, keine Schulden, nur eine zeitliche Beschränkung.

Cory klopfte an und öffnete die Tür. Sein Blick wanderte sofort zu dem Buch, und er keuchte, als er es betrachtete. Etwas, das er für ein Märchen, eine Fiktion, eine Legende gehalten hatte, lag direkt vor ihm. Die vergilbten, sonnengebleichten Seiten waren mit Haftnotizen verklebt, die ich anzubringen begonnen hatte, um die mir bekannten englischen und lateinischen Zaubersprüche zu markieren.

„Also", begann er langsam und hob das Buch auf, „es ist keine Legende." Er blätterte durch das Buch und runzelte die Stirn an den gleichen Stellen wie ich – die Sprachen, die ich nicht identifizieren konnte.

„Welche Sprachen sind das?", fragte er und deutete auf die letzten Abschnitte des Buches.

Ich hatte keine Ahnung. Google auch nicht.

„Könnte alles sein."

Ich hatte Cory nichts von meinem Gespräch mit Mephisto am Tag zuvor erzählt – oder wen Mephisto für meine Mutter hielt. Ich war noch dabei, es zu verarbeiten. Aber die Existenz des Schleiers eröffnete unzählige Möglichkeiten, einschließlich der Tatsache, dass die Leute, die dort lebten, ihre eigenen Sprachen haben könnten.

„Erin", sagte Cory, nachdem wir beide etwa eine Stunde lang das Buch durchgesehen hatten, „diese Zauber scheinen wirklich gefährlich zu sein." Er hatte es sorgfältig studiert und gelegentlich sein Handy benutzt, um einige Inhalte zu übersetzen.

Also nicht nur ich. Eine schnelle Durchsicht hatte viele Flüche offenbart, die den Tod einer Person oder den Verlust von Gliedmaßen, Sprach- und Funktionseinschränkungen zur Folge hatten, und es gab mehrere Tarnzauber, die ich bisher nicht gelernt hatte. Ich notierte sie mir für die zukünftige Verwendung. Cory schrieb einen ab, der dem Anwender das Fliegen erlaubte, ein paar Elementarkontrollzauber und einen Lichtzauber. Bei einem Zauber, der kürzlich Verstorbene aufwecken und kontrollieren konnte, hielten wir abrupt an. Das war definitiv illegal. Nekromanten war das nicht erlaubt. Es hatte eine politische Entscheidung gegeben, um die Sorgen der Menschen zu zerstreuen. Vampire waren die einzige Interaktion mit den Toten, die Menschen zu tolerieren bereit waren.

Ich weiß nicht, warum ich gedacht hatte, dass archaische Magie sicher war. Nicht nur mächtig.

„Also, der hier scheint einfach und sicher zu sein." Ich zeigte auf einen Zauber. Cory stand hinter dem Sofa und betrachtete das Buch über meine Schulter hinweg.

„Einfach ist gut, und sicher ist noch besser", trällerte Madison, als sie die Wohnung betrat. Ihr Lächeln spiegelte die Angespanntheit von Sorge und Unglauben wider. Ich bin mir sicher, dass es dagewesen war, seit ich sie heute Morgen angerufen hatte, um ihr mitzuteilen, dass ich das *Mystic Souls*-Buch hatte. Überraschung leuchtete in ihren Augen, als sie das Buch sah. Ihre Lippen formten ein kleines O.

„Nicht alle Zaubersprüche sind einfach, und die meisten sind nicht sicher, und das sind nur die, die ich verstehen kann", gab Cory zu. Er drehte das Buch in ihre Richtung und zeigte ihr das letzte Viertel des Buches.

Stirnrunzelnd blätterte sie durch die Seiten. „Diese Sprache" – sie deutete auf die Zaubersprüche, deren Sprache wir nicht identifizieren konnten – „ist eine alte Sprache, die Hexen und Magier für Zaubersprüche verwendet haben, bevor Latein zu dominieren begonnen hat." Sie hielt inne und sah nachdenklich aus. „Ich bin sicher, diese Zaubersprüche wären geeignet, um eine Lösung zu finden, aber sie werden den Fluch nicht aufheben. Ich weiß nicht, ob es überhaupt möglich ist, den Fluch aufzuheben. Was in Ordnung ist. Du willst nur nicht, dass jemand sein Leben verliert, damit du seine Magie nutzen kannst."

Es war wahr. Ich brauchte Magie, um diese klaffende Lücke zu füllen, wo Magie sein sollte. Um Zugang zu etwas zu haben, das rechtmäßig mir gehören sollte.

„Ich würde den Fluch lieber aufheben", gab ich zu. „Zauber können rückgängig gemacht, falsch ausgeführt oder eingeschränkt werden. Einen Fluch aufzuheben ist von Dauer."

Madison ging im Raum auf und ab. Ihre Hand bewegte sich geistesabwesend zu ihrem Haar, um daran herumzuzupfen, und wurde daran erinnert, dass ihre langen Wellen aus ziegelrotem Haar verschwunden und durch dunkleres, glatteres Haar ersetzt worden waren, um ihr ein reiferes Aussehen zu verleihen. Ihre Jeans und Bluse waren eine weitere Erinnerung daran, dass wir trotz der Bemühungen unserer Eltern, uns wie Schwestern aufzuziehen, so gegensätzlich wie Tag und Nacht waren. Nicht nur im Charakter, sondern auch im Aussehen. Niemand würde mir je vorwerfen, süß zu sein, meine Gesichtszüge waren dafür zu scharf und definiert. Sexy vielleicht. Es kam darauf an, wen man fragte. Aber Madisons beneidenswerte Balance zwischen fit und kurvig auf einer Größe von eins zweiundsiebzig brachte sie in die sexy-süße Kategorie.

„Wir gehen davon aus, dass eine Hexe einen Magier verflucht hat, richtig? Das ist die Geschichte, die wir alle kennen. Ein Magier und eine Hexe haben sich gestritten, wie sie es immer tun." Sie hielt inne, um Cory einen tadelnden Blick zuzuwerfen, weil er bereit war, die Fehde fortzusetzen, angespornt von dem Bedürfnis, als der Überlegene der beiden Magieanwender gesehen zu werden. Ich verstand immer noch nicht die Rivalität zwischen Hexen und Magiern oder ihre Distanzierung voneinander, als ob es einen großen Unterschied in ihrer Magie gäbe – denn den gab es nicht. Nur unterschiedliche Namen für dasselbe: Ein Magier, der Zauber nutzen und effizient ausführen konnte, wurde als Zauberkundiger bezeichnet, Hexen als Zauberweber. Der Unterschied in dem, was sie taten? Es gab keinen. Doch zu wagen, darauf hinzuweisen, brachte einem nur eine unerbetene Geschichtslektion über ihre Ursprünge ein. Beide stammten von demselben Gott, aber verschiedenen Schwestern ab. Es war anstrengend, dem zuzuhören.

Madison fuhr fort. „Der Magier Caspian hat die Fehde zu weit getrieben und eine Hexe getötet, während sie in Tiergestalt war."

„Sie hatte die Form eines Raben angenommen", sagte Cory. „Mit einem Verwandlungszauber. Das wissen wir. Die Hexe hat Caspian und seine Blutlinie verflucht, dass sie niemals zaubern würden, ohne den Tod in Kauf nehmen zu müssen."

Raven Cursed. Magier, die aus einer verfluchten Blutlinie stammten. Magier betrachten uns nicht als ihnen zugehörig, also konnten wir genauso gut unsere eigene Klasse sein.

„Und hier habe ich das Gefühl, dass ein Stück fehlt", sagte Madison. „Alles, was wir über Hexenmagie wissen, unterstützt das nicht. Wenn der Fluch nicht von einer Hexe, sondern von einer Caste ausgeführt wurde?" Sie sah uns beide abwechselnd an. „Es gab so viele von ihnen, bis vor fünfzig Jahren, als die Immortalis anfingen, sie zu töten. Wenn die Caste ihre Flüche nur als Zirkel ausführen können, dann sind nicht mehr genug von ihnen übrig, um den Fluch aufzuheben."

Madison ging wieder auf und ab. Daran musste sie gearbeitet haben, seit sie von den Caste erfahren hatte. Wie lange hatte sie sich darüber Gedanken gemacht – über mich? „Caste sind die Einzigen, die ihre Flüche aufheben können", sagte sie. „Und ihre Magie ist uralt. Magie entwickelt sich wie alles andere auch."

Ich wandte den Blick ab, nicht wegen ihrer Hypothese, sondern weil ich nicht bereit war, ihr zu sagen, dass meine Magie anders war, weil ich vielleicht keine Raven Cursed war. Ich konnte etwas ganz anderes sein.

„Dann bedeutet das, dass der Fluch niemals aufgehoben werden kann?" Es klang hoffnungsloser, als ich beabsichtigt hatte. Mir ging es gut, wenn ich versuchte, das Symptom und nicht das Problem zu behandeln, aber ich hatte gehofft, dass

Mystic Souls es beseitigen würde. Den Fluch brechen und mich gesundmachen würde.

„Ich könnte mich irren. Ich bin mir fast sicher. Wir müssen nur etwas in dem Buch finden, das das kann." Madisons falscher Optimismus täuschte niemanden. „Wenn wir den Fluch nicht aufheben können, was dann? Wenn wir dir Magie verschaffen können, ohne dass du jemanden tötest, ist es nicht das, was wir wollen?"

Ich schenkte ihr ein Lächeln, belastet von dem Wissen, dass es möglicherweise nicht funktionieren würde, weil ich vielleicht war, was ich sein könnte, und sagte: „Das ist, was wir wollen."

Nach anderthalb Stunden hatten wir erst knapp ein Viertel des Buches durch und jeden Zauber auf den Kopf gestellt, um sicherzustellen, dass wir nichts übersahen. Einige Formulierungen waren frühneuzeitliches Englisch und einige Altenglisch.

Wir hatten in diesen anderthalb Stunden Arbeit nur vier Zaubersprüche herausgeschrieben.

Doch allein die vier Zaubersprüche zu sehen, hatte eine Schwere von mir genommen, die mich belastet hatte. Ob der Fluch bestehen blieb oder nicht, zumindest hatten wir Mittel und Wege gefunden, ihn zu umgehen. Es gab ein Licht am Ende des Tunnels. Morgen könnte ich meine eigene Magie haben, ohne dass jemals jemand sterben oder in den Zwischenzustand versetzt werden müsste. Cory müsste mir seine Magie nicht länger leihen. Abgelenkt von der Aussicht zog ich mich zurück, wurde aber in die Gegenwart zurück gelockt, als Madison mir das Buch aus der Hand nehmen wollte.

„Ich kann immer noch nicht glauben, dass du es hast", sagte sie und blätterte durch die Seiten.

„Nur für zwei Wochen", erinnerte ich sie. Sie schloss das Buch und ließ einen Finger darin als Platzhalter für einen Zauberspruch, zu dem sie immer wieder zurückgekehrt war. Es war ein Erdwiederherstellungszauber. Als Erdfee zerstörte sie die Flora, wann immer sie sich Kraft von ihr borgte. Obwohl sie keine tiefe Verbindung zu dem Prozess zu haben schien, sah sie jedes Mal unzufrieden aus, wenn sie es tun musste. Ich vermutete, dass sie wie ich nach einer Möglichkeit suchte, das, was sie getötet hatte, wiederherzustellen.

Mit ihrem Daumen strich sie über das abgenutzte Leder. Es sollte unauffällig sein, aber ich bemerkte, wie sie sich vorbeugte und einatmete, während sie sich in der Magie sonnte, die von dem Buch ausging.

„Asher hat das für dich besorgt?", fragte sie, und ihre hochgezogene Augenbraue und ihre zusammengepressten Lippen zeigten ihr Misstrauen ihm gegenüber und die Wahrscheinlichkeit, dass er nicht ganz koschere Methoden angewandt hatte, um an das Buch zu kommen.

„Ich tippe auf Diebstahl", beteuerte Cory.

„Warum sollte er es für mich stehlen?"

„Ich glaube nicht, dass er es für dich gestohlen hat. Er hat es gestohlen, um zu sehen, ob er es kann. Er hat es dir geliehen, um von deiner Shitlist zu kommen, und ich vermute, er wird dir einen Job anbieten, der garantiert mit zwielichtigen Geschäften verbunden ist."

„Jetzt zeigst du nur deine Vorurteile ihm gegenüber", sagte ich, obwohl zweifellos etwas Wahres an seinen Worten war.

„Nun, ich muss zugeben, Ashers Einflussbereich ist sehr groß und ziemlich beeindruckend", sagte Madison.

„Tut mir leid, Maddie." Cory grinste über den messerscharfen Blick, den sie ihm zuwarf, weil er sie Maddie nannte. „Du hast ‚Asher ist ein Dieb' falsch gesagt."

„Woher weißt du, dass er es sich nicht auch ausgeliehen

hat?", widersprach ich. Ich konnte nicht fassen, dass ich Asher verteidigte, obwohl ich es sowohl hoffend als auch zu seiner Verteidigung sagte. Ich hoffte, dass das Buch ausgeliehen war und dass ich, wenn wir nicht alle Zaubersprüche durchsehen konnten, zu einem späteren Zeitpunkt noch eine Gelegenheit mit dem Buch bekommen könnte. Obwohl ich dachte, dass dasselbe auch passieren konnte, wenn er es gestohlen hatte.

Ein kleines Lächeln umspielte Madisons Lippen, als sie zuhörte, wie Cory und ich über die Umstände diskutierten, die dazu geführt haben konnten, dass Asher in den Besitz des Buches gelangt war. Cory war nicht bereit, Diebstahl auszuschließen. Ich hatte mich darauf festgelegt, dass es ein Versuch sein sollte, den Verrat wiedergutzumachen.

„Wenn er es nicht gestohlen hat, warum hat er dann deine Frage nicht beantwortet?" Auf Corys Gesicht lag ein starrer, finsterer Blick.

„Sagen wir, er hat es gestohlen –"

„Das hat er", unterbrach Cory. „Im Zweifel für den Angeklagten brauchen wir hier wirklich nicht zu praktizieren."

„Er hat es angeblich gestohlen. Wir haben es jetzt und können im Moment nichts wegen des angeblichen Diebstahls unternehmen. Lass uns einfach die Zauber wirken und es ihm zurückgeben, und es ist sein Problem."

Madison dachte über die letzten paar Seiten des Buches nach, ihr Gesicht angespannt vor Konzentration. „Ich glaube, ich könnte diese Seiten übersetzen. Es sieht aus wie Akkadisch oder sehr nah daran."

Cory stotterte. „Nah dran. Wir haben es mit einem seltenen alten Buch zu tun, von dem die meisten Leute glauben, dass es nur eine Legende ist, und wir sollen einen Zauberspruch wirken, weil er „aussieht wie" oder „nahe dran" ist? Bin ich der Einzige hier, der absolut sicher sein will, dass wir einen Fluch aufheben und nicht etwas heraufbeschwören, das katastrophale Folgen haben könnte? Wie dieser hier." Er nahm Madison das Buch ab und blätterte ein paar Seiten durch, wo er rosa Haftnotizen hinterlassen hatte, um Zaubersprüche zu markieren, die wir nicht auszuprobieren beabsichtigten.

„Das hier ist schön formuliert, aber wenn du Latein nicht wirklich gut verstehen würdest, wüsstest du nicht, dass es sich um einen Dämonenbeschwörungszauber handelt." Er blätterte ein paar Seiten um. „Dieser hier ist ein Todeszauber." Er blätterte zu einem anderen auf Französisch. „Ein flüchtiger Blick auf diesen hier, und es scheint dich an die Person zu binden, die den Zauber wirkt. Bindung ist nicht unbedingt schlecht, aber so, wie sich das liest, wird die Lebenskraft der Person für die Magie verwendet. Wenn du genug zauberst, ist es der sichere Tod für den Gebundenen."

Cory sprach fließend Spanisch und konnte Italienisch und hatte Französisch aus Gesprächen zwischen mir und Madison aufgeschnappt, da er nicht wollte, dass wir unsere „geheime" Sprache hatten. Wir konnten alle gut Latein. Wenn man mit Zaubersprüchen arbeiten wollte, war es eine Sprache, die man beherrschen sollte.

Nach drei Stunden hatten wir alle Zauber ausgesondert, von denen wir überzeugt waren, dass wir sie richtig übersetzt hatten. Morgen könnte für mich ganz anders aussehen. Oder es könnte genauso sein wie heute, erinnerte ich mich. Ich musste realistisch sein, aber ich konnte den Optimismus, der sich immer wieder regte, nicht ganz unterdrücken.

Unsere Suche ergab nur neun Zaubersprüche. Zwei sollten den Fluch aufheben, und die anderen sieben sollten verhindern, dass ein Spender in den Todeszustand versetzt wurde und seine Magie teilen musste.

„Leih dir Magie von mir", schlug Madison vor, nachdem wir die Zaubersprüche in die beiden Gruppen aufgeteilt hatten. Wir hatten uns entschieden, mit denen anzufangen, die wir für die Einfachsten und Sichersten hielten. Madison richtete ihre Aufmerksamkeit dann auf Cory. „Du bist ein großartiger Zauberwirker. Wenn es Probleme gibt, kannst du eingreifen."

Ich hatte mir noch nie Magie von Madison geliehen, und der Gedanke kam mir ketzerisch vor. Oder vielleicht war es die daraus resultierende Schuld, die mich überwältigen würde, wenn mir der Gedanke, ihre Magie zu behalten, auch nur für eine Mikrosekunde in den Sinn käme. Das würde passieren, das wusste ich. Bei Cory war es so, obwohl ich wusste, dass ich sein Leben niemals gegen Magie eintauschen könnte. Mein Verlangen und mein Bedürfnis existierten, und es war ein ständiger Kampf, sie zu unterdrücken.

Bitte lass es funktionieren. Ich wollte nicht, dass das jemals wieder ein Problem wurde.

Ich biss mir auf die Lippen, unwillig, mich auf die Idee einzulassen, also nickte ich einfach, anstatt zu sprechen.

Wir bereiteten alle Zutaten für den Zauber vor, und Madison gab mir einen milchigen Stein, um meine Magie zu verstärken.

„Externe Magiequellen funktionieren nicht", sagte ich und erinnerte mich an eine Zielperson, einen Vampir, der ein illegales magisches Objekt gestohlen hatte, das ihm die Fähigkeit gab, Magie einzusetzen. Ich war nicht in der Lage gewesen, die Magie zu nutzen.

Madison warf den Stein beiseite, und ein schwaches Lächeln umspielte ihre Mundwinkel. Das war nur eine weitere Erinnerung an die Komplexität meiner Magie. Wenn ich tatsächlich Malifics Tochter war, wusste Madison nicht einmal ansatzweise, wie komplex sie war. Ich verdrängte die Idee wieder. Ich war nicht Malifics Tochter. Ich weigerte mich, es zu glauben, bis ich mehr Informationen hatte. Vorerst war es nur Spekulation.

Madison legte sich ein paar Meter von mir entfernt auf

den Boden und wartete auf mich. Es dauerte einige Augenblicke, bis ich zu ihr ging, ein paar Zentimeter vor ihr stehenblieb und mich darauf vorbereitete, die Worte der Macht zu sagen, um ihr die Magie zu entziehen. Aber ich zögerte. Ich konnte es nicht.

Nach all den Jahren, in denen ich Magie begehrt und mich dagegen gewehrt hatte, schien es so falsch, es jetzt, wo sie es anbot, anzunehmen. Ich wollte sie nicht in diesem Zwischenzustand sehen. Sie war schon zu viele Risiken für mich eingegangen.

„Alles wird gut", flüsterte Cory neben mir. Dann sagte er laute: „Nicht wahr, Dornröschen?"

Madison öffnete ein Auge. „Bei dir ist alles ein Märchen", neckte sie.

„Sicher, meckre nur über den Märchenteil und ignorier das Kompliment. Dornröschen ist eine Schönheit." Er lachte.

„Danke für das wunderbare Kompliment, Cory. Diesen Vergleich werde ich ein Leben lang in meinem Herzen tragen, damit deine Worte meine Stimmung an schlechten Tagen heben. Meine Tage erhellen, wenn die Sonne sich weigert zu scheinen. Damit sie mir jedes Mal ein Lächeln auf die Lippen zaubern, wenn ich an sie denke. Oh, wunderbar, ich weiß das Kompliment zu schätzen, das du mir machst." Madison zwinkerte mir zu.

„Schon besser. Wie schwer war das?", sagte er, warf ihr ein Grinsen zu und drückte ihr einen leichten Kuss auf die Wange. Er war der Einzige, der damit durchkommen konnte.

Madison schloss die Augen wieder, und ich beugte mich über sie und atmete die sanfte Brise der Magie ein, die von ihr ausging, den Duft von Erde und Flieder. Als ich anfing, die Worte der Macht zu sagen, spannte sich mein Körper an. Magie legte sich wie eine Decke um mich. Es fühlte sich so anders an als die von Cory und doch so vertraut.

Wir hatten darüber debattiert, welchen Zauber wir versuchen sollten, und uns schließlich für den entschieden, der am einfachsten schien. Einen, bei dem sie ihre Magie behalten und nicht im Dazwischen bleiben würde. Wenn der Zauber funktionierte, würde sie aufwachen, und wir beide würden ihre Magie haben.

Da ich nicht wollte, dass sie zu lange in diesem Schwebezustand war, ging ich schnell zum *Mystic Souls* und führte die Anrufung durch. Die Luft wurde schwer von Magie, ein dumpfer und düsterer Schleier legte sich über den Raum. Die Temperatur fiel so weit, dass ich meinen Atem sehen konnte und Gänsehaut sich auf meinen Armen ausbreitete. Dunkle und traurige Magie überwältigte mich, und ein Gefühl dunkler Vorahnung wurde zu einer unerträglichen Last.

Cory und ich warteten geduldig darauf, dass Madison aufstehen würde. Doch sie tat es nicht. Sie hatte nicht mehr diesen friedlichen Gesichtsausdruck, den sie noch Augenblicke zuvor gehabt hatte. Und ihr Körper wurde zu steif. Etwas stimmte nicht.

Blut rann wie Tränen über ihr Gesicht, dann lief Blut aus ihrer Nase.

„Bring sie zurück!", befahl Cory. Ich sprach die Worte der Macht, um ihr ihre Magie zurückzugeben. Aber nichts passierte. Angst breitete sich in mir aus, als ich das Ziehen in meiner Brust spürte, das mir sagte, dass die Person, von der ich mir Magie geliehen hatte, auf die andere Seite glitt. Madison würde sterben, und ich würde ihre Magie haben.

Ich war dabei, sie zu töten. Ich sagte die Worte erneut, ohne Erfolg. Ich sagte sie immer und immer wieder, bis meine Stimme heiser und schrill war. Ich warf das Buch beiseite, presste meine Lippen auf ihre und sprach die Worte der Macht noch einmal. Und wieder passierte nichts.

Aus einem Reflex heraus begann Cory mit der HLW.

„Es funktioniert nicht!", schrie ich. Noch einmal wiederholte ich die Worte der Macht, immer und immer wieder wie ein Gebet, meine Lippen drückten sich so fest gegen ihre, dass die Worte gedämpft herauskamen. Es war, als würde mir die Nähe mehr Kraft geben. Doch sie tat es nicht. Ihr Körper verlor Wärme.

„Sprich den Zauber nochmal. Nicht deine Worte der Macht. Sag den Zauberspruch und ende mit *Rescindo*", drängte Cory. Ich sprang auf, um das Buch zu holen, das ich beiseite geworfen hatte, und blätterte zur Seite mit dem Spruch, wobei ich beim Umblättern wenig auf das Buch achtete. Dieses Buch war gefährlich. Es sollte zerstört werden. Jede Seite sollte daraus herausgerissen und verbrannt werden.

Ich sagte die Worte so schnell ich konnte. Ein scharfer Luftstrom fegte durch den Raum. Madison sprang auf und fuhr sich mit den Fingern übers Gesicht. In ihren Augen war Entsetzen, als sie auf ihre blutigen Finger blickte.

„Es tut mir so leid", sagte ich; meine Stimme zitterte, Tränen verschleierten meine Sicht. „Es tut mir leid, es tut mir so leid ..." Ich wiederholte es, bis meine Stimme versagte.

„Schon gut." Ich konnte sehen, dass sie versuchte, ihre Stimme lebhafter klingen zu lassen, als sie sich fühlte. Sie blinzelte weiter und wischte mit den Fingern, bis Cory ihr ein feuchtes Tuch reichte. Als sie fertig war, hob Cory ihr Kinn und untersuchte ihre Augen.

„Kannst du sehen?", fragte er.

Sie blinzelte mehrmals, bis ihre Sicht schließlich klar war. Cory nahm ihr das Tuch ab und tupfte vorsichtig über ihr Gesicht, um alle verbliebenen Blutspuren zu entfernen.

Schließlich legte er seine Stirn gegen ihre. Madison war seltsam ruhig, und ich war mir nicht sicher, ob es mir zuliebe war, um mich vor einer Panik zu bewahren.

„Das habe ich nicht erwartet", sagte sie schließlich.

„Das hat niemand erwartet", sagte ich, schloss das Buch und legte es auf den Tisch.

„Sind wir fertig?"

„Natürlich sind wir fertig. Ich ... ich traue den Zaubersprüchen in diesem Buch nicht. Das war der Einfachste, und ich werde dich oder irgendeinen von uns sowas auf keinen Fall noch einmal durchmachen lassen. Ich kann das nicht."

„Es war ein Zauber. Ein Versuch. Wir sollten es nochmal versuchen. Nur noch einen."

„Was, wenn das derjenige ist, der dich umbringt? Nein. Ich kann dich nicht bitten, dieses Risiko einzugehen. Ich … ich kann einfach nicht." Bilder ihrer Tränen aus Blut, die aus ihren Augen geströmt waren, des Rinnsals aus ihrer Nase und wie sie leblos vor mir gelegen hatte, schossen mir durch den Kopf. Das war es nicht wert. Ich würde sie das nicht noch einmal durchmachen lassen, und es war herzzerreißend, dass sie es tun wollte, um mir Zugang zu Magie zu verschaffen und mein Leben zu verändern.

„Nein, wir sind fertig", sagte ich entschlossen. Meine Hoffnung starb mit den Worten. Vor ein paar Tagen war *Mystic Souls* nur eine meiner zwei Optionen gewesen. Als ich mich jetzt an die emotionale Distanz erinnerte, die Mephisto zwischen uns gebracht hatte, war ich mir nicht sicher, ob die andere Option blieb.

Ich blickte von Madison zum Buch und spürte, wie die Last der Verzweiflung auf mich zurückfiel. Ich war wieder da, wo ich angefangen hatte. Jetzt musste ich nach einer Alternative suchen. Es gab immer andere Möglichkeiten. Zumindest hoffte ich das.

Cory und ich fürchteten anhaltende Nebenwirkungen des Zaubers, aber Madison machte sich diese Sorgen nicht und musste zum Bleiben gedrängt werden. Als sie schließlich zustimmte, bei mir zu übernachten, bestellten wir Pizza.

Cory und ich aßen eine *Meat Lover Pizza* mit extra Käse, aber ich konnte nicht anders, als die Augen zu verdrehen, wenn ich seinen Salat betrachtete. Als ob ein Schälchen Salat den Schaden aufwiegen könnte, den unsere käselastige Pizza mit Peperoni, Schinken und Fleischbällchen seiner Ernährung zugefügt hatte. Cory teilte seine Aufmerksamkeit zwischen den spöttischen Blicken auf Madisons Pizza mit Käse und schwarzen Oliven und dem Blättern durch *Mystic Souls* auf. Er klebte eine weitere Haftnotiz als Platzhalter in das Buch und klappte es zu.

„Ich verstehe nicht, wie sowas überhaupt als Essen durchgeht", schnaubte er. Madisons typische Pizza schien ihn jedes Mal mehr zu stören, wenn sie sie in seiner Gegenwart bestellte. Es war sehr seltsam, dass er eine so ausgeprägte Meinung darüber hatte, aber Cory schien von ihrer kulinarischen Blasphemie bis ins Mark beleidigt zu sein. Madison blickte ihm einfach in die Augen und schob sich ein weiteres Stück in den Mund, um herzhaft abzubeißen, was ihn schaudern ließ.

„Müssen wir diese Diskussion wirklich jedes Mal führen, wenn wir Pizza bestellen?", fragte Madison.

„Wenn er bis jetzt nicht aufgehört hat, wird er es nie tun. Ich bin mir nicht sicher, wie die schwarzen Oliven ihm Unrecht getan haben, aber ich wünschte, sie würden sich entschuldigen. Wir haben alle unsere Macken, und das ist seine."

„Das ist keine Macke. Wer wacht eines Tages auf und sagt: ‚Ich glaube, ich vermassle eine Käsepizza, indem ich Oliven draufwerfe'?"

Madisons Antwort war, mit einem genüsslichen Summen ein weiteres Stück abzubeißen, es langsam zu kauen und offensichtlich zu genießen. Mit einem Anflug von Ekel wandte sich Cory ab und konzentrierte sich wieder auf das Studium des Buches.

„Er ist so leicht zu ärgern", flüsterte sie laut.

„Ich hätte nie gedacht, dass Oliven ein so kontroverses Thema sind."

„Das sind sie, wenn man sie falsch nutzt!", sagte Cory.

Er murmelte noch ein paar vernichtende Kommentare über die Pizza, bevor er seine Aufmerksamkeit wieder dem Buch zuwandte. Ich hatte jedes Interesse daran verloren, aber Cory wollte einen Zauber finden, der es ihm ermöglichen würde, den Schleier zu betreten.

„Ich denke, dieser Zauber sollte ihn öffnen", verkündete er und las ihn laut vor. Er schien einfach genug, aber die anderen hatten denselben Eindruck erweckt.

Mit dem Buch in der Hand ging er von uns weg in eine Ecke.

„Cory, nicht!", flehte ich.

Die Anspannung seines Kiefers reichte, um mir zu sagen, dass er nicht auf Vernunft hören würde. Neugier und sein Wunsch, eine Welt zu erleben, die vielen nicht zugänglich war, überwogen die Logik. Oder vielleicht wollte er die schöne Welt sehen, die ich beschrieben hatte. Ich konnte es ihm nicht verübeln, dass er einen Blick darauf erhaschen wollte.

„Denk daran, Mephisto hat mich geführt, als ich dort war."

„Ich werde nicht reingehen, ich will es nur sehen. Nur den Durchgang, um zu wissen, dass es echt ist."

„Ich habe dir gesagt, dass es echt ist. Reicht das nicht?"

Er schnaubte. „Das ist gut. Aber ich will es auch sehen."

Er durchsuchte seinen Beutel mit Zutaten und holte Gegenstände heraus, während Madison und ich Blicke tauschten.

Ein goldener Lichtschein blendete uns kurz. Ein mächtiger Windstoß fegte durch den Raum, dann stieg ein blassgoldener Schimmer auf und fiel wieder. Der Duft von roten Johannisbeeren lag in der Luft. Doch nach dem Blitz war da nichts. Der Schleier offenbarte sich nicht. Keine strahlenden, neuen, schönen Welten wurden sichtbar. Nur Augenblicke von Nichts. Aber das war mir lieber als das, was vorhin passiert war.

Die Stille wurde gestört, als Cory das Buch durchblätterte und Madison sich mir anschloss, um ihn davon abzubringen.

Plötzlich eroberte Dunkelheit den Raum und ließ ihn düsterer erscheinen als draußen. Ein weißer Lichtkegel blitzte in der Mitte des Zimmers auf, gefolgt von einem lauten Knall, der nur bedeuten konnte, dass meine Tür aufgesprengt wurde. Magie, die ich nicht identifizieren konnte, flutete die Luft.

Ich schaltete das Licht ein, und wie ich vermutet hatte, war die Tür aus den Angeln gerissen.

„Du hast den Schleier nicht geöffnet, aber du hast was rausgelassen", sagte ich und begutachtete den Schaden. *Aber wen oder was?*

Der Lärm brachte meine Nachbarin Miss Harp aus ihrer Wohnung. Sie warf einen Blick auf das zersplitterte Holz, das im Flur und um meinen Türrahmen herum lag, blickte finster drein und schüttelte den Kopf, bevor sie in ihre Wohnung zurückkehrte. Das hatte ich verdient. Wenn ich sie nur dazu bringen könnte, in meine Wohnung zu kommen und Cory den gleichen strafenden Blick zuzuwerfen.

Cory und Madison starrten in die Mitte des Raumes, wo das weiße Licht gewesen war. Ich konnte mich nicht dazu durchringen, „Ich hab's dir doch gesagt" zu sagen, weil Reue eine besorgniserregende Falte auf seinem Gesicht hinterlassen hatte.

„Was habe ich getan?", fragte er leise.

„Nichts, was wir nicht reparieren können." Meine Stimme drückte mehr Selbstvertrauen aus, als ich fühlte. Aber ich brauchte das. Er nicht, und Madison, die immer noch nachdenklich auf die Stelle starrte, an der die Lichtshow und der Schimmer stattgefunden hatten, auch nicht. Ich konnte ihr Bedürfnis sehen, Dinge zu reparieren, die „von Erin verursacht" waren oder auch nur „etwas mit Erin zu tun hatten". Aber hier ließ sich nichts machen.

Magie hinterlässt einen Fingerabdruck. Und das hier war

definitiv magisch, obwohl ich es nicht identifizieren konnte. Fee, Hexe, Magier; oder sogar was „Anderes". Sie lebten alle im Schleier. Soweit ich wusste, konnte es ein Gott gewesen sein. Malific? Nein, sie konnte nicht hier sein. Sie war im Schleier, eingesperrt mit einem Omni-Schutzzauber.

3

Es war drei Tage her, seit Cory das Unbekannte aus dem Schleier befreit hatte, und selbst der Wandler, den Madison angerufen hatte, konnte die Fährte nicht verfolgen. Das war besorgniserregend, besonders als er sagte, die Spur sei einfach so verschwunden. Spuren verschwanden nicht einfach, es sei denn, derjenige wyndete weg. Ich nahm an, dass der Besucher nicht wynden konnte, weil das sein bevorzugtes Transportmittel gewesen wäre, anstatt meine Tür zu zertrümmern.

Madison hatte in den letzten Tagen nichts von verdächtigen Aktivitäten gehört, aber es war schwierig, nicht daran zu denken. Mein Unbehagen wuchs unter Ashers unverhohlenem Verdacht, als ich ihm gestern das Buch zurückgab. Es blieb bestehen, als ich zu meinem Auto ging, und ich konnte immer noch das Gewicht seines Blicks spüren, als ich rückwärts aus seiner Einfahrt fuhr.

Ich hatte Asher nur gesagt, dass ich das Buch nicht mehr brauche, und mich bemüht, das Gespräch so ausweichend und knapp wie möglich zu halten, ohne ihm Gelegenheit zu geben, zu analysieren, ob ich gelogen hatte oder nicht.

Ich konnte mich nicht mit dem Unbekannten befassen, also musste ich mich auf das konzentrieren, was ich konnte – aus der Therapie entlassen zu werden.

Gibt es so etwas wie Trotztherapie?, fragte ich mich. Weil das, was mit Dr. Sumner ablief, nicht im Entferntesten therapeutisch war. Wir saßen in angespanntem Schweigen da, während ich an meiner zweiten Tasse Kaffee aus seiner Keurig nippte.

Das Büro hatte sich verändert. Dicke, raumverdunkelnde Vorhänge waren zugezogen. Der Feuerlöscher, mit dem ich den Angriff abgewehrt hatte, war näher bei ihm – genau genommen waren es jetzt zwei. Der Aktenkoffer, der sonst auf seinem Schreibtisch lag, war ebenfalls näher bei ihm, offen und gegen den Stuhl gelehnt. Ich war mir sicher, das würde es leichter machen, an die Waffe, die er darin aufbewahrte, heranzukommen. Auf dem Beistelltisch lag ein obsidianschwarzer Stein. Magie ging davon aus – Hexenmagie, obwohl ich keine Ahnung hatte, wozu sie gut war. Ich nahm an, dass es wie die elektrischen Pellets war, die ich als Ablenkung benutzte. Es fühlte sich nicht wie ein Crelic an, ein Artefakt, das nichtmagischen Trägern magische Fähigkeiten verlieh.

Als er mein Interesse an dem Stein sah, hob er ihn auf und wog ihn in seiner Hand. „Wenn er mit einer harten Oberfläche in Kontakt kommt, erwacht ein Feuer." Ah, genau wie mein elektrisches Pellet, aber eine größere Ablenkung. Sein Ton war angespannt und reserviert, ganz anders als sein üblicher entspannter Ton mit seinen Andeutungen von Abneigung und Urteil.

„Mir tut wirklich leid, was während der letzten Sitzung passiert ist", sagte ich.

„Es ist nicht Ihre Schuld. Ihr Leben scheint solche Ereignisse zu begünstigen. Wollen Sie mir sagen, warum?" In seinem Gesicht und seiner Stimme bemerkte ich echte Neugier. Er nahm seine Clark-Kent-Brille ab und erlaubte mir einen Blick auf die meerblauen Augen, die durch seine Neugier sanfter wirkten. Und vielleicht war da auch Sorge. Als er mein Starren bemerkte, setzte er die Brille schnell wieder auf.

„Warum was?"

„Wäre das Leben nicht einfacher, wenn Sie sich ganz auf Ihre Menschlichkeit konzentrieren und die Magie und die Probleme, die mit dieser Welt einhergehen, ignorieren würden?"

Ich hatte ihn von seiner unstillbaren Neugier auf die übernatürliche Welt geheilt. Das musste etwas wert sein. Jetzt war er wieder wie ein Nike-Werbespot. *Just do it.*

„Ich glaube nicht, dass das eine Möglichkeit ist. Jetzt umso weniger." Vielleicht war das keine Trotztherapie, sondern ein verstörendes Angsthasespiel. Ich lud alles auf ihn ab, übergoss ihn mit dem kalten Wasser meiner Realität, um zu sehen, ob ich ihn dazu bringen könnte, einen Rückzieher zu machen und mich aus der Therapie zu entlassen, weil er nicht mehr belästigt werden wollte.

Ich erklärte ihm den Schleier und dass die Immortalis eine Schöpfung der Göttin waren, die meine Mutter sein könnte. Wie ich an das *Mystic Souls*-Buch herangekommen war und Madison beinahe getötet hatte, und dass es jetzt meine Aufgabe war, in den Schleier zu gehen, um eine mysteriöse Büchse für Mephisto zu finden, was meine einzige Chance war, Magie zu bekommen, doch nach meiner letzten Interaktion mit Mephisto war das vielleicht nicht einmal mehr eine Option.

Er lauschte aufmerksam der Informationsflut. Während er darüber nachdachte und etwas auf seinen Notizblock kritzelte, trank ich noch einen Schluck von meiner Tasse Kaffee, bevor ich mich auf das Sofa legte. Wenn er einen Blazer mit Ellbogen-Flicken und seine Clark-Kent-Brille tragen konnte, dann konnte ich auf dem Sofa liegen und die klischeehafte Szene perfekt machen.

Mein Arm war über mein Gesicht gelegt, um meine Augen vor der Deckenbeleuchtung abzuschirmen. Er ging zur Wand und dimmte das Licht, um den Raum in ein angenehmeres Licht zu tauchen. Seine Stimme passte zu der melancholischen Atmosphäre im Raum.

„Wenn das *Mystic Souls*-Buch nicht funktioniert hat und Ihre andere Quelle möglicherweise keine Option ist, was wollen Sie tun?" Er hielt seine Stimme neutral, aber ich wusste, dass er nur den Grundstein für die nächste Diskussion legte. Eine Welt ohne Magie. Lernen, den Drang zu bekämpfen. Vielleicht ein weiterer Versuch, mir Medikamente schmackhaft zu machen oder etwas, von dem er glaubte, dass es mir helfen könnte, den Drang zu unterdrücken. Vielleicht den Bürojob anzunehmen, den Madison mir angeboten hatte. Mich in ein fades und banales Leben zu ergeben.

Ich setzte mich auf und blickte ihm entschlossen in die Augen. „Ich werde etwas finden. Es muss einen anderen Weg geben. Wenn Mephisto existiert, kann ich nicht glauben, dass es nicht noch andere gibt." Es gab andere, die Männer in seinem inneren Kreis. Die Ähnlichkeiten zwischen ihnen ließen mich fest daran glauben. Es war kein Zufall, dass bei allen genau dasselbe Mal aufgetaucht war, als wir bei Elizabeth, der Frau in Schwarz, durch das Feuer gegangen waren.

Dr. Sumner lehnte sich mit seinem nachdenklichen Blick, während er sich die Nasenwurzel rieb, wirklich in seine Rolle als „Therapeut" hinein. Er legte die Brille auf den Tisch, und bevor ich ihm einen zweiten abschätzenden Blick zuwerfen konnte, setzte er sie wieder auf. Ich musste wirklich daran arbeiten, nicht alles, was ich dachte, auf meinem Gesicht zu zeigen. Ich beäugte ihn nicht, sondern bemerkte nur, dass mein Therapeut nicht unattraktiv aussah.

„Wirklich, Clark Kent?", sagte ich und erhaschte einen flüchtigen Blick auf das Grinsen, das er zu unterdrücken versuchte.

„Clark Kent?"

„Sie brauchen sie nicht. Sie irritiert Ihre Nase, also ist es albern, sie zu tragen."

Er schmunzelte und schob sie absichtlich weiter seine Nase hinauf. „Reden wir über" – er warf einen Blick auf seine Notizen – „Malific."

Mit seinem professionell neutralen Gesicht konnte ich nicht erkennen, ob es ihn schockiert hatte, zu erfahren, dass Götter unter uns – oder nur einen Schritt von uns entfernt im Schleier – lebten. Oder dass ich eine sein könnte.

„Was wollen Sie wissen?"

„Was beabsichtigen Sie, mit diesen Informationen zu tun?"

„Nichts. Ich weiß nicht einmal, ob es wahr ist."

„Sie wissen es. Deshalb sind Sie hier. Das ist der Grund, warum ich die Informationen nicht aus Ihnen herauspressen musste. Erin, lassen Sie uns darüber reden. Sie –"

„Können Ihre Dämonen nicht bekämpfen, wenn Sie nicht zugeben, dass sie existieren", beendete ich sein Lieblings-argument.

Er presste die Lippen aufeinander. „Genau. Sie mögen vielleicht nicht, was ich sage, aber das macht es nicht weniger wahr."

„Ich muss es von meinen Eltern hören. Im Moment sind das alles nur Spekulationen und Annahmen."

„Sie vertrauen der Quelle nicht?"

Das tat ich, und das war das Schwierigste daran. Ich wollte es nicht glauben. Ein Teil von mir klammerte sich daran, nur eine Todesmagierin zu sein. *Raven Cursed*. Auf der Suche nach einem Weg, Magie zu besitzen, ohne dass jemand starb. So seltsam es klingen mag, ich vermisste, wie einfach das war.

„Wann haben Sie vor, mit Ihren Eltern zu sprechen?"

Ich zuckte mit den Schultern und wurde von seinem Bücherregal abgelenkt. Er war es gewohnt, dass ich mich ablenken ließ, und schwieg, als ich aufstand, zu seinem Regal schlenderte und die Titel überflog. Ich war überrascht, als ich zwei Zauberbücher sah. Sie waren nichts Besonderes, denn sie waren leicht in einem der vielen okkulten Buchläden zu finden, die den Hexenzirkeln gehörten. Das war einer der Wege, wie Hexen Geld verdienten. Sie hatten Zauberbücher und Harmoniekerzen, die nichts weiter als Vanille und Lavendel waren, doch die Menschen hielten sie für verzaubert, weil sie von Hexen hergestellt wurden. Diesen Glauben pflegten die Hexen, indem sie über jede verkaufte Kerze eine Beschwörung flüsterten.

Viele Menschen glaubten gern, dass sie verborgene magische Fähigkeiten besaßen und nur einen Zauber davon entfernt waren, sie zu erschließen. Magier unternahmen des Öfteren Versuche, daraus Kapital zu schlagen, aber es funktionierte nie so gut wie bei Hexen. Die Menschen hielten Hexen für mysteriöser, was meines Erachtens eine weitere Streitquelle zwischen Hexen und Magiern war. Filme und Fernsehsendungen unterstützten die mysteriöse Hexenpersönlichkeit, die Zauberhafte, an die sich die Vampire auf der Suche nach Hilfe wandten, wenn alles andere gescheitert war. An diese toughen magienanwendenden Retter, die sich im letzten Moment den richtigen Zauber ausdachten, um alles und jeden zu retten. Hexen waren magisch „in", und sie benutzten das, um Geld zu verdienen.

„Sie wissen, dass das nur simple Zauber sind und nur die Oberfläche dessen streifen, was Hexen mit ihrer Magie bewirken können, oder?"

„Ich weiß. Aber ich bin neugierig, und diese Bücher sind etwas, das ich in die Hände bekommen könnte. Es ist schwieriger, als ich dachte, ein echtes Zauberbuch zu bekommen. Aber sie sind trotzdem interessant."

Ich fragte mich, wie sehr er sich ein echtes Zauberbuch wünschte. Genug, um mich aus der Therapie zu entlassen? Er war ein Mensch, er würde damit nichts anfangen können, und ich war mir sicher, Mr. Verantwortungsvoll würde es nicht in die falschen Hände geraten lassen. Ein solches Buch würde keine dunklen Zaubersprüche oder Zaubersprüche von der Art enthalten, zu denen die meisten Hexen und Magier keinen Zugang hatten. Der Schutz solcher Bücher vor dem Mainstream war eine implizite Verantwortung der Übernatürlichen. Ihm eines zu geben, würde kein Gesetz brechen, sondern nur einen Gesellschaftsvertrag.

Ich verdrängte die Idee, stellte das Zauberbuch ins Regal und fuhr fort, Bücher aus den Regalen zu holen, sie durchzugehen und sie wieder in die Regale zu stellen.

„Erin, lassen Sie uns den *Vorfall* besprechen." Sein Ton war streng.

„Wir haben darüber gesprochen. Ich gebe Ihnen mein Wort, ich habe Ihnen alles gesagt. Ich habe mir seine Magie ausgeliehen, den Raum verlassen, um zu üben, und nicht das Signal gespürt, dass es Zeit war, sie zurückzugeben. Das Gefühl lässt sich normalerweise nicht ignorieren …" Ich ließ meinen Satz ausklingen.

„Wenn Sie es ignorieren, ist es dann Absicht?"

Als Antwort nickte ich einmal. „Das entgeht einem nicht. Es ist ein wütendes Signal, und wenn ich die körperlichen Anzeichen nicht bemerke, fühle ich mich, als wäre ich in Dunkelheit gehüllt. Sie zu ignorieren, ist meine Entscheidung."

„Und er war tot, und Ihnen fehlt Zeit von diesem Tag?"

Es einmal zuzugeben, war schwierig gewesen; es ein zweites Mal zu tun, lehnte ich ab. Ich stand da, das Buch, das ich mir angesehen hatte, an meine Brust gedrückt, und atmete mehrmals tief durch, in der Hoffnung, dass es die Erinnerungen vertreiben würde. Es funktionierte nicht.

„Könnte jemand es Ihnen angehängt haben?" Seine Stimme war so leise, dass ich mich anstrengen musste, ihn zu hören. Ich stellte das Buch wieder ins Regal und kehrte zum Sofa zurück. Dr. Sumner beugte sich vor. Sorge zeichnete sein Gesicht. Intensiv fragende Augen bohrten sich in meine und machten mich sprachlos. Daran hatte ich noch nie gedacht.

„Es gibt nicht viele Todesmagier oder Raven Cursed oder was auch immer. Sie scheinen stärker zu sein als die meisten anderen, und das liegt wahrscheinlich daran, dass Sie eine Göttin oder eine Halbgöttin sind. Wenn der Mann, der versucht hat, Sie zu entführen, gewusst hätte, was Sie sind, könnte er der Einzige gewesen sein?"

Die Antwort kam nicht sofort, während ich verarbeitete, was er sagte. „Es kann schon andere Versuche gegeben haben", sagte ich schließlich. Ich war in genug Situationen gewesen, dass es, wenn jemand mich tot sehen oder mir etwas anhängen wollte, genug Gelegenheiten dafür gegeben hätte.

Er nickte langsam, als er sich in seinem Sessel zurücklehnte, die Finger hinter dem Kopf verschränkt. Mehrere Minuten vergingen, bevor er wieder sprach. „Was, wenn es ihnen nicht um Sie gegangen ist, sondern um ihn? Sie waren ein Mittel zum Zweck. Die Magierin, die ihren Spender getötet hat? Sie haben eine Vorgeschichte, dass Sie keine große Kontrolle hatten."

„Unsere Zeit ist um", platzte ich heraus und sprang auf. Bevor er noch etwas sagen oder weitere Theorien aufstellen konnte, verließ ich den Raum. Die Luft draußen war nicht kühl oder frisch genug. Asphaltgeruch und Schadstoffe verschmutzten die Luft. Essen, Autoabgase und der abgestandene Gestank der Stadt überschwemmten meine Sinne. Es war mir egal. Ich holte tief Luft.

Obwohl ich im Freien war, hatte ich das Gefühl, zu ersticken. Nein, das war keine Möglichkeit. Ich war nicht reingelegt worden. Ich habe das nicht alles durchgemacht, mein Gesicht durch die Medien zerren lassen, Gefängnis, Anklage, Plädoyers und einen Aufenthalt im Stygian hinter mich gebracht wegen einer Verschwörung. Ich hatte es vermasselt und musste mit den Konsequenzen leben.

„Erin." Ich drehte mich um und sah Dr. Sumner nur wenige Meter von mir entfernt stehen. Er runzelte die Stirn. „Wir sind im selben Team. Ich will das Beste für Sie. Wenn Sie sich von Magie fernhalten müssen, dann werde ich Ihnen das empfehlen und Ihnen dabei helfen. Wenn Sie einen Weg finden, sie zu bekommen, ohne dass jemand sterben muss, dann ist das eine Alternative für Sie. Aber wenn Sie hier sind, weil es wegen eines Verbrechens angeordnet wurde, das Sie nicht begangen haben, dann muss die Wahrheit ans Licht kommen."

„Ich … ich …", stammelte ich. „Ich glaube nicht, dass das passiert ist." Ich wollte das nicht wahrhaben. Nach dem *Vorfall* war ich überzeugt gewesen, dass mich nichts brechen konnte. Jetzt fühlte ich mich, als wäre ich einen kleinen Stups davon entfernt. Ich hasste das Gefühl.

„Wenn wir es beweisen können, müssen Sie nicht mehr zu unseren Sitzungen kommen, weil Sie nicht getan haben, weswegen Sie zu mir kommen müssen", sagte Dr. Sumner leise und näherte sich mir, als hätte er es mit einem ängstlichen Tier zu tun. Er fuhr sich mit den Fingern durchs Haar und zerzauste es, dann seufzte er, und mitfühlende Augen begegneten meinen. Sein fast unhörbares Fluchen war untypisch. Zu jeder anderen Zeit hätte es mich zum Lachen gebracht.

„Das hätte ich für mich behalten sollen. Tut mir leid." Dann murmelte er weitere Flüche. „Wir sollten uns diese Woche nochmal treffen. Es sei denn, Sie können heute länger bleiben."

Ich schüttelte den Kopf und ging zurück zu meinem Auto. „Ich werde anrufen und einen Termin vereinbaren", log ich.

Den größten Teil der Fahrt nach Hause verbrachte ich damit, mich an diese Nacht zu erinnern. Den *Vorfall*.

Versuchte, das, woran ich mich erinnern konnte, mit neuen Augen zu betrachten. Meine Analyse wurde durch das Klingeln meines Handys unterbrochen. Victoria. Ich verdrehte die Augen, doch ich nahm den Anruf an und fragte mich, ob der Bonus, den sie mir zahlte, es wert war, mich mit ihrem Drama auseinanderzusetzen.

4

Anscheinend war die einstündige Diskussion, die ich mit Victoria hatte, als sie über ihre Enttäuschung über meine Fähigkeiten als Leibwächter zeterte, nicht genug. Sie musste es persönlich wiederholen, als ich an diesem Abend ins Kelsey's kam.

„Sie nehmen Ihre Schutzpflichten nicht sonderlich ernst, oder?" Andeutungen von Egoismus und Anspruchsdenken wanden sich durch ihre Worte und huschten über ihre schönen und unverwechselbaren Gesichtszüge. Ihr prüfender Blick streifte mich. Mein schulterfreies, auberginefarbenes Etuikleid erntete ein winziges Lächeln der Zustimmung.

„Zumindest nehmen Sie Diskretion ernst", sagte sie. Ihre Lippen waren zu einer dünnen Linie zusammengepresst. Sie strich mit den Fingern durch die weichen Locken ihres dunkelbraunen Haars und demonstrierte selbst in ihrem scheinbar verzweifelten Zustand eine Ausgeglichenheit und lässige Eleganz, die die meisten unter normalen Umständen nicht an den Tag legen konnten. Ich war eine der wenigen, die wussten, dass sie eine Caste war, Magieanwender, die historisch betrachtet ein Talent für das Zaubern von Flüchen hatten. Die Mischung mit menschlichem Genmaterial und der Angriff der Immortalis auf ihre Rasse hatten ihre Macht geschwächt. So wie Victoria sich wegen meiner angeblichen Pflichtverletzung verhielt, hätte man sie für magielos halten können. Ihre schwache Magie würde sie nicht vor Immortalis schützen, doch sie war kaum so wehrlos, wie sie andere glauben machen wollte. Sie schlüpfte in die Rolle der eleganten, hilflosen Gastronomin.

Mit Madisons neuen Informationen sah ich Victoria und die Magie, die sie besaß, mit neuen Augen. Es gab jetzt so wenige Caste, dass es meine Situation nicht ändern würde – sie konnten den Fluch nicht rückgängig machen. Ich erinnerte mich, dass Simeon sie als „zu egozentrisch, um sich um mehr als sich selbst zu kümmern" beschrieben hatte. Wenn Caste zugunsten einer Hexe eingegriffen hatten, konnte ich nicht anders, als mich zu fragen, warum. Waren die Magier in ihrer Fehde mit den Hexen zu weit gegangen? Hatten sie die impliziten Grenzen zu oft überschritten und ihre Aufmerksamkeit auf die Übernatürlichen gelenkt? Hatten die Caste für Geld eingegriffen? Oder um eine Schuld zurückzuzahlen?

Je mehr ich über Madisons Theorie nachdachte, desto plausibler erschien sie mir. Caste waren in der Vergangenheit mit Hexen verwechselt worden. Sie hatten wahrscheinlich auch Anerkennung für deren Arbeit bekommen. Dann dämmerte mir, dass vielleicht eine Caste getötet worden war und nicht eine Hexe.

„Können Sie einen Verwandlungszauber wirken?", fragte ich Victoria.

„Ist das Ihre Antwort? Ich soll mich schützen, indem ich mich … in was? … verwandle? Eine Maus, um davonzuhuschen? Eine Krähe, um von meinen Problemen wegzufliegen und mein Leben zurückzulassen? Oder soll ich als Floh und für den Rest meines Lebens im Fell eines Tieres leben? Schlagen Sie vor, dass ich das tue, Erin?"

Ich schlage vor, dass Sie einen Gang runterschalten. Kann ihr bitte jemand einen Emmy, Tony oder was auch immer geben, damit sie die Vorstellung beendet?

„Nein, ich möchte nicht, dass Sie das tun. Ich bin nur neugierig, wozu Sie und Ihre Art in der Lage sind."

Sie verzog das Gesicht, dann huschte für einen Moment ein wehmütiger Ausdruck über ihr Gesicht. „Nicht zu dem, was wir früher gemacht haben. Wir wurden verehrt." Eine grausame Schönheit brach durch ihre elegante Fassade. „Und gefürchtet. Die Leute haben uns aufgesucht und uns um unsere Hilfe angefleht. Ein Fluch, und wir konnten Leben ruinieren. Jetzt reicht meine Magie nicht einmal aus, um mich wirklich zu schützen. Ich kann nicht einmal jemanden verfluchen. Es sind nicht mehr genug von uns übrig, um unsere typischen Flüche zu wirken, und unsere Blutlinie ist so geschwächt, dass ich bezweifle, dass wir, selbst wenn ich alle Verbliebenen um mich scharen würde, irgendetwas tun könnten, das auch nur ansatzweise an die Macht unserer Vorfahren herankommt."

Wären da nicht die flüchtigen Anzeichen gewesen, wie sehr sie es genossen hatte, angebetet und gefürchtet zu werden, und etwas, das für mich wie Grausamkeit ausgesehen hatte, hätte sie mir leidgetan.

„Wissen Sie, ob Ihre Art etwas damit zu tun hatte, einen Magier namens Caspian zu verfluchen?"

„Caspian, Caspian …" Sie wiederholte den Namen mehrmals und sah nicht so aus, als erkannte sie ihn.

„Er war der ursprüngliche *Raven Cursed*. Bestraft dafür, eine Hexe getötet zu haben, als sie nicht in menschlicher Gestalt war. Sie hatte sich in einen Raben verwandelt. Die Hexen sollen Caspian verflucht haben, aber sie sind nicht stark genug, um einen Fluch zu wirken, der seine gesamte Blutlinie treffen würde. Wissen Sie, ob die Caste zugunsten der Hexen interveniert haben?"

„Wir haben uns nie in die kleinlichen Streitereien von

Magiern und Hexen eingemischt. Sie sind immer noch zugange. Nein, Caspian hat keine Hexe getötet, er hat eine der Unseren getötet. Da konnte er nicht ungestraft davonkommen."

Wieder bekam ich einen flüchtigen Blick darauf, wie böswillig die Caste sein konnten. Sie waren selbstsüchtig, und sie waren ganz sicher nicht über Rache erhaben. Ich holte scharf Luft.

„Meine Großmutter hat mir Geschichten darüber erzählt, dass die Magier darum gebeten haben, dass nur Caspian bestraft wird. Die Caste haben zugestimmt. Man sollte meinen, das hätte die Feindseligkeit zwischen Hexen und Magiern beendet. Schließlich hat das zu seinem Fluch geführt." Sie zuckte mit den Schultern und machte deutlich, dass sie mit unserer Reise in die Vergangenheit fertig war.

Sie unterzog meine Kleidung einer weiteren ausgiebigen Prüfung und nickte dann anerkennend. Es spielte keine Rolle, ob ihr das Kleid gefiel oder nicht, es war funktional. Es erlaubte mir, meine kleinen Waffen an meinem Körper zu verstecken, zusätzlich zu denen, die ich in meiner Handtasche hatte.

Ich atmete tief durch und schöpfte nach der Ruhe, die ich brauchte, um mich mit ihr auseinanderzusetzen, und ließ ein paar Momente verstreichen, bevor ich sprach. „Victoria, der Vollmond war vor fast einer Woche. Sie sind kaum in Gefahr, entführt zu werden. Das Roboro-Juwel wurde zerstört. Ich habe alle meine Quellen konsultiert; es gibt keine mehr. Sie sind sicher. Sie brauchen mich hier wirklich nicht."

Sie war für den Moment sicher. Ich wusste nicht, wie lange, aber Immortalis hatten fünfzig Jahre lang nach einem Weg gesucht, zurück in den Schleier zu gelangen. Ich vermutete, dass es leicht weitere fünfzig Jahre dauern könnte, bis sie dazu in der Lage waren, weil ich das Objekt zerstört hatte, das sie dazu benutzen wollten. Victoria würde nie ganz sicher sein, weil sie eine Nachfahrin der Leute war, die die Immortalis verflucht hatten. Sie würden immer ihr Blut brauchen, um den Fluch aufzuheben, doch im Moment musste sie sich darüber keine Sorgen machen.

„Nun, ich brauche Sie hier, weil ich ein Gefühl habe."

Ich würde nicht in der Lage sein, den Leibwächterpflichten zu entkommen, weil ihre scharfen Sinne prickelten. Victoria wollte, dass ich sie beschütze, also schien es, als würde ich meinen Abend im Kelsey's verbringen, um sie zu „bewachen", trotz der auffälligen Wachleute, die bereits im Restaurant waren.

Sie hörte abrupt auf, in ihrem großzügigen Büro im Pariser Stil auf- und abzugehen. Der cremefarbene Schreibtisch, auf dem sie ihre Fingerspitzen abstützte, war nur ein paar Nuancen dunkler als die Wände. Der luxuriöse Teppich in der Mitte des Raumes hatte dieselben sanften Korallen-, Beige- und Blautöne wie ihre Seidenbluse. Bei jemandem wie Victoria war es nicht schwer anzunehmen, dass sie ihre Kleider bewusst so auswählte, dass sie denselben mühelosen Luxus, das kultivierte Selbstbewusstsein und die Wichtigkeit wie ihr Büro ausstrahlten.

„In den letzten Tagen hatte ich das Gefühl, dass mich hier jemand beobachtet. Ich will Sie hier haben, nur für den Fall", sagte sie und fing wieder an, mit ihren Acht-Zentimeter-Absätzen über das Parkett zu klappern.

Für jemanden, der Angst davor hatte, entführt zu werden, schienen ihr Schuhe, in denen sie zur Not rennen könnte, nicht sonderlich wichtig zu sein. Aber wer war ich, mir ein Urteil zu erlauben? Doch, genau das tat ich.

„Ich mag es nicht, mich so zu fühlen", fuhr sie fort. „Ich musste auch jemanden für Pearl anheuern. Nur für den Fall, dass sie versuchen wollen, sie zu benutzen, um an mich heranzukommen. Ich könnte es nicht ertragen, wenn jemand mein Kätzchen gegen mich verwendet."

Sie können ihr ein hübsches kleines Halsband umlegen und sie

Kätzchen nennen, sooft Sie wollen, sie ist immer noch ein Spitzenprädator. Aber sicher, machen Sie sich Sorgen um Ihr armes kleines Kätzchen.

„Sie hat Krallen und wiegt über hundert Pfund. Ich denke, sie kommt ganz gut klar." Ich versuchte, selbstsicher zu klingen, aber stattdessen kam es spöttisch und herablassend heraus. Victoria warf mir einen Blick aus zusammengekniffenen Augen zu. Wenn sie die Fähigkeit hätte, jemanden zu verfluchen, hätte ich es mir wahrscheinlich für diese abfällige Bemerkung verdient.

„Sie wiegt fünfundachtzig Pfund und ist ein wehrloses Kätzchen", korrigierte sie.

Machte sie Witze? Sie musste Witze machen, doch als ich ihre Sorge sah, wurde mir schnell klar, dass sie sich selbst etwas vormachte, wenn es um ihre Katze ging.

„Natürlich. Ich verstehe. Ich bleibe heute Abend hier und halte die Augen offen, und dann lasse ich jemanden einen *fabricae impenetrabiles*-Zauber errichten", bot ich an. *fabricae impenetrabiles*-Zauber waren teure Schutzzauber, deren Aufbau viel Magie und mehrere Tage erforderte. Während die meisten Schutzzauber mit Magie deaktiviert werden konnten, waren *fabricae impenetrabiles*-Zauber fast unmöglich zu deaktivieren und verhinderten auch, dass jemand hineinwynden konnte.

Um Victoria zufriedenzustellen, ging ich noch einmal außen um das Restaurant herum und sah mir alle Gäste an. Vor dem Kelsey's zu stehen erinnerte mich daran, wie exklusiv der Laden war. Das Gebäude aus Alabasterstein hob sich von den braunen und rötlichen Gebäuden auf dem Block ab. Auf der Straßenseite waren bodentiefe Fenster. Mehr als einen flüchtigen Blick konnte man von draußen nicht erhaschen, denn strategisch platzierte Kunst gewährte den Gästen Privatsphäre. Wenn das protzige Äußere kein Hinweis darauf gewesen wäre, dass es sich um ein schickes

Etablissement handelte, hätte es der Türsteher, der mich begrüßte, getan.

Das Äußere war aber nicht mehr als eine Andeutung der Opulenz, mit der die Gäste drinnen verwöhnt wurden. Cremefarbene Ledersessel vor dunklem Holz, wunderschöne Kunst an den Wänden und Kugellampen trugen zum modernen Look bei. Das Innere des Clubs war moderner, als man es von außen erwarten würde, doch alles war von Exklusivität geprägt. Ein angesagter Laden – ein Ort, an dem man sein wollte. Deshalb konnte der Club seine Handyverbotsregel durchsetzen. Wenn man dort eine SMS verschickte oder einen Anruf entgegennahm, war man nicht mehr willkommen. Wer das Privileg hatte, hier aufzutreten, bekam die ungeteilte Aufmerksamkeit der Gäste.

Mit einem Glas in der Hand ging ich durch das Kelsey's und nippte an der wohl besten Sprite, die ich je getrunken hatte. Das war es nicht. Es war nur eine einfache Sprite, wie alle anderen, die ich in meinem Leben getrunken hatte. Mein Getränk diente als Erinnerung an die Wirkung des D'Siren, den Victoria im Restaurant hatte, was das Erlebnis intensivierte.

Der Mann mit der tiefen Baritonstimme, der am Klavier sang, hatte das Publikum in seinen Bann gezogen. Sie hingen verzückt bei jeder seiner Melodien an seinen Lippen. Ich fragte mich, ob er annähernd so talentiert war, wie sein begeistertes Publikum zu glauben schien, oder ob es ein weiterer Trick des D'Siren war.

Endlich an der Bar sitzend, ließ ich den Blick über die Menge schweifen; meist Übernatürliche mit ein paar Menschen vermischt. Magie durchzog das geräumige Etablissement. In der Ecke befand sich ein spezieller Bereich mit bequem aussehenden Clubsesseln, die den Sitzenden einen Blick auf den Sänger erlaubten. Er hatte einen Great-Gatsby-Vibe: die Lebensfreude der Zwanziger und ihr in Würde gealterter Charme und Dekoration mit modernem Flair.

Von meinem Platz aus hatte ich einen guten Blick über den großen Raum. Ich schob mir ein Stück von der Limettentarte, die vor mir stand, in den Mund – von Victoria geschickt, nahm ich an –, schloss die Augen, um die dekadente Mischung aus süß und sauer zu genießen, und schob mir dann eine weitere große Gabel voll in den Mund. Es war sündhaft köstlich. Als der Barkeeper mir ein Glas Weißwein hinstellte, trank ich einen kleinen Schluck. Pinot Grigio. Frisch, mit einem Hauch von Limette und Apfel. Während ich mich dem Himmel an meinem Gaumen hingab, schnupperte ich die Blumen auf der Bar. Sie erfüllten die Luft mit ihrem süßen Duft.

Dann riss ich meine Nase los und sah sie als das, was sie waren – langweilige, weiße 08/15 Tulpen. Der Wein, nichts Besonderes, und die Limettentarte konnte aus dem Supermarkt sein. In diesem Spiegelkabinett war alles ein Erlebnis voller Dekadenz, köstlicher Aromen, Allure und Täuschung. Ich zog dieses Wissen in den Vordergrund und schob die Tarte und den Wein von mir.

„Du magst den Wein nicht?", fragte Ashers sanfte, tiefe Stimme hinter mir.

„Ich arbeite, also sollte ich nicht trinken", sagte ich, als er sich vor mich stellte. Der gereifte, aromatische Duft des Brandys in seiner Hand war wieder etwas, das ich auf den D'Siren schob. Ich mochte den Geruch von Brandy, den Geschmack jedoch nicht. Doch jedes Mal, wenn er ihn an seine Lippen hob, inspirierte mich seine Euphorie dazu, es zu überdenken. Ich wollte es noch einmal versuchen, und diesmal würde ich den Brandy nicht diskret zurück ins Glas spucken.

„Ich dachte mir, dass du die Tarte mögen würdest", sagte

er und blickte auf den Teller. „Das ist schließlich dein Lieblingskuchen."

„Woher weißt du, dass das mein Lieblingskuchen ist?" Ein Hauch von Vorwurf fegte über meine Worte, und ich konzentrierte mich intensiv auf ihn, suchte nach Anzeichen dafür, dass er im Begriff war, hinterlistig zu sein.

„Bei unserem letzten Job habe ich dich abgeholt, nachdem du deine Mutter besucht hast. Du hast nach Key Lime Pie gerochen, und wenn deine Besuche bei deinen Eltern wie die der meisten sind, nehme ich an, dass einer von ihnen dein Lieblingsdessert zubereitet hat. Oder irre ich mich?"

Seine herablassende Art brachte mich dazu, ihm sagen zu wollen, dass er sich irrte.

„Ich bevorzuge Key Lime Pie."

„Wir alle bevorzugen Pie, und wenn ich könnte, hätte ich sie einen machen lassen. Aber sie servieren hier nur Key Lime Tarts." Seine Aufmerksamkeit wanderte von der Tarte zum Wein. „Hat dir der Wein genauso gut geschmeckt wie die Tarte?" Sein Lächeln wurde breiter.

Der war auch von ihm. Ich hätte es wissen müssen. Victoria war zu sehr damit beschäftigt, an ihrer oscarreifen Performance der Frau zu arbeiten, die am Rande des Terrors lebte und es irgendwie schaffte, weiterzukämpfen und ihren großen Auftritt in ihrem Restaurant zu haben, um ihre Gäste zu begrüßen.

Ich zuckte mit den Schultern. „Ich arbeite."

Seine Augen wanderten langsam durch den Raum. „Was machst du?"

„Nun, ich wäre mein Honorar nicht wert, wenn ich mit jedem, der mich fragt, über meine Jobs plappern würde, oder?"

„Unter Freunden sollte es keine Geheimnisse geben", sagte er gedehnt und trank einen weiteren Schluck aus seinem Glas, bevor sich ein träges Lächeln über seine Lippen legte.

„Das stimmt nicht einmal ansatzweise. Jeder hat Geheimnisse. Und wir sind keine Freunde. Du hast es nur geschafft, von meiner Liste der Leute, die ich hasse, gestrichen zu werden."

„Dann muss ich härter arbeiten, um auf deine Freundesliste zu kommen. Das werde ich zu meinem persönlichen Ziel machen. Ich bin mir sicher, dass es ein hohes Ziel ist, aber ich bin bereit für die Herausforderung."

„Du kannst damit anfangen, kein hinterhältiger Arsch zu sein. Das würde helfen."

Jetzt war ich diejenige, die sich im Raum umsah und Gesichter mit der Magie, die durch die Luft wehte, in Verbindung brachte. Hexen-, Magier-, Feen- und Wandlermagie schufen eine Mischung aus Gerüchen und Energie, die auf kleinerem Raum überwältigend gewesen wäre. Ich dachte an Mephisto und die anderen drei, deren Magie seiner so ähnlich war. Würde ein weitläufiger Raum wie dieser verhindern, dass ich mich wie verzaubert fühlte? Dass ich unter dem Gewicht der Magie ertrank? In Mephistos schlossähnlichem Zuhause hatte es nicht funktioniert.

„Sind wir zu dieser müden Debatte zurückgekehrt? Ich habe dich nie hintergangen. Genau genommen habe ich dich davor gewarnt."

„Du hast mir *Mystic Souls* besorgt, zwischen uns ist alles gut", sagte ich und bereute sofort, die Tür für Fragen geöffnet zu haben, weil ich es verfrüht zurückgegeben hatte. Aber er fragte nicht danach.

„Wenn du eine Pause hast, kannst du dich uns gern anschließen." Er wies mit dem Kinn auf den Bereich auf der anderen Seite des Raumes, den exklusiven Bereich, in dem drei Männer und zwei Frauen saßen. Ich erkannte eine Frau als Alpha des Northwest Lion's Pack, LLC. Wie das Northwest Wolf's Pack, LLC, hatten auch die Löwen eine Firma gegründet, um nicht länger als Rudel betrachtet zu werden. Sie täuschten jedoch niemanden. Die Rudel existierten sehr wohl noch.

Als die haselnussbraunen Augen der Frau auf mir landeten, schwand der Wunsch, sie zu fragen, warum sie sich nicht Northwest Lion's Pride anstatt Pack nannten – schließlich gab es auf Englisch einen Unterschied. Ich war nur pedantisch, aber das war etwas, das ich schon immer einen Alpha oder besser gesagt einen CEO fragen wollte, der mir einen Einblick geben konnte. Ihr Raubtierblick ließ mich nicht los. Die kantigen Züge ihres von kastanienbraunem Haar umrahmten Gesichts gaben ihr ein katzenhaftes Aussehen, geschmeidig wie ein Gepard und nicht wie der Löwe, mit dem sie ihren Körper teilte. Das saphirblaue Kleid ergänzte ihre zart gebräunte Haut.

Asher setzte sich neben sie und flüsterte etwas. Ihr kühler, abschätzender Blick wurde intensiver. Als sie lachte, funkelten ihre Augen amüsiert. Meine Aufmerksamkeit richtete sich sofort auf Asher, der mir zuprostete.

Es gibt ein gewisses Maß an Unreife, das uns allen innewohnt. Wir erfreuen uns an der Nostalgie unserer Jugend und den Dummheiten, mit denen wir davongekommen sind. Als Kind die Zunge herauszustrecken, war vielleicht nicht erwünscht, aber es war akzeptabel. Es als Erwachsener zu tun, war verdammt kindisch. Ich hätte mich dafür schämen sollen, doch ich tat es nicht. Und ich empfand eine besondere Freude, als Asher sich an seinem Drink verschluckte.

Der warme Schein der Lichter im Restaurant vermittelte das intime Gefühl von Kerzenlicht und trug zur Faszination des Ortes bei. Es gab gerade genug Protz und Exklusivität, um das Who-is-Who der übernatürlichen Welt anzusprechen, und ich wusste das, als ich die Vision um Mitternacht an einem kleinen Tisch an der Seite Platz nehmen sah, von der Menge entfernt, aber sehr wohl in der Lage, den Raum und alle darin zu beobachten. Seine Lippen verzogen sich zu einem einladenden Lächeln.

Ich hätte auch ohne ihn zu sehen gewusst, dass er da war. Die subtile Atmosphäre der Magie veränderte sich und wurde intensiver, elektrischer und schwerer. Er dominierte die Luft mit seiner unverwechselbaren Magie. Er wusste, wie er es unterdrücken konnte, doch er versuchte es nicht einmal. Er hinterließ Brotkrumen für mich. Mephisto.

Ich nahm mein Glas Wein und ging in den hinteren Teil des Restaurants, wobei ich alles und jeden ansah; nichts sah verdächtig aus. Victoria stimmte widerwillig zu, mit den anderen drei Wachen alleingelassen zu werden, als ich ihr versicherte, dass ich nur einen Anruf weit weg wäre. Ich erinnerte sie auch daran, dass sie Magie benutzen konnte; schließlich hatte sie sie benutzt, um den D'Siren zu beschwören. Ihre war vielleicht nicht so stark wie die manch anderer, aber sie konnte sich damit beschützen.

Bevor ich ging, warf ich noch einen Blick auf den Rest meiner Tarte und fragte mich, ob ihr göttlicher Geschmack ein Werk des D'Siren war oder ob es tatsächlich eines der besten Desserts war, die ich je gegessen hatte, und die Kombination mit dem Wein war keine schlechte Wahl. Ich konnte nicht widerstehen, sah Asher an und begegnete seinem Blick. Ich konnte die Einladung in seinen Augen sehen. Ich hatte immer noch ernsthafte Vertrauensprobleme, wenn es um ihn ging, und eine Nacht voller Musik, Spaß und Alkohol in seiner Gegenwart war etwas, das ich vermeiden musste. Davon abgesehen war es besser, wenn ich mich nicht an Etablissements wie das Kelsey's gewöhnte.

Die kühle abendliche Luft war überaus willkommen, ein Genuss nach dem von Magie durchzogenen Raum. Die erfrischende Brise, die meine überreizten Sinne kühlte, wurde von der magischen Signatur von Feen unterbrochen, blumig, mit einem Hauch von gemahlenem Kakao. Diese unverwechselbare magische Energie gehörte nicht irgendwelchen Feen, sie gehörte Neri und Adalia, dem König und der Königin der

Feen. Mit ihrem markanten und majestätischen Aussehen waren sie unübersehbar.

Sie hatten keine Wachen dabei, und ich fragte mich, ob die erhöhten Sicherheitsvorkehrungen im Kelsey's nicht nur wegen Victoria waren, sondern ihretwegen.

Als sie an mir vorbeigingen, warfen sie mir einen Blick zu, als ob sie erwarteten, dass ich einen Knicks machte oder irgendein Zeichen der Ehrerbietung zeigte. Ich ignorierte es. Sie würden die Ehrerbietung, die sie erwarteten, nur von anderen Feen bekommen. Sie waren ihre Anführer, und es stand ihnen daher zu. Dem Meister der Vampire, den Alphas, dem Erzmagier oder der Hohen Hexe wurde von denen, die sie anführten, die gleiche Ehrerbietung entgegengebracht. Wenn ein Anführer einem anderen Respekt entgegenbrachte, geschah das aus Höflichkeit, nicht aus Verpflichtung. Ich war keine Fee; ich schuldete ihnen nichts. Da die Magier mich nicht als eine der Ihren betrachteten, war jeder Respekt, den ich ihnen entgegenbrachte, eine Höflichkeit, keine erfüllte Erwartung.

Aus irgendeinem Grund schien Neri diese ungeschriebenen Regeln zu vergessen. Seine Nase, die er mit solcher Verurteilung rümpfte, war so messerscharf wie die Linien seines Kiefers und seiner beneidenswerten Wangenknochen. Sein breiter Mund verzog sich nie zu etwas, das einem Lächeln ähnelte, nur zu einer verkniffenen Linie. Sein Aussehen konnte hart sein, doch in seinen Augen lag immer ein freudiges Funkeln, und es hellte sich noch mehr auf, wenn er Adalia ansah. Ihr Aussehen war so ganz anders als seines. Wo er nur aus scharfen Linien und Winkeln bestand, war sie runder, weicher. Schlank mit zarten Rundungen. Ein herzförmiges Gesicht, geschwungene Lippen, die immer lächelten, und sanfte braune Augen, die jedoch die Überheblichkeit des königlichen Paars widerspiegelten.

Kelsey's richtete sich an eine Klientel, die daran glaubte, sich für diesen Anlass in feinen Anzügen und wunderschönen Kleidern zu kleiden, doch diese beiden waren ein bisschen overdressed. Sein silberner Dinner Suit ließ den Pergamentton seiner Haut noch blasser wirken, während ihr leuchtend gelbes, bodenlanges Kleid ihre dunkle Haut betonte. Adalia beherrschte die Straße wie ein Model den Laufsteg, ihre Beine glitten aus den Schlitzen in ihrem Kleid, die so hoch waren, dass eine Kleiderpanne geradezu zu erwarten war.

Aber es war nicht ihre Erscheinung oder ihre Beherrschung des Raumes, die meine Aufmerksamkeit erregte; es war ihre Magie. Und wenn sie näher gewesen wären, hätte ich mich vorgebeugt, um sie nochmal zu fühlen. In diesem Moment war ich mir nicht sicher, ob nur ein Hauch ihrer Magie ausreichen würde, das Bedürfnis, in ihrer Energie zu baden, zu stillen. Ich konnte die Überschrift jetzt sehen: „Ruchlose Todesmagierin greift König und Königin der Feen an."

Ich beeilte mich, von ihnen wegzukommen, blieb aber abrupt stehen, als ich das Knurren von drei Wölfen mit gefletschten Zähnen hörte, die in unsere Richtung stürmten. Ich zog meine Schuhe aus, warf sie beiseite und bereitete mich auf alles vor, was passieren könnte.

Ein Wolf stürzte in meine Richtung, doch ich sprang auf das Auto, das mir am nächsten war, und kletterte auf das Dach. Neri sandte eine Welle aus Magie aus und schleuderte die anderen beiden mehrere Meter weiter auf den Rücken. Sie rollten sich ab, rappelten sich auf und griffen die Feen erneut an.

Mit glasigen Augen und scheinbar ausgehungert schienen sie von einer Kraft getrieben zu werden, die ihnen den Willen genommen hatte. Ich sah mich nach der Quelle um. Magie konnte gegen Wandler eingesetzt werden, aber nichts davon konnte sie oder ihre Gestalt kontrollieren, obwohl es Gerüchte gab, dass es magische Objekte gab, die es konnten.

Nicht, dass sie jemals jemand gesehen hätte. Ich vermutete, dass Asher im Besitz von allen war, die vielleicht existierten.

Aus der entgegengesetzten Richtung tauchten weitere Wandler auf. Neri und Adalia schossen Magie, die den Kojoten, die Hyäne und den Geparden davon abhielt, weiter in ihre Richtung zu rennen. In der kurzen Atempause errichteten die Royals einen Schutzschild um sich.

Die Tiere drängten sich darum, schlugen, bissen und kratzten danach. Er schwankte, hielt jedoch. Wenn er fiel, wäre das Paar von Wandlertieren umgeben, größer, schneller und stärker als ihre menschlichen Gegenstücke und mit der menschlichen Intelligenz, die bessere Strategie erlaubte. Die Tiere setzten Zermürbungstaktik ein, griffen die Barriere an und zwangen Adalia und Neri zu kämpfen, um sie aufrechtzuerhalten und die Risse und Schnitte zu reparieren.

„Halt!", befahl ich, in der Hoffnung, den menschlichen Teil der Tiere zu erreichen, der die magischen Impulse, die sie antrieb, außer Kraft setzen könnte. Dann sah ich mich erneut nach demjenigen um, der sie kontrollierte.

Es war jedoch nicht der Geruch von Magie, der meine Aufmerksamkeit erregte, sondern der silberne Funke, der wie ein Blitz vom Dach zuckte. Es war wie die Magie in meiner Wohnung. Mein Herz begann, in meiner Brust zu hämmern, als mir klar wurde, dass ich vielleicht sah, was entkommen war. Er war zu weit entfernt, als dass ich seine Gesichtszüge hätte erkennen können, aber die Federn hinter der Gestalt waren nicht zu leugnen. Flügel. Dann glitt er weiter in die Dunkelheit, bis er mit der Nacht verschmolz.

Einer der Wölfe löste sich aus der Gruppe und griff mich an. Ich positionierte mich mitten auf dem Autodach. Das Metall ächzte, als sich seine Klauen in das Metall gruben. In meiner Handtasche hatte ich einen Taser und ein Messer. An meinem Bein steckte eine Beretta Pico. Es waren keine Silberkugeln drin, also würde es höllisch wehtun, aber trotzdem schien es falsch zu sein, auf einen Wandler zu schießen, wenn er keine Kontrolle über sein Verhalten hatte.

Meine Aufmerksamkeit war geteilt zwischen dem Feenkönigspaar, dem Wolf, der mich angriff, und der geflügelten Person, die dafür verantwortlich war. Mit dem Taser in der Hand war ich bereit, mich zu verteidigen, falls es dem Wolf gelingen sollte, auf das Auto zu klettern.

„Runter! Sofort!" Ashers fast übermenschliches Befehlsgebrüll ließ sogar mich strammstehen. Ein leiser Zauber lag in den Worten. Wandler-Magie.

Die Wandler stießen ein angestrengtes Wimmern aus und schwankten. Mir wurde schnell klar, dass sie zwischen dem Befehl des Alpha zu ihrer Rechten und der Person hinter mir, die sie kontrollierte, hin- und hergerissen waren. Der Kampf war tief in ihren Gesichtern zu sehen.

„Brandon, Meredith, Ameri, Jax, Clarisse, runter! Jetzt!" Der rohe animalische Befehl ging mit einer weiteren Welle von Macht und Magie einher, von der ich nicht gewusst hatte, dass Wandler sie besaßen. Ich hatte noch nie Magie von einem Wandler geliehen und war mir sicher gewesen, dass ich es nicht konnte. Jetzt war ich mir nicht mehr so sicher.

Mein Blick wanderte zu Asher, dem Leuchten seiner Augen, der rohen Energie, die in Wellen von ihm ausging, der Anspannung in seinem Gesicht, als er seine Dominanz über die Tiere erzwang und versuchte, die Magie der Person, die sie kontrollierte, zu überwinden. Sherrie war nicht allzu weit hinter Asher und befahl den Angehörigen ihres Rudels zu gehorchen. Die Welle der Macht, die ihren Tieren befahl, sich zurückzuziehen und sich ihr zu unterwerfen, war etwas so Ursprüngliches und Mächtiges, dass ich bemerkte, wie ich mein Gewicht sich verlagerte und ich bereit war zu gehorchen. Ich zwang mich, sie zu ignorieren, und beobachtete, wie die Alphas um die Kontrolle rangen.

Asher war bei einem der Wölfe, die an der Barriere der

Feen rüttelten. Er hob das Tier hoch, und es fiel mit einem dumpfen Schlag zu Boden, doch es rappelte sich auf und griff ihn an. Sherrie stieß den Geparden weg und stieß ein bösartiges Knurren aus, das durch die Straße hallte. Es überraschte mich, dass die Leute nicht aus den Restaurants und Geschäften strömten, um die Szene zu beobachten. Es gab nur zwei Zuschauer, die sich angesichts der Geschehnisse rückwärts die Straße hinunter zu ihren Autos zurückzogen.

Ich teilte meine Aufmerksamkeit auf zwischen den Wölfen vor mir und der Gestalt, die wie ein Gespenst immer wieder ins Blickfeld glitt. Weitere Funken von Silber und Weiß sprühten aus seinen Händen. Asher lag am Boden, seine Hände um den Kiefer des Wolfs geklammert, um zu verhindern, dass er ihn biss. Er ging ein Risiko ein, rollte unter dem Wolf hervor und legte seinen Arm um den Hals des Tiers. Mehrere Minuten lang war Ashers Gesicht angespannt, die Muskeln seiner Arme ebenso, seine Augen nicht im Entferntesten menschlich. Der Wolf hörte endlich auf, sich zu wehren, als er das Bewusstsein verlor. Behutsam ließ Asher das Tier zu Boden sinken.

Hallo, Mr. Alpha. Ich nahm mir vor, Asher niemals zum Kampf Mann gegen Mann herauszufordern.

Die anderen Wölfe versuchten immer noch, an Neri und Adalia heranzukommen. Der Wolf, der mich als Ziel gewählt hatte, war zurückgewichen. Ich nahm an, dass er das Interesse an mir verloren hatte und sich wieder dem Hauptziel zuwenden wollte.

Ich hatte mich geirrt. Stattdessen zog er sich nur weit genug zurück, um Anlauf zu nehmen und auf das Auto zu springen. Ich zog mich ans hintere Ende des Fahrzeugs zurück. Der Wolf rutschte, fand keinen Halt und schnappte unbeholfen nach mir. Ich rammte ihm den Taser in die Flanke und trat ihn vom Auto.

Sherrie versuchte, ihre Wandler von der merklich geschwächten Barriere wegzudrängen. Die leuchtende Blase des Schildes war schwach und durchscheinend geworden. Ich zückte meine Waffe heraus und richtete sie auf die Wölfe, die die magische Barriere angriffen.

Ich konnte nicht auf die Tiere schießen. Sie waren unschuldig. Der Puppenspieler dieses Wahnsinns benutzte sie als Waffen. Ich drehte mich um und zielte auf die geflügelte Gestalt auf dem Dach, doch eine Kugel aus einer Pistole würde ihn nicht erreichen. Ich brauchte ein Gewehr.

Die Gestalt trat aus den Schatten heraus und schwebte langsam herunter. Der unerwartete Knall, der seine Landung begleitete, hatte die beabsichtigte Wirkung – er kündigte dramatisch seine Anwesenheit an.

Tiefe Teiche aus kaffeebraunen Augen mit einem Hauch von Ocker hätten weich, warm und einladend sein sollen, aber sie waren verhärtet und hasserfüllt. Er warf dem König und der Königin einen Blick zu, und Erkenntnis flackerte in ihren Blicken. Sein sandbraunes Haar wehte im Wind. Seine schwarzen und mitternachtsblauen Flügel beherrschten die Nacht. Als er sich auf die magische Schutzbarriere konzentrierte, errötete seine kühle, treibholzfarbene Haut. Die Straßen wurden von seiner Magie überschwemmt, die sich mit der der beiden Feen vermischte. Lange Finger tanzten in der Luft, als würden sie die Tasten eines Klaviers spielen.

„Ian." Asher knurrte den Namen mit zusammengebissenen Zähnen wie einen Fluch.

Ian durchbohrte Asher mit einem harten Blick, bevor er seine Aufmerksamkeit wieder auf die Royals richtete und seine Finger die eigentümlichen Bewegungen wieder aufnahmen und erst aufhörten, als der Schutzschild wie Papier im Wind davonschwebte. Asher war nur eine verschwommene Bewegung, als er das königliche Paar wegstieß, aus dem Weg der angreifenden Wandler, die sich auf sie stürzen wollten.

Ich feuerte zwei Schüsse in Ians grobe Richtung ab. Eine Warnung. Der nächste Schuss zischte absichtlich an seinem Gesicht vorbei. Seine Augen weiteten sich, und er fixierte mich. Ich richtete mich demonstrativ auf und hoffte, er begriff, dass der nächste Schuss ihn treffen würde.

Er hob die Hände, nicht, um sich zu ergeben, sondern um ein Netzwerk von Malen auf seinen Armen zu entblößen. Windungen, Zeichen und komplizierte Designs, die auf eine magische Einschränkung hindeuteten. Sein Blick wanderte von mir zu Asher. Neri und Adalia rappelten sich gerade auf und strichen ihre Kleider glatt, als wären sie nicht von tobenden Tieren umgeben.

„Es wird Vergeltung geben für das, was du mir angetan hast, Asher!", schwor Ian, dann erhob er sich in den Himmel und wurde von der Dunkelheit verschluckt. Für einen Moment dachte ich, er wäre davongewyndet, aber er flog genauso schnell. Von dort, wo ich stand, sagte mir die starke Magie, die hinter ihm zurückblieb, dass er eine Menge davon besaß.

Schließlich kamen Leute aus dem Kelsey's und anderen Gebäuden geströmt, um die Folgen zu bestaunen. Ich konnte das langsame Heben und Senken der Brüste der Wandler sehen. Sie lagen am Boden, erschöpft, aber am Leben.

Mephistos Aufmerksamkeit landete auf mir, als ich von meinem Platz auf dem Autodach herunterkletterte. Als ich die nahenden Sirenen der Polizei und der Supernatural Task Force hörte, versteckte ich meine Waffen. Mephisto war weg, als ich mich nach ihm umsah.

Unter den Beamten, die aus den Autos stiegen, und der STF, die versuchte, sie loszuwerden, kam es zu einem Aufruhr. Es würde eine Debatte darüber geben, wer sich mit dieser Situation befassen würde. Da es sich um Wandler handelte, sollte es von der STF gehandhabt werden, aber ich nahm an, die Polizei würde argumentieren, dass es in ihre Zuständigkeit fallen sollte, weil der Angriff unter anderem gegen mich gerichtet war und einige Leute in der Menge

Menschen waren. In solchen Situationen war es immer ein Kampf.

Während sie noch darüber diskutierten, fuhr eine dunkelblaue Limousine vor und parkte neben dem Streifenwagen der Polizei. River stieg aus dem Auto und sah mich direkt an, ein Schatten des Vorwurfs kroch über sein eckiges Gesicht. Seine Augen waren eiskalt und verurteilten mich eines Fehlverhaltens, ohne die Situation überhaupt zu kennen. Seine dünnen Lippen waren zu einer noch dünneren Linie zusammengepresst. Gekleidet in Hemd und Khakis war er eindeutig nicht für das Kelsey's gekleidet, aber er kam mir wie jemand vor, der regelmäßig gegen Kleiderordnungen verstieß. Er trug sein Abzeichen nicht sichtbar, also war er nicht beruflich hier, oder vielleicht doch. Er konnte auf dem Nachhauseweg gewesen sein und eine Gelegenheit gesehen haben, mich zu verhaften und diesmal für immer wegzusperren. Als zweiter am Tatort nach dem *Vorfall* hatte er aus nächster Nähe den bürokratischen Aufwand und die Manipulation des Systems beobachten können, mit dem sichergestellt worden war, dass ich keine Zeit im Gefängnis verbrachte. Mich hinter Gitter zu bringen, war sein Ziel geworden.

Sein strenger Blick blieb auf mich gerichtet, während er sich in sein Auto bückte – ich nahm an, um etwas aus dem Handschuhfach zu holen –, bevor er sich wieder daneben stellte. Er riss seinen Blick von mir los und richtete seine Aufmerksamkeit auf die Vertreter der STF und die Polizisten, die die Situation und den Tatort besprachen.

Asher trat neben mich.

„Was hast du gemacht?", zischte ich.

„Wie kommst du darauf, dass ich was damit zu tun hatte?"

Er konnte unmöglich gedacht haben, dass ich Ians dramatische Äußerung verpasst hatte.

„Es wird Vergeltung für das geben, was du mir angetan hast, Asher war ein guter Hinweis", schoss ich zurück und suchte

in meiner Handtasche nach einem Stift. „Gib mir eine deiner Karten", verlangte ich. Wenn ich nicht von einem Wolf – Ashers Wolf – angegriffen und gezwungen worden wäre, auf jemanden zu schießen, was dazu führen würde, dass sie mich zum Verhör mitnehmen würden, und der magische Unruhestifter Asher nicht impliziert hätte, hätte ich es in mir gefunden, zu bitten, anstatt zu verlangen.

Er hob fragend die Augenbrauen. Ich deutete mit der Hand auf den zerkratzten Lack und die Dellen im Auto.

„Dein Wolf, deine Rechnung."

Er schmunzelte, griff in sein Jackett, nahm mir den Stift aus der Hand, schrieb etwas auf die Karte und steckte sie unter den Scheibenwischer. Neben Asher stand ein Agent der STF, also vermutete ich, dass sie die Debatte darüber gewonnen hatte, wer sich mit der Situation befassen sollte. Die wenig begeisterten Gesichter der Officers zeigten deutlich, dass der Sieg kein echter Sieg war.

„Brauche ich einen Anwalt?", fragte Asher die Beamten, während sie die nackten Menschen betrachteten, die auf der Straße lagen.

Statt Tieren lagen jetzt erschöpfte Menschen auf dem Bürgersteig. Jemand aus dem Kelsey's eilte herbei und deckte sie mit weißen Tischtüchern zu. Es war eine süße, aber unnötige Geste; es war unwahrscheinlich, dass man einen Vampir ohne einen angenehm fitten Körper fand, genauso wenig wie einen Wandler, der keines zweiten Blickes würdig wäre. In menschlicher Gestalt waren sie extrem muskulös. Ich glaube nicht, dass Scham etwas war, das Wandler kannten, denn sie waren sich ihres attraktiven Körperbaus durchaus bewusst.

„Wenn sie Anzeige erstattet, dann brauchen Ihre Wandler einen Anwalt und wahrscheinlich eine Kaution. Neri und Adalia sagten, es gäbe nichts, weswegen sie Anzeige erstatten wollten. Aber das ist nicht die Geschichte, die ich hier sehe. Es sieht so aus, als wären die Wandler ohne jede Erklärung durchgedreht." Der Beamte warf Asher einen scharfen Blick zu und sagte: „Wissen Sie zufällig warum?"

Mit ruhigem Gesicht schwieg Asher und antwortete nur mit einem Achselzucken.

„Ich werde keine Anzeige erstatten", sagte ich und unterbrach die angespannte Stille. „Das war nur ein Missverständnis. Ein Spiel, das außer Kontrolle geraten ist."

„Ein Spiel, das außer Kontrolle geraten ist", mischte sich River ein und verstieß gegen den von der Polizei festgelegten impliziten Kompromiss der Zuständigkeit. „Dinge geraten regelmäßig außer Kontrolle, wenn Sie in der Nähe sind. Muss ich Ihre Schwester anrufen? Vielleicht kann sie auch bei diesem Vorfall helfen." Kalte, abschätzende Augen wanderten von mir zu den zugedeckten Wandlern. Er verzog seine Lippen und fuhr sich mit den Händen durch sein ergrauendes Haar.

„Nein, danke." Meine Worte und der Mangel an Aufmerksamkeit, den ich ihm entgegenbrachte, waren ein Gewinn. Ich konnte die Hitze seiner Wut spüren. Er hatte politische Ambitionen, das Amt des Bezirkstaatsanwalts, genauer gesagt, und ich hoffte wirklich, dass seine Feindseligkeit und Vendetta gegen mich beigelegt sein würden, wenn er sich auf den Weg in diese Richtung machte.

Mit ungläubiger Stimme sagte einer der Supernatural Task Force-Officer: „Erzählen Sie mir von diesem Spiel, das außer Kontrolle geraten ist."

„Wissen Sie, das Spiel mit Rotkäppchen und dem Wolf. Es ist wirklich beliebt."

Asher wandte den Blick ab und versuchte, sein Lachen zu verbergen.

Der Officer kniff irritiert die Augen zusammen. Meine Art von Humor machte die Situation nur noch schlimmer.

„Also", sagte er, „wollen Sie uns glauben machen, dass es ein Spiel gibt, das Wölfe dazu verleitet, Sie zu jagen." Obwohl er mich mit harten, fragenden Augen ansah, richtete er seine

Frage an Sherrie und Asher. Ihre Wandler, ihr Problem. „Es scheint ein sehr gefährliches Spiel zu sein. Jemand hätte getötet werden können.“

Du weißt, dass es kein Spiel gibt. Aber du spielst mit, oder? Gut. Lass uns das machen.

Ich setzte einen neutralen Blick auf und erwiderte seinen prüfenden Blick. „Es ist komplizierter als das. Wie ich schon sagte, es ist ein bisschen außer Kontrolle geraten.“

„Ah, es ist alles Spaß und Spiel, bis jemand ins Gras beißt“, konterte River mit einer Stimme, die vor kaum unterdrückter Abscheu triefte.

Ich unterbrach den intensiven Blickkontakt mit River, als einer der STF-Agents mit den Füßen scharrte. Beide STF-Agents warfen River einen vernichtenden Blick zu, den er nicht bemerkte, weil er sich immer noch auf mich konzentrierte.

Ich hatte keine Ahnung, warum Asher ihm nicht erzählte, dass ein geflügelter Mann mit Animancer-Kräften Ashers Tiere kontrolliert und sie veranlasst hatte, Neri und Adalia anzugreifen, aber ich hatte vor, es herauszufinden.

Es war eine gewisse Erleichterung, dass Asher nicht erzählte, was wirklich passiert war, weil ich mir sicher war, dass Ian nicht hier sein sollte. Cory war für Ians Anwesenheit verantwortlich, und Madison war dagewesen, als Ian in unsere Welt gekommen war. Ich wusste nicht, wie sich das auf sie auswirken würde, und ich wollte es nicht herausfinden. Das menschliche Wissen über die Existenz übernatürlicher Kräfte schuf eine heikle Situation. Magische Regeln waren widersprüchlich, und während einer Anomalie in der Wissenschaft mit Vorbehalt begegnet wurde, verursachte sie im Zusammenhang mit Magie Angst.

„Darf ich Ihren Ausweis sehen?“, fragte einer der STF-Officers.

Das war das Letzte, was ich brauchte. Wenn er nicht schon wusste, wer ich war, würde es bei meinem Namen definitiv bei ihm klingeln. Wegen Mordes angeklagt worden zu sein und anschließend mit etwas davongekommen zu sein, das die meisten Leute als milde Strafe betrachteten, gefiel weder der menschlichen Polizei noch der STF. Es war ein politischer Alptraum, dass Hassgruppen behaupteten, Übernatürliche seien außer Kontrolle geraten und die menschliche Polizei debattiere die Notwendigkeit von Menschen in der STF oder die Fusion der beiden Behörden.

Der Polizei gefiel es nicht, dass sie keine Zuständigkeit hatte, wenn es um übernatürliche Verbrechen ging. Ich hatte Madison einmal sagen hören, dass die Polizei froh sein sollte, sich nicht mit den Wandlern und ihren Teams aggressiver Anwälte auseinandersetzen zu müssen, die weitaus bösartiger und rücksichtsloser waren als die Halbtiere, die sie vertraten, und die Anwälte der Vampire galten als noch schlimmer.

Der Officer blickte auf den Namen, dann auf mich und dann wieder auf den Namen auf dem Ausweis. Mit ausdruckslosem Gesicht gab er ihn mir zurück.

„Warum kommen Sie nicht mit und machen eine Aussage?"

„Da gibt es nicht viel auszusagen. Sie wissen, dass die Wölfe manchmal dazu neigen, durch die Straßen zu rennen. Das sollten sie nicht, und ich weiß, dass dafür eine Geldstrafe verhängt wird. Ich habe sie gesehen und angefangen, das dumme Spiel mit ihnen zu spielen. Ich bin über etwas erschrocken davongerannt. Da hat ihr Instinkt übernommen. Sie hatten nicht vor, mich zu verletzen, sondern hatten einfach Spaß an der Jagd. Dann kam Asher heraus und hat ihnen befohlen aufzuhören."

Die STF bestand aus Übernatürlichen, und ich war so froh, dass keiner von ihnen Wandler war, weil sie nicht nur die Lüge gerochen hätten, sie hätten sie auch nie durchgehen lassen.

Ein Spiel? Wirklich?

Aber ich konnte mich herauslavieren, und Asher würde die Geschichte, falls nötig, wiederholen. Und die Wandler, die jetzt in ihrer menschlichen Gestalt waren und es kaum noch unter den Tischdecken aushielten, hatten es auch gehört. Niemand musste sich etwas zusammenspinnen, was zu meiner „Spiel"-Geschichte passte.

Ich ging hinüber zu Meredith, um ihre Brüste zuzudecken, etwas, das für sie keine Priorität zu sein schien. Ich wollte dieses Maß an Selbstvertrauen und Schamlosigkeit. Doch wenn ich es mir recht überlegte, vielleicht lieber doch nicht. Dasselbe tat ich bei Amerti, obwohl ihr ihre Nacktheit ebenso gleichgültig war. Ich warf Brandon einen Blick zu und zog an dem Tuch, um seine Kronjuwelen zu bedecken. Die anderen waren nicht viel besser. Irgendwann gab ich es auf, ihnen zu helfen. Sie waren nicht besorgt darüber, also warum sollte ich es sein?

Die Lippen des Officers waren zu einer festen Linie zusammengepresst, und er behielt Sherrie und Asher vorwurfsvoll im Auge. „Alle kommen mit, damit wir das klären können."

„Sind sie verhaftet?", fragte Asher und holte sein Handy aus der Tasche.

„Nicht, wenn niemand Anzeige erstattet. Aber ich bin neugierig, warum sie auf der Straße waren. Es ist illegal. Da drüben sind zerrissene Kleider." Er deutete auf die auf der Straße verstreuten Kleidungsstücke. „Das ist nicht typisch. Zieht ihr euch nicht normalerweise aus, anstatt eure Klamotten zu zerreißen?"

Der Officer sah die drei Wölfe an, und sie sahen Asher an. „Ich hatte zu viel zu trinken", sagte eine, „und habe gewandelt, um den Alkohol abzubauen. Ich habe mir nichts dabei gedacht. Ich wollte nur den Alkohol verbrennen. Tut mir leid, Asher."

Asher zuckte mit den Schultern. Die Frau fuhr fort. „Ich bin dominant, und das hat die anderen dazu gebracht, ebenfalls zu wandeln." Sie sah den Officer an. „Sie wissen, dass das passiert, oder?"

Wir alle sahen den Mann an, und er nickte, aber nur, weil er nicht den Anschein erwecken wollte, als wüsste er nichts von der Physiologie der Wandler. Ich wusste den Mangel an Wissen zu schätzen – es war zu unserem Vorteil –, aber ich musste Madison sagen, dass ihr Department einen Auffrischungskurs über Wandler brauchte. Ein dominanter Wandler konnte andere dazu zwingen, zu wandeln, aber nicht, ohne sie zu berühren. Nur ein Alpha konnte das ohne Berührung tun, und das kommt in den seltenen Fällen vor, in denen er während des Wandelns die Kontrolle verliert. Ich nenne es Hulkszenario. Aber ein unausgeglichener Alpha, der nicht fähig ist, seine Emotionen zu kontrollieren, bleibt nicht lange in dieser Position.

Sherries Wandler erzählten ähnliche Geschichten und entschuldigten sich. Entweder glaubte uns die STF oder belohnte uns für unsere Erzählkunst. Die Beamten warfen einen weiteren Blick in Sherries Richtung und dann auf Asher. Das selbstbewusste Lächeln, das Ashers Lippen umspielte, schien sie davon abzuhalten, sich mit seinem Anwaltsteam auseinandersetzen zu wollen. Es war gut, dass ich nicht an ihrer Stelle war; dieses Grinsen hätte mich dazu gebracht, ihm Handschellen anzulegen und ihn auf den Rücksitz des Streifenwagens zu werfen, nur so zum Spaß.

Nach einigen Momenten der Überlegung wurden Geldstrafen gegen die Wandler verhängt. Ich sah mir die Strafzettel an. Wenn ich ein Wandler wäre, würde ich darauf achten, so weit von der Stadt entfernt zu sein, dass mir nie jemand vorwerfen könnte, in einem dicht besiedelten Gebiet gewandelt zu haben. Wenn ich daran denke, wie oft Wandler in Tiergestalt aus Clubs nach Hause gingen, anstatt ein Taxi zu benutzen, musste ich an ihrem Verstand zweifeln. Selbst ein Uber von einem Ende der Stadt zur anderen würde sie ein Siebtel der Geldstrafe kosten. Die meisten Menschen waren es gewohnt, Tiere auf der Straße zu sehen, daher war es unwahrscheinlich, dass sie die Cops rufen würden. Und wenn sich die Leute daran gewöhnt hatten, nachdem sie zurückgewandelt hatten, Menschen im Adamskostüm herumlaufen zu sehen, dann war es auch keine große Sache, gelegentlich einen Wolf, Schakal, Fuchs, Löwen, Geparden oder was auch immer zu sehen.

„Ihr zwei braucht bessere Kontrolle über eure Rudel. Eine verängstigte Frau, und sie verfolgen sie wie tollwütige Tiere." Der Officer hatte zu viel Freude daran, die Alphas zu schelten.

„Sie haben mich nicht wie tollwütige Tiere verfolgt ..."

„Tut mir leid", sagte diejenige, die die Verantwortung für das Wandeln übernommen hatte.

Frustriert schien der Beamte nach zusätzlichen Dingen zu suchen, die er ihnen vorwerfen konnte. Doch stattdessen wurde ich aufgefordert, eine Aussage zu machen. Ich tat es und wiederholte genau, was ich zuvor gesagt hatte.

Als die Beamten gegangen waren, wandte ich mich Asher zu. „Ich erwarte dich in einer Stunde bei mir. Ich muss dem auf den Grund gehen", presste ich durch zusammengebissene Zähne heraus.

„Das ist nicht nötig. Ich werde mich darum kümmern."

„So wie du es zuvor getan hast – was zu einem zornigen ... was auch immer er ist ... geführt hat."

„Er ist ein Feenmann. Deshalb hat er Neri und Adalia angegriffen."

Das wurde immer schlimmer, und ich musste genau wissen, welche Art von Feenmann Cory freigelassen hatte und wie ich ihn wieder wegsperren konnte.

„Ich will mehr über ein allmächtiges Wesen wissen, das fliegen und Tiere kontrollieren kann. Ich will auch wissen, warum er das tut."

Asher wischte sich mit der Hand übers Gesicht. „Er sollte nicht hier sein", flüsterte er so leise, dass es fast unhörbar war. „Ich muss das reparieren", fügte er hinzu und wollte gehen. Ich packte seinen Arm.

„Asher, ich muss es wissen" – ich überlegte, ihm zu sagen, dass ich meine Aussage ändern würde, wenn er es mir nicht sagte, aber ich kannte Asher lange genug, um zu wissen, dass das nicht funktionieren würde – „Ich will dir helfen." Meine Worte klangen aufrichtig, weil ich aufrichtig war. Ich musste reparieren, was Cory getan hatte, besonders, wenn es mit uns in Verbindung gebracht werden und Asher herausfinden konnte, dass wir das *Mystic Souls*-Buch benutzt hatten. Ich wusste nicht, ob er die Puzzleteile schon zusammengefügt hatte oder ob er es überhaupt tun würde, aber ich musste etwas gegen Ian unternehmen.

5

„Wir müssen wirklich die ‚Wenn du rufst, komme ich'-Regel ändern", beschwerte sich Cory und verschränkte die Arme vor der Brust, bevor er sich auf das Sofa fallen ließ.

„Das war deine Regel, erinnerst du dich?" Der Pakt, den wir hatten, war, dass ich Cory anrufen würde, bevor ich mir die Magie von jemand anderem ausleihe. Dann entwickelte sich diese Regel, und er wurde für mich der erste Aufruf für alles. Und er war mein erster Anruf, mit Ausnahme des *Vorfalls*. Dafür hatte ich Madison anrufen müssen, weil sie die einzige Person war, die helfen konnte.

Cory sah mich frustriert an und lächelte widerstrebend. „Ich weiß. Ich wusste nur nicht, dass die Anrufe so häufig und so spät in der Nacht kommen würden."

„Es ist erst elf, alter Mann."

Er wedelte mit der Hand vom Kopf bis zu den Zehen und sagte: „*Das* hier erfordert Schlaf, Bewegung, gutes Essen und gelegentlich ein gutes Glas Wein. Ich bin mir nicht sicher, welchen Deal du mit dem dunklen Lord gemacht hast, der dir erlaubt, mit Whiskey, dem Müll, den du isst, und einem Nickerchen hier und da zu überleben, aber lass es mich wissen, ob es das wert war."

„Ich hatte recht. Du bist eine alte Seele", neckte ich, und meine Brust zog sich zusammen bei dem Gedanken an meine Mutter – oder besser gesagt, die Frau, die mich großgezogen hatte. Nein. Sie war nicht nur die Frau, die mich großgezogen hatte. Sie *war* meine Mutter. Und mein Vater *war* mein Vater. Sie waren meine Familie.

„Erin, was ist los?"

Ich warf Cory ein gezwungenes Lächeln zu. „Ich glaube, ich weiß, wen du aus dem Schleier befreit hast. Er wollte raus, und es hat mit Asher zu tun, der in ein paar Minuten hier sein wird. Hoffentlich kann er alles in Ordnung bringen", sagte ich vorsichtig und erlaubte meinen Gedanken, zum Worst-Case-Szenario abzuschweifen. Ein Alpha-Wandler, der König und die Königin der Feen und ein mächtiger geflügelter Animancer-Feenmann – was für Probleme könnte das mit sich bringen?

„Wir werden dafür Magie brauchen. Wahrscheinlich eine Menge."

„Fürs Protokoll, ich habe keinen Egomanen- oder Arschloch-Entfernungszauber, um Asher zu helfen. Er braucht vielleicht nur eine Umarmung von seiner Mommy oder so, aber hoffentlich kann ich bei den anderen Problemen helfen."

Lautes Klopfen unterbrach mein Lachen.

„Ich glaube nicht, dass mein Ego so übertrieben ist, und ehrlich gesagt wird es unterschätzt, ein Arschloch zu sein. Es macht ziemlich Spaß. Man hat eine Menge Freiheit. Ich komme zur Sache, und keiner erwartet mehr von mir. Das erlaubt mir, mit meiner Zeit ziemlich effizient und produktiv umzugehen. Und" – Asher schlenderte in den Raum, sein Dauergrinsen fest in seinem Gesicht verankert – „was Umarmungen angeht: Ich glaube, meine Mommy hat mich zu viel begluckt. Das wurde mir zumindest gesagt. Ich erinnere mich deutlich an kleine Bemerkungen wie ‚Du bist perfekt', ‚Der beste Sohn, den sich jede Mutter hätte wünschen können', ‚Kleiner Engel' und ‚Ein perfekter kleiner Gott'." Dabei zog er eine Braue hoch.

Ich gab der Mutter nur ungern die Schuld, aber …

„Dann wurde er zu einem Alpha gemacht", murmelte Cory vor sich hin, aber mit Ashers Wandlergehör war es so laut, als hätte Cory es geschrien. Asher bleckte die Zähne zu einem Lächeln, das einen Hauch von Warnung enthielt. Die Drohung gegen Cory störte mich.

Asher wandte seine Aufmerksamkeit langsam von Cory ab, der böse auf seinen Rücken starrte und den Testosteronspiegel im Raum merklich in die Höhe trieb. „Aber ich mag Umarmungen", schnurrte Asher, und ein verspieltes Lächeln ersetzte das bedrohliche. Er öffnete einladende Arme.

„Du willst mich jetzt wirklich nicht so nah haben. Wer zum Teufel ist Ian, und wie kann ihn jemand ohne die Fähigkeit, Magie einzusetzen, magisch eingeschränkt haben?", fragte ich. Was auch immer Asher Ian angetan hatte, es hatte sehr zu seiner Entschlossenheit beigetragen, zurückzukehren. Cory würde nicht die volle Hauptlast dieser Schuld tragen.

„Wie du schon gesagt hast, bin ich dazu nicht in der Lage."

„Aber angesichts der hasserfüllten Blicke, die er Neri und Adalia während des Angriffs zugeworfen hat, gehe ich davon aus, dass sie bei was auch immer passiert ist, deine Partner waren."

Asher schluckte herunter, was er sagen wollte, und wandte seine Aufmerksamkeit wieder Cory zu, was deutlich machte, dass ich mir sein Vertrauen verdient hatte, Cory jedoch nicht.

„Asher." Meine Stimme wurde zu einem Flüstern. „Das ist ein Problem. So jemanden kannst du nicht da draußen haben wollen. Jemanden mit der Fähigkeit, Wandler zu kontrollieren, der sich an dir rächen will. Lass mich helfen."

Ich trat auf ihn zu, und er musterte mich lange, seine Augen zu einem silbernen Splitter zusammengekniffen.

Seine Ohren zuckten kaum merklich. Das hasste ich am meisten an Wandlern. Alles wurde von ihrem eingebauten Polygraphen untersucht. Wenn er ein Vampir gewesen wäre, hätte es mich beunruhigt, wie er meinen Hals betrachtete, oder wie sein Blick auf meine Brust fiel – nicht auf meine Brüste, sondern auf das Heben und Senken meiner Brust. Dann senkte er schließlich den Blick zu Boden.

„Wiederhol nochmal, was du zuletzt gesagt hast", sagte er. Es war eine seltsame Forderung, aber ich tat, was er verlangte.

Er verschlang die wenigen Zentimeter zwischen uns, seine Stimme ein Flüstern nur für meine Ohren.

„Irgendwas stimmt nicht", gab er zu.

„Mit mir?"

Verdammt, seine Fähigkeiten waren nicht nur eigenartig, sie waren auch fast gruselig. Wusste er, dass wir etwas mit Ians Freilassung zu tun hatten? Hatte etwas an mir es verraten? Ashers Augen wanderten zu Cory und dann wieder zu mir.

„Ich habe keine Ahnung, wie er rausgekommen ist. Er hätte nicht in der Lage sein sollen, zurückzukehren. Ich war dabei, als er an den Schleier ausgeliefert wurde. Ich konnte es nicht sehen", sagte er mit tonloser Stimme. Ich wurde mir seiner intensiven Beobachtung von mir und Cory überaus bewusst. „Als der Zauber ausgeführt wurde, war er im einen Moment da, und im nächsten war er weg."

Mehrere unbehagliche Momente der Stille verstrichen.

„Es wird Auswirkungen auf mein Rudel haben", sagte er und zerzauste sein Haar, als er mit den Fingern hindurch-fuhr. Er hielt inne und richtete seine volle Aufmerksamkeit auf mich. „Ich weiß, dass wir immer noch Probleme haben, aber ich vertraue darauf, dass es keinen Einfluss darauf hat, wie du damit umgehst. Ich muss wissen, dass du alles tun wirst, um mir zu helfen."

Wenn es um sein Rudel ging, verlor er jede Überheblichkeit, und zurück blieb ein Mann, der verzweifelt und alles Notwendige zu tun bereit war, um es zu beschützen.

„Natürlich. Ich will diesen Typen auch nicht auf der Straße. Wenn das, was er heute gezeigt hat, ein Indikator dafür ist, wozu er fähig ist, müssen wir uns definitiv darum kümmern."

Asher betrachtete mich noch einen langen Moment, bevor er nickte. Dann trat er einen Schritt zurück und sah Cory an; es war offensichtlich, dass Asher ihn nicht dahaben wollte. Er hätte noch mehr gewollt, dass er weg ist, wenn er gewusst hätte, dass Cory für Ians Freilassung verantwortlich war.

„Wenn Magie nötig ist, wird Cory involviert sein. Du kannst ihm vertrauen", sagte ich.

Asher ging auf und ab, vielleicht, um ihm Zeit zu geben, die Geschichte zu überarbeiten, die er gleich enthüllen würde.

„Mir wurde versichert, dass er die Barriere nicht überqueren kann."

„Barriere?", fragte Cory. Ich warf ihm einen Blick zu. Cory erkannte seinen Fehler und klappte den Mund zu.

„Die Male auf seinen Armen funktionieren wie ein elektronischer Monitor. Sobald wir die Male angebracht hatten, konnte er sie nicht überqueren." Asher sagte uns nichts, was wir nicht wussten. „Er ist schon einmal hier gewesen und hat dieselbe Nummer abgezogen. Er hatte eine Armee von Wandlern in seine Gewalt gebracht und einen Putsch versucht, um Neri und Adalia zu stürzen und ihren Platz einzunehmen." Asher zuckte mit den Schultern. „Ich interessiere mich nicht für Feenpolitik. Soweit es mich betrifft, wäre er wahrscheinlich nicht nerviger als sie. Neri und Adalia sind arrogant, anmaßend und moralisch fragwürdig, wenn es um die Feen und den Schutz ihrer königlichen Stellung geht."

Ich warf Cory einen vernichtenden Blick zu, bevor er etwas von Glashaus und Steinen sagen konnte.

„Er ist vor vier Jahren zurückgekehrt", fuhr Asher fort. „Ich habe es mit Diplomatie versucht und ihn gebeten, eine verbindliche Blutvereinbarung zu treffen, dass er seine Animantiefähigkeiten nicht einsetzen würde, aber mein Vorschlag wurde abgelehnt."

Ich würde mich aus dem Fenster lehnen und annehmen, dass seine „Diplomatie" eine kaum verhüllte Drohung war, er werde es bereuen, wenn er seine Fähigkeiten einsetzte. Aufgrund des Funkelns und der räuberischen Schärfe in Ashers Augen und des dunklen, bedrohlichen Ausdrucks, der bei der Erinnerung an das Gespräch über sein Gesicht huschte, war ich mir sicher, dass ich recht hatte.

„Und als dieses Treffen nicht wie geplant verlaufen ist?", fragte ich.

„Haben wir andere Maßnahmen ergriffen. Ich war bereit, ihn mit Eisen vollzupumpen und ihn dorthin zu schleifen, wo er hergekommen ist." Seine Lippen verzogen sich, als er knurrte. „Aber der Bastard ist immun gegen Eisen. Ein Feenmann, der nicht durch Eisen geschwächt wird. Was zum Teufel existiert im Schleier? Jemand ohne erkennbare Schwächen ist zu gefährlich, um existieren zu dürfen."

Warum existiert er dann? Ich machte mir nicht vor, dass einer Bedrohung wie Ian erlaubt sein sollte zu leben. Wenn das Rudel nicht versucht hätte, ihn zu eliminieren, hätten es die Feen definitiv getan. Es ergab keinen Sinn.

„Neri war besorgt wegen seiner Immunität. Dann hat er sich an Warnungen erinnert, die er über einen Schutzzauber gehört hatte, der über die im Schleier gelegt worden war. Weder er noch Adalia können den Schleier sehen." Er stieß ein dunkles, freudloses Lachen aus. „Sie haben wahrscheinlich nicht geglaubt, dass er existiert, bevor Ian aufgetaucht ist. Neri sagte, er habe Gerüchte über eine Strafe für das Töten gehört – Verlust der Magie. Wir haben die Frau in

Schwarz aufgesucht. Sie hat es nicht bestätigt, konnte es aber auch nicht widerlegen. Niemand wollte das Risiko eingehen. Sie konnte Ian zurückschicken und ihn verzaubern, um ihn an seiner Rückkehr zu hindern." Sein Blick wanderte in meine Richtung, da er wusste, womit die Besuche bei ihr einhergingen.

„Was wollte sie dafür?", fragte ich.

„Eine Probe. Eine von jeder Spezies. Haare und Blut." Er muss verzweifelter gewesen sein, als er zugeben wollte.

„Dann haben wir ihn mit demselben Zauber wieder zurückgeschickt."

„So einfach ist es nicht. Der Xios wurde dabei zerstört. Das ist der Preis für seine Nutzung. Und ich weiß nicht, ob es noch einen gibt."

„Wie hat es ausgesehen?", fragte ich. Bei magischen Objekten maß ich dem Namen in der Regel keine Bedeutung zu, weil sie oft unterschiedliche Namen trugen, und wenn man es mit einer Hexe und einem Magier zu tun hatte, würden beide unterschiedliche Namen dafür haben. Es war anstrengend, sich mit ihnen und ihren kleinlichen Streitereien zu befassen. Es war wie der Unterschied zwischen Cola und Pepsi. *Es ist dasselbe!*

Asher scrollte durch sein Handy und zeigte mir ein Foto; das dunkelviolette Objekt mit seinen unregelmäßigen Rundungen erinnerte mich an eine Lotusblume aus Porzellan. Er scrollte zum nächsten Bild, das einen Staubhaufen zeigte.

„Es wurde zerstört."

„Habt ihr die Überreste aufbewahrt?"

„Ich habe darüber nachgedacht, aber ein Teil davon wurde mit Ian weggefegt, sodass es sowieso nutzlos gewesen wäre. Ian hatte diese Male nicht, als er in den Schleier zurückgeschickt wurde. Ich nehme an, das sind die Überreste des Xios."

Bei der Zerstörung eines magischen Objekts war es

immer eine gute Praxis, es zu zerbrechen und ein Stück zu entfernen, damit es nie wieder zusammengesetzt werden konnte. Selbst wenn sie zu Staub zermahlen werden, sollten die Reste niemals zusammenbleiben.

„Ich muss noch ein bisschen recherchieren, aber ich habe vor, ihn zurückzuschicken und sicherzustellen, dass er nicht wiederkommt", sagte ich.

Die Härte in Ashers Augen drückte deutlich aus, dass er eine unwiderrufliche Lösung bevorzugen würde, doch der Schutzzauber auf dem Schleier hielt ihn davon ab.

Ich versicherte mich, dass Asher das Gebäude verlassen hatte, um zu verhindern, dass er irgendetwas hörte. Als ich die Tür schloss, sprang Cory auf und ging in dem kleinen Raum auf und ab.

„Ich habe das gemacht. Ich bin dafür verantwortlich, diesen Mann auf die Stadt losgelassen zu haben, und habe das Ashers Rudel angetan. Neri und Adalia ... den Feen." Er fluchte leise und rieb sich mit den Händen über das Gesicht.

Ich ergriff seine Hände, hielt sie fest und sah ihm in die Augen. „Und niemand wird es je erfahren", versicherte ich ihm. Das Pseudo-Selbstvertrauen in meiner Stimme ließ es so klingen, als hätte ich einen Plan. Den hatte ich nicht. Corys Miene blieb finster. Er war ein mächtiger Hexenmeister, und er sollte die Wandler nicht fürchten. Aber Zirkel waren klein und nicht wie Rudel aufgestellt. Du legst dich mit einem Zirkel an und das war's. Du hast einen Zirkel, der wütend auf dich ist. Du legst dich mit einem Rudel an und hast plötzlich Hunderte von Feinden.

Ich provozierte bisweilen gern einen Bären, Wolf, Geparden, Löwen oder wen auch immer, aber ich würde mich nie absichtlich wirklich mit einem anlegen, und meine Enttäuschung über Asher nach seinem Verrat hätte böse für mich enden können. Aber er hatte es für sich behalten. Auch wenn ich ihn erwischt … oder mit dem Messer gestochen hatte, je nachdem, wer die Geschichte erzählte oder welcher Beamte den Polizeibericht ausfüllte, würde Asher mich niemals zum Feind seines Rudels erklären. Dazu war er zu arrogant. Die meisten waren es.

„Wir werden das in Ordnung bringen", sagte ich, „und niemand wird es jemals herausfinden. Die Chancen, dass es rauskommt, sind gering." Nicht so gering, wie ich es gern hätte, zumal meine Rückgabe von *Mystic Souls* an Asher mit Ians Auftauchen zusammenfiel. Würde er eins und eins zusammenzählen?

„Wie?" Cory klang so besorgt, wie er aussah.

„Wir müssen Ian zurück in den Schleier schicken. Wenn es einmal gemacht wurde, kann es wieder gemacht werden. Ich muss nur einen Weg finden." Es gab immer mehr als ein Objekt, das verwendet werden konnte, um ein Ziel zu erreichen. Es mochte mehr Magie und zusätzliche Objekte erfordern und eine Herkulesaufgabe sein, aber es war möglich. Hoffte ich zumindest.

„Was ist mit den Drachen, Mephisto, sogar Asher? Sie alle sammeln magische Gegenstände, also sollten sie was haben", schlug Cory vor.

„Und die STF. Wir haben Optionen."

Die Optionen waren jedoch bei Weitem nicht so reichlich, wie sie schienen. Die STF musste die Verwendung eines beschlagnahmten magischen Objekts rechtfertigen, und damit begann ein bürokratischer Prozess, der oft länger dauerte als das Objekt zu finden, selbst wenn ich Madisons Verbindungen nutzen konnte. Ich wollte wirklich nicht, dass das mit Madison in Verbindung gebracht wurde. River würde herumschleichen und versuchen, einen Weg zu finden, es mir anzuhängen. Mein Aufenthalt im Stygian war keine zufriedenstellende Strafe für ihn gewesen. Und ich verstand es. Viele Leute waren derselben Meinung.

Ich musste einen Weg finden, Ian zurück in den Schleier zu bringen und die einschränkenden Male, die er trug, zu reaktivieren. Es war zweifelhaft, dass Asher irgendwelche nützlichen Gegenstände hatte, obwohl er sie bereitwillig hergeben würde, wenn ich ihn damit von Ian befreien könnte. Die Drachen könnten etwas haben. Wenn dem so war, würde es beweisen, dass es richtig gewesen war, eine Geschäftsverbindung mit ihnen einzugehen, nachdem ich herausgefunden hatte, dass sie für den Diebstahl mehrerer wertvoller Gegenstände von einigen sehr hochkarätigen Leuten verantwortlich gewesen waren. Leuten, die sie nicht als Feinde haben wollten. Ich könnte das Objekt von ihnen kaufen. Es von Mephisto zu bekommen wäre schwerer, weil er ein Sammler war und seine Schätze nicht teilen wollte. Er würde meine letzte Option sein müssen.

Aber bevor ich herausfinden konnte, wer die Objekte hatte, musste ich wissen, was genau ich brauchte.

6

„Was ist los, Erin?"

Madisons Stimme war angespannt, und die Müdigkeit darin ließ mich glauben, dass sie bereits wusste, was ich sagen wollte.

„Ich weiß, was durch den Schleier gekommen ist, als Cory diesen Zauber gewirkt hat."

„Lass mich raten, hat es mit den Wandlern zu tun?" Ihr scharfes, verzweifeltes Ausatmen ließ mich wünschen, ich hätte Cory davon abgehalten, den Zauber zu versuchen. „Jemand treibt die Wandler in den Wahnsinn?"

„In den Wahnsinn? Nein. Jemand kann sie zum Wandeln zwingen und kontrolliert dann, was sie tun. Er ist ein Feenmann." Ich teilte ihr alles mit, was Asher mir erzählt hatte. Es folgte eine Reihe von Flüchen, einige auf Französisch, viele auf Englisch und einige eine Mischung aus beidem. Nach den ersten zehn *Fucks* hörte ich auf zu zählen.

Es war nicht die Tatsache, dass sie sich mit den Wandlern auseinandersetzen musste, die sie störte. Weder sie noch ihre Anwälte störten meine Schwester. Es war der Feenmann. Sie war eine Fee, also technisch Neris und Adalias Untertan. Es war eine eigentümliche Situation, doch alle Arten hatten das

Problem. Das Leben der Vampire war einfacher, weil sie ihre eigene Subkultur waren. Sie arbeiteten selten für eine der Agenturen oder in der Gemeinde. Wenn sie überhaupt arbeiteten, dann meistens zu ihrem eigenen Vergnügen.

Wandler arbeiteten in der Regel für Firmen, die ihrem Dachunternehmen gehörten. Der größte Teil ihres Geschäfts bestand aus Sicherheitsdienstleistungen und Immobilien. Es schien, als hätten sie einen Notfallplan, um sich bei Bedarf von der Gemeinschaft zu separieren. Als sie sich geoutet hatten, waren sie nicht leicht akzeptiert worden, also warteten sie vielleicht darauf, dass die Menschen sich wieder gegen sie wandten.

„Ich habe gehofft, dass es nichts in diese Richtung ist. Ich habe gehört, was im Kelsey's passiert ist, und natürlich glaubt River, dass du involviert bist. Ich muss mich gerade um eine Situation kümmern."

„Welche Situation?"

„Eine in Hagard's Park."

Ich drehte und fuhr in Richtung Park, während ich Madison die Details über Ian mitteilte, einschließlich Neris, Adalias und Ashers Rolle darin, dass Ian angepisst war.

„Wenn er versucht hat, sich an Asher zu rächen, warum hat er sie dann dich angreifen lassen?", fragte Madison.

„Ich glaube nicht, dass es etwas mit mir zu tun hatte. Es scheint, als wollte er sie zum Handeln zwingen. Stell dir Wandler vor, die Menschen angreifen, ohne dass die Alphas in der Lage sind, sie zu kontrollieren, während ein Feenmann verantwortlich ist. Menschen werden die Nuancen nicht sehen. Sie werden uns alle beschuldigen."

Madison stieß eine weitere Reihe von Flüchen auf Französisch und Englisch aus. Einige ergaben absolut keinen Sinn. *Fuckbuster* gibt es nicht, Maddie.

„Neri und Adalia geht's gut?", fragte sie. Echte Sorge lag in ihren Worten, als sie ihre Namen mit einer Ehrfurcht aussprach, die ich nicht verstehen konnte. Genauso hatte ich Vampire über Landon, dem kommissarischen Meister der Stadt, sprechen hören, da der eigentliche Meister das Interesse daran verloren hatte, unter Menschen und Übernatürlichen zu leben. Wir waren nichts weiter als „gewöhnlich", eine Bezeichnung, die er auf Menschen und Übernatürliche gleichermaßen anwandte. Mit den Jahren war er zu dem Schluss gekommen, dass wir seine Zeit nicht wirklich verdienten und es nicht mehr unterhaltsam war, uns zu beobachten. Wenn ich es nicht besser wüsste, würde ich denken, er glaubte, wir existieren, um ihn zu unterhalten, und haben es versäumt, unseren Job zu machen. Das ist das Problem, wenn man Hunderte von Jahren lebt: das Leben wird banal.

Aber Madisons Situation war anders. Es war nicht nur Ehrfurcht; sie war *Seelie Fae*, technisch gesehen unter ihrer Herrschaft und damit beauftragt, sowohl den Royals als auch der STF zu dienen.

„Es wird noch schlimmer. Ian ist immun gegen Eisen. Asher glaubt, dass es einen Zauber gibt, der die Leute aus dem Schleier schützt. Es scheint eine Strafe zu geben, die damit einhergeht, einem zu schaden. Niemand kennt die Einzelheiten. Was, wenn sie so drakonisch ist, dass du dein Leben verlierst, wenn du ihn tötest?"

„Ich habe nicht daran gedacht, ihn zu töten, Erin."

„Das habe ich nicht gesagt. Aber manchmal passiert sowas. Und er ist stark, also wird er sich nicht so leicht erwischen lassen."

„Ich wünschte, sie hätten das anders gehandhabt. Warum haben sie die STF nicht eingeschaltet? Wir hätten etwas gegen Ian unternehmen können. Seine Magie einschränken und ihn für seine Vergehen bestrafen können."

Leider glaubte Madison, dass das funktioniert hätte. Die

Welten, in denen wir operierten, waren sehr unterschiedlich. Regeln und Vorschriften diktierten ihr Verhalten, kontrollierten ihre Welt und sorgten dafür, dass kein Chaos herrschte. Wenn etwas Gesetz war, befolgte man es ihrer Meinung nach.

Als guter Bürger sollte man keine magischen Gegenstände besitzen, und wenn einer in deinen Besitz gelangte, wurde erwartet, dass man ihn übergab. Manchmal hatte ich es bei meiner Arbeit mit Leuten zu tun, die die Gesetze als lästigen Vorschlag betrachteten, der, wenn man ihn ignorierte, mit einer Geldstrafe oder einem Urlaub in einer Einrichtung des STF-Strafvollzugs geahndet wurde. Und es gab einige wenige, die glaubten, sie stünden über allem.

„Asher würde niemals zu dir kommen und Sherrie auch nicht, wenn es um das Löwenrudel ginge. Wenn sie es vorher gewusst hätte, hätte sie die Sache auch selbst in die Hand genommen."

Madison war in der Abteilung für Runen und Wiederbeschaffung und würde sich nicht um die Parksituation kümmern. Es fiel immer noch unter die Zuständigkeit der Supernatural Task Force, doch wenn Menschen involviert waren, wie gestern, würde es eine Debatte darüber geben, wer sich darum kümmern sollte.

„Ich hoffe, sie können die Wandler stoppen, ohne sie zu verletzen. Sie handeln nicht aus eigenem Antrieb."

„Es ist nicht unsere Abteilung, aber ich habe Claire zur Unterstützung geschickt. Sie hat eine gute Beziehung zu deren Boss. Ich werde ein paar Anrufe tätigen." Claire war eine der stärksten Hexen in der Abteilung, und es gab mir einen gewissen Trost, dass sie da sein würde, und sei es nur, um den Schaden zu mindern, den Ian anrichtete.

„Sie lebt mit Jessie zusammen. Ich hoffe, sie hat ein gutes Verhältnis zu ihr."

„Captain Flores", korrigierte mich Madison. Obwohl sie denselben Rang hatten, weigerte sich Madison, Jessie etwas anderes als Captain Jessica Flores zu nennen. Und wenn sie geglaubt hätte, darauf bestehen zu können, hätte sie verlangt, dass ich sie Captain Calloway nenne. Sie sollte sich glücklich schätzen, dass ich sie nicht einfach Maddie nenne.

„Genau, und sie arbeiten für verschiedene Abteilungen, die oft im Clinch miteinander liegen, und keine hat die andere rausgeschmissen. Ich würde sagen, das ist eine gute Beziehung." Trotz der Anspannung gelang es Madison, ein wenig Humor in ihre Stimme zu bringen. Ich ließ sie wissen, dass ich nur fünfzehn Minuten entfernt war, bevor ich das Gespräch beendete.

Der Park war nicht in dem chaotischen Zustand, den ich erwartet hatte, aber ich musste mich um die Nachrichtenvans und die Schaulustigen auf der Straße herumquälen. Fünf Wölfe lagen im Gras und atmeten langsam. Ein Kojote und ein Fuchs lagen ein paar Meter von der Picknickbank entfernt im selben Zustand. Am anderen Ende sah ich drei Angehörige des Löwenrudels in Tiergestalt am Boden ausgestreckt liegen, durch Beruhigungsmittel oder Magie wehrlos gemacht.

Ich stieg nicht aus dem Auto, als ich Claire sah. Sie war schwer zu übersehen. Durch ihr dunkelbraunes Haar zogen sich nachtblaue Strähnen. Über ihrem Harley-Quinn-T-Shirt und ihrer Hose trug sie einen schwarzen Denim-Blazer, um den Anschein der Einhaltung der STF-Kleiderordnung zu erwecken. Als ich in meinem Auto an ihr vorbei rollte, erkannte sie mich und bedachte mich mit ihrem typischen, überenthusiastischen Lächeln und Winken. Die Kontraste in ihrem Aussehen verblüfften mich immer wieder. Sie war ein wandelnder Widerspruch – und eine wandelnde Warnung, ein Buch nicht nach seinem Einband zu beurteilen.

Ich hatte gesehen, was ich sehen musste. Die Wandler

schienen in Sicherheit zu sein, obwohl ich nicht wusste, ob sie straffrei davonkommen würden. Sherrie und Asher unterhielten sich mit Captain Flores, und nichts an ihrem strengen Gesichtsausdruck und ihren schmallippigen finsteren Mienen erweckte bei mir den Eindruck, dass es zu ihren Gunsten ausgehen würde. Flores war einige Zentimeter kleiner als Sherrie, die Alpha des Löwenrudels, aber trotz ihrer sanften Erscheinung hatte sie eine beeindruckende Präsenz. Haselnussbraune Augen mit grünen Sprenkeln hatten eine Intensität, die es manchmal schwer machte, ihren Blick zu halten. Hellbraun gewellte Haare umspielten ihre gebräunte Haut. Ihre Haltung erinnerte mich daran, dass sie nicht nur eine Magierin war, sondern bei Bedarf auch ohne den Einsatz von Magie mit Situationen umgehen konnte.

Captain Flores schien sich der Kameras und der Tatsache, dass sie gefilmt und fotografiert wurde, sehr bewusst zu sein, und es war offensichtlich, dass sie nicht glücklich war. Ihre Entscheidung würde darauf abzielen, sicherzustellen, dass sich die Menschen sicher fühlten. Der Umgang der STF mit Wandlern, die ihre Wandlung oder ihr Verhalten in einem öffentlichen Park, in dem Familien zugegen waren, nicht kontrollieren konnten, spielte sich in den Kameras ab und wurde genau untersucht.

Es war eine weitere Erinnerung daran, warum ich keinen Job bei der STF annehmen konnte, egal wie sehr Madison es wollte. Ich mochte der Magie entkommen, aber ich würde in das Labyrinth der Bürokratie und der öffentlichen Meinung geworfen.

Ich stellte mein Auto am Rande des Parks ab und ging die paar Meter zu den Geschäften, Cafés und Restaurants, die den Park zu einem der beliebtesten Orte der Stadt machten. Ich war auf der Suche nach dem geflügelten Feenmann, sicher, dass er irgendwo in der Nähe sein musste, um die Auswirkungen seiner Einflussnahme zu beobachten.

Mit versteckten Flügeln sah er entspannt aus, so wie er auf einer kleinen Bank vor einem Eiscremeladen saß und träge an einem Erdbeereis leckte. Das tut man also, nachdem man dieses Maß an Chaos verursacht hat – man geht Eis essen. Sein dunkles Haar war hinter sein Ohr gestrichen, seine Stimmung zu heiter für jemanden, der so viel Chaos angerichtet hatte.

Als ich näherkam, schweifte sein Blick langsam von Kopf bis Fuß über mich.

„Kann ich davon ausgehen, dass du ihre Abgesandte bist?" Er richtete seine Augen auf mich und betonte das Wort, als wäre es eine Beleidigung.

Ich korrigierte ihn nicht.

„Sag mir, warum folgst du ihnen so blind? Tust, was sie wollen. Kommst in ihrem Namen hierher, wenn sie es sein sollten, die mich anflehen aufzuhören. Wissen der König und die Königin, dass ich mit nur einem kleinen Wedeln" – er wedelte mit den Fingern – „eine Welle von Angriffen veranlassen könnte, die sie wahrscheinlich nicht überleben würden? Es gibt Hunderte von Wandlern hier. Ich kann aus allen Richtungen angreifen. Sie hätten keine Chance. Wer sollte also der König sein?"

Seine Macht war unbestreitbar. Mein Verlangen loderte in mir auf wie ein Inferno. Es niederzuringen schien unmöglich. In nur wenigen Schritten könnte ich sie haben. Mephisto war aus dem Schleier, und ich konnte seine Magie auf unbestimmte Zeit nehmen, ohne dass er starb. Ich fragte mich, ob es bei Ian genauso wäre. Oder wäre das Ergebnis, als hätte ich sie mir von irgendeiner anderen Fee ausgeliehen? Wie lange würde ich seine Magie behalten können?

Die Gedanken abzuschütteln war schwer, sowohl wegen meines Verlangens als auch weil der Wunsch, ihn zu bestrafen, so intensiv war. Sein Blick blieb zu lang auf einer Mutter und ihrem Kind, die vorbeigingen.

„Keine Wandlerangriffe mehr", befahl ich und trat einen

Schritt näher. Ein silberner Zauberfaden entsprang seinem Finger, und er versetzte mir damit einen Schlag, wodurch ich mehrere Schritte zurückweichen musste.

„Ich weiß, was du bist, Abgesandte. Komm nicht näher, kleiner Rabe." Er war aus dem Schleier; als welchen Raben kannte er mich?

„Ich bin Erin."

„Es ist mir egal, wer du bist, Abgesandte. Wirst du meine Einschränkung aufheben oder nicht? Warte, das kannst du nicht, es sei denn, du leihst dir Magie." Er beugte sich vor und hob sein schmales Kinn, als versuchte er, den Wind oder etwas anderes zu spüren. „Keine Magie da. Da ist jedoch etwas …" Er veränderte seine Haltung und betrachtete mich eingehend. „Keine aktive Magie."

Ich wusste, Mephisto war der Einzige, der sagte, er könne magische Energie von mir spüren. Ich wette, *die Anderen* auch. Da er wie kein anderer auf Magie und ihre Energie eingestimmt war, überraschte es mich nicht, dass Mephisto sofort gewusst hatte, was ich war. Dass der geflügelte Feenmann es erkannte, schon.

„Ich glaube nicht, dass du in der Position bist, es zu tun, oder?" Er schien mich provozieren zu wollen.

„Ich werde deine Einschränkungen aufheben lassen, gib mir nur ein bisschen Zeit", sagte ich.

Sein Grinsen war grausam und voller bösartiger Absichten. „Ich gebe dir so viel Zeit, wie du willst, aber du musst wissen, dass ich Unterhaltung brauche." Damit leckte er an dem Eis in seiner Hand und streckte den anderen Arm über die Lehne der Bank aus. „Wie werde ich das machen?", überlegte er laut. „Was wird mich amüsieren? Weitere Angriffe in Parks? Wenn es so weitergeht, werden die Leute anfangen, die Wandler als Gefahr zu sehen. Oder vielleicht werden Wandler Feen angreifen. Hm, das wäre interessant. Vielleicht muss ich sie gar nicht stürzen. Ihre eigenen Leute werden sich gegen sie wenden, wenn sie sehen, dass sie die Angriffe nicht verhindern können, und was wird aus den Wandlern? Ich erinnere mich an so viel Misstrauen ihnen gegenüber." Seine Stimme wurde zu einem Falsett: „Sie verwandeln sich in Tiere, denkt an die Kinder!" Er lachte, ein tiefer, wohlklingender Klang. Von ihm hatte ich etwas Härteres, etwas Wahnsinniges erwartet.

Sein dunkles Lächeln breitete sich noch weiter aus. „Oder vielleicht hetze ich die Wandler aufeinander. Früher haben sie bis zum Tod gekämpft. Vielleicht sollten wir darauf zurückkommen. Ihnen eine kleine Dosis meiner Magie geben, sie auf den Straßen loslassen und sehen, wer die wirklich dominanten Tiere sind. Wie werden die Menschen damit umgehen, Zeuge solcher Brutalität zu werden?" Während seines übertrieben dramatischen Vortrags konnte ich die bösartigen Gedanken sehen, die hinter den goldenen Augen lauerten, die sich an dem ergötzten, was er für gerechtfertigte Verwüstung hielt.

„Auf Drohungen gehe ich nicht ein." Die Schärfe in meiner Stimme wirkte sich nicht zu meinen Gunsten aus. Sein Lächeln wurde breiter.

„Erin." Er sprach meinen Namen aus, während er weiter an seinem Eis leckte. Ich konnte mich nicht entscheiden, ob das komisch oder beängstigend war. Wahrscheinlich Letzteres. Die Tatsache, dass mehr als zehn Wandler im beliebtesten Park der Stadt sediert und magisch gefesselt lagen, während er auf einer Bank sein Erdbeereis genoss, machte ihn zu einem ganz besonderen Typ von Arschloch. „Wenn es nur eine Drohung wäre. Es ist eine Entscheidung. Entscheide dich: Deine Stadt oder die Entfernung meiner Male. Ich möchte, dass meine Fähigkeit, mich zwischen hier und dem Schleier zu bewegen, wiederhergestellt wird."

„Ich werde versuchen, dir zu besorgen, was du willst, aber wenn du in diesem Tempo weitermachst, ist anzunehmen, dass die Leute alles Notwendige tun werden, um dich aufzuhalten. Willst du das?", fragte ich.

Er zeigte mir seine Male, als wären sie eine Rechtfertigung für sein Verhalten.

Dann musterte er mich lange mit gerunzelter Stirn. „Warum arbeitest du als Abgesandte von Asher? Was reizt dich an einem Mann wie ihm? Seine libertinistische Art? Vertrauen? Dass er ein Alpha ist? Macht scheint Leute auf eine Weise anzusprechen, die ich nie verstehen werde."

„Ich denke, du verstehst es ganz gut. Dieser Stunt ist nichts weiter als ein Machtspiel. Nun, du hast meine Aufmerksamkeit, und ich glaube nicht, dass du das wirklich willst." Was auch immer er in meinem Gesicht sah, brachte ihn dazu, sich ein wenig aufzurichten. Als er merkte, dass ich die Veränderung auch sah, blühte seine arrogante Aura noch mehr auf, und er leckte noch einmal müßig an seiner tropfenden Waffel. Der Gedanke, ihm das Eis ins Gesicht zu klatschen, brachte ein Lächeln auf *mein* Gesicht.

Sein amüsiertes Lachen wurde von der leichten Brise getragen. „Ich verstehe, warum Asher dich als seine Vertreterin ausgewählt hat. Ich finde die *Raven Cursed* ziemlich verlockend." Er sagte *„Raven Cursed"* mit unverhohlener Ehrfurcht. Anders als „der Rabe" genannt zu werden, brachte Raven Cursed mir ein wenig Trost; wenigstens wusste ich, was Raven Cursed war. Die vom Raben Verfluchte hatte Eltern, die sie kannte, begrenzte magische Fähigkeiten und wusste nichts über Schleier, Immortalis, Caste oder Malific.

„Ja, ich finde dich reizvoll", wiederholte er, und ein kleines Lächeln umspielte seine Mundwinkel.

„Igitt", war alles, was ich herausbrachte. Unter anderen Umständen hätte er vielleicht meine Aufmerksamkeit erregt. Doch in diesem Moment wollte ich ihm seine Magie entziehen und ihn ohne Schuldgefühle ins Dazwischen schicken. Nicht eine Spur davon würde ich an ihn verschwenden.

Sein Blick glitt nach rechts. „Ah, da kommt der Alpha. Nein, bleib, wo du bist", schalt er Asher. Jeder hätte dasselbe verlangt, wenn er das Gemetzel in Ashers Augen gesehen hätte. Ich hatte noch nie einen Graphitring um seine grauen Iriden pulsieren sehen. War das das Letzte, was jemand sah, bevor er Ashers Zorn zu spüren bekam? Niemand konnte das Herz eines Wolfs hinter dem teuren, maßgeschneiderten stahlblauen Anzug leugnen – er war ein Raubtier, und wenn es einem jemals entfiel, war das eine Erinnerung daran. Eine, die ich selbst brauchte. Für mich war er nur der flirtende Alpha mit einem fragwürdigen moralischen Kompass. Doch im Moment war er der Alpha, den man besser nicht unterschätzte.

„Du hast sonst niemanden bei dir, also kann man mit Sicherheit sagen, dass du nicht hier bist, um meine Male zu entfernen. Und deine Abgesandte ist eine magische Blindgängerin. Nutzlos. Warum bist du hier?"

„Lass mein Rudel in Ruhe. Nichts mehr davon, sonst …"

„Sonst was? Wirst du mich in den Schleier verfrachten, ohne dass ich zurückkehren kann?", blaffte Ian, seine Lippen zurückgezogen, um seine Zähne zu entblößen.

Ablenkung und Emotionen, die ich zu meinem Vorteil nutzte. Das elektrische Pellet, das ich links von ihm warf, lenkte seine Aufmerksamkeit von den *Shuriken*, den Wurfsternen, die ich warf, ab. Der Erste traf seine Schulter, und sein anfänglicher Schock wurde von empörter Ungläubigkeit abgelöst. Der Zweite traf seine Brust und ließ ihn vor Wut brodeln. Magie schlug hart in mich ein und schleuderte mich mehrere Meter zurück. Ich war zu weit weg, um seine Magie zu nehmen. Durch zusammengebissene Zähne keuchend, ließ er sein Eis fallen und errichtete ein durchsichtiges Feld um sich herum.

Er kochte, als er die *Shuriken* herauszog. Hass flackerte in seinen Augen auf. „Asher", zischte er, „du wirst dich schrecklich fühlen, wenn du deiner Abgesandten die Kehle aufreißt." Sein Adamsapfel zuckte, als er die Wut hinunterschluckte, die ihn anscheinend davon abhielt, Magie auszuführen.

In der Luft bildete sich robuste Energie. Asher krümmte sich und fiel dann zu Boden. Seine Hände ballten sich zu Fäusten. Er atmete stoßweise. Schweißrinnsale bildeten sich entlang seines Haaransatzes und tropften von seiner Nase. Seine Augen glühten, und der dünne Ring um sie herum wurde deutlicher. Mir wurde klar, dass ich diesen Blick noch nie gesehen hatte, weil er eine Warnung war, dass Asher nicht ganz er selbst war. Pfoten ersetzten seine Hände, und ich zog meine versteckte Waffe heraus, bereit, Asher, den Wolf, aufzuhalten.

Der selbstzufriedene Ausdruck auf Ians Gesicht schwankte und verschwand schließlich nach einigen Augenblicken, als kein riesiger Wolf vor ihm stand, sondern ein erschöpfter Mann, dessen Pfoten sich zurückgebildet hatten.

„Kämpf nur weiter, ich habe den ganzen Tag Zeit."

„Nein, das hast du nicht", sagte eine Stimme zu meiner Linken und schoss eine magische Kugel aus ihrem Finger. Sie war stark genug, um seinen Schutzschild zum Wanken zu bringen. Während Madison auf die Barriere einschlug, die Ian schützte, ging Claire darum herum und untersuchte sie. *Kannst du ein bisschen bedrohlicher lächeln? Du siehst aus, als wolltest du ihn gleich zum Spieleabend einladen. Bleck deine Zähne, kneif deine Augen zusammen. Knurre ihn von mir aus an, aber hör auf, ihn anzulächeln.*

Er nahm sie zunächst nicht ernst, und mit dem albernen Lächeln auf ihrem Gesicht machte ich ihm keinen Vorwurf. Dann verschwand ihr Lächeln, und ihre Lippen begannen sich zu bewegen. Ihre Augen waren dunkle Teiche, als sie in einen Beutel an ihrer Taille griff und Staub über das Feld streute, während sie ihn die ganze Zeit im Auge behielt. Ihr Versuch einer bedrohlichen Grimasse war ein jämmerlicher Fehlschlag. Es erinnerte mich an ein Kind, das versuchte herauszufinden, wie man am besten schmollte. Ich hatte definitiv vor, ihr eine Nachhilfestunde in der Kunst der Einschüchterung anzubieten. Ian holte tief Luft, als ihre

Worte inbrünstiger wurden und sein Schild sich zu wellen begann, sich mit jedem Moment weiter krümmte und dünner wurde.

Er bemühte sich, die Barriere um sich herum intakt zu halten, während er immer noch versuchte, Asher, der sich der Magie widersetzte, zum Wandeln zu zwingen. Ians Gesicht entspannte sich, Flügel wuchsen aus seinem Rücken, und er erhob sich in die Luft.

„Wegfliegen gilt nicht, du Arschloch", schrie Claire ihm hinterher. Aber er war schon zu weit weg, um es noch zu hören.

„Danke", sagte ich und ging zu Asher, der auf dem Rücken lag, den Arm vor dem Gesicht, um sich vor der Sonne zu schützen. Sein Atem war mühsam, aber nicht so angestrengt, wie ich erwartet hätte. Seine Haut war gerötet. Es war, als würde ich einen Herd berühren, als ich meine Hand an seine Wange drückte. Wandler waren von Natur aus heiß, aber ich machte mir Sorgen, dass er irreparable Schäden davontragen würde, wenn er zu lange so heiß blieb.

„Du glühst", informierte ich ihn.

„Ich weiß", flüsterte er. „Aber solltest du mich vor Publikum begrapschen? Mir macht es nichts aus, aber wir verletzen wahrscheinlich gerade gesellschaftliche Anstandsnormen." Er nahm den Arm von seinen Augen.

„Geht's dir gut, Asher?", fragte Madison.

Er nickte, setzte sich auf und zog seine Jacke aus. „Gib mir nur ein paar Minuten."

Ich stand neben Madison, ebenso fasziniert wie sie davon, wie schnell er sich zu erholen schien. Oder von der schieren Kontrolle über seinen Körper. Wieder einmal stellte ich fest, wie sehr ich mich nach Wandlermagie sehnte. Alpha-Magie war etwas, das ich noch nicht ausprobiert hatte. Es konnte möglich sein. Was würde passieren? Ich senkte den Blick, weil ich mir sicher war, dass er mein Interesse sehen konnte. Die Annahme wurde bestätigt, als ich aufblickte, um ihn anzusehen. Ein schwaches Lächeln umspielte seine Lippen.

Madison warf mir einen verzagten Blick zu, nahm einen Beutel und hob die Shuriken auf, die ich auf Ian geworfen hatte. Sie gab mir den Beutel mit einem begleitenden warnenden Blick. Sie waren illegal und hätten beschlagnahmt werden müssen. Aber sie hatten sein Blut an sich, was bedeutete, dass ich ihn damit verfolgen konnte. Das war einer der Momente, in denen sie mir sagte, dass sie nicht im Dienst war und wir als Schwestern zusammenarbeiteten.

Claire wandte den Blick ab und sah sich in der Gegend um.

„Also das ist …" Madison gestikulierte zu der Stelle, wo Ian gesessen hatte.

„Ian. Er ist dem Schleier entkommen." Ich ging nicht näher darauf ein, wie er es geschafft hatte, nicht mit Claire in der Nähe. Madison vertraute ihr und ich auch, aber glaubhafte Leugnung war immer eine gute Sache.

„Schleier?", fragte Claire.

Ich gab ihr die abgekürzte Beschreibung des Schleiers und dass wenige Leute ihn sehen, doch noch weniger hindurchnavigieren konnten. Ich erklärte, dass Ian vor ein paar Jahren herausgekommen war und entschieden hatte, dass er ein besserer Feenkönig sein würde, und um es zu beweisen, hatte er seine ungewöhnliche Fähigkeit demonstriert, Wandler zu kontrollieren, und dass diese Bedrohung dazu geführt hatte, dass Asher ein Bündnis mit den Royals eingegangen war, um ihn zurückzuschicken, und jetzt, da er wieder hier war, suchte er nach einer Möglichkeit, die Male loszuwerden, die seine Fähigkeit, sich zwischen dem Schleier und unserer Welt hin und her zu bewegen, einzuschränken schienen.

Claire kam mir recht aufgeschlossen vor, doch obwohl sie nickte, während ich sprach, sah sie skeptisch aus. Sie blieb nicht überzeugt, selbst, nachdem Madison bestätigt hatte, dass der Schleier existierte, auch wenn Claire ihn nicht sehen konnte. Ian und seine Mätzchen schienen sie auch nicht zu überzeugen.

Ich verstand ihre Skepsis, aber ich musste es Madison überlassen, sie zu überzeugen. Ian musste aufgehalten werden, und ich musste einen anderen Xios oder etwas Ähnliches finden.

7

Die Royals sahen auf dem Sofa in Ashers Haus fehl am Platz aus. Ich hatte ihr Zuhause nur einmal besucht und hätte kein Problem damit, wenn ich es nie wieder tun müsste. Durch das Haus zu gehen fühlte sich an wie ein Spaziergang durch ein Museum, steril und wenig einladend, und vermittelte das Gefühl, dass es verboten war, irgendwas darin zu berühren oder zu fotografieren.

Im Gegensatz dazu strahlte Ashers Zuhause eine entspannte Behaglichkeit und lässige Eleganz aus. Wenn man das Haus eines Wandlers kannte, kannte man alle. Es gab subtile Unterschiede, die zur jeweiligen Persönlichkeit passten, aber alle Wandler schienen eine Affinität zu Erdtönen zu haben; verschiedene warme Schattierungen von Grün, Braun, Beige, Moos, Dunkelbraun und Grau. Ashers Zuhause war nicht anders. Elegante dunkle Ledermöbel vor einem Hintergrund aus warmen, hellen Brauntönen. Der großflächige Teppich erinnerte mich an den Wald, obwohl er kräftigere Farbtöne hatte, und statt eines normalen Sofatischs hatte er einen poliert aussehenden Baumstamm.

Sein Zuhause war definiert von klaren Linien und modern. Es passte perfekt zu ihm, auch jetzt, wo er scheinbar entspannt zu Hause war, doch immer noch in Business-Hemd und Hose, sein Jackett über der Armlehne eines Clubsessels.

Asher bot mir einen Platz bei den Feen an, die jede meiner Bewegungen interessiert verfolgten.

„Erin." Adalias Stimme war so zart und sanft wie die Berührung einer Feder. Der kleine Schwung ihrer Lippen ähnelte ein wenig einem überheblichen Grinsen, das jeden herausforderte, etwas anderes zu tun, als meine ungeteilte Aufmerksamkeit auf sie zu richten, wenn sie sich dazu herabließ zu sprechen. Wenn sie irgendetwas wiederholte, wurde der Ton noch leiser, mit gerade genug Spott, um sicherzustellen, dass man sich angemessen zurechtgewiesen fühlte, weil man sie beim ersten Mal nicht verstanden hatte. „Ich habe keine Ahnung, warum Sie sich bereit erklärt haben, uns zu helfen, wenn Sie keinen Grund dazu haben. Es wird nicht unbeachtet oder ohne Wertschätzung bleiben. Wenn Sie einen Weg finden, Ian in den Schleier zurückzubringen, werden wir –"

Neri legte seine Hand auf den Oberschenkel seiner Frau und sagte leise: „Adalia, bist du sicher, dass du fortfahren willst?"

„Ja, ich will. Ich wurde vor zwei Tagen fast von einem Haufen wilder Tiere zerfleischt."

Neri presste die Lippen aufeinander. Er verkniff sich weitere Worte, und ich nahm an, dass seine Frau einen Sinn für Dramatik hatte. Sie war wahrscheinlich eher durch die Dreistigkeit des Angriffs beleidigt als vom eigentlichen Angriff geschockt.

„Er ist stärker als wir." Die Anspannung in ihrer Stimme bei diesem Eingeständnis deutete auf eine Angst hin, die über den möglichen Machtverlust hinausging. Es war etwas, das ich oft gesehen hatte; mächtige Leute fürchteten jeden Machtverlust. Den Verlust der Privilegien, die damit einhergingen. Obwohl ich nicht gesehen hatte, dass dieses Paar sie ausnutzte, musste es ihnen eine gewisse Sicherheit geben, zu wissen, dass nur sehr wenige über Magie verfügten, die mit ihrer mithalten konnte.

Sie legte eine Hand auf die von Neri, die immer noch auf ihrem Oberschenkel lag, und sagte: „Wenn Sie ihn zurückschicken können, um zu verhindern, dass wir unter den Konsequenzen alternativer Maßnahmen leiden, sind wir Ihnen etwas schuldig. Scheuen Sie keine Kosten; wir werden Ihre Gebühr bezahlen."

Neri wollte nicht so einfach annehmen, was für ihn wie unerbetene Hilfe aussah. „Warum helfen Sie uns? Sie sind keine Untergebene der Wandler. Tatsächlich habe ich aus guter Quelle, dass Sie und Asher seit mehreren Monaten Zwietracht hatten." Neris Blick schoss zu Asher und dann zurück zu mir. „Sie sind eine Magierin, aber darauf würde man nicht kommen, weil Sie so wenig mit ihnen zu tun haben. Sie erheben auch keinen Anspruch auf Sie."

Das war das Problem; ich war eine Magierin ohne Zuhause – eine Gruppe, die ich mein Eigen nennen konnte. Ich arbeitete mit einer Art von Magie, die einen Preis hatte. Magie, die mit dem Tod einherging, erlaubte mir nicht, dazuzugehören. Die anderen hielten mich für gefährlich und eine Plage für die magische Welt und ihre Wahrnehmung. Assoziation mit mir bedeutete Assoziation mit meiner Magie. Und meinem Verbrechen.

„Also, warum helfen Sie uns? Sie können doch nicht wirklich so altruistisch sein?"

„Nein", gab ich zu, „bin ich nicht. Sie haben recht, ich bin niemand anderem als meinen Freunden und meiner Familie ergeben. Madison ist eine Fee, und was Ian tut, betrifft nicht nur sie als Fee, sondern auch ihren Job. Sie hat versprochen, diese Stadt zu beschützen, und sie wird es tun. Aber sie ist durch die Organisation der Supernatural Task Force eingeschränkt. Ich bin das nicht. Eine mächtige Fee, die unkontrolliert Verwüstung in der Stadt anrichtet, wird von den

Menschen nicht unbemerkt bleiben, und es wird die gleiche Angst schüren, die dazu geführt hat, dass wir unsere Existenz verschwiegen haben. Wenn wir nichts gegen Ian unternehmen, werden die Menschen es versuchen, und ich bezweifle, dass es bei ihm enden wird. So funktioniert ihr Denkprozess nicht."

Obwohl ich mir kreative Freiheit genommen hatte, stimmte ein Großteil dessen, was ich gesagt hatte. Ich versuchte, den Arsch meines besten Freundes zu retten. Ich fühlte mich persönlich dafür verantwortlich, dass ich ein Buch in meinem Besitz hatte und Zaubersprüche aus diesem Buch benutzt hatte, das bereits so viel Verwüstung angerichtet hatte. Meine Liebe zu meiner Schwester und der übernatürlichen Gemeinschaft, obwohl ich kein wahres Zuhause hatte, verpflichtete mich, die Royals zu beschützen.

Neris Gesicht entspannte sich, seine arktischen Augen schmolzen, und er nickte mir anerkennend zu.

„Madison ist jemand, den wir sehr schätzen." Es würde ihr wahrscheinlich etwas bedeuten, und ich versuchte, anzudeuten, dass mir das wichtig war.

„Was hast du bisher herausgefunden?", fragte Asher mich.

„Wenig. Wir müssen Ians Magie ausschalten, und da Eisen keine Wirkung auf ihn hat, werden wir einen Zauber brauchen. Ich habe noch keinen gefunden, der ihn aufhalten kann." Ich hatte den größten Teil der vergangenen Nacht damit verbracht, nach einem Zauber zu suchen, und die Feen sahen aus, als ob sie genauso frustriert waren wie ich. Mit seiner Fähigkeit zu fliehen und einer Armee von Wandlern unter seiner Kontrolle würde es ein Problem werden, Ian festzunehmen.

Ich wollte ihm die Flügel stutzen, damit er nicht mehr fliegen konnte. Wenn ich nah genug herankommen konnte, musste ich ihm nicht die Flügel stutzen; ich konnte ihn zumindest für kurze Zeit wehrlos machen. Doch ich hatte das Überraschungsmoment der Anonymität nicht auf meiner

Seite. Er wusste, was ich war und was ich konnte. War es eine Option? Ich war nicht ganz davon überzeugt. Und Mephisto und die Immortalis waren der Beweis dafür, dass es möglicherweise wirklich keine war, denn das Ausleihen ihrer Magie machte sie nicht hilflos und versetzte sie nicht in einen Zustand des Dazwischen. War Ian übervorsichtig, wenn er Abstand zu mir hielt, um mich daran zu hindern, es zu versuchen?

„Hast du Hinweise auf einen anderen Xios?", fragte Asher.

Ich schüttelte den Kopf und richtete meine Aufmerksamkeit auf Neri und Adalia. „Leider nicht." Ich öffnete meine Tasche, holte mein Handy heraus und zeigte ihnen ein Bild von einem Cyax. „Das könnte eine Option sein; es kann jemanden an einen Ort binden. Es erfordert einen Blutzauber, aber es ist genauso wirkungsvoll wie ein Xios." Blutzauber waren wirklich effizient, aber sie verbanden den Zauberer mit dem Zauber, was die Energie des Zauberers normalerweise tagelang beeinträchtigte. Die Lebensader des Zauberers war auch während des gesamten Zaubers mit dem Objekt verbunden, und wenn das Objekt während des Zaubers zerstört wurde, hatte das tödliche Folgen. Blutzauber mit magischen Objekten waren ein letzter Ausweg. Und genau das sollte es auch in diesem Fall sein. Ich konnte mir Mephistos Magie ausleihen, und ich konnte Ian in den Schleier bringen und ihn dort binden. Es war eine Alternative zur Verwendung eines Xios.

„Ich würde mir gern Ihre Sammlung magischer Gegenstände ansehen", sagte ich. „Auch wenn Sie nicht haben, was ich suche, haben Sie vielleicht etwas anderes, was nützlich sein könnte."

„Wir sammeln keine magischen Objekte. Es ist eine Verschwendung von Ressourcen und Mühe", sagte Adalia mit einem Achselzucken. „Es ist nur eine Frage der Zeit, bis ein Objekt, das einst als legal galt, es nicht mehr ist. Solch unnötiger Aufwand."

Wir sahen alle Asher an, der sich durch Kleinigkeiten wie legal und illegal nicht davon abhalten ließ, magische Gegenstände zu sammeln wie ein Kind auf Ostereiersuche. Unbeeindruckt grinste er unverschämt zurück. Tadelnde Blicke oder Schelte würden Asher niemals abschrecken. Wissend, dass Ashers Besitz eines Xios dazu geführt hatte, dass Ian das erste Mal besiegt worden war, konnten wir ihn kaum dafür verurteilen, dass er ein so eifriger Sammler war.

„Können Sie ihn nicht ausschalten? Es muss nur für ein paar Minuten sein. Das wäre genug Zeit, ihn zurückzuschicken", wollte Neri wissen. Er unternahm erhebliche Anstrengungen, um seine Abneigung gegen meine Magie zu verbergen.

„Ich weiß nicht, ob das eine Option ist", gab ich zu. Ich musste nicht näher darauf eingehen; unsere Regeln außerhalb des Schleiers schienen dort nicht zu gelten.

Die Royals standen auf, ich jedoch nicht. So wie sie mich ansahen, hatte ich gerade einen weiteren sozialen Fauxpas begangen. Warum war es so schwer für sie zu verstehen, dass ich keine Fee war? Sie waren nur ein eingebildetes Paar, das mehr Aufmerksamkeit wollte, als ich ihnen zu geben bereit war. Ich brachte ein freundliches Lächeln zustande.

„Erin, wir werden tief in Ihrer Schuld stehen, sobald Sie diese Situation in Ordnung gebracht haben", versicherte mir Adalia. „Ich habe immer noch keine Ahnung, wie er entkommen ist. Das hätte nicht möglich sein sollen." Sie seufzte müde.

Mit neutralem Gesicht zuckte ich nur mit den Achseln.

„Wer von euch hat ihn rausgelassen? Du, Cory oder Madison?", fragte Asher kurz nachdem Neri und Adalia gegangen waren.

„Ich bin mir nicht sicher, was du da fragst", antwortete ich und versuchte, Zeit zu schinden, um mir zu überlegen, wie ich antworten sollte, ohne zu antworten.

„Wirklich." Er zog seine Augenbrauen hoch. „Lass uns das

nicht tun, Erin. Wen mache ich dafür verantwortlich, dass er oder sie ein Wesen freigelassen hat, dessentwegen jetzt viele Angehörige meines Rudels in Angst leben? Angst, dass sie dazu benutzt werden könnten, anderen zu schaden. Entsetzt darüber, dass sie nicht mehr in der Lage sind, ihre Wandlung aufzuhalten oder ihre Handlungen zu kontrollieren. Reduziert zu Angriffswaffen. Es reicht nicht aus, sich selbst Silber zu injizieren. Ian hat eine so starke Magie, dass sogar das wirkungslos ist." Asher schloss die Augen und atmete langsam ein, seine Frustration greifbar. Ich konnte mir vorstellen, wie schwierig das für Wandler sein musste, weil sie keine Magie nutzen konnten. Ihr Wandeln war ihre Magie, und jemand war jetzt in der Lage, die einzige Magie zu missbrauchen, die sie besaßen.

Ich schwieg.

„Ist es ein Zufall, dass *Mystic Souls* in deinem Besitz war und du es einen Tag vor Ians Auftauchen zurückgegeben hast?"

„Zufälle passieren."

„Das schon, aber ich glaube nicht, dass das einer ist. Also, wen mache ich für die Freilassung von Ian verantwortlich? Dich? Cory? Oder Madison?" Er pirschte wie ein eingesperrtes Tier durch den Raum. Er rieb mit den Händen über den Schatten seines Stoppelbartes.

Er hielt abrupt inne und sah mich an. „Ich denke, man könnte sagen, dass ich letztendlich dafür verantwortlich bin, weil ich das Buch für dich besorgt habe."

Ich wollte ihn nicht anlügen und kämpfte gegen den Drang an, alles zu erklären, aber ich konnte die Frustration und Hilflosigkeit sehen, die Schatten über sein Gesicht warfen. Gefühle wie diese waren schlechte Bettgenossen. Ein unvernünftiger Wandler war gefährlich. Mein Schweigen lenkte den Verdacht wahrscheinlich auf mich. Er würde mir etwas Nachsicht schenken. Er würde mich nicht zum Feind des Rudels erklären. Ich war mir jedoch nicht sicher, ob Cory dasselbe Entgegenkommen erwarten durfte.

Das lange unangenehme Schweigen endete, als er begriff, dass ich ihm nicht antworten würde. Als ich nachdenklich dastand, erinnerte ich mich an seine magische Darbietung und die Neugier, die sie in mir geweckt hatte. Etwas, das ich erforschen wollte. In seiner Nähe konnte ich mich nicht an das Argument erinnern, das ich zuvor gegen die Erforschung meiner Neugierde vorgebracht hatte.

„Ich muss deine Sammlung sehen", sagte ich zu ihm.

Widerstrebend akzeptierte er, dass das Verhör beendet war. Er fuhr mit den Fingern durch sein Haar, zerzauste es und atmete geräuschvoll aus. „Ich mag Unehrlichkeit nicht."

Ich unterdrückte mein Lachen. „Bist du dir da sicher? Für deine Ehrlichkeit gewinnst du auch nicht gerade ein Pfadfinderabzeichen."

Ein kleines Grinsen zuckte um seine Lippen. „Ich lüge nie. Wenn ich eine Frage nicht beantworten will, tue ich es nicht."

„Ich habe deine Frage beantwortet."

„Ich habe das Gefühl, dass du nicht ganz ehrlich zu mir bist. Das gefällt mir nicht."

„Aber es macht dir nichts aus, so mit anderen umzugehen?"

Er zuckte mit den Schultern. „Ich mag es nicht, wenn jemand so mit mir umgeht."

Das sagte er mit ernster Miene. Ich schätze, die Royals waren nicht gegangen. Mehrere Augenblicke lang stand ich in tiefstem Staunen da und wartete darauf, dass er lachte, sagte, er mache Witze, dass ich mich über seine Arroganz und sein Anspruchsdenken lustig machen oder zumindest zugeben würde, wie absurd seine Worte waren. Doch nichts dergleichen geschah.

„Ich werde für einen Moment rausgehen, dich mit deinem Ego allein lassen und dich darüber nachdenken lassen, was du gerade gesagt hast. Du bekommst eine Auszeit für große Jungs. Wenn du fertig bist, musst du mir zeigen, wo du deine Sammlung hast."

Ich war ein paar Schritte von der Tür weggegangen, ging jedoch zurück und steckte meinen Kopf wieder hinein. „Ich bin sicher, deine Mutter hat eine Menge mehr zu dir gesagt als nur, dass du ein besonderer kleiner Junge bist, ein Gott, Prinz aller Prinzen. Sie musste das ein oder andere erwähnt haben, wie Bescheidenheit, sei kein Arsch, die Welt dreht sich nicht um dich, sei nett zu Fremden, heb deinen Müll auf. Du verstehst, was ich meine. Und das Erste ist alles, was hängengeblieben ist?"

<hr>

Asher nahm sich nicht die dringend benötigte Auszeit und war Sekunden, nachdem ich wieder hinausgegangen war, aus der Tür. Ich folgte ihm zum Haus des Rudels, wo sie alles aufbewahrten. Zu sagen, dass Sie einen Tresorraum hatten, klingt beeindruckend, bis man sieht, dass es nichts anderes als ein überdimensionaler Edelstahltresor war. Normalerweise gibt es Kameras, und manchmal befindet sich ein Tresorraum sogar hinter einer Tür mit einem Fingerabdruckschloss, einer Gesichtserkennung oder beidem.

Doch Ashers Tresorraum auf dem Anwesen des Northwest-Rudels war eher eine Schatzkammer. Nachdem wir eine Treppe hinabgestiegen waren, folgte ich ihm durch einen schmalen Gang, durch eine falsche Wand und zu einer Tür, die einen Code erforderte und einen Fingerabdruckleser hatte. Schließlich wurde ich in seine acht mal zehn Meter große Kammer geführt. Umgeben von Stahlbeton, bekam ich seine Sammlung magischer Objekte zu Gesicht.

Ich runzelte die Stirn über seine Schätze, während ich von Regal zu Regal ging. Einige waren Objekte der Klasse fünf, und eine flüchtige Zählung ergab, dass etwa ein Viertel der Dinge, die er besaß, von der Abteilung für Runen und Wiederherstellung der Supernatural Task Force als illegal eingestuft wurde. Seinem Blick nach zu urteilen, war er sich dessen durchaus bewusst.

„Du solltest einige davon nicht haben", bemerkte ich und nahm einige der Gegenstände in die Hand. Das Rudel schien sich mit Glanin-Klauen eingedeckt zu haben, die Wandler am absichtlichen Wandeln hindern. Es gab mehrere Mondringe, die verhindern, dass sich Wandler zum Vollmond wandeln mussten. Ich hatte den Eindruck, dass es nur eine begrenzte Zahl davon gab, doch scheinbar nicht für Asher und das Northwest-Rudel. Abgesehen von Gegenständen, die mit Wandlern zu tun hatten, hatte er eine Auswahl an Schutzobjekten, Steinen, magischen Zutaten, Dolchen und magischen Büchern, die jedem Magier den Tag versüßt hätten, wenn er die Möglichkeit gehabt hätte, Zeit in diesem Tresorraum zu verbringen.

Ich betrachtete ihn mit neuen Augen. Vielleicht hatte ich zu hart und zu früh geurteilt. Die Art und Weise, wie er seine Wölfe beschützte, stand in krassem Gegensatz zu dem, was ich sonst über ihn wusste. Und als ich mich daran erinnerte, wie sehr er sich bemüht hatte, nicht zu wandeln, als Ian versucht hatte, ihn dazu zu zwingen, fragte ich mich, ob er es getan hatte, um Ian herauszufordern oder um sicherzugehen, dass er mich nicht verletzen würde.

Als Asher auf mich zukam, war mir egal, ob meine Meinung über ihn unbegründet war oder nicht. Ich war mir seiner Wandlermagie bewusst und wie anders sie sich anfühlte als andere. Seine Nähe und seine tiefen Augen, die mich musterten, erinnerten mich an die esoterische Magie, die er besaß. Die alle Wandler besaßen. Doch als Alpha hatte Asher noch etwas anderes. Ich sah und fühlte es, als er versuchte, Ian die Kontrolle zu entziehen und die Wandler dazu zu bringen, ihre menschliche Gestalt anzunehmen, und noch einmal, als er sich Ians Zwang zu wandeln, widersetzt hatte. Er beherrschte die rohe, ursprüngliche und archaische Magie, die Wandler verkörperten.

„Ich würde einen ziemlich ansehnlichen Bonus bekommen, wenn ich Madison anrufen würde", sagte ich mit einem Hauch von Neckerei in meiner Stimme. Es war eine zahnlose Drohung; bevor ich überhaupt anrufen könnte, würde Asher seine Rudelanwälte alles unternehmen lassen, der STF den Zugang zu seinem Anwesen zu verweigern. Während sie sie mit Bürokratie aufhielten, würde der Tresor ausgeräumt werden und ich würde als Lügner dastehen.

In Ashers Augen tanzte ein schelmisches Funkeln. „Du würdest mir sowas nicht antun, oder?", schnurrte er und wusste genauso wie ich, dass sich das nicht zu meinen Gunsten auswirken würde.

Ich brachte etwas Abstand zwischen uns, in der Hoffnung, meine wachsende Neugier auf seine Magie zu unterdrücken.

Ich hatte nie Magie von einem Wandler geliehen, hatte immer angenommen, dass es unmöglich sei. Jetzt fragte ich mich, ob ich es könnte.

„Du starrst mich mit einer seltsamen Neugier an, und deine Atemfrequenz und dein Herzschlag sind erhöht. Was ist?"

Meine Neugier auf Wandlermagie war nicht zu unterdrücken gewesen, seit ich das Ausmaß davon vor dem Kelsey's erlebt hatte. Jeder Moment mit ihm im Tresor machte sie greifbarer, und ich wollte das Bedürfnis wirklich lindern.

Ich schüttelte den Kopf und nahm mein Handy heraus, doch seine Hände schlossen sich um meine, bevor ich ein Foto aufnehmen konnte.

„Was machst du?"

„Ich muss Fotos machen, damit ich weiß, was du hast. Die meisten dieser Dinge sind mir vertraut, aber es gibt ein paar, die ich nicht kenne. Ich muss recherchieren, ob sie vielleicht nützlich sein könnten."

Asher ließ meine Hände nur langsam los, doch ich glaubte nicht, dass es daran lag, dass er mir nicht vertraute. Der Besitz dieser Objekte gab ihm ein Gefühl der Sicherheit. Zuvor hatte ich sein Verhalten für extrem, sogar kriminell gehalten, doch nachdem ich gesehen hatte, wie Wandler die Kontrolle verloren hatten und ihnen ihre Willenskraft genommen worden war, verstand ich, dass er vorsichtig sein musste.

Asher beobachtete mich aufmerksam, während ich alles dokumentierte. Als das Handy wieder in meiner Tasche war, fragte er: „Wirst du mir sagen, was sich geändert hat? Warum bist du jetzt so anders in meiner Gegenwart?"

Es dauerte lange, bis ich antwortete, und Asher trat von einem Fuß auf den anderen. „Ich kann meinen Wolf kontrollieren", sagte er. „Du musst nie Angst haben, dass ich dir wehtue, Erin."

„Das ist es nicht!", platzte ich heraus, als mir klar wurde, dass er dachte, ich hätte Angst vor ihm. Es war eine neue Seite von ihm, eine Verletzlichkeit, eine Schwachstelle in seiner Rüstung, dass er sich Gedanken machte, ich könnte mich unwohl fühlen oder vielleicht sogar Angst vor ihm haben. „Du weißt, dass ich kein Mensch bin, oder?"

Er lächelte. „Du hast keine aktive Magie, also bist du menschenähnlich."

Meine Worte wollten nicht so leicht herauskommen, wie ich es wollte. Ich wollte versuchen, die Magie eines Wandlers auszuleihen und sehen, ob die Ergebnisse die gleichen waren wie bei Mephisto. Würde Asher am Leben bleiben und nur die Fähigkeit zu wandeln verlieren?

Er war jetzt direkt vor mir. Geduldig wartete er darauf, dass ich fortfuhr, doch die Worte kamen nicht heraus. Es war nicht einfach, jemanden um die Erlaubnis zu bitten, ihn in einen Todeszustand zu versetzen. Wenn derjenige nicht sofort ablehnte, musste ich mich fragen, ob er ein Freak war. Wer würde so etwas zustimmen?

Sein Atem war warm an meinen Lippen, als er flüsterte: „Frag mich."

Ich trat einige Schritte zurück, um uns Abstand zu erlauben. „Ich bin neugierig, ob ich mir Magie von einem Wandler ausleihen kann", gab ich zu. „Ich habe es noch nie versucht."

Er zog seine Augenbrauen hoch. „Warum hast du es noch nie mit einem Wandler versucht?"

Ich zuckte mit den Schultern. „Weiß nicht. Wandler-Magie ist seltsam."

„Du tötest Menschen mit einem Kuss, und Wandlermagie ist seltsam?"

„Wandlern wachsen Schwänze. Es *ist* seltsame Magie, gib es einfach zu", neckte ich. „Und du kannst teilweise wandeln. Wenn du einen Wandler-Shimmy abziehst und hin und her wandelst, kann leicht ein Schwanz auftauchen."

Seine Mundwinkel hoben sich. „Wandler-Shimmy?"

Ich gab ihm einige Momente, um darüber nachzudenken. Als er mein Zögern sah, kam er näher.

„Okay. Mach es." Er beugte sich vor und versuchte, mich zu küssen.

Als ich zurückstolperte, platzte ich heraus: „Was machst du da?"

„Ich küsse dich?"

„Warum?"

Er runzelte die Stirn. Angesichts der Erkenntnis, vielleicht falsche Informationen zu haben, wurde seine Miene angespannt. Asher wollte nie falsche Informationen haben. „Es ist ein Kuss des Todes, oder nicht?"

„Es muss kein Kuss sein. Ich muss nur nah dran sein und die Worte der Macht sprechen."

„Dann tu es", flüsterte er mit warmer und ermutigender Stimme und vertrieb die Kälte und Leere aus dem Raum.

Diesmal war ich diejenige, die auf ihn zuging, fasziniert von seinem Mangel an Angst, der nicht von einem seltsamen Verlangen oder einer dunklen Neugier herrührte. Es war einfach, absolut und eindeutig. Seine Augen sagten mir, ich solle mir seine Magie ausleihen und meine Neugier stillen.

„Sag die Worte und lass uns sehen, was passiert."

„Du hast keine Angst, dem Tod so nahe zu sein?"

„Ich war viel zu oft der Abgesandte des Todes. Es ist nicht gesund, sich vor dem zu fürchten, was man manchmal zu bringen gezwungen ist."

Sehe ich das falsch, oder ist das nur eine elegante Art, einen Mord zuzugeben?

„*Technisch gesehen* haben wir keine Dominanzkämpfe, obwohl es einige gibt, die an unseren alten Traditionen festhalten. Es ist schwer zu akzeptieren, doch um meine Position zu halten, ist es unvermeidlich." Er beugte sich noch näher vor, seine Lippen verzogen sich zu einem trägen Lächeln. „Ich fürchte nicht den Tod, sondern den Kontrollverlust."

Was seine Reaktion auf Ian erklärte. Ich wollte ihn zurück in den Schleier schicken, doch Asher wollte eine dauerhaftere Lösung.

„Okay. Du solltest dich wahrscheinlich hinlegen", schlug ich vor.

„Passt schon so."

Wandler sind eine seltsame Gruppe, entschied ich. Oder vielleicht war es nur Asher. *Nein, ich werde mich nicht hinlegen, ich breche lieber auf dem Beton zusammen.*

Ich flüsterte die Worte, meine Lippen streiften seine, als ich sie aussprach. Dann drückte ich meine Lippen sanft auf seine. Nichts. Die Worte flossen noch einmal aus mir heraus, nur um sicherzugehen. Nichts. Vielleicht hätte ich mich nicht wundern sollen. Die Andersartigkeit ihrer Magie verwirrte so viele. Keiner von uns bewegte sich. Die Hitze seines Körpers hüllte mich ein. Sein warmer Atem strich über meine Lippen.

Er lehnte sich näher und presste seine Lippen fester auf meine. Es war Zeit, mich zu bewegen. *Beweg dich, Erin.*

Ich trat zurück und lächelte schwach. „Ich denke, das hat die Frage beantwortet."

„Welche? Ob meine Lippen so weich und sinnlich sind, wie sie aussehen, oder ob du dir Magie von einem Wandler ausleihen kannst?" Er lächelte mich an.

„Ich habe mich nur gefragt, ob du noch aufgeblasener sein könntest. Ich hatte so dermaßen recht", antwortete ich und schnitt eine Grimasse angesichts des Grinsens auf seinem Gesicht. *Dieser Typ.*

Sein Grinsen wankte nicht.

Um die unbehagliche Stille zu brechen, betrachtete ich erneut die Gegenstände im Raum. „Ich habe zwei andere mögliche Quellen", erklärte ich ihm. „Ich werde dich wissen lassen, was ich finde."

8

Simeon wandte den Blick von dem Reh ab, mit dem er offenbar ein intensives Gespräch führte, als ich seine Auffahrt hinauffuhr. Ich nahm an, wenn man jemand mit der Fähigkeit war, mit Tieren zu kommunizieren, war es vollkommen normal, auf seiner Veranda zu stehen und genau das zu tun. Ich winkte von meinem Auto aus, doch er warf mir nur ein schwaches Lächeln zu.

Obwohl Simeon mir die Nutzung seiner Bibliothek angeboten hatte, hatte er wahrscheinlich nicht damit gerechnet, dass ich das Angebot annehmen würde. Er bevorzugte die Gesellschaft von Vierbeinern, also nahm ich es nicht persönlich.

Die große Blockhütte mitten im dichten Wald war genau das, was ich erwartet hatte. Baumstümpfe hielten Wache rund um das Haus, eingerahmt vom Grün des Waldes. Rechts flankierte ein langsam fließender Fluss den Gehweg und schlängelte sich zur Rückseite des Hauses, wo er ein Becken bildete, in dem man angeln konnte. Ich bezweifelte, dass Simeon fischte; er entschied sich wahrscheinlich dafür, diese Zeit zu nutzen, um mit den Tieren zu sprechen. Der Duft von Eiche, Erde und schlammigem Wasser lag in der Luft.

Kai war in einiger Entfernung beschäftigt, wo er einen Baum fällte. Sein Hemd klebte an seinem schweißnassen Körper, und sein Gesicht war vor Anstrengung gerötet. Frenetische Energieausbrüche begleiteten jeden Schwung. Wenn ich näher gewesen wäre, hätte ich das Summen magischer Energie spüren können, das wie von einem stromführenden Draht von ihm ausging, das wusste ich.

Ein Ozelotweibchen erschreckte mich, als es an mir vorbei zu Simeon rannte und ihm etwas zuzwitscherte. Lächelnd ging er ins Haus und kehrte dann zurück. Er streichelte ihren Rücken, bevor er etwas, das ich nicht identifizieren konnte, vor ihr fallen ließ. Sie verschlang es und gab ein zufriedenes Miauen von sich, bevor sie zurück in den Wald huschte.

„Freundin von dir?", fragte ich.

Meine Bemerkung brachte mir nicht einmal ein amüsiertes Augenzwinkern ein. Er betrachtete mich mit kühler Gleichgültigkeit und trat zur Seite, um mich einzulassen.

„Du willst die Bibliothek benutzen, oder?", fragte er und hielt mich bei der Sache. Natürlich wollten wir keinen Kaffee trinken und uns die Zeit mit banalem Smalltalk vertreiben.

Meine Überraschung zu verbergen war unmöglich, als ich sein Haus betrat und den starken Kontrast zur naturalistischen Architektur des Äußeren sah. Abgesehen von den Parkettböden war das Haus modern. Schwarze Edelstahlgeräte in seiner Landhaus-Gourmetküche. Ein zweiseitiger Steinkamin trennte die Küche vom Wohnzimmer, daneben war ordentlich Holz gestapelt. Das Wohnzimmer war schlicht eingerichtet, mit nur zwei großen Sofas und Amish-Holzstühlen. In der Ecke stand ein großer Schreibtisch aus Holz. Die Beine waren der Stamm eines Baumes. Wenn es eine Nachbildung war, war sie exquisit.

Es war kein Fernseher zu sehen, aber ich war nicht überzeugt, dass er nicht irgendwo ein Hightech-Gerät hatte, das aus dem Boden gefahren kam, wenn er einen Knopf drückte. Ich bemühte mich um eine neutrale Miene, um nicht zu verraten, was ich sagen wollte: Heuchler. Nach den Bemerkungen, die er über Mephistos Zuhause gemacht hatte, hatte ich etwas Schlichteres erwartet.

„Hat Kai eine Wette verloren oder sowas?", fragte ich. Von meinem Platz im Haus aus konnte ich sehen, wie er mit Entschlossenheit den Baum fällte.

„Nein, er hat gefragt." Simeon schaute aus dem Fenster, ein kleines Lächeln umspielte seine Lippen, während er beobachtete, wie Kai Gefallen an etwas fand, das die meisten Menschen lästig finden würden.

„Warum benutzt er eine Axt anstatt einer Kettensäge?"

Er zuckte mit den Schultern. „Weil er Kai ist", sagte er. Er ging nicht näher darauf ein. Ich nahm an, dass es in ihrem Kreis als Antwort ausreichte.

„Die Bibliothek ist hier entlang."

Es gab nicht viele Zimmer, doch jedes war groß. Seine Schlafzimmertür stand einen Spalt weit offen, als wir daran vorbeigingen, und ich erhaschte nur einen Blick auf ein riesiges Doppelbett in der Mitte des Zimmers, das allein die Hälfte meiner Zweizimmerwohnung einnehmen würde. Vor einem natursteinverkleideten Kamin lag ein großer Teppich. Salbeigrüne Wände verliehen dem Raum eine einladende, erdige Atmosphäre. Das riesige Fenster bot einen ruhigen Blick auf den trägen Fluss. Vor dem Fenster lag ein Meditationskissen. Überdimensionierte Topfpflanzen standen in jeder Ecke.

Was als kurzer Blick gedacht war, ließ mich stehenbleiben, um den Raum in Augenschein zu nehmen. Schön und beruhigend. Er hatte eine friedliche Atmosphäre, die das Zimmer, das ich zur Meditation benutzte, im Vergleich dazu erblassen ließ.

„Das ist mein Schlafzimmer, nicht die Bibliothek", bemerkte er leise.

Ach wirklich? Ich schätze, das Bett im Zimmer hätte mich darauf aufmerksam machen sollen.

Er stupste mich an, und seine schnelleren Schritte hatten dieselbe ätherische Anmut und Geschmeidigkeit, die Mephisto nicht länger verbarg.

Simeons Haus war wunderschön, doch das Beeindruckendste daran war die Bibliothek. Raumhohe eingebaute Bücherregale säumten jede Wand in dem riesigen Raum. In der Ecke stand ein großer, bequemer Sessel mit einem kleinen Tisch und in der Mitte des Raums ein Tisch aus Altholz. Ein eigenwilliger Kontrast zu den weißen Regalen, doch er passte.

„Kai?", fragte ich und zeigte auf den Tisch.

Simeon nickte. „Woher wusstest du das?"

Nachdem ich ihn eine Axt schwingen gesehen hatte, um einen Baum zu fällen, war es kein allzu großer logischer Sprung, anzunehmen, dass er ein Handwerker war.

„Das ist der Abschnitt, an dem du am meisten interessiert sein dürftest." Simeon deutete auf Regale mit verwitterten Büchern und Ordnern mit zerfledderten Zeitungen und Zeitschriften.

Drei Stunden und ich hatte nicht mehr Informationen als zuvor. Es gab viele Berichte über den Schleier. Ich wurde als *Naut* bezeichnet – jemand, der sich mühelos im Schleier bewegen konnte – es sei denn, ich war ein *Pars*, der in Teilen des Schleiers einige Einschränkungen hatte. Ich war nicht weit genug durch den Schleier navigiert, um zu wissen, was ich war. War es möglich, den gesamten Schleier zu sehen, oder war es gleichbedeutend mit dem Versuch, die ganze Welt zu sehen? *Sers* konnten den Schleier sehen, aber nicht hindurchgehen. Ich fragte mich, was Elizabeth war; sie hatte umfassendes Wissen über den Schleier. Hatte sie dort gelebt? Je mehr ich über den Schleier erfuhr, desto mehr wollte ich ihn erforschen … bis ich mich daran erinnerte, dass Leute wie Malific dort waren. Und Ian. Er wollte unbedingt dorthin zurück, obwohl ich nicht wusste, warum.

Trotz gründlicher Suche konnte ich keinen einzigen Zauber finden, der die Unfähigkeit einer Person aufheben könnte, in den Schleier zurückzukehren.

Ich hob meine Stirn vom Tisch, als der Duft von Zedernholz und Minze in den Raum wehte. Von der Tür aus starrte Kai mich still an, frisch geduscht und umgezogen. Sein dunkles Haar war feucht und zerzaust. Cognacbraune Augen wanderten über den Tisch und betrachteten die zerknitterten Tüten mit Chips, Süßigkeiten und Nüssen, die ich gegessen hatte. Seine Augen sprangen zum Mülleimer in der Ecke, dann zu meinem Müllhaufen auf dem Tisch.

„Du bist ziemlich unordentlich."

Notiz an mich selbst: Kai ist ein Ordnungsfreak und ein bisschen unhöflich.

„Hi, Kai", sang ich mit süßlicher Stimme.

Kais Augen blieben auf dem Müllhaufen, bis ich ihn nahm und an ihm vorbei zum Mülleimer ging. Ich konnte spüren, wie die Energie von ihm pulsierte und mich auf eine Weise anlockte, die schwer zu ignorieren war. Ich warf schnell den Müll weg, schaffte es zurück zum Sessel und schob meine Füße hinter die Sesselbeine, um mich festzuhalten. Kai trat einige Schritte zurück, vielleicht, weil er etwas in meinem Gesicht sah, das ihn dazu brachte, mir den Drang nehmen zu wollen. Es half nicht, weil ich vermutete, dass ich mir, wie bei Mephisto, Kais Magie ohne schlimme Konsequenzen ausleihen könnte. Und ich wollte es so sehr, dass es mich ablenkte. Ich zwang meine Aufmerksamkeit von ihm auf die Bücher.

„Wonach suchst du?", fragte Kai, und sein Blick wanderte zu den vor mir aufgeschlagenen Büchern.

„Ich bin mir nicht sicher. Vielleicht ein Weg, in den Schleier zu gelangen?"

„Aber ich dachte, du kannst das schon."

„Mit Mephistos Magie kann ich das. Aber ich muss jemand anderen dort hinbringen und dafür sorgen, dass er nicht wieder rauskommt."

Auf Kais Gesicht leuchtete hoffnungsvolles Interesse auf, doch er unterdrückte es schnell. Es bestätigte, was ich vermutete: Sie wollten auch in den Schleier zurück, konnten es aber nicht. Ich hatte bisher noch nicht herausgefunden, ob sie rausgeworfen und dazu verflucht worden waren, niemals zurückzukehren. Sie hatten nicht dieselben Male wie Ian, also hatte ich keine Ahnung, was sie davon abhielt. Mephisto hatte mir gesagt, er könne nicht zurück, doch mehr hatte er nicht gesagt.

„Wie kommt es, dass er nicht zurückkann?", fragte Kai.

„Elizabeth hat einen Zauber mit einem Xios ausgeführt. Es ist ein Einwegobjekt und wurde dabei zerstört."

Er runzelte die Stirn. „Die Zerstörung des Xios besiegelt den Zauber, also wie ist derjenige rausgekommen?"

„Ich weiß nicht", log ich und beobachtete sorgfältig sein Gesicht, um festzustellen, ob er die Lüge erkennen konnte. Wenn ja, zeigte er es nicht. „Er ist wütend und will, dass seine Einschränkung entfernt wird, damit er wie zuvor zwischen hier und dem Schleier hin und her reisen kann."

„Was ist er? Fee? Hexe? Magier?"

„Fee. Und es wird zu einem riesigen Feenproblem. Er hat Neris und Adalias Thron im Visier." Ich konnte den Ärger in meiner Stimme hören. Das war nicht nur ein Feenproblem; es war ein Wandler-, STF- und mein Problem. Ich vermutete, dass Ians Durst nach Macht und Herrschaft nicht damit aufhören würde, die Feen zu beherrschen. Wenn ich ihn nicht loswerden würde, würden mehr Leute neugierig auf seine Flucht und den Schleier werden. Offensichtlich war die Existenz des Schleiers kein Geheimnis, aber ich war recht froh, dass sie nicht allgemein bekannt war. Neugier erzeugt oft den hartnäckigen Wunsch, sie zu befriedigen. Ich wollte nicht, dass ein zweiter Ian entkam.

„Du hast nicht irgendein Feenproblem, du hast ein Ian-Problem", korrigierte Mephisto, betrat die Bibliothek mit einer anmutigen Bewegung und setzte sich neben mich. Seine übliche dunkelblaue Uniform stand in starkem Kontrast zur Lässigkeit von Kais weißem T-Shirt und der grauen Jogginghose.

Ich holte tief Luft. Der große Raum war übervoll und mit Magie geflutet.

„Wie ist das anders?", fragte ich.

„Ian ist ein alter Feenmann und glaubt, die Tatsache, dass er einfach länger existiert als die meisten, gebe ihm das Recht zu herrschen. Seine Akolythen wurden bei seinem ersten Putschversuch im Schleier besiegt. Er wurde mit Eisen gebunden und zur Strafe für vierzig Jahre eingesperrt. Nach seiner Freilassung hat er einen Deal mit einem Dämon geschlossen, und seine Immunität gegen Eisen ist das Ergebnis von Dämonenmagie und einem uralten Zauber. Sobald der Dämon Ians Bitte nachgekommen war, belohnte Ian den Dämon, indem er ihn getötet und damit jede Möglichkeit zur Umkehr des Zaubers ausgeschaltet hat."

Die Spur der Abscheu in Mephistos Augen erweckte bei mir den Eindruck, dass er überzeugt war, die Strafe hätte härter ausfallen müssen.

„Dann ist es keine natürliche Immunität." Erleichterung packte mich. Zauber konnten rückgängig gemacht werden. Bindungen konnten gelöst und sogar Flüche aufgehoben werden. Es gab Wege, Ian zu besiegen.

„Er ist hier. Ich bin mir nicht sicher, warum er zurückwill oder das Bedürfnis hat, sich zwischen hier und den Reichen zu bewegen", sagte ich.

„Hier hat er die Oberhand und Möglichkeiten, die ihm im Schleier nicht zur Verfügung stehen. Hier sind Wandler nicht immun gegen Magie, also kann er sie mit seiner Magie kontrollieren. Im Schleier kann er das nicht. Und es scheint, dass die Feen auf dieser Seite des Schleiers viel schwächer sind." Kai runzelte bei seiner Beobachtung die Stirn.

Je mehr ich über den Schleier erfuhr, desto stärker wurde mein Wunsch, einen Weg zu finden, niemanden mehr hindurchgehen zu lassen. Die Welten sollten getrennt bleiben, doch ich war nicht selbstlos genug, um es zu einer Priorität zu machen. Ich würde es tun, nachdem ich meine Vereinbarung mit Mephisto erfüllt hatte und seine Magie besaß.

Simeon war in die Bibliothek gekommen, während Kai sprach, und ich war mir sehr bewusst, dass ich von allen Seiten von der „Andersartigkeit" ihrer Magie umgeben war. Kai vorn, Simeon zu meiner Rechten und Mephisto zu meiner Linken. Die Seiten des Buches, das ich gerade durchblätterte, zerknitterten unter dem Druck meines Griffs. Mephisto legte seine Hände auf meine und löste sie von den Seiten. Dann strich er die Knicke glatt.

„Tut mir leid", flüsterte ich.

Die Männer tauschten Blicke aus, dann ließen Kai und Simeon Mephisto und mich allein. Er schob das Buch, das er mir abgenommen hatte, über den Tisch. Die lange Stille wurde unangenehm, als mir klar wurde, dass er sich langsam auf ein Gespräch vorbereitete, das ich nicht führen wollte.

„Ich brauche einen Weg, Ian zurückzuschicken und dafür zu sorgen, dass er nie wieder zurückkommt", sagte ich. „Ihn hier zu haben, ist so ziemlich das Letzte, was wir brauchen."

„Nein, das Letzte, was wir brauchen, ist, dass er sich mit den Immortalis verbündet. Sie wollen auch zurück in den Schleier. Ian will die Freiheit, zwischen den Welten zu reisen, während sie nur Malific befreien wollen."

„Ein Grund mehr, ihn so schnell wie möglich zurückzuschicken."

„Hast du mit deinen Eltern gesprochen?", fragte Mephisto leise.

Ich beschäftigte mich damit, ein weiteres Buch zu mir zu ziehen und die Seiten durchzublättern. Als er die Frage wiederholte, schüttelte ich den Kopf, ohne von dem Buch aufzublicken, das nicht annähernd so interessant war wie die Magie, die Mephisto ausstrahlte. Seine langen Finger waren sanft, als sie sich unter mein Kinn legten und mein Gesicht hoben, damit ich ihn ansah.

„Ist es, weil du die Antwort bereits kennst?"

„Weil es keine Rolle spielt", widersprach ich, obwohl ich wusste, dass das nicht weiter von der Wahrheit entfernt sein konnte. Ihre Bestätigung würde alles ändern. Mein *Leben* unwiderruflich verändern. Ich wäre nicht länger die Tochter von Vera und Gene, sondern eine Göttin oder Halbgöttin oder was auch immer. Und nicht nur die Tochter irgendeiner Göttin, sondern einer, die so schrecklich war, dass sie weggesperrt werden musste. „Es ist mir egal. Ich mag mein Leben so, wie es ist, und bin vollkommen glücklich damit, wenn bei meinem nächsten Familientreffen keine psychotische Göttin dabei ist."

„Es stört dich nicht, nicht zu wissen, wie sie dich bekommen haben? Wurdest du Malific entrissen, vor ihrem Zorn gerettet oder rausgeschmissen?"

„Vor ihrem Zorn gerettet?"

„Du bist ihre Tochter. Durch eure Adern fließt ein und dasselbe Blut."

Ich hatte ihr Blut. In der magischen Welt war Familienblut – besonders das von Nachkommen – genauso wertvoll wie ihr Blut.

Mephistos dunkle Augen waren neugierig, und seine Sorge war nicht selbstlos. Ich wusste nicht, was ich antworten sollte, weil er die gleichen Fragen stellte, die ich mir selbst gestellt hatte. Was hatte das alles zu bedeuten?

Wenn Malific freikäme, würde sie nach mir suchen? Wenn ja, warum?

Er beugte sich vor und fragte: „Fragst du dich nicht, warum du die Einzige bist? Das einzige Kind, das sie hat?"

Diese Frage verunsicherte mich am meisten. Geschichten darüber, dass das Blut von Götterkindern das einzige ist, was sie verletzen könnte, oder schlimmer noch, dass das Leben des Kindes das einzige ist, was sie retten kann. Meine Gedanken kreisten auch um Anlage vs. Umwelt. Basierend auf den Geschichten war Malific schrecklich – bösartig, gewalttätig und machthungrig. Sie hatte die Grundregeln verletzt, Wandler während des Wandelns angegriffen, sie ertränkt und ihre Verbündeten getötet, weil sie es gewagt hatten, ihre Forderung abzulehnen, sich von ihr als ihre persönlichen Angriffstiere benutzen zu lassen. Ian tat dasselbe: Er zwang Wandler gegen ihren Willen, zu kämpfen. Die Wut, die ich bisher zu kontrollieren in der Lage gewesen war, loderte plötzlich mit einer Wildheit auf, die ich nicht kontrollieren konnte.

Mein Geschäft hat mich einem gewissen Maß an Gewalt gegenüber tolerant gemacht. Gewalt war nicht meine erste Wahl, obwohl ich nie kategorisch dagegen war, sie zu benutzen, doch ich hielt mich wie die meisten Menschen an gewisse Verhaltensregeln. Einige Verhaltensweisen gingen über Zurschaustellung von Macht und Stärke hinaus und waren reine Brutalität und Grausamkeit. Ian hatte diese Grenze überschritten.

„Das tue ich", gab ich leise zu. „Die meisten Götter haben mehr als ein Kind, nicht wahr?"

„Ja. Aber Malific hat schon immer alles anders gemacht. Die meisten Götter üben ihre Macht nicht an anderen aus. Das Zusammenleben mit Feen, Wandlern, Hexen und Magiern und das Wissen, dass ihre Macht größer ist, aber nicht ihre Zahl, macht sie verwundbar. Malific teilte diese Überzeugungen noch nie. Sie glaubte an alles dominierende

Macht und war bereit, alles zu tun, um sie zu erreichen. Aus diesem Grund hat sie die Immortalis geschaffen, eine Armee, die ihr genau das ermöglichen würde."

„Sie wollte auch die anderen Götter unterwerfen?"

„Ihr despotisches Wesen hat die Leute vorsichtig gemacht. Und ich glaube, wenn sie die Fähigkeit dazu hätte, hätte sie es getan. Sie wollte den Schleier teilen, das begehrteste Land nehmen und es unter den Göttern aufteilen. Die Teile des Schleiers, die ich dir gezeigt habe, sind die Orte, an denen die meisten Götter leben."

Ich dachte zurück an die malerische Aussicht auf schneebedeckte Berge, klares blaues Wasser, Tiere, die Seite an Seite existieren, ohne zu wissen, was Raubtier und was Beute war.

„Es ist ein Leben, das sie nicht versteht. Ein Leben, das sie nicht nachvollziehen konnte. Ihr Machthunger und ihre Weigerung, vernünftig mit sich reden zu lassen, war der Grund, warum sie eingesperrt wurde."

Da ich dringend einen Themenwechsel und eine Ablenkung brauchte, strich ich die Haare, die sich aus meinem Knoten gelöst hatten, aus meinem Gesicht. Je mehr ich über Malific erfuhr, desto mehr sehnte ich mich danach, dass sie *nicht* meine Mutter war und dass die Annahme aller falsch war.

„Ist es wahr, dass die Magie im Schleier geschützt wurde? Und es eine Strafe gibt für –" Ich wollte nicht Mord sagen. Es zu denken, zu planen und es sogar als Option in Betracht zu ziehen, war eine Sache, aber es laut auszusprechen, schien zu viel.

Er nickte. „Die Strafe für den Mord an den Bewohnern des Schleiers ist der Verlust von Magie."

„Wenn die Feen Ian töten, verlieren sie ihre Magie?"

„Nur die Person, die ihn tötet. Dasselbe würde für Asher gelten, wenn er es täte. Er würde seine Fähigkeit verlieren zu wandeln, und letztendlich würde er seine Position als Alpha verlieren. Ich denke, der Preis für Ians Tod wäre zu hoch." Ein kleines Lächeln umspielte seine Lippen. „Wie ich sehe, vertragt ihr beide euch zur Abwechslung wieder mal. Welch Glück für ihn, dass du auf seiner Seite bist, bereit, für sein Rudel zu kämpfen."

Ich ignorierte die Spekulation in seiner Stimme. „Es ist ein Job."

Mord war die nukleare Option, eine Option, von der ich hoffte, sie nicht anwenden zu müssen, doch wenn das nur der Anfang von Ians Terror gegen die Stadt – gegen die Wandler – war, musste er aufgehalten werden.

„Ein Mensch könnte es tun", sagte ich.

„Wenn ein Mensch nah genug an ihn herankommen könnte ... aber ich nehme an, auch ein Mensch würde etwas verlieren." Als Mephistos Augen dunkel wurden, wusste ich, was: sein Leben.

Verdammt. „Aber ihr habt die Immortalis getötet. Sie sind aus dem Schleier."

„Geschaffen von Malific. Es gelten nicht dieselben Regeln, und sie können nur auf eine Weise getötet werden – mit einer Obitus-Klinge."

Es fiel mir schwer zu glauben, dass jemandes Enthauptung nicht das Ende war. Vampire waren fast unmöglich zu töten, doch enthaupte einen, und er ist tot. Wirklich tot, es sei denn, man ist dumm genug, den Kopf nicht vom Körper zu trennen. Wenn man es nicht tut und sie es schaffen, Blut zu trinken, dann hat man einen *fast* wirklich toten Vampir mit einer Vendetta, die man nicht überleben wird. Regel Nummer eins beim Töten eines Vampirs: Trenn den Kopf ab und bring' ihn die Straße runter. Aber ich denke, das war bei Göttern und den Immortalis nicht der Fall.

Ich rieb mir die Schläfe und versuchte, den aufkommenden Spannungskopfschmerz loszuwerden. Das war eine beschissene Situation. Oberste Priorität: Ian. Ihn aufhalten und mich später um die Immortalis und Malific kümmern.

Gerade als ich anfangen wollte, Mephisto zu fragen, wie ich Ian aufhalten könnte, ließ die Vibration eines eingehenden Anrufs mein Handy auf dem Tisch tanzen. Ashers Name erschien auf dem Display. Ich nahm schnell ab und ging nach draußen, um etwas Privatsphäre zu haben.

„Was weißt du über Dante's Forest?", fragte Asher.

„Ich habe nichts Gutes darüber gehört. Es ist leicht reinzukommen, aber nicht so einfach herauszukommen. Aber wenn du starke magische Objekte brauchst, nicht überall erhältliche Zutaten oder Antworten brauchst, ist das der einzige Ort, an dem du sie finden könntest." Ich hatte keinen Job gehabt, bei dem ich in den Wald hätte gehen müssen, aber nachdem ich von seiner Existenz erfahren hatte, hatte ich so viel wie möglich darüber in Erfahrung gebracht. Meine Neugier, was die Gerüchte darüber anging, war geblieben. Ich pflegte nicht, es mir zur Gewohnheit zu machen, an Orte zu gehen, die der Erzählung nach nicht sicher waren, nur um meine Neugier zu befriedigen. Ich war ein Adrenalin-Junkie –das half gegen mein Verlangen nach Magie – aber ich hatte keine Todessehnsucht, egal, was manche glauben mochten.

„Genau. Ich habe auch gehört, dass wir da einen Conparco-Schild finden können. Elizabeth glaubt, dass er zusammen mit einer Desisto-Wurzel Ian davon abhalten wird, uns zum Wandeln zu zwingen."

Es war offensichtlich, dass man, sobald man einen Deal mit Elizabeth geschlossen hatte, sich das Recht verdient hatte, sie bei ihrem richtigen Namen zu nennen. Aber Frau in Schwarz war passender und darüber hinaus ein Hinweis auf ihre dunkle Veranlagung, ihr sprunghaftes Temperament und ihren Ruf für zweifelhafte Geschäfte. Es deutete auch auf die Unauffälligkeit ihrer Existenz hin. Ich war mir nicht sicher, welche Art von Übernatürlicher sie war. Doch ihre magischen Fähigkeiten übertrafen alles, was ich je gesehen hatte.

Ich konnte Geräusche im Hintergrund hören und fragte mich, ob er gerade im Begriff war zu gehen.

Glaubte Asher trotz Elizabeths Ruf wirklich alles, was aus ihrem Mund kam? Er konnte Lügen erkennen, aber was war mit der Art der Täuschung, die man ihr nachsagte? Sie führte den gewünschten Zauber aus, und dann saß man mit dem Trick da, den sie damit verknüpft hatte.

„Vertraust du ihr?"

„Nein. Nun, bis zu einem gewissen Punkt. Bestenfalls begrenzt. Ich habe genug mit ihr zu tun, dass sie mich nicht hinters Licht führen kann. Ich bin sehr präzise mit meinen Bitten. Auch mit Zahlungen und den Sanktionen, wenn etwas außerhalb der Vereinbarung passiert. Elizabeth fordert mein Verhandlungsgeschick auf Schritt und Tritt heraus."

„Was zahlst du ihr?"

Asher zögerte. „Nichts, worum sie bitten kann, wird zu viel sein, um sicherzustellen, dass Ian nicht die Kontrolle über mich und mein Rudel haben kann, wie jetzt."

„Wann gehst du?"

„Morgen früh."

Die Geräusche im Hintergrund waren wahrscheinlich sein Packen.

„Willst du Unterstützung?"

Er konnte Leute aus seinem Rudel anfordern, wahrscheinlich sogar Sherrie bitten mitzukommen, und ich würde mir jemanden wünschen, der sich mit übernatürlicher Geschwindigkeit und geschärften Sinnen in einen Löwen verwandeln könnte, doch solange Ian frei herumlief und Chaos verbreitete, wäre es wahrscheinlich das Beste, wenn einer von ihnen in der Stadt blieb, zusammen mit den Stärksten aus seinem Rudel.

Es folgte langes, bedeutungsschwangeres Schweigen. Die Unruhe im Hintergrund endete, und ich konnte mir Ashers nachdenkliches Gesicht vorstellen. „Erin", sagte er mit leiser, ernster Stimme, „dass du *Mystic Souls* hattest und Ian freigekommen ist, war nur ein Zufall, richtig?"

Er war meilenweit entfernt; er konnte keine physiologischen Anzeichen hören oder mein Gesicht sehen.

„Mh-hm."

Wieder eine lange Pause. „Ich hole dich morgen früh um sieben bei dir ab. Ein Flugzeug wird auf uns warten. Eine Hexe dabeizuhaben wäre wahrscheinlich von Vorteil. Kann Cory mitkommen?"

„Ja, ich denke schon."

„Dann bis morgen."

Nichts in seiner Stimme verriet, ob es mir gelungen war, einen Wandler erfolgreich zu belügen, doch mein Bauchgefühl sagte mir, dass dem nicht so war.

Mephisto saß entspannt auf einem Sessel, seine Jacke hing über der Lehne. Mit einer Hand hinter dem Kopf schmiegte sich das Hemd an seinen Körper und erlaubte mir einen Blick auf seinen definierten Körperbau, der normalerweise unter seinen maßgeschneiderten Anzügen verborgen blieb.

„Asher ruft, und du gehst. Der Krieg ist wirklich vorbei." Sein Gesichtsausdruck war zurückhaltend, als seine Mitternachtsaugen jede meiner Bewegungen verfolgten, während ich meine Sachen zusammensuchte. Magie schlängelte sich um mich herum. *Wie zum Teufel machte er das?*

„Hör auf. Wenn du nicht vorhast, sie zu teilen, hör auf damit."

„Natürlich habe ich vor zu teilen. Meine Bedingungen stehen noch."

Ich hängte meine Tasche über meine Schulter. „Das stimmt jetzt nicht ganz, oder? Du hast die Mission aufgeschoben." Zuerst wollte er den Standort dieser berüchtigten Büchse herausfinden, bevor er mich hineinschickte, um sie zu holen, anstatt dass ich nur in den Schleier ging, um danach zu suchen. Jetzt, da er vermutete, dass Malific meine

Mutter war, gefiel ihm nicht, dass ich überhaupt in den Schleier ging. Meine Einführung in den Schleier war ereignislos verlaufen, sogar angenehm, und ich war mehr als bereit, nochmal zu gehen.

„Ich würde es vorziehen, die Gefahr, in die ich dich bringe, zu minimieren, also bin ich vorsichtig. Willst du mir einen Vorwurf daraus machen?"

Vor Aufregung und Frustration fuhr ich mit den Fingern durch mein Haar und zog es aus dem Knoten. Mephisto stand auf, kam schnell auf mich zu und nahm meine Hände in seine, um mein Zappeln zu stoppen. „Ich gehe vorsichtig mit deinem Leben um, pass auf, dass Asher es auch tut."

Die gedämpfte Energie seiner Magie war eine subtile Erinnerung an eine Schwäche, gegen die ich nicht ankam. Ich biss fest auf meine Unterlippe und hielt die Worte der Macht in meinem Mund. Ich wich einige Schritte zurück und ließ meine Hände aus seinen gleiten.

„Ich werde vorsichtig sein."

Eilig verließ ich Simeons Haus. Manche würden sogar behaupten, dass ich gejoggt war. Meine Entschlossenheit erlaubte mir nicht einmal, langsamer zu werden, um Simeon und Kai mehr als kurz zuzuwinken. Als ich in meinem Auto saß, öffnete ich alle Fenster und blieb in der Auffahrt sitzen, während ich den satten Kiefergeruch, den robusten Duft der Erde um mich herum und die blumigen Düfte inhalierte. Es dauerte ein paar Minuten, doch schließlich verzehrten Mephisto und seine Magie nicht mehr jeden meiner Gedanken. Ich ließ den Motor an, und als ich bei Cory ankam, konzentrierte ich mich auf das dringendste Problem: Ian aufzuhalten.

Der Conparco-Schild und die Desisto-Wurzel wären nur eine teilweise Lösung, da sie ihn nur daran hinderten, die

Wandler zu kontrollieren, doch es würde seine Strategie erheblich schwächen.

„Es wäre besser für dich, wenn jemand hinter dir her ist", brummte Cory von der anderen Seite der Tür als Antwort darauf, dass ich dagegen hämmerte. „Was ist?", fragte er, öffnete sie nur einen Spalt und schob seinen Körper wie eine Barriere dagegen.

„Ich habe versucht anzurufen, aber du bist weder ans Handy gegangen noch hast du deine SMS gelesen."

„Jetzt hast du meine Aufmerksamkeit, was brauchst du?", sagte er, offensichtlich sehr darauf bedacht, dass ich gehe.

Ich kniff die Augen zusammen und ging auf Zehenspitzen, um über ihn hinwegzusehen. Als das nicht funktionierte, spähte ich durch die kleine Lücke und sah eine Gestalt hinter ihm.

„Du hast Besuch?" Ich beugte mich weiter vor. „Alex?", rief ich.

Seine Stimme war genauso laut wie meine. „Ja, Alex, der Wandler mit dem außergewöhnlichen Gehör, also musst du nicht schreien."

Also tat ich es nicht. „Hi, Alex."

„Erin."

Cory trat beiseite, und ich ging in seine Wohnung, wo Alex mit einem Teller Pasta vor sich am Küchentisch saß. Alex war pastawürdig, und ich war ein bisschen neidisch. Gelegentlich nahm ich an einem von Corys Cheat Days teil, der aus ein oder zwei Stück Pizza bestand, sodass ich den Rest verputzen und mich gierig fühlen musste.

„Parmesanhähnchen! Mein Lieblingsessen."

Cory packte mein Shirt und hielt mich davon ab, zum Tisch zu gehen, um das heldenhafte Opfer zu bringen, ihn vor einer Kohlehydratüberdosis zu retten.

„Entschuldige mich kurz, ich muss Jane, die Höhlenfrau, hier schelten. Nein, Jane. Aus. Pfui. Du musst warten, bis du eingeladen wirst. Nick mit dem Kopf, wenn du verstehst."

Ich funkelte ihn an. „Ich hungrig. Ich sehe Essen. Ich esse Essen." Ich stieß Cory gegen die Brust. Seine Zähne gruben sich in seine Lippen, um nicht zu lachen.

Ich zwinkerte. „Ich habe so oft das Kohlehydratopfer für dich gebracht, und das ist der Dank, den ich bekomme."

„Es gibt genug da. Es macht mir nichts aus, wenn du mitisst", bot Alex an und streckte seine Hand nach einem der freien Stühle aus. Alex' charismatisches Lächeln war einladend, und seine scharfen haselnussbraunen Augen waren nicht kalt oder abweisend, doch seine Einladung war nicht aufrichtig. Als ob das nicht genug wäre, konnte ich spüren, wie sich Corys Todesblick in meine Wange bohrte.

„Danke, aber ich kann nicht bleiben." Ich deutete mit dem Kopf zur Tür, und Cory folgte mir, bis wir weit von Alex' Hörweite entfernt waren. Selbst dann zog ich ihn noch weiter heraus, bis wir gut fünf Meter vom Gebäude entfernt waren. Wenn jemand geringfügigste Änderungen in Herzfrequenz, Atmung oder Intonation registrieren konnte, konnte man nie vorsichtig genug sein.

„Wir machen morgen einen Ausflug." Meine Stimme war fröhlicher, als sie hätte sein sollen, wenn man bedachte, dass wir in einen Wald gehen würden, aus dem einige, die sich hineingewagt hatten, nie zurückgekehrt waren.

Cory kannte mich zu gut. Er kniff die Augen zusammen. „Wohin?"

„Dante's Forest."

„Nein, machen wir nicht", sagte er kopfschüttelnd.

„Wir müssen. Elizabeth glaubt, dass sie Ians Fähigkeit, die Wandler zu kontrollieren, mit einem Conparco-Schild und einer Desisto-Wurzel ausschalten kann. Sie hat die Wurzel, und wir müssen den Schild finden."

Wenn es möglich war, die Situation in Ordnung zu bringen, würde Cory es aus Prinzip tun. Schuldgefühle nagten ständig an mir; für ihn musste es eine unerträgliche Belastung sein. Ich gab mir große Mühe, ihm ein beruhigendes Lächeln zu schenken.

„Ich hätte auf dich hören sollen", gab er zu.

„Die Vergangenheit lässt sich nicht ändern. Wir können nur tun, was in unserer Macht steht, um es wieder in Ordnung zu bringen. Wir gehen mit Asher. Sein Ego wird ihm nicht erlauben, zuzulassen, dass wir anders als unbeschadet da rauskommen."

Um Orte, die großartige Quellen für seltene Gegenstände, Zutaten und Heilmittel waren, rankten sich in der Regel Gerüchte großer Gefahren und warnenden Geschichten. Die Warnungen und Geschichten wurden normalerweise von denen am Leben erhalten, die sich an solche Orte wagten, um andere davon abzuhalten, die seltenen Ressourcen zu suchen und zu erschöpfen. Ich war immer skeptisch gegenüber jeder Geschichte.

Cory ging in seine Wohnung zurück. Ich sagte ihm, wann wir ihn abholen würden, und dass Asher bereits die Reisearrangements getroffen hatte, dann machte ich mich auf den Rückweg zu meinem Auto.

„Wann darf ich mit meinem schönen Abendessen rechnen? Sowas kochst du nicht mehr für mich."

„Ich schleife dich nicht in gefährliche Wälder, also denke ich, dass wir quitt sind."

„Ich wette, es wird nicht annähernd so gefährlich sein, wie es sich anhört. Ein Spaziergang im Park. Kinderleicht. Wir werden in wenigen Minuten drin und wieder raus sein."

„Absolut. An einem Ort, der nach dem Wald aus Dantes Inferno benannt ist, kann es nur ein Kinderspiel sein", sagte Cory und warf mir ein Grinsen zu.

9

„Wir fliegen nicht kommerziell, nehme ich an", sagte Cory, als er zusah, wie ich noch einmal überprüfte, was ich mitnahm. Ich würde niemals durch die Sicherheitskontrolle am Flughafen kommen, wenn wir es täten.

„Nein, es ist nur ein Kurztrip nach South Dakota."

„Oh, nur ein Kurztrip nach South Dakota. Lass uns einfach in mein Flugzeug hüpfen und losfliegen. Wie werde ich ein Alpha?" Belustigung verzog Corys Lippen zu einem verschmitzten Grinsen.

„Es ist nicht sein Flugzeug, es ist das Flugzeug des Northwest-Rudels. Er hat nur Zugang dazu."

„Nun, wenn er nur Zugang dazu hat, ist das überhaupt nicht beeindruckend. Was ist er? Jemand, der am Hungertuch nagt und ein Firmenflugzeug benutzen darf? Wir haben Besseres verdient. Es muss Leute in höheren Positionen geben, mit denen wir uns anfreunden können."

„Du weißt, dass die STF und Mephisto Zugang zu Flugzeugen haben?"

„Hör auf, das zu sagen, als wäre das ein Ding!", sagte er. „Wir alle haben Zugang zu Flugzeugen, aber nur sehr wenige Leute können einfach anrufen und eines innerhalb weniger

Stunden einsatzbereit haben. Wenn du denkst, dass das normal ist, wie sieht dein Leben aus?"

„Es ist nicht mein Leben. Ich weise nur darauf hin, dass das keine so protzige Situation ist, wie du es darstellst. Wir müssen nach South Dakota. Er hat ein Flugzeug. Fürs Protokoll: du kannst auch innerhalb von 24 Stunden an Bord eines kommerziellen Fliegers sein."

Mit zusammengekniffenen Augen warf Cory mir einen „Wirklich?"-Blick zu. Ich zuckte mit den Schultern, aber bevor ich antworten konnte, bekam ich eine SMS von Asher, in der er uns mitteilte, dass er unten war.

Als Asher mich mit meinem Seesack kämpfen sah, wollte er aus dem Auto steigen.

„Ich komm' schon klar", sagte ich.

„Nein, ich mach' das schon. Das Letzte, was ich jetzt brauche, ist, dass du dich auf dem Weg dorthin verletzt."

Er grunzte übertrieben, als er den Seesack hochhob und in den Kofferraum wuchtete. „Bist du sicher, dass du einen ganzen Seesack voller Waffen brauchst?"

„Es ist besser, sie zu haben und sie nicht zu brauchen", sagte ich und überprüfte den Inhalt zum vierten Mal.

Als Asher zurück zum Auto ging, blieb der prüfende Blick, den er auf Cory richtete, von keinem von uns unbemerkt.

Cory betrachtete meinen Seesack. „Ich denke, Asher hat recht. Du brauchst keinen Seesack voller Waffen."

„Ich hoffe auch, dass ich nichts anderes als eine liebenswürdige Persönlichkeit und ein Lächeln brauche", sagte ich strahlend.

„*Bitte* hör auf, dich darauf als Waffe in deinem Arsenal zu verlassen", neckte er. „Du verlässt dich zu sehr auf ihre Wirksamkeit. Ich fürchte, dass du am Ende enttäuscht sein wirst."

„Hey!" Ich stieß ihn gegen das Auto und drehte ihm den Arm hinter seinem Rücken in einem Griff, den er leicht lösen konnte, wenn er wollte. „Ich bin charmant, Kumpel."

Er schnaubte. „Das ist genau, wie ich es mir vorgestellt habe. Ich bin Butter in deinen Händen. Verzaubert, wirklich. Wie könnte ich das nicht sein?"

Lachend ließ ich seinen Arm los und lächelte ihn dann an. „Siehst du, ich bin entzückend."

„So. *Unglaublich.* Entzückend. Ich weiß nicht, wie die Leute das aushalten."

Cory lehnte sich entspannt in dem weichen Ledersitz des Flugzeugs zurück, den Asher ihm zugewiesen hatte, und nippte an dem Getränk, das ihm die Flugbegleiterin gebracht hatte. Ashers Aufmerksamkeit war nach wie vor auf Cory gerichtet. Sein Blick war nicht feindselig, aber ein unheilschwangeres Interesse lag darin.

„War es ein Spruch in Englisch oder Latein, der Ian freigelassen hat?", fragte Asher schließlich Cory.

„Wovon redest du?" Cory hielt sein Gesicht und seine Stimme neutral. Er hatte die Frage vielleicht nicht beantwortet, aber er gab Asher trotzdem die Informationen, die er brauchte. Asher wusste, dass Cory den Zauber ausgeführt hatte.

Ashers Augen wurden hart. Cory setzte sich aufrechter, seine Hände bewegten sich vor ihn, die Finger gespreizt, seine Grundposition, bevor er Verteidigungsmagie ausführte. Asher bemerkte die Veränderung und rückte auf seinem Sessel vor.

„Komm mit mir", befahl ich Asher, löste meinen Sicherheitsgurt und stand auf, um mich zwischen sie zu stellen. Wandler. Oder Alpha. Ich war mir nicht sicher, was Asher zu einem sturen Arschloch machte, aber er rührte sich nicht. „Bitte", stieß ich durch zusammengebissene Zähne hervor. Langsam stand er auf und folgte mir ins Schlafzimmer.

„Was zum Teufel ist los mit dir?", platzte ich heraus, sobald er die Tür hinter uns geschlossen hatte.

Asher ließ sich auf den Sessel neben der Tür fallen und atmete gereizt aus. „Ich wollte nur Antworten."

„Warum? Was ändert es? Gut, du weißt, dass Cory den Zauber gewirkt hat. Und? Er ist hier bei einem sehr gefährlichen Job dabei. Wenn das kein Zeichen von Reue und seines Wunsches ist, es wiedergutzumachen, was dann?"

„Er hätte es erst gar nicht tun dürfen. Cory gehört nicht in den Schleier, und wenn er sich an die Regeln gehalten hätte, wäre Ian nicht hier." Die Wer-im-Glashaus-sitzt-sollte-nicht-mit-Steinen-werfen-Plattitüde war hier definitiv relevant, aber ich verzichtete darauf, ihn darauf hinzuweisen.

Ich kniete mich vor ihn, um ihm in die Augen zu sehen, und sagte: „Du hast recht. Die Neugier hat ihn überwältigt, aber so, wie du alles tun würdest, um dein Rudel zu beschützen, geht es mir mit Cory genauso. Also, wo bleiben wir dann?" Meine Stimme war ein Flüstern. „Ich versuche, es rückgängig zu machen."

„Dich trifft keine Schuld."

„Das solltest du nicht denken. Gib mir die Schuld. Wenn ich das Buch nicht gewollt hätte, hätte Cory es nicht benutzen können."

Er versuchte ein Lächeln, das sich jedoch nicht ganz manifestierte. Es war angespannt, und es fehlte die übliche Arroganz.

„Was ändert es, ob ich wütend auf ihn bin oder auf dich?"

„Das ist eine gute Frage. Aber es ist mir egal, ob du mich von der anderen Seite des Flugzeugs aus finster anstarrst. Ich würde einfach zurückstarren. Und ein paar kreative Dinge mit meinen Händen machen, damit du genau weißt, wie ich mich dabei fühle. Ich bin mir nicht zu schade, dem großen bösen Wolf auf die Schnauze zu schlagen, wenn er es braucht."

Das brachte mir ein Lachen ein, ein tiefes sonores Grollen, das den Raum erfüllte. Er beugte sich zu mir vor, Belustigung auf seinem Gesicht. „Du sagst das, weil du nie die volle Intensität meines finsteren Blicks gespürt hast. Er ist ziemlich beeindruckend."

„Ich werde dafür sorgen, dass ich mich beeindruckt zeige", witzelte ich zurück, als ich seinem herausfordernden Blick begegnete. „Dann schlage ich dir auf die Nase und werde sagen: ‚böses Hündchen, böses Hündchen'." Es war eine gute Drohung, aber einen Wolfswandler als Hund zu bezeichnen, würde mir mehr als ein Grinsen einbringen. Ich würde Zähne sehen, aber er würde sie fletschen, bevor er mir die Hand abbiss.

Begleitet von einem trockenen Lachen stand Asher auf. Er drehte sich ein wenig um und ließ seinen Blick von mir zu den Wänden in gedeckten Farben wandern. „Ich hasse das", gab er leise zu. Alle Arroganz und Selbstüberschätzung waren verschwunden. Verletzlicher hatte ich ihn noch nie gesehen, und er richtete sich schnell auf, scheinbar verlegen, dass er mir erlaubt hatte, diesen flüchtigen Blick zu erhaschen. Ich sah in ihm mehr als Asher, den arroganten Alpha.

„Ich verstehe es. Du weißt, was ich bin, woher meine Magie kommt. Ich bin der Gnade anderer ausgeliefert, die mir Magie leihen, ich nehme sie – was nie gut endet – oder existiere ohne sie. Es ist nicht genau dasselbe, aber ich verstehe, wie es ist, nicht die totale Kontrolle zu haben. Das ist kein gutes Gefühl."

„Ja", seufzte er.

„Ich muss zurück und an einem Plan arbeiten, um in Dante's Forest zu kommen."

Als Asher mir ein verwegenes Grinsen zuwarf, wusste ich, dass er dies als nur einen Vorwand erkannte, um die dringend nötige Distanz zwischen uns zu bringen.

Er fuhr sich mit der Hand durch sein dichtes Haar und seufzte. „Tut mir leid, ich war ein Arsch."

„Deine Worte, nicht meine", neckte ich. Ich war ihm so

nahe, dass ich die dunkleren Grautöne in seinen Augen sehen konnte. Unnatürliche Hitze ging von ihm aus, eine Erinnerung daran, wie heiß Wandler von Natur aus waren. Vielleicht war das der Grund, warum sie es vorzogen, nach dem Wandeln nackt zu sein. Oder vielleicht mochten sie es einfach, im Adamskostüm herumzulaufen.

„Wir werden einen Xios oder was Ähnliches besorgen, um Ian dorthin zurückschicken, wo er hingehört, und wenn ich in den Schleier spähen kann, werde ich das auch versuchen", sagte ich zuversichtlich, da ich wusste, dass letzterer Teil nötig war, um Mephistos Auftrag zu erledigen. Aber es war genug Wahrheit daran, dass Asher nichts bemerkte. Sobald ich meine eigene Magie hatte, würde meine Priorität sein, den Schleier zu schließen.

Ashers Finger, der sanft über meine Wange strich, erschreckte mich. Nicht die Berührung, doch dass ich mich dagegen lehnte und für einige Momente so blieb.

„Ist alles gut zwischen dir und Cory?", fragte ich schließlich.

Asher öffnete die Tür, seine Hand auf meinen Rücken gepresst, als er mich hinausführte. Seine einzige Antwort auf meine Frage war, dass er seine Lippen zu einer schmalen Linie zusammenpresste.

Er kehrte nicht an seinen Platz zurück, sondern ging in einen anderen Bereich des Flugzeugs. Das machte es schwieriger, Cory davon zu überzeugen, dass zwischen ihnen alles in Ordnung war. Ich war mir nicht sicher, ob dem so war.

„Das ist es", sagte Cory und deutete auf den Bereich des Schutzzaubers, der, wenn er mit nicht-magischen Sinnen betrachtet wurde, die Augen glauben ließ, dass da nur Berge, kleine Höhlen, verstreute Bäume und stiller Frieden waren. Der Abstoßungszauber nahm jedem den Wunsch, die

Gegend zu erkunden, und drängte den Betrachter zudem, sich ein paar Meilen zu entfernen.

Extrem scharfsinnige Menschen und Übernatürliche konnten die Nähte von Schutzzaubern spüren, anders als Mirras, die in ihrer Konstruktion makellos waren. Der Hinweis bei diesem war der schwache goldene Schimmer, der in der Nähe des Baumes auftauchte und leicht zu übersehen war, wenn man nicht danach Ausschau hielt.

Cory brauchte länger, um den Schutzzauber zu bezwingen, weil er nicht versuchte, ihn zu zerstören, sondern einen Durchgang zu schaffen, durch den wir hindurchschlüpfen konnten.

„Ist es schwer?", fragte ich, nachdem zehn Minuten vergangen waren, viel länger, als er je zuvor gebraucht hatte, um einen Schutzzauber zum Einsturz zu bringen.

„Nicht schwer, nur zerbrechlich. Wir tun uns keinen Gefallen, wenn wir den Schutzzauber dieser Hexe zerstören. Es ist ein Test. Wenn wir eintreten, ohne ihn zu zerstören, denke ich, haben wir uns damit als würdig erwiesen, in den Wald zu gehen", spekulierte er. „Warum mächtige Leute so unnötig exzentrisch sind, werde ich nie begreifen. Wie schwer ist es, ein Machtwort zu haben, das Einlass gewährt, und dann der Person zuzuhören? Warum zwingen sie uns, das durchzumachen?" Cory runzelte die Stirn und schnaubte genervt.

Fünfzehn Minuten später gingen wir durch eine kleine Öffnung, die uns direkt zum Eingang der Höhle führte. Ein Bach zwang uns zur Seite, und wir folgten dem Bachlauf auf den zerbrochenen Felsen. Der erdig-feuchte Geruch wurde überwältigend, je weiter wir vordrangen. Ashers geschmeidige, lautlose Bewegung über das unebene Gelände machte mich nervös und gleichzeitig dankbar dafür, dass Corys und meine Schritte, die durch den Raum hallten, unsere Annäherung ankündigten. Niemand will von unerwarteten Gästen erschreckt werden.

Unsere Stirnlampen beleuchteten den Durchgang. Ich konnte sehen, wie sich Ashers Gesicht aufgrund der starken Gerüche verzog. Es war nicht unangenehm, doch blumige Düfte, die aus einer Höhle kamen, waren unerwartet.

„Ja", krächzte eine Stimme in der Dunkelheit.

Nachdem die Stimme eine Beschwörung geflüstert hatte, wurde die Höhle hell. Als ich mich umsah, konnte ich die Lichtquelle nicht finden. Ein breit gebauter Mann saß auf etwas, das wie ein Felsenthron aussah. Die Hängebacken seines runden Gesichts bewegten sich ganz wenig bei der kleinsten Bewegung seines Kopfes, als er jeden von uns betrachtete. Der Ingwergeruch, der von ihm ausging, und so gar nicht zu ihm passte, vermischte sich mit den blumigen, mineralischen und feuchten Gerüchen, die uns umgaben. Er roch nicht wie eine Hexe, doch ich erinnere mich, dass mir gesagt worden war, dass der Eingang zum Wald von einer bewacht wurde. Der Ingwer musste den erdigen Duft überdecken, den ich mit Hexenmagie assoziierte.

Sein maisgelber Teint hatte rötliche Streifen entlang des Nasenrückens. So, wie er auf seinem Thron aus Stein und Mineralien fläzte, wirkte sein stämmiger Körper kürzer und runder.

„Was wollt ihr?", fragte er knapp. Er hielt sich nicht mit Höflichkeiten auf. Nicht allzu viele Leute wanderten durch das Land, um in den mit der Hölle verbundenen Wald zu gehen. Es war ein Zeichen von Verzweiflung.

Die Hände des Höhlenwächters waren vor seinem Bauch gefaltet, und sein Desinteresse war offensichtlich. Das war weniger eine Berufung als vielmehr eine lästige Pflicht. Ich dachte an meine Recherchen in Simeons Bibliothek. Die Familie des Wächters war für einen Zauber verantwortlich, der den Wald vor Hunderten von Jahren zerstört hatte. Zur Strafe hatte eine Baumnymphe ihre Magie an den Wald und seine unmittelbare Umgebung gebunden. Wenn der Wald zerstört wurde oder in Gefahr war, war es auch ihre Magie, deshalb schützten sie ihn erbittert.

„Conparco-Schild", antwortete ich ebenso knapp.

„Sonst noch was?"

„Ein Xios oder sein Äquivalent."

„Ich hoffe, derjenige, den ihr damit einsperren wollt, verdient eine solche Strafe", sagte er, und seine Stimme nahm einen schärferen, kälteren Unterton an, der zweifellos seiner derzeitigen misslichen Lage geschuldet war. Er ließ mehrere Augenblicke verstreichen, während er uns mit seinem wertenden und tadelnden Blick betrachtete. „Ich habe keinen hier", sagte er schließlich, bevor er schnell wieder zu seiner ruhigen Stimmung zurückkehrte.

Ohne weitere Fragen pulsierte Magie durch den Raum. Glut schwebte durch die Luft und bildete einen Lichtbogen, der in einem chaotischen Allegro tanzte. Eine weitere Handbewegung und ein scharfer Befehl trieben die steinerne Wand hinter ihm auseinander. Das Licht schoss aus der Öffnung.

„Ihr müsst ihm folgen, es ist euer Führer", sagte er und reagierte damit auf unsere weit aufgerissenen fragenden Augen.

„Danke", sagten Cory und ich gleichzeitig. Etwas in mir wollte meine Dankbarkeit zurückhalten, weil das zu einfach erschien. Nichts an der Beschaffung mächtiger magischer Objekte war jemals so einfach. Asher musste das gleiche Gefühl gehabt haben, denn er sagte nichts, sondern nickte nur knapp.

„Ich versichere euch, nichts an der Suche nach dem Conparco-Schild wird euch dazu bringen, mir zu danken. Ich schicke euch nur auf die Reise. Ich bin nicht verantwortlich für die Hindernisse, denen ihr begegnet." Andeutungen von Reue lagen in seiner Stimme. „Geht", befahl er mit einem Winken.

„So einfach kann es nicht sein", flüsterte Asher, als wir

noch einmal schnell überprüften, was wir in unseren Rucksäcken hatten. Wir hatten uns für eine eintägige Wanderung vorbereitet: Wasser, trockene Snacks und Nüsse, Waffen, die in die Rucksäcke passten, und Zutaten für Zaubersprüche in Corys Rucksack. Asher hatte Wechselkleidung in seinem. Ich war froh, dass er Corys potentielles Bedürfnis, ihn einkleiden zu müssen, von vornherein abgelehnt hatte. Zu sehen, wie Hexen jemanden kleiden, war für die meisten wie Zeuge einer Live-Action-Aufführung eines Märchens zu werden. Eine Bewegung ihres Zauberstabs oder ihrer Hand und *bibbidi-bobbidi-boo*, diejenige Person ist bekleidet – so einfach war das nicht.

Hexen mussten Kleidung aus dem Äther holen, was starke Magie erforderte. Cory beschrieb es einmal als das Durchsuchen eines finsteren Schranks, wo man genau wissen musste, was man brauchte. Es kostete mehr Mühe, als es schien, weshalb es mir auch recht gewesen wäre, wenn Asher im Adamskostüm blieb, wenn er beim Wandeln seine Kleider zerreißen musste. Jetzt würde ich mich nicht entscheiden müssen, ob ich den Rest der Reise damit verbringe, Ashers nackten Po und seine Kronjuwelen zu betrachten oder Corys magische Energie zu opfern.

Nachdem wir nochmal unser Gepäck kontrolliert hatten, folgten wir dem Licht über die Felsen. Das Licht schien empfindungsfähig zu sein und flackerte ungeduldig, während Cory und ich langsam über die zerklüfteten Felsen des Berghangs kletterten. Ashers übernatürliche Anmut, Geschwindigkeit und Wendigkeit wurden zunehmend frustrierender, als das Licht ungeduldig schien und Asher darauf wartete, dass wir aufholten.

„Ich könnte gut auf das Grinsen verzichten", sagte ich ihm beim dritten Mal, als er warten musste. „Und die Show", meckerte ich, als er mühelos auf einer Klippe wartete.

Die innere Debatte darüber, ob ein silberner Energiefunke, der aus Corys Finger in Ashers Richtung flackerte, freigesetzt werden sollte, um ihn aus dem Gleichgewicht zu bringen, war Corys Gesicht deutlich anzusehen. Ich warf ihm einen warnenden Blick zu, und er löschte den Funken.

Das stetige Pulsieren des Lichts war nötig, als wir einen Pfad hinaufgingen und die Sonne plötzlich im Schatten verschwand und uns in dämmriger Dunkelheit zurückließ. Als das Licht mit seinem Schein von uns weg schoss und über hundert Meter von uns entfernt verharrte, nahm ich an, dass es die Stelle erreicht hatte, an der sich der Schild befand. Das Licht flackerte weiter hell, als wir uns darauf zubewegten. Asher übernahm die Führung und ließ seinen Blick über die Gegend schweifen, die Nase gebläht, um Gerüche aufzunehmen. Seine Ohren zuckten kaum merklich.

„Da ist Bewegung", sagte er, als er nur wenige Zentimeter von meinem Gesicht entfernt einen Pfeil in der Luft auffing.

„Fuck", zischte Cory und blickte auf den Pfeil in Ashers Hand.

„Ich wusste, dass es zu einfach war", gab ich mit dem Atem zu, den ich angehalten hatte, seit Asher verhindert hatte, dass mich ein Pfeil ins Gesicht traf.

Cory errichtete ein magisches Feld, das uns nur einen Moment Atempause erlauben würde. Magische Felder schützten vor Magie, aber nicht vor Kugeln und Messern und, darauf würde ich wetten, vor Pfeilen. Das war der Vorteil der Menschen gegenüber der Magie. Vernichtungswaffen wurden nicht durch magische Barrieren aufgehalten.

„Ich gehe den Conparco-Schild holen und du gibst mir Deckung", wies ich ihn an und blickte auf den Grasstreifen, die waldigen Bereiche und das unebene Gelände zwischen mir und meinem Ziel. Ich ließ mich nicht von seiner harmlosen Erscheinung täuschen. Doppeltes Karambit in einer Hand und ein Dolch in der anderen nickte ich Cory zu, das magische Feld fallenzulassen.

Ashers Aufmerksamkeit richtete sich sofort auf den

Dolch, den er mir gegeben hatte. Die Waffe mit stabilem Griff und guter Balance hatte mich schnell meine Pläne verwerfen lassen, sie in der hübschen Schachtel lassen, in der er sie mir geschenkt hatte. Die Funktion der Waffe gefiel mir mehr als ihre Ästhetik. Die Härte des Perlmuttgriffs war nützlich.

Ich bemerkte die Veränderung in Ashers Augen. Mit räuberischem Interesse beobachtete er die Umgebung, wobei seine Aufmerksamkeit ein Hinweis darauf war, dass der Mensch in den Hintergrund getreten war. In dem Moment, in dem der magische Schutz fiel, rannte ich auf das Licht zu, Asher nach links in die Richtung, aus der der Pfeil gekommen war, und Cory deckte die rechte Seite ab. Ich rannte schnell über die unebene Wiese und schlug einen Haken, als ein Pfeil an mir vorbeizischte. Zickzack und Zackzick, um kein leichtes Ziel zu sein, rannte ich weiter auf die Baumgruppe zu, bis der Schmerz eines Pfeils, der meine Schulter streifte, mich innehalten ließ. Blut lief meinen Arm hinunter, doch die Verletzung war nicht tief. Es hätte schlimmer sein können.

Ich rannte weiter auf das Dickicht der Bäume zu, das mich vor dem Schützen verbergen würde, es sei denn, es warteten noch mehr im Wald. Der dumpfe Schlag eines Körpers, der hart auf dem Boden aufschlug, und ein ohrenbetäubendes Knurren brachten mich dazu, mich umzudrehen. Asher hatte jemanden oder etwas von einem Baum gerissen. Es war überraschend, ihn immer noch in menschlicher Gestalt zu sehen, wo die Laute, die er von sich gab, nichts waren, was ein Mensch hervorbringen konnte.

Am Eingang des Waldes pulsierte das Leitlicht in einem gleichmäßigen Rhythmus. Ich wurde vorsichtig, da sich die Bäume auf seltsame Weise zu bewegen schienen. Einige waren nur teilweise im Boden verwurzelt, der andere Teil lose. Extrem lange, drahtige Zweige streckten sich mir zu weit entgegen. Die, die wie einfache Bäume aussahen, die zwischen den seltsamen Bäumen wuchsen, weckten ein ungutes Gefühl in mir.

Ich kam mir lächerlich vor, zu erwarten, dass ein Baum mich angriff, bis mir etwas in den Rücken schlug. Der Schmerz hielt an, und ich konnte die Striemen spüren. Die Klinge meines Karambit rauschte durch den anderen Ast, der auf mich einschlug. Schnell fing ich an, durch die Äste zu schneiden, die mich angriffen, Ranken, die aus dem Boden kamen und sich um meine Beine wanden, und die ungewöhnliche Bewegung von Bäumen, die sich hinunterbeugten, um mein Gesicht zu treffen. Rinde wurde in meine Richtung gespuckt, und der Wind peitschte heftig auf mich ein und behinderte meine Sicht. Ich fühlte eine unerwartete Erleichterung. Wenn das das Beste war, was der Höllenwald zu bieten hatte, war alles gut.

Minuten vergingen, während ich die Masse der abgetrennten Äste und Ranken betrachtete, die bewegungslos auf meinem Weg lagen – so wie sie es sollten.

„Oh", wimmerte eine sanfte Stimme, die von der Brise herübergeweht wurde. Ich drehte mich um und suchte nach dem Besitzer der melancholischen Stimme. Ein paar Meter entfernt näherte sich langsam eine schlanke, durchschnittlich große Frau. Ihre jägergrüne Tunika und ihre dunkelbraunen Leggings erinnerten mich an die Bäume, um die sie zu trauern schien. Ihr Blick wanderte von mir zu den Ästen und Ranken, die den Boden übersäten. Am Gürtel um ihre Taille steckten zwei Messer, und sie hatte einen Bogen in der Hand und sieben Pfeile in ihrem Köcher.

Schokoladenbraune Augen versprachen Vergeltung. Sie näherte sich langsam, blieb dann aber stehen. Sie senkte den Bogen, den sie trug, und steckte den Pfeil wieder in ihren Köcher. In ihren Augen war Angst. Sie riss mit der Anmut und Präzision einer Person, die das schon oft getan hatte, beide Messer aus den Scheiden.

„Die Bäume haben mich zuerst angegriffen, ich habe

mich nur verteidigt." Ich konnte nicht glauben, dass ich das sagen musste. Aber hier war ich, in Dante's Forest, und verteidigte meinen Baummord.

„Sie haben nur ihre Arbeit getan."

„Und ich habe mich nur verteidigt."

Die Messer immer noch in den Händen gestikulierte sie nach rechts zu dem Haufen abgetrennter Baumkörper, oder wie auch immer sie es nennen würde. Ich streckte meinen Dolch aus und hielt mein Karambit bereit.

„Du hast dich mit der Brutalität eines gewöhnlichen Monsters *verteidigt*", schnaubte sie.

„Hätte ich mich von ihnen schlagen und auf den Boden prügeln lassen sollen, bis ich bewusstlos war?" Ich verteidigte ernsthaft mein Recht, nicht von einem Baum angegriffen zu werden. Wie konnte das mein Leben sein?

Sie kam langsam auf mich zu, und ihre Magie war stark. Sie duftete nach Eiche, vermischt mit Zimt. Hexe, oder besser, Erdhexe. Wie Madison konnte die Hexe Magie aus der Erde schöpfen. Angesichts ihres Schmerzes wegen meins Gemetzels ihrer Bäume musste sie sie dafür nicht töten.

„Solche Brutalität muss genauso beantwortet werden", erklärte sie, als sie angriff. Mit einem Rückwärtssalto wich ich ihrem Stoß aus, der schneller als erwartet war. Das Messer stieß ins Leere. Ich schlug mit dem Karambit nach ihr und verfehlte sie um Haaresbreite. Ein gut gezielter Tritt aus der Drehung heraus traf meine linke Schulter und brachte mich aus dem Gleichgewicht. Schmerz durchzuckte mich, als ihre Klinge meinen Arm traf. Blut. Das Letzte, was ich brauchte, war, gegen eine Hexe zu kämpfen, während ich blutete. Da ich das Ausmaß ihrer blutmagischen Fähigkeiten nicht kannte, war ich im Nachteil.

Sie lächelte nur über das Blut, das meinen Arm hinunterlief. Ich schlurfte ein paar Schritte zurück und behielt ihre Lippen sorgfältig im Auge. Erleichtert bemerkte ich, dass sie mir nur ein zufriedenes Lächeln zuwarf, aus dem ich schloss, dass sie mein Blut nicht für einen Zauber verwenden würde.

„Du warst mutig beim Morden, bist aber schüchtern darin, für deine Verbrechen zu bezahlen."

Wieder einmal war ich gezwungen, mich wegen kämpfender Bäume zu verteidigen. Bevor ich meine Verteidigung beenden konnte, flog ihr Messer auf mich zu. Die Klinge des Karambit brachte es vom Kurs ab. Als sie einen verstohlenen Blick hinter sich warf, vermutlich auf der Suche nach ihrem weggeworfenen Bogen, stürmte ich mit all meiner Kraft in ihre Richtung und rammte sie. Ihre Klinge bohrte sich in mein Bein. Ich ignorierte den Schmerz und hielt sie am Boden fest. Angstgeweitete Augen begegneten meinen, als ich ihr die Klinge des Karambit an die Kehle drückte. Sie wand sich unter mir, bis die Worte der Macht endeten und sie sich in den Zustand des Dazwischen beruhigte, ihr Gesicht in friedlicher Ruhe erstarrt.

Durch zusammengebissene Zähne scharf einatmend, zog ich das Hexenmesser aus meinem Bein und lehnte mich gegen einen Baumstamm. Ich reagierte auf die Schritte hinter mir, rollte mich aus meiner Position und richtete mein Karambit auf den Wolf.

„Asher", flüsterte ich mit einem erleichterten Seufzer. Ein Pfeil ragte aus seinem blutverschmierten Fell. Als ich mich umsah, fand ich schnell das Messer, das ich verloren hatte, als ich mit der Hexe zusammengestoßen war. Asher schüttelte den Kopf und teilte mir mit, dass ich mir keine Sorgen machen musste. Er knurrte leise und wies mit dem Kopf auf den Pfeil. Ich ging zu ihm und ließ mich auf meine Knie nieder. Er blieb stoisch, als ich den Pfeil herausriss, was in Ordnung war, denn ich zuckte zusammen, keuchte und stöhnte für uns beide. In dem Moment, als ich den Pfeil entfernt hatte, lag ein nackter Mann ausgestreckt vor mir am Boden, neben dem Rucksack, den er mit sich geschleift hatte.

Er stand auf, und ich sah ihn an, als wäre er vollständig

angezogen. Wandler schienen denselben Effekt zu haben wie Nudisten an einem FKK-Strand – sie machten mich gleichgültig. Sogar solche, die definierte Muskeln hatten und einen perfekten Sixpack. Sogar solche mit sehnigen Brustmuskeln und prallen Armen, deren Muskeln bei der kleinsten Bewegung tanzten. Ich zwang meine Augen nach oben, bevor sie unter die Anstandsgrenze abrutschen konnten, wofür ich schnaubendes Gelächter von Asher erntete.

„Cory!", rief Asher mit nur leicht erhobener Stimme, dann wartete er.

„Er ist kein Wandler, das kann er nicht hören", erinnerte ich ihn. Der Ärger, den Wandler und Vampire mit anderen hatten, war nachvollziehbar. Wenn man nur leicht die Stimme erheben musste und andere reagierten und kamen mit einer Geschwindigkeit angerannt, die eine Goldmedaille verdienen würde, während sie bei Einbruch der Dunkelheit ungehindert sehen konnten, dann war es mühsam, mit „Normalen" umzugehen, selbst wenn sie Magie besaßen. Cory hatte bei vielen Gelegenheiten versucht, ihre Gaben mit Magie nachzuahmen. Wenn er nachts besser sehen wollte, wirkte er einen Lichtzauber. Um sich schneller zu bewegen, war Wynden erforderlich, was Cory, wie die meisten Hexen, nicht ohne einen mächtigen Zauber tun konnte. Trotz Corys beeindruckendem Körperbau konnte er andere nicht mühelos hochheben, während Wandler das ohne nennenswerte Anstrengung schafften.

„Ich wünschte, die Bäume würden aufhören zu reden." Asher runzelte die Stirn, während er sich weiter umsah.

„Was?"

Er richtete seinen Blick auf die schlummernde Hexe. „Sie trauern um sie", erklärte er. Ich beugte mich zu dem Baum vor, der mir am nächsten war, und versuchte angestrengt, etwas zu hören. Nichts.

Asher schloss die Augen. Während er aufmerksam lauschte, konzentrierte ich mich auf die schnell heilende

Wunde an seiner Seite. Einen nackten Wandler zu sehen, wird schnell langweilig, aber zuzusehen, wie Verletzungen im Zeitraffer heilten, war immer atemberaubend. Gewebe verflocht und verband sich, heilte von selbst. Zu sehen, dass etwas, das bei Menschen Wochen brauchte, innerhalb weniger Minuten passierte, war etwas, woran ich mich nie gewöhnen würde.

„Cory kommt. Seine Schritte sind schwer, aber ich glaube nicht, dass er verletzt ist. Er trampelt wie ein Clydesdale." Ashers Worte waren ein Echo des Hohns auf seinem Gesicht. „Es gab fünf Beschützer des Waldes. Sie sind außer Gefecht."

Ich zögerte, aber ich musste es wissen. „Außer Gefecht?"

„Sie leben. Ihre Schutzpflicht verdient kein Todesurteil."

Mein Blick folgte seinem, als er zu der tot aussehenden Hexe wanderte.

„Ich werde sie wecken", sagte ich ihm.

„Wann?", fragte Cory, als er sich uns näherte.

„Ich habe keine Iridium-Fesseln, und wenn ich sie wecke, wird sie sich rächen wollen."

Ihre Magie pulsierte durch mich und füllte die Leere, die gewachsen war, nachdem mir die Optionen des *Mystic Souls*-Buchs genommen worden waren und mir die Option, dass Mephisto mir seine Magie gab, entglitt. Corys sanfte braune Augen blieben auf meinen. Er stellte sich direkt vor mich, seine Augen voller Mitgefühl, selbst, als er seine Lippen missbilligend aufeinanderpresste.

„Gib ihr ihre Magie zurück", forderte er.

„Das mache ich auf dem Rückweg." Das magische High verzehrte mich. Dieses Gefühl, ganz zu sein, war etwas, das ich nur ungern loswerden wollte.

„Und wenn wir zu spät zurückkommen, was dann?"

Er wusste, was passieren würde: Die Hexe würde sterben und ich ihre Magie haben. Ich wandte mich ab und starrte zu Boden, unfähig, seinen tadelnden Blick zu ertragen.

„Erin", flüsterte er.

„Ich mach's ja schon", platzte ich gereizt heraus.

„Noch nicht, ich muss einen Schlummerzauber wirken. Sobald sie wach ist, habe ich keine Zeit, ihn vorzubereiten."

Corys Bewegungen waren schwerfällig. Sein Hemd war zerrissen und seine Hose mit Schlamm verschmiert. Sein Gesicht hatte Striemen und Blut klebte am linken Ärmel seines Hemdes. Das Adrenalin war abgeklungen, und die Schnittwunde an meinem Arm schmerzte. Die Blutergüsse von meinem Kampf begannen zu pochen, und mein Bein tat weh.

Cory holte kleine Fläschchen aus seinem Rucksack, ließ ein graues Pulver in seine Hand fallen und mischte es mit zwei anderen Substanzen in seinen Händen, während wir zusahen, wobei ich mehr Geduld an den Tag legte als Asher. Corys und meine Bewegungen waren so aufeinander abgestimmt, dass es wie ein choreografierter Tanz war. Ich kniete vor der Hexe nieder und sagte die Worte der Macht. Ihre Augen öffneten sich mit dem typischen euphorischen Nebel, doch sie hatte nur Sekunden, um das Gefühl zu genießen, bevor Cory die Beschwörung sagte. Sie hatte einen beruhigenden melodischen Rhythmuswie ein Wiegenlied. Sie hatte keine Zeit zu reagieren, als ihr klar wurde, was passierte. Das Puder spritzte über ihr Gesicht, der Zauber ging mit einem Funkeln von Farbe einher. Wer sie fand, würde wissen, dass ein Schlafzauber gewirkt worden war. Es war einer der wenigen leicht identifizierbaren Zaubersprüche. Wenn der Zauber nachließ, würde der Staub verschwinden.

„Bereit?", fragte Asher und ging auf das schwach blinkende Licht zu, das uns zum Conparco-Schild lotste.

„Wer von uns beiden soll ihm sagen, dass er immer noch nackt ist?", flüsterte Cory hinter Asher, der nicht auf eine Antwort gewartet hatte.

„Er weiß es, und ich glaube nicht, dass es ihn interessiert", sagte ich.

„Tut es nicht." Asher konzentrierte sich auf das pulsierende Licht in der Nähe einer knapp fünfzig Meter entfernten Brücke. Asher zog schnell seine Ersatzkleidung an und ging weiter auf die Hängebrücke zu.

Zwischen den Holzlatten der Brücke waren Lücken von etwa fünfzehn Zentimeter Breite. Asher bewegte sich mit einer Gleichmäßigkeit über sie entlang, die es leichter erscheinen ließ, als es war.

„Schau geradeaus", warnte Cory. Wenn er mir gesagt hätte, ich solle nicht nach unten sehen, hätte ich es wie die meisten getan. Man musste nicht sehen, wie tief es runterging, um zu wissen, dass es ein langer Sturz wäre. Schließlich waren wir in einem Wald, der nach den neun Kreisen der Hölle benannt war. Wäre irgendetwas einfach oder sicher?

Kühle Luft peitschte um mich herum. Das Gefühl der Leere unter meinen Füßen machte mir immer wieder bewusst, dass zwischen mir und dem, was weit unter mir lag, nichts als alte Holzlatten waren. Ich richtete meine Augen nach vorn und kämpfte gegen den Drang an, nach unten zu blicken.

An jedem anderen Ort als Dante's Forest würde ich mir keine Gedanken über die Tragfähigkeit der Brücke machen, aber hier, in einem Wald, von dem man erwartete, dass man erfolglos – oder vielleicht überhaupt nicht – herauskommen würde, machte ich mir Sorgen. Wandler hatten eine hohe Masse und wogen von Natur aus weit mehr, als ihr Aussehen vermuten ließ, genauso wie Corys muskulöser Körper mehr wog, als seine schlanke Gestalt erwarten ließ. Auf halber Strecke sackte die Brücke stärker als erwartet durch. Da mir das Herz kräftig in der Brust pochte, atmete ich mehrmals langsam durch.

„Erin, geh zurück. Ich mach' das von hier aus", sagte Asher. Die Art, wie er über die Planken ging, war nervenaufreibend. Die geschmeidigen, raubtierhaften Bewegungen eines Wandlers hatten definitiv Vorteile.

„Ich komm' schon zurecht."

„Sag das deiner Atmung und deinem Puls."

Seinen Rücken mit finsteren Blicken zu durchbohren, war Ablenkung genug, um mich neu zu konzentrieren, oder vielleicht tat ich es nur aus Trotz; beides waren ausgezeichnete Motivatoren. Die heller werdenden und unregelmäßigen Impulse unseres Leitlichts lenkten unsere Aufmerksamkeit darauf.

Mitternachtsschwarze Flügel verfinsterten einen Teil des Himmels. Ian, der nur wenige Zentimeter von unserem Leitlicht entfernt schwebte, das immer dringlich blinkte. Asher, der unserem Ziel am nächsten war, beeilte sich, doch keine noch so große Wandlergeschwindigkeit würde ihn rechtzeitig dorthin bringen.

Ian kam herabgetaucht, um uns mit seinem Sieg zu verspotten. Cory war stehengeblieben und lehnte sich breitbeinig gegen das Seil, während er Ian beobachtete. Seine Lippen bewegten sich langsam und ließen Worte fließen, die ich nicht verstand. Die Energie, die von ihm ausging, hatte ich selten erlebt. Telekinese war schwierig und erforderte viel Magie. Während Hexen sich im Zauberweben und -wirken auszeichneten, waren Magier besser in Telekinese.

Das pulsierende Leitlicht zuckte aus dem Weg, als das metallisch-blaue, fünfeckige Prisma gleichmäßig aufstieg und sich langsam auf uns zubewegte. Mit angespannten Nackenmuskeln, hochrotem und schweißglänzendem Gesicht streckte Cory den Arm aus, die Finger angespannt, und winkte das Objekt zu sich. Sein Atem war keuchend und abgehackt, als es sich schneller bewegte. Ian schoss darauf zu, verfehlte es aber, als Cory den Schild außer Reichweite fallen ließ, bevor er ihn wie einen Korken auf dem Wasser tanzend näherbrachte.

Komm schon, komm schon. Asher und ich blieben stehen und bemühten uns, ihn nicht abzulenken. Ich hätte die Magie der Waldhexe behalten sollen. Doch in Anbetracht der Zeit, die wir gebraucht hatten, um es bis zur Brücke zu schaffen, war es gut, dass ich es nicht getan hatte. Die Wahrscheinlichkeit, rechtzeitig zu ihr zurückzukehren, um ihr die Magie zurückzugeben und sie daran zu hindern, auf die andere Seite zu rutschen, wäre gering gewesen.

Dreimal konnte Cory Ian davon abhalten, das Prisma zu erreichen, doch schließlich packte Ian es und presste es an seine Brust. Energiestöße gingen von Cory aus, als er sich bemühte, es ihm abzuringen. Mit einem groben Ruck von Cory riss das Prisma Ian nach vorn. Ian konterte. Cory ließ das Prisma los. Ein magischer Ball rauschte in Ians Brust und schleuderte ihn hart zurück, unfähig zu bremsen, dann fiel er außer Sichtweite.

„Runter von der Brücke", befahl ich. Wir bewegten uns so schnell, wie es die Brücke zuließ, machten kehrt und eilten auf festen Boden zu. Ian schoss in die Höhe und griff mit einem Feuer an, das der Magie entsprach, die Cory ihm geschickt hatte. Das rechte Seil ging in Flammen auf und riss. Asher, der weiter draußen auf der Brücke stand, packte das linke Seil, um nicht abzustürzen, und zog sich daran hoch.

Ein grausames, rachsüchtiges Lächeln umspielte Ians Lippen. „Es wäre besser, Neri und Adalia zu zwingen als mich." Er machte eine große Schau daraus, das Prisma gegen die Bergwand zu schmettern, wobei Teile davon abbrachen und herunterfielen und Steintrümmer durch die Luft flogen. Wenn auch unfähig, das Prisma vollständig zu zerstören, beschädigte er es so stark, dass es unbrauchbar wurde, bevor er es losließ und in den Abgrund fallen ließ.

Er flog davon, zufrieden mit seinem Sieg.

Ärger konnte man überspielen, Zorn nicht. Und Asher schon gar nicht. Seine Wut strahlte von ihm aus wie Hitze von einem Feuer. Er ging auf und ab, während Cory sich erschöpft an einen Baum lehnte.

„Es ist unmöglich, dass diese Hexe am Eingang nicht

wusste, dass er hier war. Ich hätte ihn hören oder zumindest riechen sollen."

„Er könnte aus einer anderen Richtung gekommen sein", schlug ich vor.

„Oder der Höhlenwächter hat ihn mit Magie verhüllt, damit wir ihn nicht bemerken", sagte Cory und stand auf. Es war offensichtlich, dass er seine magische Reserve erschöpft hatte, also tat ich dasselbe, ohne über mein Bein und meine Schnittwunden zu klagen, die wirklich dringend geheilt werden mussten.

„Glaubst du, er hätte das getan?", fragte Asher.

Cory zuckte mit den Schultern, seine Enttäuschung war ihm ins Gesicht geschrieben. „Ich sehe keinen Grund, warum er es nicht tun sollte. Er ist dazu verdammt, hier zu sein, warum sich also nicht amüsieren?"

Das dachte ich, als wir uns auf den Weg zum Ausgang machten.

10

„Asher", sagte ich leise und versuchte, den wütenden Wandler zu beruhigen, der seinem Wolf die Führung überließ und auf die Höhle zu pirschte, durch die wir in den Wald gekommen waren. Nach dem Tag, den wir hinter uns gebracht hatten, fühlte ich mich, als wäre ich wirklich durch die neun Kreise der Hölle gegangen. „Asher", rief ich erneut, dessen längere Beine und übernatürliche Geschwindigkeit es uns schwer machten, mit ihm schrittzuhalten.

Als ich ihn das dritte Mal rief, legte ich Stahl und Eis in meine Stimme, was entweder den Alpha irritieren oder den Mann ansprechen würde. Er wirbelte herum, sein Gesicht ruhiger, als ich erwartet hatte, doch seine silbernen Augen waren hart wie Granit. Da ich wusste, dass seine Wut auf die Person gerichtet war, die uns auf diesen Metzgersgang geschickt hatte, nahm ich sie nicht persönlich.

„Er hätte uns sagen müssen, dass noch jemand nach dem Conparco-Schild sucht."

Ich nickte. „Aber was genau wirst du davon haben, den Mann in der Luft zu zerreißen? Ich bin mir ziemlich sicher, wenn du es tust, ist das das letzte Mal, dass du jemals Zugang zum Wald bekommen hast. Bist du bereit für die Konsequenzen?"

„Das wird der nächste entscheiden, der die Höhle bewacht."

Als ich über meine Schulter blickte, sah ich, wie Cory blass wurde. Asher legte genau die Rücksichtslosigkeit und Irrationalität an den Tag, die Cory erwartet hatte, wenn es darum ging, sein Rudel zu schützen. Man konnte ihnen schicke Titel, Holdings, Privatflugzeuge, Steuerschlupflöcher und einen Stab furchteinflößender Anwälte geben, doch am Ende waren sie genau das – ein Rudel. Und Asher war der Alpha.

Ich rannte, bis ich ein paar Schritte vor ihm war. Die Entschlossenheit seines Gangs ließ mich an mir zweifeln. Er konnte mich leicht aus dem Weg stoßen, doch er blieb abrupt stehen, und als er versuchte, um mich herumzugehen, trat ich ihm erneut in den Weg.

„Hör mir einfach zu, okay?"

Er fuhr sich mit den Fingern durchs Haar, und ich konnte den Tribut sehen, den der Fehlschlag ihm abverlangte. „Was, Erin?", schnaubte er empört.

„Ich bin auch wütend, und um ehrlich zu sein, will ich am liebsten auch den Wolf rauslassen –"

„Du bist kein Wolf", brummte er, offensichtlich gekränkt von meiner Bemerkung.

„Ich weiß, aber ich habe ziemlich animalische Gefühle. Es ist nicht einmal mein Rudel, und ich will es vor Ian beschützen. Aber wenn das alles vorbei ist, willst du dich nicht mit etwas auseinandersetzen müssen, das sich nicht reparieren lässt, oder?"

Es dauerte einige Augenblicke, bis er Luft holte und noch mehr Zeit, um wieder auszuatmen. Einige weitere tiefe Atemzüge folgten, bevor er ruhiger zu werden schien, obwohl seine Wut spürbar war, als wir uns auf den Weg zurück zur Höhle machten. Der Felsbrocken zum Eingang bewegte sich zur Seite, und derselbe Mann saß genauso wie zuvor da, doch die Anordnung der Höhle hatte sich geändert. Er war auf der Seite, auf der wir eingetreten waren. Es war schwierig, sich nicht auf die Logistik zu konzentrieren, die dazu nötig war, und Cory schien das gleiche Problem zu haben. Wenn Asher nicht damit beschäftigt gewesen wäre, mit seinen Augen Dolche auf den Mann auf dem Thron abzufeuern, wäre er vielleicht auch verwirrt gewesen.

„Es hat noch jemand nach dem Conparco-Schild gesucht", sagte ich zu dem Mann, obwohl mir klar war, dass er das wusste.

„Ich weiß."

„Warum hast du es uns nicht gesagt?", knurrte Asher.

„Weil das eine irrelevante Information war. Ihr habt gesagt, ihr seid hier, um das Conparco-Schild zu holen. Ich habe euch den Weg dorthin gewiesen. Ich war nicht verpflichtet, euch mehr Informationen zur Verfügung zu stellen."

„Es hätte die Situation für uns geändert", sagte Cory.

„Vielleicht. Aber es hätte nichts für mich geändert." Das schwache Licht der Höhle wurde in der Nähe der Öffnung, durch die wir eingetreten waren, etwas heller – eine wenig subtile Aufforderung zu gehen.

„Es hätte unsere Herangehensweise geändert, wenn wir gewusst hätten, dass jemand anderes danach sucht."

„Hätte es euer Scheitern in einen Sieg verwandelt?" Sein Ton spiegelte kühle Gleichgültigkeit wider.

Wut, die sich wie lodernde Flammen anfühlte, ging von Asher aus. Es war nicht nur das selbstgefällige Grinsen des Wächters, sondern auch das gehässige Glitzern in seinen Augen. Obwohl seine Stimme andeutete, dass es ein Arbeitstag wie jeder andere für ihn war, war er amüsiert.

„Bis zum nächsten Mal", sagte er und winkte uns weg. Er ließ sich tiefer hinunterrutschen und strich träge über die Armlehne seines seltsamen Throns. Asher rührte sich zunächst nicht und stand wie angewurzelt da, während Cory und ich uns auf den Weg nach draußen machten. Ich rief seinen Namen und kehrte zu ihm zurück, um ihn zum Gehen zu drängen. Der Mann behielt uns aufmerksam im Auge. Entweder war er nicht aufmerksam genug, oder es passierte so schnell, dass die Abfolge der Ereignisse nur Bewegungsunschärfen waren, in denen Asher den Dolch aus der Scheide an meiner Seite riss, auf den Mann zustürzte und die Klinge in seinen Oberschenkel stieß. Magie war eine wundersame Sache und oft schnell und ausreichend, um sich zu verteidigen, aber manchmal konnte sie nicht mit der nötigen Schnelligkeit ausgeführt werden, wenn man es mit einem Vampir oder Wandler zu tun hatte.

Asher riss den Dolch heraus und ging ohne Abschiedsworte oder offensichtliche Sorge über Vergeltung zum Ausgang. Er wischte das Blut an seiner Hose ab und gab mir den Dolch zurück.

„Ich habe ihn nicht getötet", bemerkte er.

Damit hatte er recht.

Wir duschten im Flugzeug, und Cory schlief im Schlafzimmer. Ich war müde und wollte auch gern in einem Bett schlafen anstatt in den Liegesitzen, doch wenn Cory erschöpft war, hörte er sich an wie ein Auto mit einem Auspuffproblem. Nach zehn Minuten in der Kabine verzog Asher das Gesicht, und ich nahm an, dass es an Corys Schnarchen lag.

Asher musterte mich, und sein Blick wanderte über mein Gesicht, die entblößte Haut unter meinem zerrissenen Shirt und zu meinen abgebrochenen, schmerzhaft aussehenden Fingernägeln. Wir sahen nicht so aus, als hätten wir denselben Tag erlebt.

„Du bist immer noch ziemlich mitgenommen", bemerkte

Asher und trank einen Schluck aus seinem Weinglas. Der Alkohol löste die Spannung zwischen uns nicht, und unsere Unterhaltung hatte sich auf Smalltalk verlagert, da wir beide nicht über unser Versagen und seine wütende Reaktion sprechen wollten. Ich wollte wütend auf ihn sein, doch die Erinnerung an den selbstgefälligen Blick und die gehässigen Augen der Hexe machte es schwierig.

Ich untersuchte die Blutergüsse an meinem Arm. „Sie sind besser als sie waren", bemerkte ich schwach. Ich war mir nicht sicher, ob es der Alkohol oder die Müdigkeit war, die mich überwältigten.

Meine Wunden zu heilen war Corys letzter magischer Akt gewesen, bevor er vor Erschöpfung fast auf dem Bett zusammengebrochen war. Die Stichwunde war geschlossen, doch die Peitschenhiebe, die mir der Baum zugefügt hatte – etwas, das ich nicht wirklich jemals zu sagen erwartet hatte – hatten überall blaue Flecken und Risse in meiner Haut hinterlassen, von denen ich nicht gewollt hatte, dass er magische Energie aufwandte, um sie zu reparieren. Mein Bein schmerzte jedes Mal, wenn ich es belastete, doch es war deutlich besser als zuvor. Nach dem Adrenalinschub war der Schmerz gekommen.

Asher trank sein viertes Glas Wein und zeigte keinerlei Anzeichen von Trunkenheit, was mich daran erinnerte, warum man nie mit Wandlern trinken sollte. Als die Flugbegleiterin sein Glas nachfüllte, goss sie auch ein bisschen mehr in meins. Asher würde nichts merken; ich würde ein bisschen betrunken sein.

Er trank einen weiteren Schluck aus seinem Glas. „Was denkst du, ist die Strafe dafür, jemanden aus dem Schleier zu töten?", fragte er.

„Der Verlust deiner Magie", sagte ich und gab alle Informationen weiter, die Mephisto mir gegeben hatte.

„Vertraust du deiner Quelle?"

Ich nickte. Ich vertraute den Informationen, aber ob man

der Quelle, Mephisto, vertrauen konnte, darüber ließ sich streiten. Asher atmete langsam aus. Er sah nicht hoffnungsvoll aus, und ich konnte es definitiv verstehen. Nach dem Erlebnis in Dante's Forest war ich auch nicht sonderlich optimistisch.

Seine Frage war ernüchternd. Ich stellte mein Glas auf den Tisch, faltete meine Hände und betrachtete ihn. Er trank seinen Wein aus, stellte sein Glas neben meins und lehnte sich dann schweigend in seinem Sessel zurück. Mehrere Minuten verstrichen, bevor er sprach.

„Ich kann diesen Schleier nicht sehen. Selbst als sie ihn vor mir geöffnet haben, konnte ich es nicht sehen." Ich bin sicher, es musste schwierig sein zu glauben, dass er existierte, aber die Beweise waren da. Jemand war da, und mit einem Wimpernschlag war er es nicht mehr und aus der Welt, in der wir lebten, verschwunden.

Asher fuhr fort. „Wir haben den Conparco-Schild nicht, und selbst wenn ich glauben würde, Neri und Adalia würden abdanken, bin ich mir nicht sicher, ob das ausreichen würde, um Ian zufriedenzustellen. Ich denke, er würde mehr wollen und wird nicht aufhören, uns zu benutzen, um es zu bekommen. Wir haben nichts, um mit ihm zu verhandeln." Die Qual und der Kummer in seiner Stimme hatten nichts mit dem Alkohol zu tun, sondern alles damit, was er für sein Rudel aufzugeben bereit war. Wenn es wahr war, dass das Töten von jemandem aus dem Schleier mit dem Verlust von Magie bestraft würde, würde das mit ihm passieren? Wandlermagie war so anders, sie könnte davon ausgenommen sein.

Wenn er seine Fähigkeit zu wandeln verlor, könnte es rückgängig gemacht werden? Könnte er wieder wandeln? Hier wurde es für mich kompliziert. Vielleicht war ich egoistisch oder von Verlangen geblendet, doch meine Sicht auf den Tod war anders, wenn es nicht darum ging, jemanden den Kuss des Todes zu geben und Magie zu erlangen. Ich trennte die Sachverhalte deutlich. Verdiente Ian den Tod?

Für dieses Maß an Machtgier sollte es eigene Auswirkungen und eine angemessene Bestrafung geben, doch verdiente er den Tod dafür?

„Ich kann mir dich ohne deinen Wolf nicht vorstellen", gab ich zu.

„Ich auch nicht", antwortete er leise.

„Dann probier es nicht aus."

„Ich kann nicht zulassen, dass meinem Rudel das passiert. Einmal im Monat, bei Vollmond, müssen wir wandeln. Wir haben keinen freien Willen, was das angeht. Wir können nur vor dem Vollmond wandeln und in Tiergestalt bleiben, um in dieser Nacht ein gewisses Maß an Kontrolle zu haben. Wir akzeptieren das; der Mond ruft uns. Aber von jemandem gezwungen zu werden und so die Kontrolle zu verlieren, ist demoralisierend."

„Du wirst deinen Wolf nicht verlieren, und du und Sherrie braucht euch keine Sorgen zu machen." Asher sah mich mit hochgezogener Augenbraue an. „Ich weiß nicht, wie ich das machen soll – ich werde es einfach tun."

Ich konnte es genauso gut zugeben. Wenn ich mir etwas aus den Fingern gesaugt hätte, würde er wissen, dass ich gelogen habe.

„Wenn du es schaffst, stehe ich in deiner Schuld."

Ich sammelte rechts und links Gefälligkeiten ein.

Es war eine Lektion, die ich schon vor Jahren hätte lernen sollen: Trink niemals mit Wandlern. Es war höflich, zu erlauben, dass das Glas jedes Mal aufgefüllt wurde, wenn ihres gefüllt wurde, aber es war nicht das Klügste. Vom Alkohol träge und ein wenig beschwipst rutschte ich auf dem Sessel zurück und trank Wasser, nachdem ich meinen Fehler bemerkt hatte.

„Was ist mit dir und Mephisto?", fragte Asher. Seine Stimme war warm und voll, doch Neugier funkelte in seinen Augen, als er mich ansah.

„Was meinst du?"

„Bei seinem Pokerspiel. Ich habe bemerkt, wie er dich angesehen hat und wie du auf ihn reagiert hast. Es schien mehr als eine berufliche Beziehung zu sein. Habe ich das falsch gelesen?"

„Ja, du hast es falsch gelesen."

Ich war nicht bereit, über die Besonderheiten meiner Situation mit Mephisto zu sprechen, zumal ich mir nicht sicher war. War es seine Magie, wegen derer ich mich zu ihm hingezogen fühlte, oder hatte Cory recht, dass Mephisto mein Typ war und es nichts Magischeres an der Anziehung gab als Pheromone und Lust? Ich wollte, dass es mehr wurde. Meine Magie wollte seine Magie. Nicht mehr, nicht weniger.

„Das ist lustig", fuhr ich fort. „Er scheint dasselbe über dich und mich zu denken." Ich beschloss, dieses Geständnis den vier Gläsern Wein zuzuschreiben.

Asher und ich. Höchst unwahrscheinlich. Es ist nicht so, dass ich nicht darüber nachgedacht hätte, und ihn bei mehreren Gelegenheiten nackt zu sehen, hatte die Idee nicht gerade verjagt. Das Einzige, was sich aufgelöst hatte, war das Gefühl verraten worden zu sein, als er einen Gegenstand gestohlen hatte, den zu beschaffen ich angeheuert worden war. Wir hatten einen Waffenstillstand, aber ich war mir nicht sicher, ob ich ihm jemals wirklich vertrauen könnte.

„Das kann ich nachvollziehen", gab er zu. Ein verwegener Ausdruck huschte über sein Gesicht. „Ich neige dazu, mit vielen Leuten Chemie zu haben. Es ist die Natur des Tiers."

„Welches Tier, der Wolf oder deine überbordende Arroganz?"

„Selbstvertrauen ist etwas, zu dem sich andere hingezogen fühlen, und das habe ich. Das ist der Grund, warum du in deinem Job gut bist und die Leute sich zu dir hingezogen fühlen. Ich denke, in gewisser Weise sind wir uns ziemlich ähnlich." Er strahlte. „Ich bin allerdings der Hübschere von uns beiden."

„Und ich bin die Bescheidenere", konterte ich.

Das leise Grollen seines Lachens erfüllte den Raum. „Gut möglich. Unsicherheit oder Zurückhaltung würden mir als Alpha nicht helfen, und sollten es auch nicht." Asher verzog die Lippen zu einem Lächeln, seine blassgrauen Augen erfüllt von der unleugbaren Alpha-Intensität. „Glaubst du, mein Selbstvertrauen ist ungerechtfertigt?", fragte er.

Die Frage ließ mich einen Moment innehalten. Ich konnte über Asher denken, was ich wollte, doch er tat, was nötig war, um sein Rudel zu schützen. Er hatte ein ganzes Netzwerk von alternativen Maßnahmen bereit, um sie für den Fall zu schützen, dass sich Menschen oder Übernatürliche gegen sie wandten. Er verließ sich nie auf die Unterstützung oder Hilfe von Übernatürlichen, weil die Wandler das Gefühl hatten, dass andere Übernatürliche in der Vergangenheit nicht zu ihren Fürsprechern gehört hatten.

Alphas besaßen dieselben Eigenschaften und existierten auf der unsichtbaren Grenze zwischen Selbstvertrauen und Arroganz. Sie überquerten sie oft. Es waren dieses Selbstvertrauen und diese Hingabe, erfolgreich zu sein und ihr Rudel um jeden Preis zu beschützen, die ihnen eine Loyalität einbrachten, die ich bei anderen nicht sah.

Neri und Adalia wollten Ian aufhalten, genau wie Asher, doch Asher war mit mir in Dante's Forest gegangen. Sie hatten die Dienste ihrer Wachen angeboten, derjenigen, die sich dem Schutz des Königs und der Königin verschrieben hatten, während Asher, der Anführer, diejenigen beschützte, die in seinem Rudel waren. Es gab einen deutlichen Unterschied in der Art und Weise, wie jede Gruppe funktionierte.

Als Asher die Führung des Northwest-Rudels übernommen hatte, waren es seine Führung und sein langfristiges Denken gewesen, die dazu geführt hatten, dass das Rudel zu einem Unternehmen geworden war, das ihnen einen Platz in der Gesellschaft und mehr Macht verschafft hatte. Sein Vertrauen war also verdient. Es wäre jedoch nicht schlecht, wenn er seine Arroganz ein oder zwei Gänge runterschalten könnte. Vielleicht um fünfzig Prozent. Nein, fünfundsiebzig wäre gut. Solide neunzig wären perfekt.

„Ich denke, du bist ein guter Alpha", gab ich zu.

Nach einigen Momenten kameradschaftlichen Schweigens sagte er: „Und ich denke, du bist eine großartige Todesmagierin. Es gibt fast nie Tote um dich herum", neckte er. Er wusste einfach nicht, wie schwer es war.

Wir lächelten einander an, und als ich von meinem Wasserglas trank, warf ich einen verstohlenen Blick in seine Richtung, nur um zu bemerken, dass er dasselbe tat.

„Warum ist Sherrie nicht mitgekommen?", fragte ich, nicht nur neugierig, sondern verzweifelt darauf bedacht, dass diese Blicke zwischen uns aufhörten. Ich war mir nicht sicher, wie wir in diese seltsame Situation gekommen waren, aber ich wollte schnell wieder raus.

„Wir teilen uns die Aufgaben auf." Seine silbernen Augen waren stählern und seine Lider schwer. „Sie folgt Hinweisen auf einen Xios und andere Dinge."

„Andere Dinge? Was zum Beispiel?"

Die Muskeln seines Unterarms zuckten ein wenig. Das kameradschaftliche Schweigen wurde schwer. Nach mehreren Momenten des Schweigens sagte ich schließlich: „Du kannst mir vertrauen, Asher, du weißt, dass du es kannst."

„Wenn es allein an mir wäre, darüber zu reden, hätte ich kein Problem damit, es dir zu sagen. Das hast du dir mit unserer Geschichte verdient."

Hatte ich? Unsere Beziehung war im vergangenen Jahr nicht immer freundschaftlich gewesen. Wir hatten einander nicht gehasst, doch ich hatte bei seinem bloßen Anblick oder bei der Erwähnung seines Namens vor Wut gekocht.

Da begriff ich. „Sherrie vertraut mir nicht", sagte ich geschockt.

Als ich eine schnelle Bestandsaufnahme unserer Interaktionen machte, konnte ich mich an nichts erinnern, was ihr

Misstrauen mir gegenüber rechtfertigte. „Hast du ihr von deiner Vermutung erzählt, dass es Cory war, der Ian freigelassen hat?"

Er nickte kaum merklich.

„Warum hast du das getan?" Trotz all meiner Bemühungen war mein Ton messerscharf.

„Sie hatte das Recht zu erfahren, wer dafür verantwortlich war."

„Du wusstest es nicht genau. Es war bloße Spekulation."

Er trank einen großen Schluck aus seinem Glas und sah nachdenklich hinein, bevor er endlich den Kopf hob und meinem Blick begegnete.

„Ich wusste es in dem Moment, als ich dich gefragt habe. Ich habe es gewusst, als du gesprochen hast. Du hast jemanden beschützt. Es gibt zwei Leute, denen du genug vertraust, dass sie bei dir gewesen sein könnten, als du das Buch durchgegangen bist: Madison und Cory. Madison kann nicht zaubern. Damit blieb nur Cory übrig. Als ich dich gestern gefragt habe, wollte ich wissen, ob du mich weiterhin anlügen würdest."

„Ich habe dich nicht angelogen, ich habe Cory beschützt", widersprach ich. Obwohl ich ihn angelogen hatte, um Cory zu beschützen. „Dass du es Sherrie gesagt hast, lässt es so aussehen, als hätte er es absichtlich getan, und du weißt verdammt genau, dass er es nicht beabsichtigt hatte. Das hätte genauso gut mir passieren können."

„Dann wärst du auch schuld gewesen, und für sie macht dich deine Verbindung zu ihm nicht vertrauenswürdig."

Das war ernüchternder als das Wasser, das ich trank. Ich stellte das Glas auf den Tisch und ging zu dem Sessel direkt vor ihm. Meine Augen bohrten sich in seine und hielten sie fest, etwas sehr Schwieriges mit einem Wandler, noch schwieriger mit einem Alpha. Egal, wie warm sie waren, in dem Moment, in dem der Blick wie eine Herausforderung erschien, stieg etwas Dunkles, Räuberisches und Wildes in ihren Augen auf. Kein Maß an Selbstvertrauen war dem gewachsen. Schließlich gab ich auf.

„Du bist unfair und irrational. Es war keine Absicht."

„Absicht oder nicht, macht ihn das weniger schuldig?", fragte er ernst. Ich wusste, dass die Frage Frustration, Wut und unüberwindlicher Verzweiflung entsprang. Große Tragödien hatten oft ihren Ursprung in diesen dunklen Tiefen. Seine Halsmuskeln spannten sich an, weil er seinen Kiefer zusammenpresste.

„Die Absicht bestimmt immer die Verantwortung", antwortete ich.

Das brachte mir einen ungläubigen Blick ein. „Im Ernst? *Absicht bestimmt Verantwortung.* Hmm. Ich glaube, hier geht unsere Philosophie weit auseinander."

„Asher, wie oft sollen wir dieses Gespräch führen?"

Er und Sherrie konnten ihre verzerrten Ansichten haben. Wenn es Cory nicht betroffen hätte, würde ich sie als eigenartige Wandlereinstellung abstempeln und nie wieder daran denken. Doch dieser Glaube könnte echte Konsequenzen für Cory haben, und ich musste tun, was ich konnte, um sie zu mildern.

Seufzend fuhr er mit den Händen durch sein Haar und zerzauste es. „Ich habe nichts gegen Cory. Dass er mitgekommen ist, hat seine Schuld mir und meinem Rudel gegenüber beglichen, aber ich kann nicht für Sherrie sprechen oder sie dazu zwingen, dir zu vertrauen. Magie sollte verantwortungsvoll gehandhabt werden, und das hat er nicht getan. Er hat einen Zauber gewirkt, der Ian aus dem Schleier befreit hat. Warum sollte Cory ihn hier haben wollen?"

„Es ging nicht darum, Ian freizulassen. Er wollte den Schleier sehen und möglicherweise besuchen. Er war neugierig, nachdem ich ihm von meinen Erlebnissen dort erzählt hatte."

„Du kannst in den Schleier gehen?"

„Das ist eine lange Geschichte", sagte ich.

„Wir haben Zeit."

Ich warf einen Blick auf mein Handy auf dem Tisch. Es schien, als wären wir länger in der Luft gewesen, aber es war nur eine Stunde vergangen.

„So wie du deine Geheimnisse wahren musst, muss ich die anderer wahren. Aber ich werde dir sagen, was ich kann, wenn du mir etwas versprichst."

„Und das wäre?"

Wandler haben viele Fehler, aber Loyalität und das Halten ihrer Versprechen waren definitiv keine. Sie waren auch keine Betrüger, die Dinge so formulierten, dass sie durch verbale Gymnastik die Einhaltung von Regeln vermeiden konnten. Sie waren ein aufrichtiger Haufen und erwarteten dasselbe von anderen.

„Du hast einen gewissen Einfluss. Cory ist nicht dafür verantwortlich, und niemand kann sich an ihm rächen. Keiner der Wandler. Keine Freunde von Wandlern, Verbündete. Niemand. Einverstanden?"

Weißglühende Wut war in meine Stimme gestiegen, was das Gegenteil dessen war, was ich beabsichtigt hatte. Es hörte sich an, als wollte ich Asher herausfordern. Schlechter Zug.

„Erin, das klingt kaum nach einer Bitte, sondern nach einer Forderung. Ich würde sogar von einer Drohung sprechen."

Meine Stimme wurde weicher, verlor Schärfe und Hitze. „Ich versuche, eine Vereinbarung mit dir zu treffen. Haben wir einen Deal?"

Er nickte.

„Es gibt einige Leute, von denen ich mir ohne Konsequenzen Magie ausleihen kann. Genau so, wie ich gedacht habe, es mit dir zu können."

„Und du kannst den Schleier sehen?"

Ich nickte. „Und hindurch reisen."

„Die Leute, von denen du dir Magie leihst, sind …?"

„Etwas, worüber ich nicht sprechen kann."

Mephisto war seltsam verschwiegen, wenn es um seine Magie ging, bis hin zu dem Punkt, dass er vorsichtig war, wenn er sie benutzte, weil Magie einen Fingerabdruck hinterließ, der oft mit dem Anwender in Verbindung gebracht werden konnte.

Ein weiteres Nicken zeigte Verständnis. Ich würde seine Geheimnisse genauso wahren wie die der anderen. Die Information, die wir geteilt hatten, löste die Anspannung in ihm. Ich entspannte mich auf dem Sessel und entschied, dass ich mehr Wein wollte. Ich war zuversichtlich, dass Cory vor Vergeltungsmaßnahmen der Wandler sicher war, aber ich hatte immer noch das Gefühl, dass ich den Wandlern gegenüber eine unausgesprochene Schuld hatte, die ich begleichen musste. Vielleicht waren es Schuldgefühle, aber ich musste einen Weg finden, den magischen Einfluss zu brechen, den Ian über die Wandler hatte.

War Asher irrational? Er hatte jedes Recht, aufgebracht zu sein, aber wegen der Situation, nicht wegen Cory. Da ich eine Ablenkung brauchte, positionierte ich die Coolpacks auf meiner Schulter und meinem Bein neu, fing an, in meinen Zauberbüchern zu blättern, und ging die gleichen Zauber durch, als ob sich irgendetwas ändern würde. Es gab nichts, was so gut funktionierte wie ein Xios, um Ian zurückzuschicken. Ich hatte auch keinen Zauber gefunden, um seine Immunität gegen Eisen aufzuheben, und das war zu meinem Hauptfokus geworden.

Frustriert über meine erfolglose Suche schien es, als wäre die einzige Möglichkeit, einen Deal mit einem Dämon zu machen, und so verzweifelt war ich nicht. Noch nicht. Es war ein Dämonenzauber, der zu Ians Immunität gegen Eisen geführt hatte. Dämonen geben einem normalerweise nicht die Belohnung, bis sie für die vereinbarte Zeit in jemandes Körper gelebt haben. Einmal beschworen, sind sie darauf beschränkt, im Beschwörungskreis zu bleiben. Sobald über die Zahlung entschieden ist, erlauben die Zustimmung und das Blut des Geschäftspartners – denn alle dunkle Magie beginnt mit Blut –, dass sie körperliche Gestalt annehmen, um den Wirt zu bewohnen. Ian hatte den Dämon getötet, nachdem er seinen Lohn bekommen hatte. Einen Dämon zu beherbergen ist anstrengend für den Körper, doch Ian war immer noch stark genug, um dem Dämonenkreis zu trotzen, in dem der Dämon körperliche Gestalt hatte, und ihn zu töten.

Eine Welle der Panik packte mich. Ich hatte noch nie keine Optionen gehabt. Ich scrollte durch die Bilder auf meinem Handy, sah mir alle Gegenstände an, die Asher in seinem Besitz hatte, und wandte mich dann den Bildern des Horts der Drachen zu, die ich kennengelernt hatte, nachdem ich angeheuert worden war, um Gegenstände, die während eines Pokerspiels gestohlen worden waren, zu bergen. Die Drachen und ich hatten eine angespannte Beziehung, die auf Misstrauen basierte – unnötig zu erwähnen, dass sie weder gedieh noch gesund war. Sie waren eine Quelle für mich. Zumindest sowas in der Art.

Wie ich fanden auch die Drachen gewisse Dinge. Leider fanden sie Dinge im Haus anderer Leute, und sorgten dafür, dass diese Leute gewisse Dinge verloren. Sie hatten von den falschen Leuten gestohlen, und da war ich ins Spiel gekommen. Als ich einen D'Siren für Victoria finden musste, hatten die Drachen mir eine Reise quer durchs Land erspart, da sie einen in ihrem Besitz hatten. Bei meinem ersten Auftrag hatte ich ihre Schätze fotografiert; das war vor Wochen gewesen, und ich war mir sicher, dass sie inzwischen mehr zusammengetragen hatten. Die Fotos waren so schnell aufgenommen worden, dass ich mir nicht sicher war, ob sie ihr vollständiges Inventar zeigten.

Schurken zu finden war immer leichter als magische Objekte zu finden. Leute sind von Natur aus Petzen – nicht unbedingt aus Bosheit, sondern vielmehr, weil sie davon ausgingen, dass, wenn ein Kopfgeldjäger (was das war, wofür mich die meisten Leute hielten,) nach jemandem suchte, dieser Jemand etwas falsch gemacht hatte und von der Straße verschwinden und für sein Fehlverhalten zur Rechenschaft gezogen werden musste.

Magische Objekte waren anders. Wenn eines gesucht wurde, gingen die meisten Leute davon aus, dass das Objekt etwas wert war, und waren bereit, auf den Höchstbietenden zu warten. Wenn sie kein Geld wollten, wollten sie sehr genau wissen, warum ich danach suchte. Es wurde zu einem heiklen Tanz, bei dem sich einige Leute nur für das Geld interessierten und gute Tipps gaben und einige, na ja, sagen wir einfach, Objekte „fanden". Ich zahlte dann für das Objekt, lieferte es meinem Kunden und wurde bezahlt.

Auf den Fotos fand ich keinen Conparco-Schild, aber das hieß nicht, dass die Drachen keinen hatten. Ich schnappte mir mein Handy und bereitete mich auf die unnötig unverschämte Hexe vor, die mit einem der Drachen romantisch verbandelt war und anscheinend für sie sprach.

„Was?", fragte die unhöfliche Hexe bei meinem zweiten Anrufversuch.

Hallo, Sonnenschein.

„Hallo, Lexi", begrüßte ich sie mit süßlicher Stimme und weigerte mich, ihr die Genugtuung zu geben, mich von ihrer Unhöflichkeit ärgern zu lassen. Zumindest würde ich das jedem sagen, um mich wie die bessere Frau aussehen zu lassen. Meine fröhliche, überschwängliche Stimme ärgerte sie zu Tode.

„Was willst du, Erin?" Ich konnte mir nur zu gut ihr jetzt verkniffenes Elfengesicht vorstellen.

„Wie geht's dir, Lexi?" Ich wollte sie mit Freundlichkeit töten. Meine zuckersüße Stimme brachte nicht die erwarteten Ergebnisse. Ich dachte, das Schlimmste, was sie tun würde, wäre, ihren Ärger in Worte zu fassen, irgendetwas Unhöfliches zu sagen oder mich zu beleidigen. Aber sie legte auf.

Erin, schrei die zickige kleine Hexe nicht an. Und zick' auf keinen Fall zurück, egal, wie angemessen es ist.

Ich entspannte meine Miene, schluckte meinen Ärger herunter und schwor mir, keines der kreativen Wörter zu verwenden, die mir zu schnell einfielen.

Eine tiefe Stimme beantwortete den zweiten Anruf. Maddox, der jüngere und aufbrausendere der beiden Drachen. Ich hatte es geschafft, mich bei ihm einzuschmeicheln, nachdem ich ihm eine Glanin-Klaue geschenkt hatte. Er hasste mich nicht. Und seit ich ihn benutzt hatte, um mich gegen Lexis magischen Angriff zu schützen, schien er eine Schwäche für mich zu haben.

„Maddox?"

„Ja."

„Ich brauche deine Hilfe, bitte." Ich präsentierte ihm eine stark bearbeitete und gekürzte Version dessen, was passiert war, wobei ich ausließ, dass Ian aus dem Schleier entkommen war, und erklärte, dass wir einen Conparco-Schild brauchten, um Ian daran zu hindern, die Wandler zu kontrollieren. Da er selbst ein Wandler war, wusste ich, dass er bereitwilliger helfen würde.

„Wie sieht das Ding aus?"

„Ich glaube nicht, dass ich es an dieses Handy schicken kann." Die Nummer, die ich hatte, war die eines Wegwerfhandys, die mir Lexi gegeben hatte.

Er antwortete leise. „Gib mir einen Moment." Als er wieder sprach, hatte sich das Hintergrundgeräusch verändert. Ich konnte das Rauschen der Bäume hören. Er gab mir eine andere Nummer, an die ich das Foto schicken sollte, und nachdem er es empfangen hatte, ging er wieder ins Haus.

„Sowas haben wir nicht", sagte er.

„Trotzdem danke. Wenn du einen findest oder irgendwas, das ähnlich aussieht, kannst du es mich wissen lassen? Ich schicke dir noch ein Bild. Wenn du sowas hast, würde ich mich auch sehr darüber freuen." Ich war noch nicht bereit, ihm zu sagen, wofür der Xios war. Wenn er wüsste, wie wichtig es war, würde der Preis erheblich ansteigen.

„Haben wir auch nicht." Er hielt einen Moment inne. „Erin, wenn du weiter mit uns arbeiten willst, mach Lexi nicht wütend, okay?"

„Dass ich sie begrüßt und gefragt habe, wie es ihr geht, hat sie wütend gemacht? Ich hatte keine Ahnung, dass es sie irritieren würde, bitte sag ihr, dass es mir leidtut." In meiner Zukunft musste es einen Oscar geben.

„Offensichtlich hältst du mich für naiv, Erin." Sein freundlicher Ton wurde steif. Ich denke, meine schauspielerische Leistung war nicht so überzeugend, wie ich geglaubt hatte. „Wir können zusammenarbeiten, aber wenn Lexi dich nicht mag, wird das nicht passieren."

Es war an der Zeit, Abbitte zu leisten. Diese Leute waren keine Quelle, die ich verlieren wollte, schon gar nicht deshalb, weil ich nicht aufhören konnte, die Frau zu verärgern, die die Anführerin ihrer kleinen Gruppe zu sein schien.

„Maddox, ich weiß deine Hilfe wirklich zu schätzen. Warst du schon im Kelsey's?"

„Einmal, als es aufgemacht hat, aber es ist so schwer, Reservierungen zu bekommen."

Das war es nicht. Während meiner Bodyguard-Einsätze hatte ich schnell herausgefunden, dass Victoria Leute abwies, um die Illusion von Exklusivität zu erzeugen.

„Ich arbeite für die Eigentümerin und bin mir sicher, dass ich Reservierungen bekommen kann. Vielleicht können wir alle da zu Abend essen", schlug ich vor.

„Lexi wird nicht kommen, und Zack geht nicht ohne sie."

Großartig. Ich wollte nicht den Abend damit verbringen, mich böse von ihr anstarren zu lassen, während ich versuchte, der zickigen Hexe Honig um den nicht vorhandenen Bart zu schmieren. „Dann vielleicht nur wir zwei?"

„Das ist ein Date." Ich konnte das Lächeln in seiner Stimme hören. Maddox gehörte wieder zu Team Erin. Ich würde ihm dort sagen, dass es kein Date war – eher ein Geschäftsessen –, doch im Moment konnte er denken, was er wollte.

***

Ich hatte Mephisto nie als Quelle betrachtet, und als ich zu seiner Tür ging und bei jedem Schritt die Schmerzen in meinem Körper spürte, war ich nicht überzeugt, dass er es war, aber ich war verzweifelt. Das Schlimmste, was er sagen konnte, war nein. Dass ich mir seine Sammlung nicht ansehen konnte. Wenn ich so darüber nachdachte, war das Schlimmste, was er sagen konnte, dass er einen Xios und ein Conparco-Schild besaß und nicht die Absicht hatte, sie mir zu geben.

„Er ist in seinem Büro", sagte Benton, nachdem er mir die Tür geöffnet hatte. Es schien eine Anstrengung für ihn zu sein, mit dem Finger in die Richtung zu zeigen, bevor er zu seinem Platz im Raum neben der Tür zurückkehrte, wo auf dem Tisch eine Tasse Kaffee und ein Buch warteten, das er gern las, während er sich in einem ledernen Ohrensessel entspannte. Ich hatte gedacht, dass seine Aufgabe war, die Tür zu öffnen und Gäste durchs Haus zu begleiten. Letzteres schien nicht mehr Teil seiner Stellenbeschreibung zu sein.

Überanstreng' dich bloß nicht, Mr. Türöffner und Fingerzeiger.

Da ich besonders schelmischer Stimmung war, täuschte ich kurzzeitige Desorientierung vor. „Ist es da lang?", fragte ich.

Benton ließ sich nicht darauf ein. Seine Lippen verzogen sich von dem ruhenden, liebenswürdigen Lächeln zu einer schmalen, dünnen Linie. Es wurde überwältigend offensichtlich, dass er kein Problem damit hatte, mich durch die Villa streifen zu lassen, bis ich auf Mephistos Büro stieß.

„Nein." Mit dieser knappen Antwort kehrte er zu seinem Buch zurück. Ich war der Rolle verpflichtet, also stand ich da, scheinbar ratlos darüber, in welche Richtung ich gehen sollte. Er las langsam eine Seite des abgegriffenen Taschenbuchs. Dann blickte er einige Sekunden lang zutiefst nachdenklich geradeaus. Aus meiner Perspektive konnte ich den Titel nicht erkennen, doch ich wollte wirklich wissen, was seine Aufmerksamkeit fesselte. Er ließ seinen Blick in meine Richtung schweifen. Ich erwartete Ärger, doch in seinen Augen lag ein Hauch von Belustigung, der Bände sprach: „Ich habe den ganzen Tag Zeit, Sie sind diejenige, die mit Mephisto sprechen will."

Ich deutete mit meinem Finger in die richtige Richtung und sagte: „Ich denke, es ist da lang."

„Sehr gut, Miss Jensen." Er lachte leise, bevor er es herunterschluckte und wieder schwieg.

Touché, Benton. Diese Runde geht an dich.

„Komm rein, Erin!", rief Mephisto, bevor ich meine Ankunft ankündigen konnte, indem ich an die leicht angelehnte Tür klopfte. Sein Rücken blieb der Tür zugewandt, seine Aufmerksamkeit auf die malerische Aussicht gerichtet. Von meinem Platz aus genoss ich den atemberaubenden Anblick, von den deckenhohen Fenstern bis hin zu den blühenden Bäumen, den exotischen, bunten Blumen und dem klaren, blauen Himmel. Der Reiz der Natur beeindruckte mich, aber nicht so sehr wie Mephisto, der eine besondere Faszination davon zu haben schien. War es, weil ihm irgendetwas fehlte? Oder war das nur eine allgemeine Wertschätzung für die Schönheit der Natur?

Die hellen Wände bildeten einen starken Kontrast zu seiner von Kopf bis Fuß mitternachtsdunklen Kleidung.

„Du wolltest mich sehen?"

Seine ruhige Ausstrahlung täuschte nicht über die Neugier in seinen Augen hinweg. Waren meine Eltern wirklich Vera und Gene? War ich der Rabe? Am wichtigsten war, dass ich nicht nur zwischen den Welten im Schleier navigieren konnte, sondern auch Dinge herausbringen konnte – das, was er wollte.

„Ich brauche einen Gefallen“, sagte ich.

„Einen Gefallen? So dringlich, wie du dich angehört hast, als du angerufen hast, nehme ich an, dass es ein großer ist.“ Er setzte sich an seinen Schreibtisch und deutete auf den Stuhl gegenüber.

Ich ging auf ihn zu, als er aufstand. „Du bist verletzt.“ Seine Bewegung, die von meinen Augen nur verschwommen wahrgenommen worden war, ließ mich mitten im Schritt innehalten. Es war keine Bewegungsunschärfe, sondern seine übernatürliche Geschwindigkeit, etwas, das ich erwarten würde, wenn ich es mit Vampiren zu tun hatte.

„Gestern hat ein Baum versucht, mich zu verprügeln“, sagte ich flapsig. Mephisto reagierte nicht so, wie ich erwartet hatte. Er nickte nur, als hätte er diese Begründung nicht zum ersten Mal gehört.

Wie oft wurden Leute von einem Baum verprügelt?

Er nahm meine Hand in seine und untersuchte meine Finger.

„Dann hat mich eine wütende Erdhexe angegriffen“, gab ich zu, als sein Blick zu den Schnitten an meiner Hand wanderte.

„Ah, Dante's Forest steckt voller kleiner Überraschungen.“

„Warst du schon mal dort?“

Er nickte. Seine Hand berührte sanft meinen Rücken und drängte mich, mich auf seinen Schreibtisch zu setzen. Der Tag nach einem Kampf war immer der schlimmste. Das Weichteilgewebe war nicht mehr mit Adrenalin geflutet und hatte genug Zeit gehabt, um seine Misshandlung zu bemerken, die mit aller Macht Schmerzen signalisierte. Ich presste die Zähne zusammen, um kein Unbehagen zu zeigen, als ich mich auf den Schreibtisch zog.

„Um was zu finden?“ Ich ließ meine Frage im Raum

stehen, zog meine Augenbrauen hoch und wartete darauf, dass er den Satz beendete. Er ignorierte mich und untersuchte weiter meine Verletzungen. Sie waren unbedeutend, doch seiner Miene nach zu urteilen sahen sie für ihn schlimmer aus als für mich.

„Um etwas zu finden, das ich wollte", sagte er schließlich. Ein verschmitztes Grinsen zupfte an seinen Mundwinkeln.

Welche Antwort hatte ich von einem Mann erwartet, der seinen Namen wie ein Geschäftsgeheimnis hütete?

„Erinnere dich daran, dass du gesagt hast, wir müssen einander vertrauen. Das ist schwer, wenn man nie etwas über sich preisgibt. Ich vertraue Fremden nicht."

„Ah, aber wie du bei vielen Gelegenheiten betont hast, sind wir keine Fremden. Wir kennen uns seit mehr als drei Jahren. Du hast an meinem Tisch gegessen, in meinem Bett geschlafen, bei mir zu Hause geduscht." Seine Augen, die wie flüssige Kohle aussahen, deuteten weit mehr an als das, was tatsächlich passiert war.

„Egal wie schmutzig du dieses Geräusch zu machen versuchst, es war alles unschuldig."

„Und der Kuss?"

„Welcher Kuss?" Ich versuchte, es mit ernster Miene zu sagen, aber meine Lippen verzogen sich zu einem Lächeln.

„Du hast den Kuss nicht vergessen", flüsterte er. Von seiner Position zwischen meinen Beinen wirkte seine Untersuchung meiner Wunden viel anzüglicher. Er beugte sich vor, und die Wärme seines Atems streifte meine Lippen. „Ich auch nicht."

„Was hast du aus Dante's Forest geholt?", drängte ich.

Er ließ meine Hand los; sein Gesichtsausdruck war nachdenklich, als er eine Weile über mich oder die Frage nachdachte. Es verging so viel Zeit, dass ich überlegte, die Frage zu wiederholen. „Amber Crocus", gab er schließlich zu und nahm meine Hand wieder in seine. Meine Fingerspitzen waren immer noch entzündet und gerötet, und die Nägel waren eingerissen. Sie schmerzten jedoch nicht, es sei denn, ich stieß gegen etwas.

„Hast du vor, ein paar Vampire zu töten?", fragte ich. Er war verantwortlich für meine jüngste Entdeckung, dass eine mit der Pflanze behandelte Waffe einen Vampir so schnell und effizient töten kann, wie ihn zu enthaupten.

Ein träges Lächeln huschte über sein Gesicht und verschwand. „Enthaupten ist eine so widerliche Art, einen Vampir zu töten. Amber Crocus ist eine ausgezeichnete Warnung, wenn sie nicht kooperativ sind."

„Der Wald war ein Schlag ins Wasser", gab ich mit angespannter Stimme zu.

„Für mich auch. Was sie hatten, war nicht Amber Crocus, sondern eine schlechte Imitation. Es war gut, dass ich wusste, wie es wirklich aussieht. Andere haben es wahrscheinlich auf die harte Tour herausgefunden."

Mich schauderte bei dem Gedanken, was jemand nach einem gescheiterten Attentatsversuch auf einen Vampir ertragen musste – besonders auf einen alten Vampir.

„Hast du noch andere Verletzungen?" Mephistos Miene war angesichts des Zustands meiner Hände finsterer geworden. Cory hatte die Stichwunde repariert. Ich zeigte ihm die Stelle an meinem Arm, die von Blutergüssen verfärbt war.

„Mein Rücken hat ein paar Striemen, aber die sollten bald verschwinden. Am schlimmsten sind meine Arme. Es tut einfach alles weh, und manche Stellen sind ein bisschen empfindlich.

Er legte seine Hände um die Fingerspitzen meiner rechten Hand, und eine kühle Brise hüllte sie ein, ähnlich wie Menthol oder ein topisches Analgetikum. Er verschränkte seine Finger mit meinen und betrachtete das Ergebnis seiner Magie. Die Rötung war zurückgegangen, und polierte Nägel mit zartem Glanz ragten über die Fingerspitzen hinaus, als wären sie nie bis zum Nagelbett abgerissen gewesen.

„Besser", flüsterte er. Meine Nägel bekamen nur den

Bruchteil meiner Aufmerksamkeit. Ich sah ihn prüfend an und versuchte, hinter den Zauber zu sehen, von dem ich überzeugt war, dass er seine Erscheinung veränderte. Das war nicht sein Gesicht, oder es war nur eine Variation davon. Davon war ich zumindest überzeugt, besonders nach unserem Besuch bei der Frau in Schwarz. Trotz ihrer vertrauten Beziehung hatte sie ihn und seine drei Freunde angesehen, als wäre es das erste Mal, dass sie sie sah, und hatte ihre Namen erraten.

Als er meine linke Hand reparierte, lehnte ich mich an ihn und spürte seinen magischen Puls an mir. Ich kämpfte gegen den Drang an, die Worte der Macht zu flüstern und seine Magie noch einmal zu kosten. Er blieb nah, ohne eine Spur von Argwohn. Er wusste, dass er nicht sterben würde, wenn ich mir seine Magie auslieh, und er konnte sich dagegen wehren, wenn ich sie nahm und er es nicht wollte.

„Was bist du?", fragte ich.

„Ich dachte, ich wäre Satan", neckte er und brachte etwas Abstand zwischen uns.

„Mephisto …"

„Lass mich deinen Rücken sehen."

Er wollte mir keine Antwort geben. Ich stand auf und schob mein Shirt hoch, um die Striemen zu entblößen, von denen ich sicher war, dass sie erhaben, rot und wütend aussahen. Seine Finger, die über meine Haut strichen, waren ein zarter Hauch. Das kühle Menthol strömte über meine Haut und beruhigte sie. Der nagende Schmerz wurde weniger, doch die Magie, die mich verzauberte, war stark und berauschend. Ein Keuchen blieb in meiner Kehle stecken.

Als ich mich umdrehte, schenkte er mir ein Lächeln. „Perfekt", flüsterte er.

Er wies mich an, wieder zu meinem Platz auf dem Schreibtisch zurückzukehren. Er legte eine Hand auf jedes Bein, seine Lippen bewegten sich, und Hitze hüllte mich ein. Ich entspannte mich in die Wärme.

„Wie fühlst du dich?", fragte er.

„Gut." Ich verlagerte mein Gewicht nach vorn. Das Bedürfnis, ihm näher zu sein, überwältigte mich. Es war die Anziehungskraft der Magie, ihr Bann. Ich war verführt. In meiner Sehnsucht nach seiner Magie würde ich ihm nahe zu sein als Trost akzeptieren. Es war, als wäre man erkältet und würde den Trost einer dünnen Decke genießen, anstatt die wohltuende Wärme heißer Schokolade, die einen von innen heraus wärmt. Es war eine oberflächliche Befriedigung. Ein Trost, der im Vergleich verblasste. Aber es war, was ich hatte.

Mephistos Finger strich über meinen Kiefer, und auch sein Gewicht verlagerte sich. Wir waren nur eine Haaresbreite voneinander entfernt. Wenn sich einer von uns bewegt hätte, hätten sich unsere Lippen berührt.

Meine Augen wanderten zur Tür, und für einen kurzen Moment überlegte ich, die Worte der Macht zu sprechen und zu sehen, ob ich es durch die Tür schaffen würde. Es war ein kranker Gedanke. Schrecklich. Und als hätte er meine Gedanken gelesen oder meinen Impuls gespürt, vergrößerte er den Abstand zwischen uns und beseitigte die Versuchung. Es fühlte sich wie eine Zurückweisung an.

Ich vermisste sofort die Wärme seines Körpers. Er hinterließ eine Leere, die ich unbedingt füllen wollte.

Manchmal erlaubte ich mir zu vergessen, dass der Wunsch nach Magie existierte. Aber wenn ich in der Nähe von Mephisto war, war mir der Mangel sehr bewusst, besonders weil ich so nahe daran war, ihn ohne Auswirkungen zu füllen. Ein Teil von mir wollte ihn dafür hassen, dass er mir einen Einblick in ein Leben gewährte, das ich sehen, aber nicht haben konnte. Als mir klar wurde, dass ich ihn anstarrte, senkte ich meinen Blick.

„Woher wusstest du, dass wir in Dante's Forest gegangen sind?", platzte ich heraus. Es war nicht meine beabsichtigte Frage, doch es dämmerte mir, dass er es wusste. Vielleicht war er betroffen.

„Ashers Flugzeug ist nach South Dakota geflogen, also dachte ich mir, dass er dorthin fliegen würde. Angesichts der Dringlichkeit, mit der du gegangen bist, dachte ich, du wolltest ihn treffen und mit ihm gehen."

„Behältst du mich oder ihn im Auge?"

„Ich weiß gern, wo Asher ist. Wir neigen dazu, dieselben Interessen zu haben." Belustigung huschte über sein Gesicht. „Wir sind beide Sammler, und bei mehr als einer Gelegenheit hat er für mich interessante Gegenstände beschafft. Wir bewegen uns in denselben Kreisen und werden oft zu denselben Auktionen eingeladen." Er betrachtete mich mit neugierigen Augen. „Was ist der Gefallen, Erin?"

Die Realität dessen, was ich fragen wollte, traf mich hart. In Ashers Tresor zu gehen, war keine so große Sache, weil Ians Anwesenheit direkt Auswirkungen auf ihn hatte, doch Mephisto war nicht betroffen. Ich war mir nicht sicher, ob es jemals passieren würde.

„Ich muss deine Sammlung sehen. Ich brauche einen Xios oder einen Conparco-Schild." Ich glitt vom Tisch herunter und vergaß, es vorsichtig zu tun. „Hey, keine Schmerzen." Ich verlagerte mein Gewicht von einem Bein auf das andere und fühlte mich, als könnte ich mich problemlos noch einmal mit allem, was Dante's Forest zu bieten hatte, anlegen.

Ich ging mit meinem Handy auf Mephisto zu, bereit, ihm Bilder der Objekte zu zeigen.

Er schüttelte den Kopf. „Ich weiß, wie sie aussehen, aber ich habe sie nicht."

„Darf ich nachsehen?"

Er kniff die Augen zusammen; ich spürte das volle Gewicht seines Blicks auf mir. „Du willst mich nicht beim Wort nehmen?"

Absolut und überhaupt nicht. Doch stattdessen sagte ich: „Manchmal haben magische Objekte mehr als einen Namen. Das kommt relativ oft vor."

Er strich mit einem Finger träge über seine Unterlippe. Hatte ich ihn beleidigt?

„Hast du mit deinen Eltern gesprochen?"

„Was? Das hat damit nichts zu tun."

„Nein, hat es nicht. Ich finde, du stellst ein ziemliches Dilemma dar, Erin Katherine Jensen", gab er zu. Er hatte die Distanz, die er zwischen uns gebracht hatte, in Sekundenschnelle wieder reduziert. Er verbarg seine Andersartigkeit nicht so sehr, oder das war ein weiterer Köder, der mich daran erinnerte, dass er derjenige war, der zwischen mir und der Magie stand. Seiner Magie. Dieser Art von Magie. „Du gehst in Dante's Forest, kämpfst im Park gegen einen abtrünnigen Feenmann, kommst zu mir, um mich um einen Gefallen zu bitten, dem ich wahrscheinlich nicht zustimmen werde, aber herauszufinden, ob du der Rabe bist, ist etwas, das du nicht angehen willst. Warum?"

„Es gibt kein Warum. Es wird keine Auswirkung auf mein Leben haben. Also was soll's? Wenn ich es bin, ändert es nichts."

„Doch, das tut es. Malific wurde mit ihrer Magie und ihrem Blut an ihr Gefängnis gebunden. Sie wird bis zu ihrem Tod nicht freigelassen."

„Was hat das mit mir zu tun?"

„Du bist ihre Tochter …"

„Ich bin nicht ihre Tochter", beteuerte ich.

Er holte Luft und hielt sie an, bevor er mir versöhnlich zunickte. „Wenn du ihre Tochter bist, bist du die Einzige. Ihr habt eine gemeinsame Blutlinie. Sie ist an den Schutzzauber gebunden. Wenn sie stirbt, fällt der Omni-Zauber. Ich vermute, es ist nicht nur ihr Tod, der den Bann brechen wird, sondern auch deiner. Erin, es ist sehr wichtig, dass du weißt, ob du der Rabe bist, denn das entscheidet über Leben und Tod."

Das Blut verließ mein Gesicht, und ich stützte eine Hand

auf den Schreibtisch, um mich festzuhalten. Mephisto kam näher. Mehrere Augenblicke der Stille vergingen, bevor er wieder etwas sagte.

„Wenn du das Problem ignorierst, verschwindet es nicht, es macht dich nur verwundbar. Wenn ich diese Theorie habe, glaubst du nicht, dass die Immortalis auch auf die Idee kommen werden? Denk nicht eine Minute, dass sie ihr Ziel, wieder mit Malific zusammen zu sein, aufgegeben haben. Ihre Armee wurde ausschließlich zu diesem Zweck geschaffen. Im Moment bist du ein Mittel zum Zweck für sie."

Ich begann zu verstehen, warum Mephisto so anonym lebte und seine Geheimnisse so entschlossen hütete. Das war die beste Verteidigung.

Meine To-do-Liste wurde immer länger. Aber ich konnte mich nicht damit aufhalten, mich zu fragen, ob Malific meine Mutter war. Es war Angst, die es mir ermöglichte, das Thema so einfach auf Eis zu legen, das wusste ich, aber ich würde es irgendwann ansprechen müssen. Was jetzt an mir nagte und seit Mephisto mir die Informationen über meine angebliche Mutter gegeben hatte, war die Sorge in seinem Gesicht und die offensichtliche Distanz, die seitdem zwischen uns entstanden war. Ein Riss in der Tapisserie unserer Allianz.

Ich fragte mich, was sich geändert hatte, seit er es mir in meiner Wohnung gesagt und mich in Simeons Bibliothek gesehen hatte.

„Du warst besorgt, als du mir gesagt hast, dass ich Malifics Tochter sein könnte", erinnerte ich ihn. „Und doch willst du, dass ich es direkt angehe."

Er nickte. „Ich gebe zu, ich war sprachlos."

Warum kannst du nicht einfach sagen, dass du geschockt warst, wie alle anderen auch?

„Ich dachte, du wärst als *Raven Cursed* einzigartig, aber als Göttin sind deine Fähigkeiten wie erwartet."

Ich hatte seit einiger Zeit nicht mehr geatmet und musste dringend Luft holen. Als ich es tat, erinnerte es mich daran, dass Vampire versuchten, in Gegenwart von Menschen zu atmen, um weniger abstoßend zu wirken. Es klang mechanisch und heiser.

„Wenn du Zugang zu Magie hast, ist sie konzentriert und stark. Riesige Mengen an Magie, wahrscheinlich grenzenlos. Es wirft viele Fragen auf, nicht nur, warum du nicht bei deiner Mutter bist. Aber hat, wer auch immer dich von ihr weggeholt hat, deine Magie eingeschränkt, um das Erwachen einer weiteren Malific zu verhindern? Wenn sie glauben, dass du wie sie bist, warum lassen sie dich dann überhaupt am Leben? Und schließlich: ist es unverantwortlich von mir, dich in den Schleier zu lassen, wissend, dass du benutzt werden könntest, um Malific zu befreien?"

„Ich weiß nicht, aber ist das, was du willst, nicht wichtig genug, um das Risiko einzugehen?" Wieder einmal sah ich die Hoffnung auf meine eigene Magie dahinschwinden. Würde er mich aufgeben und seine Suche nach jemandem fortsetzen, der sich durch den Schleier bewegen konnte, doch nicht den Ballast hatte, eine psychotische Göttin als Mutter zu haben?

„Ist Malific schon immer so gewesen? Irgendwann muss sie einfach nur eine typische Göttin gewesen sein, die in ihrer Herrlichkeit umhergeschwebt ist und angebetet wurde. Wie wurde sie zu der Person, über die ich gelesen habe? Jemand, dem es an Gnade mangelt und der sich nach Macht gesehnt hat ..."

Ich hielt abrupt inne und sah plötzlich die kleine Parallele zwischen ihrer Macht und meinem Durst nach Magie. Ich sah auf meine Hand hinunter, meine Gedanken rasten. Anlage vs. Umwelt. Nicht weniger als fünfzehnmal war mir der Gedanke gekommen, Mephistos Magie zu nehmen. Für einen kurzen Moment hatte ich sogar daran gedacht, Corys

Magie zu behalten, und das Einzige, was mich davon abhielt, waren meine Gefühle für ihn. Ich hatte Magie immer nur für kurze Zeit und hatte nie darüber nachgedacht, wie ich wäre, wenn ich unbegrenzten Zugang dazu hätte. Was ich mit Magie tun konnte, war so viel mehr als das, was alle anderen tun konnten. Gottähnliche Macht.

„Ich wüsste gern, was dir gerade durch den Kopf geht", sagte Mephisto nach mehreren Momenten unbehaglichen Schweigens.

„Nichts", log ich. „Wenn das, was du aus dem Schleier haben willst, wichtig ist, denke ich nicht, dass es ein Problem sein sollte, es zu beschaffen. Die Frage ist nicht, ob ich gehen sollte, sondern wie wichtig dir diese Büchse ist. Ich riskiere mein Leben, wenn ich da reingehe, wie viel bist du bereit zu riskieren?"

Ich wollte meine eigene Magie. Grenzenlose Verfügbarkeit. In diesen wenigen Sekunden hatte ich entschieden, dass mein Wunsch, seine Magie zu bekommen, stärker war als alle Probleme, die möglicherweise deswegen entstehen könnten. Gut, ich war vielleicht Malifics Tochter, aber ich wurde von Eltern großgezogen, die ihr nicht ähnlich waren. Es war nichts falsch daran, viel magische Macht zu haben: Cory und Madison waren mächtig. Ian blitzte in meinen Gedanken auf, doch ich stieß ihn beiseite. Er wollte herrschen. Ich hatte nicht den Wunsch, das zu tun oder irgendjemanden zu dominieren.

„Darf ich deine Sammlung sehen?", fragte ich noch einmal.

Ein träges Schmunzeln hob Mephistos Mundwinkel. „Erin, ist dir klar, dass das alles nichts mit mir zu tun hat? Der Krieg zwischen den Wandlern, Feen und Ian wird sich in keiner Weise auf mich auswirken." Er neigte den Kopf, als er mich genauer betrachtete. Sein prüfender Blick war so intensiv, dass ich mich entblößt und nackt fühlte. „Das ist dir wichtig, oder? Du hast kein Interesse daran, und doch sehe ich, dass es dir wichtig ist. Warum?", fragte er und suchte intensiv in meinem Gesicht nach Antworten, von denen ich annahm, er vermutete bereits, dass ich sie ihm nicht geben würde.

„Ich will das Richtige tun", sagte ich. Es war keine Lüge. Es war das Richtige, um einen Fehler zu korrigieren.

Zweifel flammten in den Tiefen seiner kohlschwarzen Augen auf. Seine Lippen verzogen sich zu einem frustrierten Ausdruck. Ich empfand ein wenig Genugtuung über seine Verärgerung. Leute, die Informationen benutzten, als wären sie eine knappe Währung, hassten es, wenn jemand den Spieß umdrehte. Der finstere Blick und das Zucken seiner Kiefermuskeln bewiesen das.

Seine Miene wurde angespannt. „Was machst du hier?" Seine Stimme hatte nicht mehr diese honigartige Süße und diesen dunklen Reiz, von dem ich jetzt erkannte, dass er für mich reserviert war. Sie war nicht wirklich kalt, aber sie hatte eine gewisse Schärfe.

Erschüttert von der plötzlichen Veränderung seiner Stimmung und seiner Stimme, blinzelte ich. Die Antwort auf die Veränderung betrat den Raum. Clayton. Selbst mit einem großen Seesack auf der Schulter bewegte er sich mit der geschmeidigen Anmut eines Kampfsportlers. Ein Lächeln breitete sich auf seinen Lippen aus und schien Befriedigung in Mephistos Verärgerung zu finden.

„M", grüßte er. Die Wogen der Magie im Raum zu ignorieren, wurde immer schwieriger, und ich wollte ihn aufhalten, ihn warnen, nicht näher zu kommen. Aber es war zu spät.

Claytons Dreadlocks, die zuvor zurückgebunden gewesen waren, waren heute offen. Die schulterlange Haarmasse fiel über seine Schultern und in sein Gesicht. Er schob seine Finger hindurch und bog die Strähnen zurück. Auch wenn er mehrere Meter entfernt war, fühlte ich mich eingeengt. Clayton runzelte die Stirn, und mir wurde klar, dass ich ihn anstarrte.

Er schob seinen Seesack wieder auf die Schulter und sagte: „Ich hatte nicht gedacht, dass du hier sein würdest."

„Ich musste mein Meeting verschieben", informierte Mephisto ihn.

Clayton blickte zwischen Mephisto und mir hin und her und richtete seine Aufmerksamkeit dann auf mich.

„Ah, hat der Rabe dich gebraucht?" Er neckte mich, aber mir entging der Spott in seiner Stimme nicht.

„Warum bist du hier?", fragte Mephisto erneut.

„Ich wollte deinen Pool benutzen."

Mephisto schnaubte gereizt. „Es gibt keine öffentlichen Schwimmbäder, die du benutzen könntest?"

Clayton wirkte bei der Vorstellung angewidert. „Du weißt, was ich von öffentlichen Schwimmbädern halte."

„Und trotzdem", stieß Mephisto durch die Zähne hervor, „lässt du dir kein eigenes bauen."

Claytons Grinsen konnte man nicht anders als diabolisch nennen. „Das kann ich nicht, dann bin ich ‚der Typ' mit dem Pool. Wer will das sein?" Und dann warf er Mephisto einen Blick zu.

Mephistos Kiefer spannte sich noch weiter an. Ich versuchte, die Dynamik zwischen den beiden zu verstehen. Zwischen ihnen allen. Es gab eine Vertrautheit, als ob sie Brüder waren, doch ihre unterschiedlichen ethnischen Zugehörigkeiten ließen mich daran zweifeln. Ihre Magie war so ähnlich, hatte aber subtile Unterschiede, die ich spüren konnte. Sie bewegten sich mit der Heimlichkeit und Anmut von Männern, die wussten, wie man kämpfte. Krieger.

„*Der Rabe*", sagte Clayton.

„Ich heiße Erin", korrigierte ich ihn.

Er nickte. „Erin, was können wir für dich tun?"

Wir? Okay?

„Sie möchte meine Sammlung sehen. Sie sucht nach

einem Xios und einem Conparco-Schild", sagte Mephisto. Die beiden Männer tauschten einen Blick aus, aber ihre Gesichter blieben so emotionslos wie Mephistos Stimme. Vielleicht war meine Bitte ungewöhnlich? Unhöflich? Dreist? Ungehobelt? Selbst innerhalb der Supernatural Task Force war eine spezielle Genehmigung erforderlich, um die dort gelagerten übernatürlichen Objekte zu sehen.

„Ach so?", sagte Clayton schließlich. „Die haben wir nicht." Er sah Mephisto nach Bestätigung suchend an, als könnte er vielleicht eine Neuanschaffung übersehen haben.

Hmmm. Wieder „wir".

Claytons Blick huschte zu Mephisto und musterte ihn einen Moment lang. Die Neutralität schwand. Seine Lippen waren zu einer starren Linie aufeinandergepresst.

„Miss Jensen ist ziemlich gründlich bei ihren Recherchen, um sich gern selbst zu überzeugen", sagte Mephisto.

„Ich verstehe." Clayton wies mit dem Kopf zur Tür. „Ich gehe sowieso in die Richtung, lass mich dich hinbringen." Bevor Mephisto widersprechen konnte, folgte ich ihm zur Tür hinaus.

Mephisto war zu seinem Lieblingsplatz am Fenster zurückgekehrt, die Hände in den Hosentaschen vergraben, seine Aufmerksamkeit nach draußen gerichtet.

„Erin", sagte er, gerade als wir die Schwelle passiert hatten. „Wenn das erledigt ist, brauche ich Vertrauen zwischen uns."

„Okay, dann nenn mir einen Namen."

Nachdem ich einige Augenblicke gewartet hatte, wurde mir klar, dass sein leises Lachen die einzige Antwort war, die ich bekommen würde.

Clayton drückte seinen Finger auf das Lesegerät und öffnete die Tür.

„Lebst du hier in der Nähe?", fragte ich und folgte ihm in den riesigen Raum, der Ashers Tresorraum im Vergleich dazu winzig erscheinen ließ.

Wie in Mephistos Bibliothek waren die Wände mit Regalen aus dunklem Holz verkleidet und hatten Glastüren. Jedes Einzelne war beleuchtet. Mephisto lagerte diese Objekte nicht nur, er war ein Sammler, der seine beeindruckenden, teuren und auf den ersten Blick illegalen Objekte ausstellte wie in einem Museum.

„Nicht zu weit weg. Ich bevorzuge eine weniger protzige Gegend."

„Du nutzt den Luxus gern, ohne ihn selbst zu besitzen, oder?", neckte ich.

„Natürlich. Es geht nichts über den Anschein von Bescheidenheit." Er warf mir ein Lächeln zu und stellte seinen Seesack ab. Er lehnte an der Wand, die Arme vor der Brust verschränkt, und sah zu, wie ich mir die Sammlung ansah.

„Du kommst also nur wegen des Pools her?"

„Und zum Abendessen. Sein Koch ist ausgesprochen talentiert."

„Da er sowieso einen hat, kannst du genauso gut am Festessen teilnehmen, aber du wärst nie so schamlos, einen eigenen Koch einzustellen."

„Genau, wer will schon der Typ sein, der das tut?" Humor lag in seiner Stimme, und sein Gesicht war freundlich, aber er beobachtete mich aufmerksam, als ich von einer Vitrine zur nächsten ging.

„Wie lange sind Elfen schon ausgestorben?", fragte ich und täuschte Desinteresse vor, als ich eine Kugel aus einem Regal nahm, um sie zu untersuchen.

„Über fünfzig Jahre, glaube ich. Zumindest habe ich so lange keine mehr gesehen."

Ich warf einen Blick über meine Schulter, um ihn zu betrachten: makellose dunkelbraune Haut, definiertes Kinn, volle Lippen, warme, kastanienbraune Augen. Nichts an seinen Gesichtszügen hätte mich sein Alter auch nur in der Nähe von fünfzig Jahren schätzen lassen. Ich hatte auf Anfang dreißig getippt. Etwas jünger als Mephisto. Aber er lebte schon länger als fünfzig Jahre. Aber wie viel länger?

Clayton näherte sich mir, nahm mir die Kugel aus der Hand und legte sie an ihren Platz zurück. „Das ist nicht, wonach du suchst."

Er blieb dicht bei mir, während ich die Sammlung durchsah. Seine Anwesenheit wurde immer mehr zu einer Ablenkung, und ich ertappte mich dabei, wie ich mich durch die feinen Unterschiede ihrer Magie wühlte.

„Warum ist es so wichtig, eure Anonymität zu wahren?", fragte ich.

Anstatt zu antworten, bewegte er sich von mir weg. Er ging langsam durch den Raum und betrachtete die Objekte, als würde er sie zum ersten Mal sehen und die Größe der Sammlung erkennen.

Sie hatten Zugang zu so viel Magie und Objekten, die katastrophale Dinge rückgängig machen oder auslösen konnten. Und die Tatsache, dass sie es hatten, bedeutete, dass sie sie benutzen konnten. Oder vielleicht nicht. Ich dachte an Asher, der magische Gegenstände sammelte, die er nicht direkt verwenden konnte. Aber ich war mir sicher, dass er sie nicht wahllos sammelte. Ich glaubte, dass jeder von ihnen irgendwie mit seinem Rudel verbunden war; ich wusste nur nicht wie.

Clayton beobachtete mich aufmerksam, während ich zu einem anderen Regal ging. Als ich eine Vitrine öffnete und ein Objekt fand, das ich noch nie zuvor gesehen hatte, nahm ich mein Handy heraus, um ein Foto zu machen.

„Nein", sagte er bestimmt. Die Geschwindigkeit, mit der er bei mir war und seine Hände um meine schloss, schockte mich. Er führte meine Hand zurück, damit ich mein Handy wieder in die Tasche stecken konnte.

„Tut mir leid, aber das habe ich noch nie gesehen. Ich wollte es nachschlagen."

„Aber dafür bist du nicht hier, oder, Rabe?", fragte er mit gleichmäßiger Stimme. Die Nähe seines Körpers ließ mich aufrechter stehen und mich in seine Richtung lehnen, mich für einen Moment in seiner Magie sonnen, bevor ich wieder zur Besinnung kam. Aber anstatt zurückzuweichen, bewegte ich mich auf ihn zu. Er senkte den Kopf, um mir in die Augen zu sehen.

„Bist du unsterblich?", fragte ich.

Er kniff seine Lippen zusammen und zog sich in seine Gedanken zurück. Ich kannte diesen Blick. Er entschied, welche Informationen er mir geben sollte. Seine Augen glitten über mich und dann durch den Raum. „Ich bin zuversichtlich, dass du Ian besiegen wirst."

Was zum Teufel? Das beantwortete nicht einmal einen Teil meiner Frage.

„Ein einfaches ,Ich will darauf nicht antworten' hätte ausgereicht."

„Du wirst Ian besiegen, weil du weißt, was er ist, und seine magischen Fähigkeiten kennst. Du weißt, dass er seine Toleranz gegenüber Eisen einem Dämonenzauber zu verdanken hat. Es kann schwierig zu finden und auszuführen sein, aber alle Zauber können rückgängig gemacht werden. Deshalb ist Anonymität wichtig."

Eine von zwei Fragen beantwortet zu bekommen ist nicht schlecht.

Ich hätte mich bewegen, den Abstand vergrößern und die Versuchung beseitigen sollen. Aber ich tat es nicht, und während dieses kleinen Fensters, in dem das Verlangen die Logik dominierte, rutschten die Worte heraus. Die Mauer, die er errichtete, ließ mich mich krümmen, mein Kopf pochte so stark, dass mir Tränen in die Augen stiegen. Ich stützte mich gegen das Regal, um mich auf den Beinen zu

halten. Als es vorbei war, bemerkte ich Claytons vorwurfsvollen Blick auf mir.

„Darf ich bitte dein Handy haben?" Seine Stimme war
kühl und monoton und hatte die mühelose Leichtigkeit und
den hypnotischen Ton verloren.

„Clayton …"

„Handy. Bitte."

Ich zog es aus meiner Tasche und reichte es ihm.

„Ich nehme nur die Verlockung aus der Gleichung. M
wird es dir geben." Damit verließ er mich und ließ mich mit
dem Gewicht meiner Schuldgefühle zurück. Was, wenn er
mich nicht davon hätte abhalten können, seine Magie zu
nehmen? Ich war mir sicher, dass der Effekt nicht derselbe
wie bei Mephisto sein würde. Doch ich hatte versucht, seine
Magie zu nehmen, weil ich mein Verlangen nicht kontrollieren konnte.

Verdammt.

Ich sah mir den Rest von Mephistos Sammlung an. Weder
ein Xios noch ein Conparco-Schild waren darunter. Als ich
den Raum verließ, überlegte ich, nach Clayton zu suchen, um
mich zu entschuldigen, entschied mich aber dagegen. Stattdessen kehrte ich in Mephistos Büro zurück, wo ich ihn an
seinem Schreibtisch sitzend und ein Buch durchblätternd
fand. Er sah auf und schob mein Handy an die Tischkante,
als ich näherkam.

„Ich bin mit den vielen Namen vertraut, die magische
Objekte haben. Du kannst mich in Zukunft beim Wort
nehmen."

Ich war mir sicher, dass Clayton ihm erzählt hatte, was
passiert war, doch was Mephisto dabei empfand, verschwieg
er sorgfältig.

„Okay." Ich nahm mein Handy, steckte es in die Tasche und
drehte mich zur Tür. Mephisto rief mich, bevor ich gehen
konnte. Als er sich mir näherte, wurde ich an die geisterhafte

Art und Weise erinnert, wie er sich bewegte. Sein Finger strich sanft über meine Hand, und er kam so nah an mich heran, als ob er nicht wüsste, was ich mit Clayton versucht hatte. Oder vielleicht war es ein Test. Noch eine magische Verführung?

„Ich mag es nicht, geneckt zu werden", sagte ich in einem rauen, krächzenden Flüstern.

„Das tue ich nicht."

Als er mich mit seinem Handrücken streifte, lehnte ich mich in seine Berührung, an ihn, und unsere Lippen berührten sich. Ich atmete ihn ein, badete in seiner Energie und begehrte ihn auf eine Weise, die sich wie Folter anfühlte.

„Sag sie", flüsterte er gegen meine Lippen. Das Herz pochte in meiner Brust; mein Atem stockte. Meinte er es ernst? Er wäre nicht so grausam, es anzubieten, nur um es mir zu verweigern. Ich zögerte.

Seine Zunge streifte meine Lippen, als er seine befeuchtete. „Nur zu."

Bevor er seine Meinung ändern konnte, sagte ich die Worte schnell und entzog ihm die Magie. Sie strömte in mich hinein wie warme Schokolade und füllte den Teil von mir, der sich ständig leer anfühlte. Als der Hunger gestillt war, trat ich vorsichtig zurück und war mir vollkommen bewusst, dass er mir die Magie nehmen konnte. Ich zog mich Schritt für Schritt zurück, bis mein Rücken gegen die Wand stieß, die der Tür am nächsten war.

„Ich habe schon gesagt, dass es auch Konsequenzen für mich hat, nur nicht den Tod."

Als ich die Finger gegen meine Lippen drückte, konnte ich immer noch das Prickeln seiner Lippen auf meinen spüren.

„Warum?", fragte ich.

Er zuckte mit den Schultern und ging an seinen Lieblingsplatz zurück. Als er mir den Rücken zuwandte, wurde mir klar, dass er nicht die Absicht hatte, seine Magie zurückzunehmen. Zumindest nicht in diesem Moment.

„Du scheinst es zu brauchen. Es ist nur für heute. Ich
werde morgen ungefähr um diese Zeit zu dir kommen, um
meine Magie zurückzubekommen."

Obwohl er es nicht aussprach, konnte ich die stillschwei-
gende Bitte hören, ihn nicht zu enttäuschen, indem ich
versuchte, sie zu behalten.

„Okay", krächzte ich. „Morgen."

12

Meine flauschigen, pelzigen Pfoten tapsten leise über den Boden in mein Schlafzimmer, um einen Blick auf das zu werfen, was ich getan hatte. Ich war eine aschgraue Maine-Coon-Katze, definitiv nicht der Löwe, der ich sein wollte. Das war mir trotz der Änderungen, die ich am Transformationszauber vorgenommen hatte, nicht gelungen. Das einzige andere Mal, als ich meine Gestalt gewandelt hatte, hatte ich nicht einmal einen Zauber benutzt. Ich habe versucht zu wynden, doch stattdessen war ich eine Katze geworden. Ich dachte mir, ein absichtlicher Wandelzauber würde es mir ermöglichen, mich in jedes beliebige Tier zu verwandeln. Ich hatte mich geirrt. Ich war eine Katze. Nur eine große Katze. Keine Großkatze.

Drei Stunden mit Mephistos Magie, und ich hatte erwartet, mehr tun zu können, denn seine Magie war stark. Wenn ich mir Magie von jemandem auslieh, wurde das, was sie beherrschten, auf für mich leicht. Simeon sagte, dass Mephisto starke Verteidigungsmagie habe und wynden könne. Vielleicht würde ich mich in einen Löwen verwandeln, wenn ich zu wynden versuchte.

Ich flüsterte den Zauber und kehrte in meine Menschengestalt zurück. Mein Haar war zerzaust, mein Gesicht war gerötet, und Schweiß glitzerte auf meiner Haut. Was hatte ich erwartet? Ich hatte mich dreimal in eine Katze verwandelt. Jetzt wusste ich, dass ich mich gut in eine Katze verwanden konnte. Drei verschiedene Versuche und das Einzige, was ich geschafft hatte, war, mich in drei verschiedene Katzenrassen zu verwandeln. Vielleicht würde sich das irgendwann als nützlich erweisen.

Als ich geduscht hatte und mich anzog, wusste ich, warum Cory immer vor mir fertig war. Wenn man Zugang zu Magie hatte, konnte man mit einer Handbewegung die Kleider aus der Schublade oder dem Schrank tanzen lassen und ordentlich auf dem Bett auslegen, bereit zum Anziehen. Meine Kleider vollführten eine choreografierte Darbietung, als sie durch die Luft schwebten. Mühelos ließ ich mein Handtuch durch den Raum fliegen und im Wäschekorb verschwinden. Würde sowas mit unbegrenztem Zugang zu Magie alltäglich werden?

Wieder in meinem Wohnzimmer vibrierte Mephistos starke Magie in mir, als ich die auf dem Sofa ausgebreiteten Zauberbücher überflog. Die Zaubersprüche darin sprachen mich nicht so sehr an wie der Versuch zu wynden. Ich entschied mich zu einem letzten Versuch, stützte mich auf die Magie und konzentrierte mich. Ich streckte die Hand vor mir aus, schauderte und beobachtete, wie sie über eine Minute lang durchscheinend und dann wieder solide wurde. Beim dritten Versuch verkrampfte sich mein Magen vor Schmerz.

Ich schob die Bücher beiseite und ließ mich auf das Sofa fallen. Cory konnte ich nicht als Lehrer benutzen, weil er nicht in der Lage war zu wynden. Ich überlegte, die zickige Lexi anzurufen, die geschafft hatte, es zu tun *und* jemanden mitzubringen. Ich sah auf die Uhr und entschied mich dagegen. Da war noch etwas anderes, das ich tun wollte.

Das Gebäude war dunkel, und das einsame Licht, das die ramponierte Metalltür erhellte, war die einzige Lichtquelle in der dunklen Gasse. Die wenigen Fenster, die auf die Gasse blickten, hatten elektrische Sichtschutzverglasung. Ein Knopfdruck, und man konnte nicht mehr durch sie hindurchsehen. Heute Nacht waren sie alle undurchsichtig. Tagsüber sah es aus wie ein verlassenes Lagerhaus. Gegen zehn, waren die Dinge, die versteckt werden mussten, da.

An der Tür konnte ich mir den Windstoß aus Energie und Magie vorstellen, der mich treffen würde, sobald sie geöffnet wurde. Ich klopfte ein einziges Mal an. Alles andere würde ignoriert werden.

„Erin?", sagte der große Vampir. Er lächelte. Seine Zähne waren rötlich verfärbt. Die meisten Vampire waren attraktiv oder zumindest durchschnittlich, aber charismatisch genug, um jemanden davon zu überzeugen, ihr Abendessen zu werden. Sie lernten, die unheilschwangere Aura, die sie umgab, zu unterdrücken. Sie lockten einen in ihre Falle, indem sie vorgaben, harmlos zu sein. Dieser Vampir konnte oder wollte das nicht, was bedeutete, dass er seine Mahlzeiten von Leuten bekam, die die Gefahr liebten. Grups, Menschen, die von übernatürlichen Wesen mit schlechtem Benehmen angezogen werden. Trotz seiner finsteren, dunklen und bedrohlichen Miene war sein Aussehen alles andere als das. Blasse Haut, kinnlanges, platinblondes Haar.

Er lehnte sich an den Türrahmen und warf mir einen langen, fragenden Blick zu. „Es ist lange her." Er sah über die Schulter auf die Uhr. „Fast hättest du es nicht geschafft." Er streckte mir seine Hand entgegen. „Zwei."

„Kane, es sind jetzt zweihundert Dollar?", keuchte ich, froh, dass ich aufgehört hatte, hierherzukommen, um meine Dosis zu bekommen. Magic Fighting war wie UFC, aber mit Magie.

Das ließ es exklusiver klingen, als es war. Es war magischer Straßenkampf. Die STF-Medienkampagnen stellten magische Wesen als Leute dar, die ihre Magie sparsam und nur bei Bedarf einsetzten. Das meiste davon traf zu. Doch es gab übernatürliche Wesen, die ihre Magie liebten, sie bis an ihre Grenzen ausreizen und in ihren rohen, ungezügelten Tiefen schwelgen wollten. Damit kämpfen, mit minimalen Regeln oder Einschränkungen. Das war der richtige Ort dafür.

„Ich bin nicht hier, um zuzusehen", informierte ich ihn.

Er zog die Augenbrauen hoch und lächelte, um seine Reißzähne freizulegen. „Willst du zuerst? Wo hast du geparkt?" Er kannte mich; ich war nur einmal da gewesen, um mit Corys Magie zu kämpfen. Cory gab meinen Bedürfnissen selten so nach, doch er hatte gespürt, dass etwas in mir rausgelassen werden musste. Dass ich Magie nicht für einen Zauber oder für einen Auftrag verwenden wollte. Ich wollte rücksichtslos sein und meine Fähigkeiten an die Grenzen bringen.

Um nichts zu verraten, nickte ich.

„Willkommen zurück im Dome", sagte Kane, trat zur Seite und ließ mich ein. Nichts hatte sich geändert. Er machte definitiv einen Gewinn, weil er sich nicht die geringste Mühe gab, es hübsch aussehen zu lassen. Es war eine große, offene Fläche. Die Wände waren dunkelviolett gestrichen, mit Abweichungen in der Farbe an den Stellen, wo nachgebessert worden war, und er hatte sich nicht die Mühe gemacht, die Farbe der Nachbesserung anzupassen. Die unverkleidete Decke verstärkte die industrielle Atmosphäre. Es gab keine Bänke oder bequeme Sitzgelegenheiten, nur Stühle – Klappstühle. Er hatte nicht einmal Geld für gepolsterte Klappstühle ausgegeben.

Der Kampf- oder „Präsentationsbereich", wie Kane ihn gerne nannte, war nicht besser. Es gab kein Achteck oder Zäune, um die Zuschauer vor Verletzungen zu schützen, weshalb die meisten Leute standen. Es gab nicht einmal gepolsterte Böden, um Stürze abzufedern.

Ich vermutete, dass das den Reiz des Ortes ausmachte; es war einfach gefährlich. Magie und Adrenalin lagen in der Luft. Die Leute kamen nicht wegen des mageren Geldpreises her, sondern um mit anderen zu sparren. Des Rausches wegen und um andere mit ihrem Können und ihrer Kraft zu dominieren.

Ich warf einen schnellen Blick auf das Publikum und sah, dass etwa dreißig Leute zur Show gekommen waren.

Das Handy in der Hand verzog Kane den Mund, als er es ansah. „Du kämpfst mit einer Hexe, Wendy, aber sie nennt sich Maestro."

Ich verdrehte die Augen und sagte: „Lass mich raten, Maestro of Magic."

Mit einem amüsierten Funkeln in den Augen nickte Kane. „Niemand will mit ihr kämpfen. Sie hätte heute zusehen müssen, aber da du hier bist … Bist du einverstanden damit?"

Hatte ich eine Wahl? Wenn ich in letzter Minute aufkreuzte, konnte ich von Glück sagen, dass er mich teilnehmen ließ.

„Ja, bin ich."

„Gut. Die meisten Leute halten es nicht länger als ein paar Minuten mit ihr durch. Du wirst ganz schnell raus sein."

„Danke für dein Vertrauen."

Er grinste und fletschte seine fleckigen Reißzähne in meine Richtung. „Ich habe nicht gesagt, dass du der Verlierer sein wirst, ich habe nur gesagt, dass du in kürzester Zeit fertig sein wirst." Der Blick, den er mir zuwarf, war fast charmant, bevor er ihn wie ein widerspenstiges Feuer löschte. „Aber wenn deine Leistung vom letzten Mal ein Hinweis ist …" Den Rest überließ er meiner Fantasie.

Er legte ein rotes Band um mein Handgelenk, das man in die Mitte des Raums werfen konnte, wenn man in einer

Position war, in der man aufgeben wollte. Die magischen Kämpfe waren nicht gewalttätig – nun, zumindest sollten sie das nicht sein. Doch wenn es um magische Duelle geht, bei denen ein Magieanwender versucht, einen anderen zu überwältigen, erfordert die Situation oft ein gewisses Maß an Gewalt.

Kane legte mir beruhigend eine Hand auf den Arm, als er die Mitte des Raums betrat, um uns anzukündigen. Ich erhielt lauwarmen Applaus – er war obligatorisch, damit mein Antritt nicht mit unangenehmer Stille quittiert wurde. Als er Wendy ankündigte, versetzte das die Menge in Aufruhr. Die Rauchwolke, die sie verhüllte, verschwand. Einige Schritte von mir entfernt stand eine Frau in einer blauen Hose und einem schwarzen Zauberumhang. Ich reckte den Hals, um Kane anzusehen. Ich wusste, dass mein Gesicht genau verriet, was ich dachte.

Im Ernst?

Sein Grinsen und seine hochgezogene Augenbraue schienen mich dazu zu ermahnen, ein Buch nicht nach seinem Einband zu beurteilen.

Aber ich konnte nicht anders. Ich war absolut dafür, den Freak raushängen zu lassen. Und nur zu, gern so, dass die Nachbarn es sehen konnten. Aber es musste eine Grenze geben. Und diese Grenze war eine Frau in den Dreißigern, die einen Zauberumhang trug. Wie sollte ich sie damit ernst nehmen?

Als ich mich der Mitte des Raumes näherte, weiteten sich meine Augen. Gute Götter, sie hatte einen Zauberstab. Hexen brauchten keinen Zauberstab. Niemand brauchte einen Zauberstab. Wie war sie die Gegnerin, die die Leute fürchteten? Ich ignorierte die schwarze, runde Brille. Tat die zotteligen langen dunklen Haare mit einem Schulterzucken ab. Aber der Zauberstab, den sie übertrieben schwenkte, machte einfach alles an ihr lächerlich.

Sie gehörte nicht in den Dome. Das war nicht Fight Club-

Material. Die Zauberin mit dem Umhang und dem hochmütigen Grinsen, das ein gewisses Maß an Anbetung verlangte, gehörte auf die Bühne, wo sie vor Kindern auftreten sollte. Meine Gedanken wanderten schnell zu Claire, die nicht so aussah, als gehörte sie in die Nähe einer Regierungsbehörde, doch da war sie, eine der besten Agenten, die sie hatten.

Wendys Selbstvertrauen ließ mich aufrechter stehen und eine Verteidigungshaltung einnehmen.

Die Dome-Kämpfe hatten keine Formvorschriften, und es gab nur minimale Regeln. Kane griff ein, wenn die Situation außer Kontrolle geriet.

„Präsentiert!" war der einzige Indikator dafür, dass wir kämpfen würden. Der Funke, der aus dem Zauberstab kam, war nicht beeindruckend, nur eine dünne Linie. Ich erwartete einen kleinen Schlag, aber stattdessen fuhr er durch meinen Körper, und ich krümmte mich vor Schmerzen. Sie zog eine Augenbraue hoch, ihre Art, mir zu sagen, dass ich sie nicht unterschätzen sollte. Und ich tat es nicht.

Ich revanchierte mich mit einer Welle. Es war nichts Harmloses an dem bunten Summen, das ich in ihre Richtung stieß. Es schlug gegen die Schutzmauer, die sie errichtet hatte. Die nächste Magiewelle, die ich schickte, zerschmetterte das Feld. Mit weit aufgerissenen Augen betrachtete sie die Überreste, Sedimente, die um sie herum in der Luft schwebten.

Ein anerkennender Ausdruck huschte über ihr Gesicht. „Beeindruckend. Niemand durchbricht meine Mauern."

„Danke." Ich wusste, dass ihr Kompliment ein Vorbote dafür war, dass sie mir genau zeigen würde, wie beeindruckend *sie* war.

Eine Bewegung ihres Zauberstabs ließ Funken zu meinen Füßen knistern. Einer versengte mein Hosenbein. Konzentriert darauf, ihn zu löschen, blickte ich gerade rechtzeitig auf, um eine weitere Explosion von ihrem Zauberstab zu sehen, größer als die vorherige. Sie ließ mich zurücktanzen, während sie eine Salve nach der anderen abfeuerte, und mich in die Defensive trieb. Eine schlug in meine Brust und presste die Luft aus mir.

Das hätte entmutigend sein sollen. Ich bekam einen magischen Arschtritt. Aber ich fühlte mich erfrischt. Ich erwiderte das Feuer mit meiner Magie. Mit einer Bewegung ihres Zauberstabs fror sie die Magiespule mitten in der Luft ein. Abgelenkt von ihrem eigenen Talent und ihrer Cleverness verfehlte sie der Schlag, den ich ihr ins Bein schickte, um sie krachend zu Boden fallen zu lassen. Ihr Zauberstab kullerte aus ihrer Hand, und sie verfing sich in ihrem albernen Umhang.

Sie rollte auf ihren Zauberstab zu, doch ich schleuderte ihn mit einer Handbewegung ans andere Ende des Raums. Mit Wut in ihren Augen stand sie auf. Aus weit gespreizten Händen traf mich die Magie hart, schleuderte mich mehrere Meter zurück und zu Boden.

Ihr Umhang, den ich für so lächerlich gehalten hatte, glitt von ihrem Körper und wurde zu einem schwarzen Vorhang. Sie versperrte mir die Sicht, schlang sich um mich und wickelte mich ein. Mein Bemühen, mich zu befreien, sorgte für die Ablenkung, die sie brauchte, um ihren Zauberstab zu holen, den sie in der Hand hatte, als sich der Umhang, der den Eindruck vermittelte, als wäre sie empfindungsfähig, entwirrte und mich herumwirbelte. Desorientiert errichtete ich einen Schutzwall, während ich mich um Orientierung bemühte.

Die Welt hörte auf, sich zu drehen, und sie hob dramatisch ihre Arme. Der Umhang tanzte in choreografierten Bewegungen durch die Luft, um wieder über sie zu gleiten. Er war eine Erweiterung von ihr, die ihr gehorchte. Wie stark war sie, ihn so akribisch zu kontrollieren, während sie abgelenkt war, indem sie nach ihrem Zauberstab suchte?

Ein arrogantes, zynisches Lächeln umspielte ihre Lippen. Ich sah Kane an und erwartete, dass er sie disqualifizieren würde. Geräte von außen durften nicht verwendet werden. Magische Zutaten waren erlaubt und Kleidung. Nicht viele Leute konnten ein Hemd oder eine Hose so benutzen, wie sie es mit ihrem Umhang getan hatte.

Kane sagte nichts. Obwohl ich dachte, dass sie so lächerlich aussah, sah ich die Zuschauer an, um festzustellen, dass ihre Umhangshow das Publikum begeisterte. Er würde sie allein deswegen nicht disqualifizieren, weil es ihm mehr Geld einbrachte. Die Leute würden wiederkommen, um Wendy, den magischen Maestro, und ihren dummen ballett-tanzenden Umhang zu sehen.

„Netter Trick", sagte ich.

„Kein Trick, eine Fertigkeit, Herzchen."

Ugh, jetzt benutzt sie auch noch einen falschen englischen Akzent?

Ich konzentrierte mich auf das rote Leuchten an der Spitze des Zauberstabs, der in meine Richtung gerichtet war. Sie wedelte ihn durch die Luft, und ich zuckte angesichts des brennenden Schmerzes in meinem Arm zusammen. Ein weiterer Hieb, und mein anderer Arm wurde der gleichen Behandlung unterzogen. Ich riskierte es nicht, meine pochenden Arme anzusehen. Stattdessen öffnete ich meine Hände, konzentrierte mich, holte langsam und kontrolliert Luft und setzte dieselbe Konzentration ein, die nötig war, um mich in eine Katze zu verwandeln. Ich hatte schon früher Feuer geübt, als ich die Magie eines Elementarmagiers gehabt hatte. Mit seiner Magie war es leichter. Ein Funke versengte den Saum ihres Umhangs. Es war wie meine elektrischen Pellets: Eine dringend benötigte Ablenkung. Als sie versuchte, ihn zu löschen, schleuderte ich in schneller Folge magisches Feuer auf sie, das sie zu Boden und auf ihren Umhang krachen ließ, wo sie die Flammen mit der Hand ausklopfte.

Dunkelheit legte sich auf ihr Gesicht, Wut loderte in ihren Augen, und ihre Lippen bewegten sich schnell, als sie sich mir langsam näherte. Meine Lippen wurden zu einer schmalen Linie zusammengepresst, unfähig, irgendwelche Zauber auszuführen, und meine Arme wurden an meine Seiten gefesselt. Ihr erster Stoß drängte mich an die Wand. Ich versuchte, dagegen anzukämpfen. Mit getrübtem Verstand dachte ich, dass sie einen Ablenkungszauber machte. Ich suchte nach einem Zauber, um mich zu befreien, einem schwächeren, der wenig geistige Kapazität erforderte. Alles war im Nebel. Sie ließ mich nur ein wenig los und drückte mich dann noch fester gegen die Wand. Sie kam näher, bis sie direkt vor mir stand.

Ihr Gesicht entspannte sich. Es sah nicht so aus, als besäße sie das Maß an Magie, um mehrere Zauber gleichzeitig auszuführen. Ihre Finger strichen über das rote Armband, die nonverbale Frage, ob ich aufgeben wollte.

„Blinzle zweimal, um aufzugeben", sagte sie mit lauterer Stimme, um sicherzustellen, dass Kane sie hören würde. Er war ein Vampir; sie hätte es flüstern können, und er hätte es gehört. Stolz hielt mich lange davon ab, es zu tun. Mehrere Minuten vergingen, während ich erfolglos versuchte, mich durch den Nebel zu winden. Als ich blinzelte, entfernte sie das Band von meinem Arm und warf es in die Mitte des Raumes, dann entließ sie mich. Applaus und Gejohle der Menge quittierten es. Sie würde für den Sieg belohnt und, so begeistert, wie das Publikum war, würde sie wahrscheinlich einen Bonus bekommen, weil sie der Publikumsliebling war.

Die Niederlage hinterließ einen unangenehmen Geschmack in meinem Mund, obwohl ich nichts hatte, worüber ich mich schlecht fühlen musste. Ich hatte mich gegen eine Person behauptet, die permanent Zugang zu Magie hatte. Sie *sollte* geschickter im Umgang damit sein als ich.

Ich konzentrierte mich auf das rote Band am Boden und ließ es in einem gleichmäßigen Takt vor mir tanzen. Weggeworfenes Papier schloss sich der Bewegung an. Nur für einen so kurzen Zeitraum Zugang zu Magie zu haben, machte es schwierig, Zeit verstreichen zu lassen, ohne sie für etwas so Albernes wie das hier zu verwenden.

Jeden Moment, in dem ich sie nutzen konnte, wollte ich mehr tun. Üben, einen Zauber ausführen, damit kämpfen. Obwohl ich von früheren Aktivitäten erschöpft war, konnte ich mich nicht davon abhalten, weiter mit meiner geliehenen Magie zu spielen. Ich nutzte sie, wann immer ich Zugriff darauf hatte. Wie könnte ich das nicht tun?

Mit vor Erschöpfung hängenden Schultern ging ich langsam zu meinem Auto. Schließlich beendete ich die Darbietung der tanzenden Objekte um mich herum. Ich wurde von mehr als nur Müdigkeit niedergedrückt; es war das Wissen, dass ich für eine ganze Weile keine eigene Magie haben würde. Jeden Moment davon zu genießen, war nicht genug. Ich wollte sie behalten, und als ich es zu meinem Auto geschafft hatte, hatte ich mir mehrere Szenarien ausgedacht, wie ich das erreichen könnte, eines davon, die Stadt einfach zu verlassen. Es war eine extreme und unvernünftige Idee, die ich schnell verwarf, als ich Corys Auto vor meinem geparkt sah.

„Warum bist du hier?"

„Ich könnte dir dieselbe Frage stellen", antwortete er und musterte mich. Mit einer zarten Berührung strich er mir das schweißnasse Haar aus der Stirn. Dann nahm er meine Hand in seine und begutachtete meine jetzt zitternden Arme. Nachdenklich analysierte er meinen Zustand. Seine Hände waren kühl an meiner warmen Haut.

„Woher wusstest du, dass ich hier bin?"

„Ich wusste es nicht, Madison schon." Sein nachdenklicher Blick blieb. „Sie hat von einer seltsamen Quelle erfahren, dass du hier bist."

„River."

Er nickte. „Wir sollten wirklich gehen. Er ist überzeugt, dass er bei einem weiteren *Vorfall* als Erster am „Tatort" sein wird." Technisch gesehen war The Dome nicht illegal. Es waren nur Leute, die zusammenkamen, um ihre magischen Fähigkeiten zu demonstrieren, doch von Natur aus passierten Dinge.

Während ich die leere Straße hinaufblickte und erwartete, Rivers Auto zu sehen, konnte ich Corys Augen auf mir spüren. „Wie viele Fluchtszenarien hast du dir ausgedacht, um seine Magie zu behalten?"

Ich fragte nicht, woher er das wusste. Natürlich wusste er, dass ich sie mir von Mephisto ausgeliehen hatte.

„Etwa vier, jede lächerlicher als die vorherige."

Er zwang sich zu einem Lachen, rau und freudlos. Er wog mich mit zusammengekniffenen Augen ab und fragte: „Ich dachte, ihr zwei hättet eine Abmachung bezüglich des magischen Austauschs. Was hat sich geändert?"

„Nichts", antwortete ich schnell. „Es ist nur ein Darlehen." So, wie er mich ansah, wusste ich, dass er mir meine Antwort nicht abnahm und sicher war, dass mehr dahintersteckte. Ich schätzte ihn dafür, dass er nicht drängte.

„Also, mit wem hast du dich duelliert?"

Ich rollte mit den Augen. „Dem Maestro of Magic. Eine zauberumhangtragende magische Gelehrte."

„Ah, Wendy." Er grinste, schaffte es aber, seine Meinung über sie für sich zu behalten. Das schelmische Funkeln in seinen Augen und die fest zusammengepressten Lippen überzeugten mich jedoch, dass sie nicht nett war.

Cory brachte mich zu meinem Auto und als ich drinsaß, beugte er sich vor. „Ich habe mich heute mit Harrison getroffen", gestand er. Jetzt wusste ich, warum er mich in der Mephisto-Frage nicht gedrängt hatte.

„Warum triffst du dich mit jemandem, der aus deinem Zirkel geworfen wurde, weil er dunkle Magie praktiziert hat?"

„Weil er der Einzige ist, den ich kenne, der sich mit Dämonen auseinandersetzen würde. Wir müssen Ian aufhalten, und das geht am besten, indem wir seine magische Immunität aufheben. Ich dachte, er könnte helfen."

„Durch die Beschwörung eines Dämons!", keuchte ich und bereute es sofort. Bei all den Dingen, die ich in meiner Vergangenheit getan hatte, hatte ich kein Recht, ihn zu schelten.

„Entspann dich, ich wollte nicht, dass er Dämonen beschwört. Ich wollte nur bestätigt wissen, was du über die Aufhebung von Ians Immunität gesagt hast. Du hast recht, nur der Dämon, der den Zauber gewirkt hat, kann ihn rückgängig machen." Er fuhr sich mit den Händen durchs Haar und atmete frustriert aus. „Ich habe keine Ahnung, was ich sonst tun soll."

Ich auch nicht. „Wir werden schon was finden." Jedes Mal, wenn ich es sagte, klang ich zuversichtlicher, als ich mich fühlte.

„Ich denke, wir sollten gehen", schlug Cory vor, als er ein Auto die Straße hinunterfahren sah. „Aber flieh nicht mit Mephistos Magie aus der Stadt", neckte er, während er zurücktrat.

„Das stand auf meiner Liste der lächerlichen Dinge, die ich ausprobieren sollte."

13

Mephistos Mitternachtsaugen waren kaum wahrnehmbar, als sie mich ansahen, während ich schließlich die Tür öffnete. Hatte ich gedacht, er würde sein magisches Darlehen vergessen und einfach weggehen?

„Ich weiß nicht, ob ich dir damit einen Gefallen getan habe", gab er zu, während sein Blick über mich wanderte. Als ich nach Hause zurückgekehrt war, hatte ich einige weitere Zauber ausgeführt und ein paar Versuche zu wynden gestartet, und ich war mir ziemlich sicher, dass ich so erschöpft aussah, wie ich mich fühlte.

„Ich auch nicht", sagte ich und kaute auf meiner Lippe herum. Ich hatte Angst, dass ich bluten würde, wenn ich noch fester zubiss.

„Nur noch ein paar Tage. Du kannst daran arbeiten, deine Büchse zu finden. Ich weiß, du willst sie, und es ist so wichtig für dich, sie zu finden. Das kann sich nicht geändert haben. Nicht in so kurzer Zeit." Alles stürzte in einer langen Reihe von Worten heraus, während ich mich quälte, einen vertretbaren Grund zu finden, seine Magie zu behalten.

„Wie ich schon sagte, gibt es immer einen Preis für das

Ausleihen meiner Magie. Ohne meine ganze Kraft kann ich nicht nach der Büchse suchen."

Er trat näher, und ich bewegte mich parallel zu ihm zurück.

Er seufzte. „Du bist nicht wie die anderen *Raven Cursed*, und du weißt, warum – weil du nicht wie sie bist. Sie haben eine Lust, die nicht ignoriert werden kann, aber mit Disziplin lässt sie sich kontrollieren. Du hast ein Bedürfnis, das befriedigt werden muss, weil deine Magie auf andere Art und Weise eingeschränkt ist. Das musst du wissen, Erin."

„Das weiß ich nicht!", blaffte ich, mir vollkommen bewusst, in welche Richtung er mit diesem Gespräch ging. Ich klammerte mich so verzweifelt an die Tatsache, dass ich nur eine schreckliche Todesmagierin war, die Schlimmste der Schlimmsten, weshalb mir die Kontrolle fehlte. Meine Eltern waren meine Eltern, und ich war nicht mit Malific verwandt, schon gar nicht ihre Tochter. All das Leugnen der Welt konnte mich nicht dazu bringen, den Raben zu vergessen, der auf meinem Arm aufgetaucht war. Das musste einen Sinn ergeben. Und vielleicht hatte jemand meine Magie eingeschränkt, in der Hoffnung, dass ich nicht wie Malific werden würde.

Ich schlug mir die Hände vors Gesicht und nahm mir einen Moment Zeit. Wieder einmal konfrontiert mit der Schaffung einer weiteren Grenzperiode in meinem Leben. Vor und nachdem ich bestätigt hatte, dass ich Malifics Tochter war.

Mephistos Hände waren sanft, als sie sich um meine Handgelenke legten und sie von meinem Gesicht wegzogen. Seine Augen folgten meinen, als ich versuchte, der Aufrichtigkeit in ihnen auszuweichen.

„Sprich mit deinen Eltern", drängte er.

Als wäre das eine implizierte Möglichkeit, seine Magie zu behalten, nickte ich und wich zurück.

Okay, ich rede mit meinen Eltern. Tschüssi!

Mein Zurückweichen brachte ihn zum Lachen, als er meinen Arm festhielt und mich zu sich zog. „Erin", sagte er in eindringlichem Ton.

Ich beugte mich vor und drückte meine Lippen auf seine, meine Zunge strich träge über seine, was seinen Atem schwerer machte. Meine Finger zeichneten die Kanten seines Kiefers nach, strichen seinen Hals hinab, wo bald mein Mund folgte. Ich grub meine Hand in sein Haar und drückte zärtliche Küsse auf seinen Hals. Die Wärme unserer Anziehung hüllte uns ein, und sein Verlangen nach mir war sehr offensichtlich. Ich drückte meinen Körper noch fester an ihn.

„Gib mir Zeit, mit meinen Eltern zu reden", flüsterte ich ihm ins Ohr. Meine Zunge entspannte sich, um sein Ohrläppchen zu streicheln. „Und du gehst und kommst später zurück, um deine Magie zurückzuholen. Okay?"

Er hob mich hoch, und ich schlang meine Beine um seine Taille. Er drehte sich um und bewegte sich in Richtung Wand, bis er mich fest dagegen drückte. Mit vor Lust schweren Augenlidern betrachtete er mich einen Moment lang, dann beugte er sich vor und küsste mich, seine Zunge erkundete meine, bevor er mit sanften Küssen die Kanten meines Kiefers nachzeichnete. Er knabberte und neckte die zarte Haut an meinem Hals. Ein leises Keuchen entfleuchte mir, als ich ihn fester hielt und meine Nägel in seinen Rücken grub.

„Du kleine Verführerin. Wenn du nur wüsstest, wie gerne ich darauf hereinfallen würde."

Dann waren seine Lippen auf meinen und entzogen mir seine Magie. Er ließ meine Beine los und ließ sie zu Boden sinken, bevor er mir einen tadelnden Blick zuwarf.

Dann strich er seine Kleidung glatt und fuhr mit seinem Daumen über meine Lippen.

Er wich zur Tür zurück und behielt mich im Auge. „Erin Katherine Jensen, du bist eine ziemliche Verführerin, und ich lasse mich so leicht verführen, wenn es um dich geht."

Nicht genug, weil er weg und ich seiner Magie beraubt worden war.

———

Ich ignorierte den gespielt-verärgerten Blick meiner Mutter, als sie mir die Tür öffnete, weil ich geklingelt hatte, anstatt meinen Schlüssel zu benutzen. Ein einziges Mal meine Eltern dabei erwischt zu haben, wie sie ihre Zuneigung zueinander auf der Kücheninsel ausdrückten, reichte, um mich für alle Ewigkeit davon abzuhalten, jemals wieder den Schlüssel zu benutzen. Der Schlüssel war nur für Notfälle.

„Benutz' deinen Schlüssel", schalt meine Mutter, bevor sie mir einen Kuss auf die Stirn drückte.

Sieh du dir den Allerwertesten deines Vaters und die Brüste deiner Mutter nackt an, dann reden wir darüber, wie bereit du wärst, deinen Schlüssel zu benutzen.

„Es ist unhöflich. Ich wohne nicht mehr hier. Ich muss euch das Recht zugestehen zu entscheiden, ob ihr Gesellschaft wollt oder nicht." *Und Zeit, euch anzuziehen.*

Sobald ich das Haus betrat, zog sie mich in eine Umarmung. Ich hielt sie fest und inhalierte den Duft ihres Parfums. Kein magischer Impuls von ihr; zuvor hatte ich gedacht, ich könnte ihn nicht wahrnehmen, weil er zu schwach war, doch mit meinem neuen Wissen ergab es einen Sinn. Als sie sich von mir löste und mich ansah, waren da neue Fältchen um ihren Mund, und die Falte zwischen ihren Augenbrauen war auch deutlicher zu erkennen. Sie durch ungefilterte Augen zu sehen, ließ mich mich fragen, warum ich das vorher nicht bemerkt hatte. Rundes Gesicht, große Augen und blasser Teint, den keine Sonne bräunen könnte, standen im deutlichen Kontrast zu meiner bräunlichen Haut. Rotblondes Haar mit einem Hauch von Grau und natürlichen Wellen konnte meine braunen Haare nicht erklären, selbst wenn man das tiefkaramellbraune Haar meines Vaters berücksichtigte.

Im Wohnzimmer starrte ich beide an, als würde ich sie zum ersten Mal sehen, analysierte unsere Unterschiede, suchte nach Ähnlichkeiten.

Der scharfe Blick meines Vaters blieb auf mir. „Erin, schön dich zu sehen. Bleibst du zum Abendessen?" Er zog mich in seine typische schnelle, lockere Umarmung. Er war nicht so liebevoll wie meine Mutter, deren Umarmungen so fest waren, dass sie einem den Atem raubten.

Ich zwang die Anspannung aus mir heraus. Also verdammt, was, wenn sie nicht meine richtigen Eltern waren? Das war nicht das, was mich belastete; es war nicht das Blut, das sie zu meinen Eltern gemacht hatte, sondern ihre Liebe und Fürsorge. Leute, die sich mein ganzes Leben lang um mich gekümmert hatten, besorgt wegen meiner Unfähigkeit, meine Magie zu kontrollieren, hatten alles in ihrer Macht Stehende getan, um mich zu beschützen. Mein Mund war so trocken, dass ich kaum sprechen konnte.

„Wasser", krächzte ich und ging in die Küche, um mir welches zu holen. Ich war gerade bei meinem zweiten Glas, als sich meine Eltern auf den Barhockern an der Insel niederließen und mir den gleichen konzentrierten Blick zuwarfen, den ich ihnen zugeworfen hatte.

„Wisst ihr, wer meine richtigen Eltern sind?"

Großartig, Erin. Richtig toll gemacht. Überhaupt nicht wie aus einem schlechten Film. Ich fühlte mich noch schlechter, als die Augen meiner Mutter von unvergossenen Tränen glasig wurden. Ich musste ihnen eins zugestehen: Keiner von beiden sah geschockt aus. Mein Vater schien erleichtert, meine Mutter traurig. Eine Weile sagte niemand etwas.

„Nein. Sophie weiß es auch nicht."

Sophie? Warum sollte Madisons Mutter etwas davon wissen?

„Was hat sie damit zu tun?"

„Sie hat dich gefunden … oder besser gesagt, du hast sie gefunden." Die Stimme meiner Mutter war angespannt, und sie verlor den Kampf gegen die Tränen, die sie bisher zurückgehalten hatte.

Mein Vater drückte ihr einen Kuss auf die Schläfe. „Vera, es ist okay." Dann richtete er seine Aufmerksamkeit auf mich. „Du wurdest vor ihrer Tür zurückgelassen, und sie hatten Maddie …" Er hielt inne, kaute auf den Worten herum. „Und wir haben es versucht, und es ist uns nicht gelungen. Sie hat dich uns gegeben. Ihr Geschenk an uns." Jetzt fiel es ihm schwer zu sprechen. Seine Stimme war heiser und leise.

Es erklärte, warum er die seltsame Beziehung zwischen meiner Mutter und Sophie so akzeptierte – und niemand, der sie von außen betrachtete, würde sie für etwas anderes als verrückt halten. Sie hatten Madison und mich als Schwestern großgezogen, weil wir es sein sollten.

Wir waren zweimal umgezogen und jedes Mal waren wir in der Nähe von Madisons Familie geblieben. Entweder in derselben Straße oder einen Block von ihrem Zuhause entfernt. Jetzt war das Haus meiner Eltern drei Häuser von ihrem entfernt. Madison und ich zogen sie oft damit auf, dass wir wie in einer Kommune lebten. Mindestens dreimal pro Woche zusammen Abendessen, und es war nicht unge-wöhnlich, Madison und ihre Eltern beim Frühstück am Tisch zu finden.

„Ihr habt keine Ahnung, wer meine richtigen Eltern sind?"

„Nein", flüsterte meine Mutter. „Als wir gesehen haben, was du mit Magie anstellen kannst, habe ich mich das auch gefragt. Du hättest Sophie fast getötet." Neue Tränen glit-zerten in ihren Augen, und ich erinnerte mich vage, wie sie mir von ihrer Entdeckung erzählt hatten, was ich war. Als ich als Kleinkind auf Sophies Schoß saß, hatte ich die Magie aus ihr gezogen. Sie hatten mich dazu überreden müssen, sie ihr zurückzugeben. Meine Magie war so instinktiv, dass ich damals schon gewusst hatte, was ich tun musste. Zumindest ist das die Version, die sie mir erzählt hatten.

„Woher wusstet ihr, was zu tun ist?"

„Wir wussten es nicht, haben sie nur dort leblos liegen sehen. Wir dachten, sie hätte einen Herzinfarkt, einen Schlaganfall oder eine Ohnmacht oder sowas gehabt. Aber sie hat nicht geatmet, und ihr Gesicht hatte einen seltsam friedlichen Ausdruck. Wir sind in Panik geraten. Haben es mit Herzlungenwiederbelebung versucht. Wir haben getan, was wir konnten, um sie zu retten. Dann bist du einfach zu ihr rübergegangen und … hast angefangen, Dinge im Raum zu bewegen, während du neben ihr am Boden gesessen hast." Meine Mutter schnappte nach Luft, während Tränen über ihr Gesicht liefen. Ich blinzelte meine zurück. Sie schluckte schwer. „Wir konnten dich nicht dazu bringen, aufzuhören. Es war, als hättest du unsere Panik gespürt und von Natur aus gewusst, dass was nicht gestimmt hat. Da hast du ihr gesagt, sie solle aufwachen, und sie ist aufgewacht."

Ich benutzte lateinische Worte der Macht, die als „mein" und „wach auf" übersetzt wurden. Etwas, womit ich in der Zauberschule angefangen hatte. Es waren nur Worte, die die Absicht konzentrierten. Ich konnte jemandem die Magie entziehen, indem ich nur daran dachte, aber so wie es leichter war, die Magie mit körperlichem Kontakt zu nehmen, war es leichter mit Worten der Macht.

„Wir fanden es furchtbar, dich dieses schreckliche Iridium-Armband tragen zu lassen, aber wir hatten keine Wahl, bis du es kontrollieren konntest", erklärte mein Vater und verscheuchte die Erinnerung daran.

Sollte ich mich daran erinnern, dass ich fast die beste Freundin meiner Mutter getötet hätte? Ich konnte mich nicht erinnern, und Sophie hatte mich nie so behandelt, als wäre ich jemand, vor dem man sich fürchten müsste, selbst als sie sah, wie ich als Kind und noch mehr als Teenager damit zu kämpfen hatte, meine Magie zu beherrschen. Das Armband hatte mich davon abgehalten, die Magie anderer zu nehmen; es hatte nicht gegen den Drang geholfen. Nur Magie konnte den stillen.

„Wie hast du es herausgefunden?" Die Frage meiner Mutter war ein angestrengtes Flüstern, das die fast greifbare Stille durchbrach.

Ich konnte ihnen nicht die Wahrheit sagen und sie beunruhigen. Ich klammerte mich immer noch an die Hoffnung, dass Malific nicht meine Mutter war. Und mein Vater? Wer war er? War er ein Mensch?

„Ihr hattet nicht vor, es mir jemals zu sagen?", fragte ich und wich der Frage aus.

„Nein." Die Antwort meiner Mutter war knapp. „Wie hast du das herausgefunden?"

Ich zuckte mit den Schultern. „Ich glaube, ich wusste es schon immer. Doch jetzt habe ich zum ersten Mal meine Augen dafür geöffnet." Das war keine Lüge. Mephisto, der meine Liste der Eigentümlichkeiten durchging, hatte mir die Augen für etwas geöffnet, das ich in gewisser Weise vermutet hatte. „Wenn Grandma *Raven Cursed* ist, hat sie es besser im Griff als ich."

Die Münder meiner beiden Eltern waren zu dünnen Linien zusammengepresst, als würden sie gegen die Worte ankämpfen, die herauszukommen drohten.

Ich warf ihnen ein schiefes Lächeln zu und ersparte ihnen die Mühe. „Grandma ist auch nur ein Mensch, oder?"

Hochrote Wangen gaben mir die Antwort. Die Anspannung in ihren Gesichtern und der Schmerz in ihren Augen waren herzzerreißend. Ich war mir sicher, dass sie mit Wut oder Frustration gerechnet hatten, doch ich spürte weder das eine noch das andere – nur Angst davor, wer meine wahren Eltern waren.

Meine Mutter warf mir einen Blick zu, der Bände sprach. Er sagte: „Wir sprechen darüber, wenn du bereit bist."

Ich antwortete mit einem schwachen Lächeln.

Der Rest des Besuchs war ein Schauspiel, in dem wir alle versuchten, so zu tun, als wäre nicht ein Schleier der Täuschung gelüftet worden und unser Leben hätte sich nicht unwiderruflich verändert.

Ich blieb zum Abendessen. Ich musste. An diesem Tag bei meinen Eltern zu sein, war das, was ich am meisten brauchte.

14

Das französische Landhaus der Royals, der offizielle Wohnsitz des Königs und der Königin, spiegelte ihre moderne Eleganz, Raffinesse und Königswürde in seinen wunderschönen braunen Backsteinen, großen Fenstern und verschnörkelten Balustraden wider. Wenn Ian sie davon überzeugen könnte, abzudanken, würde er diesem Zuhause niemals so gerecht werden, wie Neri und Adalia es taten. Aber wenn es nach Ian ginge, würden sie zurücktreten, und es würde seine Residenz werden.

Wenn ich in der Vergangenheit an den Toren aus kunstvoll geflochtenen eisernen Blumen vorbei auf das Anwesen gefahren war, hatte mich die elegante Schönheit des Hauses beeindruckt. Wälder mit riesigen Bäumen flankierten die Einfahrt. Für die meisten wären die Bäume einfach wegen der Ästhetik da, eine wunderschöne Landschaft, die zu einem atemberaubenden Zuhause passte. Doch dem war nicht so. Die großen Bäume ermöglichten es den Wachen, das Haus und seine Bewohner unauffällig zu beschützen.

Näher am Haus erhaschte ich einen Blick auf die exquisiten Statuen, die den grünen Rasen zierten; ich nahm an, dass Magie im Spiel war, um eine so lebendige Farbe zu bekommen. Die gepflegten Büsche rund um das Haus waren niedergetrampelt worden. Glas und Holzsplitter lagen im Gras verstreut

Ich hielt den Wagen abrupt an, als ein Dingo davor stolperte und zusammenbrach. Ich nahm mein Karambit vom Beifahrersitz, sprang hinaus und näherte mich dem Tier, das mir im Weg lag. Ich hörte eine wahre Kakophonie um mich herum: Pfeile rauschten, Messer und Schwerter zischten und klirrten, Knurren, Brüllen, Winseln und Stöhnen. Ich ignorierte den Lärm und konzentrierte mich auf den Dingo, der auf der Seite lag. Blut sickerte um den Pfeil herum, der aus seiner Flanke ragte, heraus. Er bemühte sich, den Kopf zu heben. Er wimmerte, bevor er wieder zu Boden sank. Er hatte den Wunsch, zu wandeln, war aber nicht in der Lage dazu. Er unternahm mehrere Versuche, sich aufzurappeln, brach aber jedes Mal wieder zusammen.

„Ich muss den Pfeil rausziehen", sagte ich sanft und beruhigend. Der Pfeil musste aus Silber sein. Silberne Kugeln, Pfeile und Messer wirkten allesamt schwächend und verhinderten die Heilung, wenn sie in die Haut eindrangen. Alles andere würde wehtun, sie aber nicht so schwächen.

„Zähl' bis drei, okay?"

Ein weiteres heiseres Wimmern.

Ich zählte laut, dann packte ich den Pfeil und zog ihn heraus. Zu meiner Überraschung stieß er nur einen leisen Schmerzenslaut aus. Anstatt in seine Menschengestalt zurückzukehren, blieb er in Tiergestalt, erschöpft vom Versuch, sich mit Silber im Leib zu heilen.

Als ich aufstand, rappelte auch er sich auf und knurrte mich aggressiv an. Er schnappte nach mir, und ich sprang gerade rechtzeitig zurück, um zu verhindern, dass er mir in den Arm biss.

„Stopp!", knurrte ich und benutzte denselben Befehlston, den ich bei Asher gehört hatte, doch bei mir hatte es nicht dieselbe Wirkung. Er hielt nicht einmal inne. Er stürzte auf mich zu.

Die Klinge meines Karambits drang in die Flanke des Dingos ein. Er heulte vor Schmerz auf, blieb aber auf den Beinen.

Der Dingo griff erneut an und warf mich zu Boden. Ich hämmerte mit meiner freien Hand hart in seine Nase und schlug mit voller Wucht zu, bis er zurückwich. Ich rollte mich in die Hocke, doch das Adrenalin reichte nicht aus, um den Schmerz zu lindern. Und ich hatte Schmerzen. Ich packte mein Karambit fester, wich zurück und wartete darauf, dass er erneut angreifen würde.

Diesmal riss er mich zu Boden und grub seine Zähne in meinen Arm. Schmerz schoss durch mich hindurch. Blut lief meinen Arm hinunter. Tränen ließen meine Sicht verschwimmen. Als der Dingo lockerließ, war es nur, um fester zuzubeißen. Ich bog mich zur Seite, winkelte meinen Körper an, um mein Ziel, seine Achillessehne, besser erreichen zu können, dann schlitzte ich seine linke Flanke auf. Das Bein des Dingos gab nach, und er heulte vor Schmerzen. Ich tat dasselbe auf der rechten Seite und zwang ihn auf seine Hinterbeine. Erst dann ließ er meinen Arm los. Er würde für ein paar Minuten hilflos sein, bis er von selbst heilte.

Ich nutzte diese Zeit, um nach dem Pfeil zu suchen, den ich aus ihm herausgezogen hatte. Mein Herz schmerzte angesichts dessen, was ich tun musste. Auch der Dingo war ein Opfer.

„Es tut mir leid", flüsterte ich und stieß den Pfeil wieder in seinen Leib. Er würde nicht heilen, solange das Silber in seinem Körper war. Meine geflüsterte Entschuldigung würde mich nicht von den Schuldgefühlen befreien, die genauso schmerzten wie mein Arm.

Ich hatte gelernt, dass es besser war, während eines Auftrags nicht auf eine Verletzung zu blicken, weil mit frischem Blut alles viel schlimmer aussah. Ich widerstand dem Drang, einen Blick darauf zu werfen, und verdrängte das Ammenmärchen, dass ein Wandlerbiss einen während des Vollmonds selbst in einen verwandelte. Der Mythos hielt sich hartnäckig, obwohl er widerlegt worden war. Selbst Erklärungen der Wolfs- und Löwenrudel hatten nicht dazu beigetragen, die Befürchtungen unter bestimmten Gruppen von Menschen zu zerstreuen, die entschlossen waren, Wandler als bedrohlicher zu betrachten, als sie waren. Während einer Pressekonferenz hatte ein besonders streitsüchtiger Reporter mit Verbindungen zu anti-übernatürlichen Organisationen erneut danach gefragt, und Asher hatte vorgeschlagen, ihn zu beißen, damit er es selbst herausfinden könne.

Ich öffnete den Kofferraum meines Autos, schnallte mein Holster um, nahm meine Ruger, tauschte das Magazin aus und lud es mit den teureren Silberkugeln. Ich würde schießen, um zu verletzen, nicht um zu töten, doch die Vorstellung hinterließ trotzdem einen unangenehmen Geschmack in meinem Mund.

„Dafür wirst du bezahlen", versprach ich Ian, als ich mir eine Weste überstreifte, die mit vier silbernen Dolchen, Faustmessern, drei Shuriken – natürlich aus Silber – und einem weiteren Magazin bestückt war. Ich steckte ein Messer an mein rechtes Bein und ein Eisenmesser an mein linkes und rannte zum Haus des königlichen Paares.

Ich erhaschte schnelle Blicke auf die uniformierten Wachen: weiße Tuniken mit Silberstickereien am Hals und an den kurzen Ärmeln. Einfache dunkelblaue Hosen dazu. Die Royals mochten mit ihrer eigenen Kleidung und ihren Manierismen übertrieben prahlerisch sein, doch die Kleidung ihrer Wachen war praktisch.

Von den üblichen zwanzig sah ich nur zwölf. Ich hatte immer gedacht, zwanzig seien viel mehr als nötig, doch anscheinend hatte ich mich geirrt. Ich zählte neun Tiere: drei

Wölfe, ein Panther, ein Luchs. Am Boden lag ein weiterer Wolf, ein Kojote, aus dem Pfeile ragten, und was die anderen waren, konnte ich nicht erkennen.

Die Royals mussten beschützt werden, und mit Ian in der Nähe konnte ich nichts tun, um den Wandlern zu helfen.

Ich suchte den Himmel nach Ian ab und erhaschte einen Blick auf seine dunklen Schwingen, als Bronze und Kupfer sich zusammenballten und auf ihr Ziel in einem Baum krachten. Ein Körper fiel. Ich beeilte mich, um zu ihnen zu gelangen, und Pfeile zischten an mir vorbei in Ians Richtung. Sie verfehlten ihn. Ian revanchierte sich, indem er einen Höllensturm aus Magie in das Blätterdach der Bäume schickte, aus denen die Pfeile kamen. Eine Feenwache stürzte herunter.

Die Wölfe änderten die Richtung, die Zähne gefletscht, die Augen durstig nach Gewalt. Bevor der Feenmann seine Hand heben konnte, um Abwehrmagie zu rufen, biss ein Wolf in seinen Arm und zerrte ihn vom Baum weg. Ein anderer war im Begriff, sich von hinten auf ihn zu stürzen. Der Feenmann würde wahrscheinlich nicht überleben. Ich rannte schneller und schoss im Sprung auf den Wolf. Er fiel mit einem dumpfen Schlag zu Boden. Ein zweiter Schuss streifte den anderen, doch er ließ nicht von dem Mann ab. Zwei Schüsse waren nötig, um ihn aufzuhalten.

Als ich näherkam, konnte ich sehen, dass beide Tiere noch atmeten.

Der Luchs und der Panther warteten auf eine Gelegenheit, ins Haus zu kommen, eine, von der ich wusste, dass sie sie niemals bekommen würden. Sie stellten keine unmittelbare Bedrohung dar, und nachdem ich mich umgesehen hatte, war ich zuversichtlich, dass es eine Wache gab, die bereit war, sie mit einem Silberpfeil oder Magie aufzuhalten, wenn sie es doch versuchten. Ich steckte meine Waffe ins Holster.

Ich musste zu Ian. Ein bewusstloser Mann konnte nicht zaubern, und ich wollte ihn in diesen Zustand prügeln.

Als ich weiter den Himmel nach ihm absuchte, entdeckte er mich. Er flog höher und schoss mit einer Geschwindigkeit über die Bäume, die es schwierig machte, ihn zu verfolgen. Als ich Schritte hinter mir hörte, wirbelte ich herum und hieb das Karambit in seine Richtung. Schock verzerrte Ians Gesicht, als er auf das Messer starrte, das ihn um Haaresbreite verfehlt hatte. Er flog davon, aber nicht, bevor ich einen Schuss abfeuern konnte und sein Bein traf. Wut, heißer als jedes Feuer, brannte auf seinem Gesicht. Ich wartete auf die Gelegenheit, es noch einmal zu tun.

„Die Abgesandte", schnaubte er verächtlich. Seine mitternachtsschwarzen Flügel saugten das Licht auf, und ich hätte sie als herrlich, als Inbegriff der Schönheit betrachtet, wenn sie nicht an jemandem wie Ian befestigt gewesen wären.

Eine Spule aus Magie wand sich um seine Finger, und ich sprang aus dem Weg, als er sie auf mich schleuderte. Die Nächste kam schneller, warf mich aus dem Gleichgewicht und schleuderte mich zu Boden. Ich rollte weiter und entging jedem Blitz, der in den Boden einschlug und durch die Wucht des Aufpralls Erde und Gras aufwirbelte.

Ich rappelte mich auf die Knie auf, zog meine Waffe und schoss mehrmals hintereinander auf ihn. Schmerz trübte meine Sicht. Ich feuerte zwei weitere Schüsse ab, die ihn weit verfehlten.

Er flog noch höher, so hoch, dass ich seinen Gesichtsausdruck nicht mehr erkennen konnte, doch die Spannung in seinem Körper sagte mir, dass er verdammt wütend war. Seine Bewegungen waren nicht mehr das entspannte Segeln von zuvor. Er blieb in meinem Blickfeld, wahrscheinlich brodelnd vor selbstgerechter Wut. Gut, denn ich hatte selbst eine Menge davon, also war er in guter Gesellschaft.

Während seine Aufmerksamkeit auf mich gerichtet war, flog eine ähnliche Magiespirale von einem der Feenmänner zu meiner Rechten auf ihn zu. Sie schleuderte ihn mehrere Meter zurück, doch nicht aus der Luft. Ich brauchte ihn am Boden.

Ian war strategisch und ein schneller Flieger, mit der Präzision eines Adlers. Wie eine Kugel schoss er außer Sichtweite. Meine Waffe gen Himmel gerichtet wartete ich.

Als ich aufstand, war ich von zehn Wächtern umgeben, von denen einige Pfeil und Bogen hielten, während Magie über die Finger der anderen tanzte.

Einige Minuten lang suchten wir den Himmel ab und hielten nach dem bedrohlichen geflügelten Feenmann Ausschau. Nichts. Die Wachen zogen sich zurück, doch ich blieb und wartete auf eine weitere Chance, ihn vom Himmel zu holen.

Schließlich gab ich auf und sah mir die Zerstörung um mich herum an. Blut befleckte das Gras, zerbrochene Keramik war am Boden verstreut, verletzte Wandler und Feen versuchten, ihre Wunden zu heilen. Feen waren nicht in der Lage, Heilzauber zu wirken, doch sie heilten schnell, wenn sie nicht mit Eisen gebunden waren.

„Kann bitte jemand Asher und Sherrie anrufen?", bat ich, doch niemand machte Anstalten, etwas zu unternehmen, bis Neri nach draußen kam. Als er den Schaden, die verletzten Wandler und Wachen betrachtete, wurde sein Gesicht rot vor kaum gezügelter Wut.

„Ich erwarte, dass ihre Anweisungen befolgt werden", sagte er nur und runzelte die Stirn, als er etwas am Boden entdeckte. Es sah aus wie eine Notiz. Eine Karte. Eine blutbefleckte Karte.

Ich fing an, Anweisungen zu geben. „Jemand soll Asher anrufen und ihm sagen, er soll seinen Heiler mitbringen. Es gibt zwei Wandler, die Silberkugeln im Leib haben, die entfernt werden müssen. Pfeile zieht ihr bitte gleich aus allen Wandlern heraus."

Dann machte ich mich auf den Weg zu meinem Auto, um

dem Dingo zu helfen. Gewalt war für mich kein Problem, und wenn jemand bei einem Angriff auf mich irreparabel geschädigt oder verletzt wurde, hatte ich kein Mitleid. Doch ich wäre nicht angegriffen worden, wenn Ian nicht seine Macht über den Dingo ausgeübt hätte. Das fühlte sich schlimmer an.

Nach meiner dritten Entschuldigung klang die vierte in den Ohren des Dingos wahrscheinlich wie eine leere Floskel. Meine tröstenden Worte wahren wahrscheinlich noch schlimmer. Ich zog den Pfeil heraus und positionierte seine Beine so, dass die Achillessehne in der richtigen Position heilen konnte. Ich ging ihm aus dem Weg und beobachtete ehrfürchtig, wie schnell seine Verletzungen heilten. Minuten später saß ein schlanker Mann vor mir. Ich deckte ihn mit einer Decke aus meinem Auto zu.

„Asher wird bald hier sein", sagte ich ihm. Asher war nicht sein Alpha, doch allein die Erwähnung seines Namens schien den Mann zu beruhigen.

Die blutbefleckte Karte lag auf dem Kaffeetisch und verhöhnte uns mit der Drohung: *letzte Warnung.*

Das Blut darauf erinnerte daran, dass noch mehr vergossen werden würde, wenn Neri und Adalia nicht abdankten. Verhaltene Wut und Bestürzung war auf ihren Gesichtern zu sehen. Asher hatte recht: Ein Mann wie Ian würde es nicht bei einem erfolgreichen Coup bewenden lassen. Dies wäre nur der Anfang.

Asher runzelte die Stirn, als er seinen Blick von Neri zu Adalia schweifen ließ.

Ians Entschlossenheit, den königlichen Hof zu übernehmen, würde zu noch mehr Blutvergießen führen. Jeder Gruppe hatte ihre eigene Art, an Macht zu kommen. Der Meister der Vampire kontrollierte normalerweise die Familie. Wenn sie keine öffentliche Präsenz mehr wollten, ernannten sie einen Vertreter. Zurzeit war das Landon, der vom Meister der Stadt gezeugt worden war, also war es nur passend, dass er diese Rolle übernahm.

Die Wandler-Herrschaft basierte auf Dominanz. Es ging heutzutage eher um Unterwerfung als um Tod, doch der Alpha war immer der Stärkste im Rudel.

Hexenzirkel und Magierkonsortien hatten beide kleinere Einheiten und wurden oft von den Stärksten und Weisesten angeführt. Der Machtübergang geschah meist nahtlos. Es war eher eine Gemeinde.

Die Feen waren die demokratischsten von allen. Sie bewarben sich um ihre Position, und die Führung wurde von den Feen bestimmt und alle 50 Jahre gewählt. Adalia und Neri waren stark, doch sie waren nicht die stärksten Feen in der Gegend.

„Haben Sie irgendetwas gefunden, das ihn aufhalten kann?", wollte Neri wissen. Ihm zu sagen, dass sich seit unserem gestrigen Gespräch nichts geändert hatte, würde die Situation nur noch schlimmer machen und Feindseligkeit hervorrufen, die ich nicht brauchte.

„Nein. Ich habe bei allen meinen Quellen nach einem Xios und einem Conparco-Schild gesucht."

Bei der Erwähnung des Letzteren verbarg er sein Desinteresse nicht.

Ashers finstere Miene spiegelte die von Sherrie wider, als sie hereinkamen, ihre Kleidung blutbefleckt.

„Es ist an der Zeit, dass ihr abdankt", verkündete Asher. Die Schärfe seiner Stimme lud nicht zu einer Debatte ein, obwohl Neri und Adalia sich für eine aufrichteten.

Seine Entschlossenheit wankte nicht, selbst als Neri und Adalia ihm vorwurfsvolle Blicke zuwarfen. Neris Adamsapfel zuckte, als er herunterschluckte, was er sagen wollte. Die angespannten Gesichts- und Nackenmuskeln ließen sein schlankes Gesicht hager wirken. Adalia bemühte sich tapfer um ein Lächeln, doch in ihren Augen war ihre Ablehnung für Ashers Vorschlag offensichtlich.

„Wir alles wissen sehr wohl, dass man ein solches Verhalten niemals mit Beschwichtigung belohnt. Wenn das deine Antwort ist, warum unterwerft ihr euch ihm dann nicht, damit eure Wölfe nicht gezwungen werden, sondern es freiwillig tun können?", sagte Neri.

„Wollen Sie das, dass mein Rudel ein Bündnis mit ihm eingeht, damit er Ihren Thron nehmen kann? Im Moment sehe ich keinen allzu großen Unterschied. Ich habe heute zwei Leute in einem Kampf verloren, von dem wir nicht gefragt wurden, ob wir daran teilnehmen wollten …"

„Auch wir haben Verluste erlitten und …"

„Das ist uns egal", schnauzte Sherrie und blickte an ihnen vorbei, als könnte ein direkter Blick sie daran hindern, ihre Gefühle zu kontrollieren. „Treten Sie zurück, beschwichtigen Sie ihn, und geben Sie uns die Chance, einen Weg zu finden, ihn entweder zurückzuschicken, zu unterwerfen oder zumindest Schadensbegrenzung zu betreiben." Bevor einer der Royals antworten konnte, fügte sie hinzu: „Das steht nicht zur Debatte. Tun Sie es, oder er muss sich nicht mehr die Mühe machen, Sie zum Abdanken zu bewegen."

Sie richtete einen vernichtenden finsteren Blick in meine Richtung, machte auf dem Absatz kehrt und ging. Ich war mir nicht sicher, ob Asher auch so empfand, doch er ging mit ihr.

Verhandlungen zwischen den verschiedenen Wesen mochte ich gar nicht. Ich hatte nicht das Temperament dafür, und eine Verhandlungspause vorzuschlagen, kam nie so gut an, wie es sollte. Bevor Asher und Sherrie es zu ihren Autos schafften, rief ich nach Asher. Er reagierte nicht sofort. Sein Blick war nicht mehr ganz so finster wie zuvor, aber nicht viel besser. Er kam auf mich zu und blieb stehen, wobei er meinen zerrissenen Ärmel und meinen verletzten Arm betrachtete.

„Du bist verletzt."

„Es sieht schlimmer aus, als es ist."

„Lüge."

Ja, wir wussten beide, dass ich log. Ein Dingo hatte auf meinem Arm herumgekaut. Natürlich tat es so weh, wie es aussah. Ich wollte fragen, ob jemand an einer Schusswunde gestorben war, doch ich konnte nicht. Diese zusätzliche Belastung würde unserer Beziehung nicht helfen. Ich presste meine Lippen zusammen und unterdrückte die Frage.

„Einer ist an den Verletzungen durch einen Pfeil gestorben, ein anderer an den Verletzungen durch eine Silberkugel", sagte er mit ruhiger Stimme, als wüsste er, was ich fragen wollte.

„Das tut mir leid", sagte ich. Dann gestand ich, weil ich meine Schuld unmöglich verbergen konnte, und ich war mir nicht sicher, ob ich das wollte. Der Moment, in dem ich geschossen hatte, spielte sich immer und immer wieder in meinem Kopf ab. Hätte ich die Situation anders handhaben können?

Die Stille zwischen uns sprach Bände. Asher warf mir ein freudloses, gezwungenes Lächeln zu und ging zu seinem Auto.

Eine halbe Stunde mit Neri und Adalia, und ich war mir sicher, selbst wenn ich dreißig Stunden damit verbringen würde, würde es nicht ausreichen, sie davon zu überzeugen, Ian den Thron zu überlassen. Ich war mir auch nicht ganz sicher, dass sie es sollten. Ich ging, ohne ihre dringende Frage zu beantworten, ob Sherrie meiner Meinung nach ihre Drohung wahrmachen würde.

Ich kannte die Antwort und sie auch.

15

Ich hatte schnell akzeptiert, dass der starre Ausdruck auf Corys Gesicht sich nicht lockern würde. Ich bemühte mich, mein angespanntes Lächeln breiter zu ziehen, und hoffte, er würde mitmachen. Oder zumindest die eingefrorene Grimasse entspannen. Sein Daumen strich abwesend über meinen magisch geheilten Arm. Corys Berührung war sanft genug, um nicht wehzutun, doch es war eine Erinnerung an das Ereignis.

„Es ist machbar", sagte ich. „Asher hat das schon mit Elizabeth bestätigt. Sie würde einen Conparco-Schild verwenden, um zu verhindern, dass die Wandler zum Wandeln gezwungen werden, indem sie sein Rudel an ihn bindet, damit sie von der Stärke ihres Alphas profitieren können. Dann könnte sie einen Wandler an einen anderen Wandler binden und sie so immun gegen Magie machen."

Die Idee war mir auf der Heimfahrt gekommen. Es würde das Problem, Ian zurück in den Schleier bringen zu müssen, nicht lösen, doch es würde ihm die Option nehmen, Wandler als seine Armee einzusetzen. Jemanden aus dem Schleier besiegen, indem man Magie aus dem Schleier verwendete. Ich war überrascht, als Asher meinen Anruf annahm. Noch überraschender war, wie widerwillig er der Idee gegenüberstand. Ich hatte das Zögern und die Debatte von Cory erwartet, aber nicht von Asher.

„Das ist die beste Chance, die wir haben. Ich habe ein paar Anrufe getätigt, um Hinweise zu bekommen." Ich nahm ein magisches Nachschlagewerk, das ich zuvor durchsucht hatte, und zeigte ihm ein Objekt, das wie eine Lemniskate, das Unendlichkeitszeichen aussah, das in einen Bronzekreis eingeschlossen war. „Das wird die Dämonenmagie rückgängig machen und Ians Immunität gegen Eisen auch, wenn es mit dem Salem-Stein verwendet wird, den Asher hat." Die Erwähnung des Steins, den Asher direkt unter meiner Nase gestohlen hatte, rief nicht dieselbe Wut hervor wie noch vor weniger als einer Woche. Ich griff unter mein Sofa und zog den Shuriken mit Ians Blut darauf hervor.

„Du hast nur zwei der drei Gegenstände, die du brauchst", betonte mein Pessimist vom Dienst.

„Ich weiß. Während ich versuche, das dritte Objekt zu finden, ist das die beste Option."

Cory verzog das Gesicht. „Ohne Mephisto kommst du nicht in den Schleier. Bist du sicher, dass er damit einverstanden ist? Er scheint nicht begeistert zu sein, dass du dorthin zurückkehrst oder dich einmischst."

Dass mein Lieblingspessimist mir das aufs Brot schmieren musste, machte die Sache wirklich nicht besser. Es würde keine leichte Aufgabe werden. Am sichersten war ich, dass ich Ian seine Animancerfähigkeiten nehmen konnte. „Ich muss ihn überzeugen."

Cory kaute auf seiner Unterlippe, während Sorge schmerzhaft aussehende Falten auf seinem Gesicht hinterließ. Er stand auf, nahm den kleinen Papierkorb in der Ecke und fing an, wegzuwerfen, was er zum Säubern meines Dingobisses verwendet hatte.

„Du denkst, du kannst zu einem Wandler gehen und sagen: ‚Hey, ich muss dich als Testperson benutzen, um

Wandler auf der anderen Seite des Schleiers immun gegen Magie zu machen, weil wir nicht sicher sind, ob es funktionieren wird‘?"

„Was haben wir zu verlieren?"

Seine Augen weiteten sich, und er wandte sich von mir ab. „Trinkst du oder rauchst du das gute Zeug, wenn du auf diese Ideen kommst?"

Er beendete das Aufräumen und ging in die Küche, um eine Flasche Wasser aus dem Kühlschrank zu holen. Er füllte sie nach und trank einen weiteren Schluck, wahrscheinlich um Zeit zu schinden und ein Argument zu finden. Bevor er etwas sagen konnte, piepste sein Handy mit einer SMS. Er sah sie an, und seine Miene wurde finsterer.

„Was ist?"

„Nichts. Meine Pläne für diesen Abend haben sich gerade in Luft aufgelöst." Sein Versuch, gleichgültig zu klingen, schlug fehl.

„Mit Alex, oder?"

Das wäre ihr drittes Date oder „Abhängen" gewesen, da Cory es nicht als Daten bezeichnete.

„Hat er einen Grund angegeben?", fragte ich.

Er schüttelte den Kopf. „Ich glaube nicht, dass du das tun solltest", sagte er. „Es ist zu gefährlich. Ich weiß, dass du manchmal das Unmögliche schaffst, aber das ist zu riskant. Du kennst dich nicht einmal im Schleier aus."

„Es ist nicht so gefährlich, wie du denkst. Du weißt, dass Wandler Vorlieben haben, was ihren Lebensraum angeht. Ich bin sicher, dass Mephisto mich dorthin bringen kann. Schließlich hat er selbst dort gelebt." Das Vertrauen, das ich absichtlich in meine Stimme legte, hätte ihn umstimmen sollen.

„Für Asher! Ist das dein Ernst? Lass sie das selbst machen. Ich muss Mephisto beipflichten, das ist nicht dein Kampf."

„Ich mache das nicht nur für Asher oder die Wandler. Ich mache es für uns. Für dich und mich."

„Was?"

„Alex ist der vierte in der Rangordnung des Northwest-Rudels. Dass er das Date absagt, liegt nicht daran, dass er dich nicht sehen will. Du hast Ian hergebracht. Asher wusste es und Sherrie auch. Asher hat versprochen, das Geheimnis zu wahren, aber Sherrie hat mir das nicht versprochen. Ich glaube auch nicht, dass sie vorhat, es geheim zu halten. Ich bin sicher, Alex weiß es. Im Moment bist du ein Ausgestoßener unter den Wandlern und möglicherweise ein Feind."

„Ich kann gut auf mich selbst aufpassen." Corys Gesicht glühte vor Wut, und er ballte seine Hände an den Seiten zu Fäusten, als Magie von ihm zu pulsieren begann. „Es war ein Versehen, und ich will verdammt sein, wenn sie mich deswegen zum Feind erklären!"

Cory glaubte gerne, dass er der Vernünftige war, aber das war er absolut nicht, wenn er das Gefühl hatte, dass er fälschlicherweise beschuldigt wurde, seine Ehre auf dem Spiel stand, oder jemand ihn beschuldigte, mit seiner Magie rücksichtslos umzugehen –alles Grundsätze, nach denen er lebte. Ich packte ihn am Arm, bevor er aus der Tür stürmen und Asher und Sherrie suchen konnte.

„Asher weiß, dass es unbeabsichtigt war, aber das ändert nichts an der Tatsache, dass wir einen abtrünnigen Feenmann am Hals haben, der keine Schwächen zu haben scheint. Ich möchte ihm eine seiner Stärken nehmen, damit er kein Rudel Wandler hat, das ihm blind gehorcht."

„Verstehst du das Ausmaß dessen, was du tust? Wenn du sie an die Wandler im Schleier bindest, sind sie immun gegen alle Magie, nicht nur gegen die von Ian."

„Ich weiß."

„Im Grunde machst du eine Wandler-Version von Ian aus ihnen."

„Nein, sie werden immer noch anfällig für Silber sein. Sie werden Schwächen haben. Und sie werden immer noch vom Vollmond regiert." Ich sprach nicht aus, was ich dachte: Im schlimmsten Fall, wenn sie unter Kontrolle gebracht werden müssten, könnte das zu dieser Zeit geschehen.

„Sowohl Asher als auch die Royals haben es mit Eisen bei ihm versucht. Es funktioniert nicht."

„Haben wir Runenfesseln ausprobiert?"

Bei Corys irrationalem Vorschlag presste ich meine Lippen zu einer dünnen Linie zusammen. Vielleicht würden Runenfesseln funktionieren, doch die Runen wurden immer auf Metall graviert, das den Träger schwächte. Es gab kein Metall, das Ian schwächte, und seine Fähigkeit zu fliegen machte die Sache besonders schwierig.

Ich war es gewohnt, dass Übernatürliche ihre Macht zeigten; es machte mir nichts aus. Prahlerische Zaubershows waren nur Teil meiner Arbeit, nichts Neues. Ian jedoch war eine Bedrohung. Ich musste ihn aufhalten.

„Erin, ich denke, das ist eine schreckliche Idee. Du solltest eine andere Lösung finden."

„Ich habe heute einen von Ashers Wölfen getötet." Ich blinzelte die Tränen zurück, die mir in die Augen stiegen, und wandte den Blick ab.

Er fluchte leise. Er rieb sich mit den Händen über das Gesicht und seufzte. Er rückte näher und legte seine Hand sanft auf meine Wange, doch ich fand keinen Trost darin. Denn sein Gesicht sprach Bände, wo seine Worte es nicht taten. Es sagte: *Du hast schonmal getötet.*

„Ist es der Tod des Wandlers, für den du Buße zu tun versuchst?", fragte er leise. Ich konnte ihm nicht in die Augen sehen. Es schien, als wäre mein Leben eine Reihe von Widersprüchen, und ich konnte die Leute um mich herum nicht dazu bringen, zu verstehen, dass ich jeden Tag einen Kampf führte, den ich regelmäßig zu verlieren schien. Ich wollte Magie. Ich brauchte sie so, wie Menschen Luft zum Atmen brauchten. So wie ein Alkoholiker den nächsten Drink brauchte und ein Süchtiger den nächsten Schuss. Ich kämpfte jeden Tag mit einem Körper, der mich verraten wollte. Mein Gewissen befand sich in einem endlosen Kampf zwischen richtig und falsch und versuchte verzweifelt, das Richtige zu tun.

Wusste Cory, dass ich, sosehr ich ihn auch liebte, manchmal daran dachte, ihm seine Magie zu nehmen und einfach wegzugehen? Also ja. Ich hatte ständig das Bedürfnis, Sühne zu leisten, weil ich meine Gedanken kannte und ahnte, dass ich eines Tages, wenn ich mein Verlangen nicht in den Griff bekommen konnte, wieder töten würde.

„Ich glaube nicht, dass es Sühne ist. Vielleicht versuche ich, Karmapunkte zu sammeln", sagte ich und warf ihm ein schwaches Lächeln zu.

„Es bringt nichts, sein Leben für sie zu opfern."

„Woher ist das, aus Corys Hohelied?"

Schallendes Gelächter erfüllte den Raum, und als es nachließ, legte er seine Hand auf meine Schulter.

„Ich möchte nicht, dass du weiter unnötige Risiken eingehst, um nach einem willkürlichen Gefühl der Sühne zu suchen, um etwas in deiner Vergangenheit zu korrigieren, das nicht behoben werden kann. Es ist deine Vergangenheit. Lass sie ruhen."

Als ich gerade überlegte, ob ich ihm sagen sollte, was Dr. Sumner vermutete, brummte er leise, als es an meiner Tür klopfte. Ich öffnete einer finster dreinblickenden Madison die Tür. Sie ging ohne Aufforderung an mir vorbei. Cory streckte die Hände vor sich aus, als wolle er ein angriffsbereites Tier abwehren. Er schien zu glauben, ich sei das Tier.

„Zu meiner Verteidigung: ich habe sie angerufen, als ich das, was du tun willst, für schlecht geplant, problematisch und gefährlich hielt. Jetzt denke ich nur, dass es gefährlich und nicht gut geplant ist. Es hat sich nicht viel geändert, aber ich fühle mich zehn Prozent besser."

„Ganze zehn Prozent. Das ist toll."

Das erklärte, warum er so dringend zur Toilette hatte gehen müssen, unmittelbar nachdem ich ihm gesagt hatte, was ich zu tun gedachte. Madison war seine Atomwaffe, die er für meinen Geschmack viel zu oft einsetzte.

„Wie viel weißt du?"

Madison holte ihr Handy heraus und las Corys Nachrichten, während er sehr angestrengt nach etwas anderem suchte, worauf er sich konzentrieren konnte, als ich ihn wütend anstarrte.

„Gut, du weißt alles", bemerkte ich trocken. „Du kannst mir das nicht ausreden."

Sie warf Cory einen entschuldigenden Blick zu. „Das hatte ich nicht vor. Wenn du das schaffst, ist es eine Waffe weniger, die Ian in seinem Arsenal hat."

Skepsis angesichts der Situation zeigte sich in ihrem Gesicht. Ihre Verantwortung gegenüber den Royals und ihre Verantwortung für den Umgang mit der zerbrechlichen und angespannten Beziehung zwischen Menschen und Übernatürlichen begann sich zu zeigen.

„River geht mit seinem Argument, dass die STF ‚aufrührerische und unberechenbare Wandler und übermächtige Übernatürliche nicht in den Griff bekommen können' hausieren. Wenn er vom Schleier erfährt, weiß ich nicht, ob ich die Konsequenzen verhindern kann." Auf dem Weg in meine Küche betrachtete Madison meine Auswahl an Alkohol und rümpfte ihre Stupsnase.

Hey, in der Not trinkt der Teufel, was da ist. Ich schätze, wenn meine Schwester an einem Werktag vor fünf trinken würde, wären es nicht billiger Whisky und billiger Wein. Ich ging in die Speisekammer und gab ihr eine der drei Flaschen Wein, die Mephisto mir geschickt hatte, den Wein, den ich bei ihm zu Hause getrunken hatte.

Ihre Augen weiteten sich, als sie das Etikett las. „Château Leoville-Las Cases. Wann hast du denn den besorgt? Woher kennst du den überhaupt?"

„Sie kannte ihn nicht. Erin hat kein Problem damit, in den Schleier zu gehen, um fremde Wandler davon zu überzeugen, ihr hierher zu folgen, aber sie nimmt auch Geschenke von Fremden an."

„Mephisto ist kaum ein Fremder." Reflexartig hob ich einen Finger an die Lippen und erinnerte mich an die sanfte Berührung seiner Lippen. Die Gefühle, die er weckte, hatten nichts mit seiner Magie zu tun.

„Kein Fremder. Hat groß, dunkel und mysteriös dir seinen wirklichen Namen gesagt?", fragte Cory verwirrt.

„Bob." Ich setzte ein Grinsen auf.

„Mephisto ist damit einverstanden?", fragte Madison.

„Ich muss ihn fragen."

„Also hatte Cory recht. Es ist noch kein ganzer Plan." Sie trank einen Schluck aus ihrem Glas. Als sie sich entspannt an die Theke lehnte, lächelte sie und trank einen weiteren anerkennenden Schluck. Sie mochte den Wein genossen haben, aber sie hatte den gleichen Ausdruck auf ihrem Gesicht, den sie gehabt hatte, als sie sich mit dem *Vorfall* auseinandersetzen musste.

„Ich habe morgen ein Meeting mit dem Bürgermeister", sagte Madison und füllte ihr Glas nach. Es gab nicht viele Ähnlichkeiten zwischen uns, doch die Nichteinhaltung der richtigen Portionsgröße bei alkoholischen Getränken war eine davon.

Ich wusste nicht, was ich sagen sollte. Was sagt man da? *Viel Glück.*

„Ich hoffe sehr, dass alles gut läuft. Es wird mein Leben unendlich einfacher machen." Sie hob eine Hand an ihr Haar, um daran herumzuzupfen, dann hielt sie inne, als ihr einfiel, dass die Mähne verschwunden war.

„Sind wir sicher, dass das funktionieren wird? Die Wandler im Schleier sind immun gegen Magie, wird Elizabeth überhaupt in der Lage sein, einen Zauber über sie zu legen?", fragte Madison.

Cory stellte sich neben sie und goss sich ein halbes Glas

Wein ein, dann hob er die Flasche, um mich zu fragen, ob ich auch welchen wollte.

Ich schüttelte den Kopf. Wenn mit Mephisto alles nach Plan lief, würde ich später in den Schleier gehen.

Nachdem er von seinem Glas getrunken hatte, sprach Cory schließlich. „Sie würden Wandlermagie an Wandlermagie binden. Vielleicht funktioniert es wie ein Software-Upgrade oder Patch." Cory lachte über die Absurdität des Vergleichs.

„Kann nicht allzu weit hergeholt sein", sagte Madison, doch ein kleines Lächeln hatte sich auf ihre Lippen gelegt, als sie ihn von der Seite ansah. „Also werden wir den Wandlern auf dieser Seite des Schleiers ein Patch verpassen."

„Oh, das ist also, was mit Asher nicht stimmt", sagte Cory. „Seine Software wird den Anforderungen nicht gerecht." Er kniff die Augen zusammen, als er innehielt, um einen weiteren Schluck zu trinken. „Ein Zauber aus *Mystic Souls* hat Ian hierher gebracht, denkst du –"

„Denk nicht einmal daran", unterbrach ich ihn.

Als Cory ging, war er immer noch nicht ganz glücklich damit, dass ich in den Schleier ging, und kein Argument der Welt würde seine Meinung ändern. Es würde nicht einfach sein, es ohne seine volle Unterstützung zu tun, aber es musste getan werden.

Madison schloss die Tür hinter ihm und drehte sich zu mir um.

„Erin", begann sie langsam. „Du hast kein Problem mit Gefahren. Wir wissen beide, dass das nichts mit Furchtlosigkeit zu tun hat." Sie schenkte mir ein schwaches Lächeln. „Ich bin stolz darauf, wie du damit umgehst. Kannst du dir wirklich vorstellen, dass das funktioniert oder ist das … du weißt schon …"

Dass ich oft leichtsinnig war, war ein berechtigter Grund zur Sorge. Es war mehr, als dass ich nur ein Adrenalinjunkie war; es stillte ein Verlangen. In letzter Zeit konnte ich es besser kontrollieren als früher, wenn man davon absah, dass ich meine Beine um einen Sessel klammern musste, um mich von Kai fernzuhalten, oder von diesem seltsamen Moment zwischen mir und Clayton, oder dass ich versucht hatte, Mephisto zu verführen, um seine Magie zu behalten. Okay, ich kam überhaupt nicht so gut damit zurecht, aber ich war auch kein totaler Versager.

„Ich komme ganz gut klar. Mir geht's besser. Dr. Sumner hilft wirklich sehr."

Die Sumner-Lüge ging einen Schritt zu weit. Madison presste die Lippen zu einer starren Linie aufeinander. „Erin?"

Achselzuckend sagte ich: „Madison, was soll ich sagen? Ich will Magie, und ich kenne den Preis, und das ändert nichts an meinem Verlangen. Ich würde dir niemals das antun, was ich mit dem Zauber aus *Mystic Souls* getan habe, aber ich werde für Mephisto in den Schleier gehen und beschaffen, was immer er will."

In ihr braute sich eine Argumentation zusammen, und sie bemühte sich sehr, sie für sich zu behalten. Ich brauchte keine Predigten, Warnungen oder Bitten um Vorsicht.

„Okay", hauchte sie schließlich ein Zugeständnis. „Pass auf dich auf. Wenn du willst, bin ich da, wenn du reingehst."

Ich nickte. Sie wollte gehen, blieb jedoch stehen. „Ich weiß, dass du das über deine Eltern herausgefunden hast", flüsterte sie und hielt mir den Rücken zugewandt, als könnte sie es nicht ertragen, meinen wütenden oder enttäuschten Blick oder beides zu sehen. Madison drehte sich schließlich um und zog mich in eine feste Umarmung. Es erinnerte mich an eine der Umarmungen meiner Mutter. „Ich hätte es dir sagen sollen, aber sie haben mich zur Geheimhaltung verpflichtet."

„Schon gut." Ich konnte nicht anders, als es ihr nicht übel-zunehmen, weil ich auch verdammt viel vor ihr verheimlichte.

16

Mephisto begegnete mir mit einem fragenden Blick. Er spähte in die Dunkelheit hinaus, öffnete die Tür weiter und bat mich herein.

„Zwei Besuche in zwei Tagen. Daran könnte ich mich glatt gewöhnen", sagte er mit tiefer, seidiger Stimme.

„Das Tor, ist das wirklich nötig?"

„Natürlich ist es nötig. Was sich für dich als geringfügige Unannehmlichkeit erweist, ist für mich von unschätzbarem Wert." Mephisto blieb trotz des weitläufigen Foyers in der Nähe. „Du wolltest mich sehen. Kann ich davon auszugehen, dass es um was Geschäftliches geht? Vielleicht hast du über das nachgedacht, was wir besprochen haben."

„Meine Eltern sind nicht meine richtigen Eltern." Obwohl die Worte beiläufig herauskamen, fühlte es sich an, als hätte ein Elefant beschlossen, auf meine Brust zu springen. Ich hatte gedacht, dass jedes Mal, wenn ich es sagte oder dachte, der Schock nachlassen würde. Der Schmerz vom Abreißen des Pflasters würde nachlassen und ich hätte mich daran gewöhnt. Aber jedes Mal riss die Wunde wieder auf.

„Oh", flüsterte er. Sein Finger, der meine Hand streifte, war eine federleichte Berührung. Ich sah nach unten, als er meine Hand ergriff. Ich trat einen Schritt zurück. Er hatte recht, es war mehr zwischen uns als Magie. Viel mehr. Ich würde es nicht erkunden.

Im Allgemeinen war ich nicht gut im Kontrollieren meiner Impulse, aber bei ihm würde ich Zurückhaltung üben. Es war mehr an ihm, als man auf den ersten Blick sah – so viel mehr – und ich musste wissen, was es war. In einer Welt von schrecklichen Göttern, von Leuten, die Deals mit Dämonen überlebten, mächtige Magie besaßen und zwischen dieser Welt und dem Schleier hin und her wandern konnten, war es klug, mehr über ihn zu erfahren.

„Ich muss dich um einen Gefallen bitten."

„Ah, noch mehr Gefallen." Seine Verärgerung war offensichtlich. „Wie kann ich dir diesmal helfen?"

„Genau genommen hast du mir deine Sammlung gezeigt, aber ich habe nichts mitgenommen. Also, war das wirklich ein Gefallen?"

Er sah mich mit unverhohlenem Unglauben an. Ach, einen Versuch war es wert.

Ohne zu antworten, ging er den Flur hinunter, und ich stand nur da. *Soll ich ihm folgen? Wer macht sowas?* Meine Kunden. Angesichts der Leute, mit denen ich zu tun hatte, war ich exzentrisches Verhalten und verschiedene Spielarten von Machtdemonstrationen wie dieser hier gewohnt. Sie gingen los und erwarteten, dass man ohne Fragen zu stellen folgte. Meine Sturheit hatte ihre Vorteile, und manchmal war sie ihr Gewicht in Gold wert. Fest im Foyer verwurzelt blieb ich, wie ich es mit meinen Kunden zu tun pflegte, bis er zurückkehrte.

„Erin, bitte komm mit mir ins Unterhaltungszimmer."

„Sowas gibt es nicht, ganz egal wie viele du davon hast", murmelte ich und folgte ihm in eine Art Studierzimmer. Wie in allen seiner Zimmer fehlte auch hier die atemberaubende Aussicht nicht. Ein großes Erkerfenster bot einen bezaubernden Blick auf die beleuchteten Pflanzen vor dem

Hintergrund des dunklen Himmels mit der dünnen Mondsichel.

In der Ecke war eine kleine Bar. Ein raumhohes Bücherregal nahm eine Wand ein. Kleiner als die anderen Zimmer des Hauses hatte der Raum eine warme, gemütliche und einladende Atmosphäre. Definitiv nicht, was ich erwartet hatte. Vielleicht hatte ich mit sowas wie einer Einsatzzentrale gerechnet.

Ich würde das Büro bevorzugen. Das würde mich daran erinnern, dass ich es mit Mephisto zu tun hatte und jede Interaktion zwischen uns geschäftlich war. Er lud mich ein, Platz zu nehmen, und ich ließ mich in einen taubengrauen Clubsessel fallen, der einen hübschen Kontrast zu den stahlgrauen Wänden darstellte. Wände, die fast dieselbe Farbe hatten, wie das Grau von Mephistos Hemd und Hose.

Er ließ sich mir gegenüber nieder, ein Tisch aus recyceltem Holz zwischen uns. Ich bewunderte die Schönheit der handwerklichen Ausführung und die Details und Farbe des Holzes.

„Kai?", fragte ich und berührte den Tisch.

Er nickte, warf einen Blick auf den Tisch und zeigte seine Wertschätzung auf dieselbe Weise, wie ich es getan hatte. Sorge huschte über sein Gesicht, doch sie wurde schnell von einer neutralen Miene ersetzt.

Machte er sich Sorgen, dass Kai sich nicht an diese Welt anpasste? Sie besaßen ähnliche Magie, doch Kais Energie war frenetisch, ohne Anker, roh. War es, weil sie sich zurückhalten mussten, um nicht entdeckt zu werden? Mephisto besaß Magie, doch er hatte sie nur in seinem Haus benutzt, um meine Wunden zu heilen, und bei mir zu Hause, als ich sie mir ausgeborgt hatte, um in den Schleier zu gehen. Es war offensichtlich, dass sie ihre Magie unterdrückten, maskierten, wenn nötig, denn ich fühlte nie ihre ganze Macht. So wie er entspannt in seinem Sessel saß, die Ellbogen auf den Armlehnen, die Fingerspitzen aneinandergelegt, beherrschte Mephisto den Raum, als wäre er in seinem Büro und im Begriff, einen Deal abzuschließen.

„War brauchst du, Erin?", fragte er.

„Ich muss in den Schleier gehen. Ich muss einen Wandler davon überzeugen, auf diese Seite zu kommen, damit Elizabeth seine Magie an die Wandler hier binden kann, sie gegen Ian immun werden und er sie nicht mehr benutzen kann, um die Royals zu stürzen." Ich sagte es so schnell ich konnte, als ob es sich dadurch nicht so absurd und gefährlich anhören würde.

Er nickte langsam und strich träge mit seiner Zunge über seine Lippen. Ich wartete geduldig darauf, dass er etwas sagte. Die erste Minute verging schnell; der Rest der Zeit zog sich dahin. Wie lange musste er darüber nachdenken? War es gut, dass er sich so viel Zeit ließ? Als fünf Minuten vergangen waren, wurde ich abrupt ärgerlich. Ich war überzeugt, dass er sein Recht, nein zu sagen, aufgegeben hatte. Das ergab keinen Sinn, doch ich fühlte mich besser, so darüber zu denken.

„Du häufst eine Menge Schulden an, um Asher zu helfen. Ist es das wert?", fragte er schließlich.

„Ich habe eine große Schuld zurückzuzahlen."

Mephisto hob die Brauen. „Ach so? Erzähl mir davon."

„Ich erzähle dir von mir, wenn du mir von dir erzählst. Sag mir deinen Namen. Deinen richtigen Namen."

„Mephisto", sagte er und sprach langsam jede einzelne Silbe aus. Dunkle Belustigung verzog seine Lippen zu einem Grinsen.

„Meine Schulden sind meine Sache", antwortete ich mit der gleichen langsamen Intonation. *Ich kann das Spiel auch spielen.* Ich schenkte ihm ein breites Lächeln, als er mich aus seinen dunklen Augen ansah.

„Ich muss sagen, Erin Katherine Jensen, ich finde deine Kühnheit sowohl faszinierend als auch frustrierend", sagte er, immer noch mit einem Zucken in den Mundwinkeln.

„Wirst du es machen?", fragte ich und wurde immer ungeduldiger, je mehr sich das Gespräch zu unserem typischen Geplänkel entwickelte.

Weitere Momente der Stille vergingen.

„Ich weiß nicht. Ich bin neugierig, warum du so scharf auf einen Kampf bist, der nicht dein eigener ist. Sind es die Schulden? Ich frage mich, wie du Asher so viel zu verdanken hast, wo ich den Eindruck hatte, dass ihr, da du behauptest, da sei nicht mehr, *Freunde* seid, die einen Streit hatten, der nicht beigelegt werden konnte."

„Zwischen mir und Asher ist nichts. Und ich werde dir nicht sagen, warum ich so daran interessiert bin. Es ist mein Vorrecht zu entscheiden, ob ich darüber reden oder meine Geheimnisse bewahren will, genau wie du deines."

Das Warum zuzugeben, würde Mephisto zu viele Informationen geben. Erstens würde er erfahren, dass ich versuchte, einen alternativen Weg zu finden, um Magie zu bekommen, was es unnötig machen würde, dass ich diesen Job für ihn erledigte. Zweitens, dass ich Zugang zu *Mystic Souls* hatte. Ich hatte das Gefühl, dass das Buch wahrscheinlich auf seiner Sammlerliste stand. Ich war mir nicht sicher, ob ich wollte, dass er es bekam, oder sonst irgendjemand. Drittens, es ihm zu sagen, würde bedeuten, dass eine weitere Person von Corys Fehler wusste. Ich wollte, dass so wenige Leute wie möglich davon erfuhren. Wenn River es herausfände, wäre es mir lieber, wenn er mir die Schuld dafür gab – er hatte bereits eine Vendetta gegen mich, und es konnte nicht viel schlimmer werden.

„Bist du sicher, dass die Wandler den Schleier verlassen können?"

„Ich weiß nicht. Hast du Grund zur Annahme, dass sie es nicht können?"

Mephisto hatte gesagt, es gäbe viele, die den Schleier verlassen konnten, sich aber dagegen entschieden. Es könnte gut oder schlecht für sie sein. Magie, die es anderen ermög lichte, zwischen den Welten hin- und herzuwechseln, hinderte sie daran, sie zu sehen, wie es bei so vielen auf dieser Seite der Fall war. Oder die Magie, die den Schleier verborgen hielt, wirkte bei ihnen nicht. Ich hoffte, dass Letzteres zutraf.

„Sagen wir, dass sie es können, was dann?"

„Wir machen den Bindungszauber und …" Ich endete mit einem Achselzucken, als ob alles andere belanglos wäre. Ich wollte nicht die Debatte darüber führen, dass ich die Wandler unbesiegbar machte.

Die Intensität in Mephistos Gesicht machte deutlich, dass er bereits darüber nachdachte.

„Was Wandler zu wilden Kriegern und willkommenen Verbündeten macht, ist ihre Immunität gegen Magie."

Ich hielt den Atem an und fing an, über Alternativen nachzudenken. Ich hatte nicht bedacht, dass die Wandler vielleicht nicht durch den Schleier gehen konnten. Ich hatte einfach vorausgesetzt, dass die Immunität gegen Magie es ihnen ermöglichen würde, den Schleier zu durchqueren.

„Aber sie würden immer noch ihre Schwächen haben. Sie werden immer noch vom Mond gerufen und haben eine Aversion gegen Silber. Wenn sie an die Wandler aus dem Schleier gebunden wären, hätten die Wandler hier dieselben Schwächen", sagte er langsam. Obwohl er sagte, dass ihm das Ergebnis im Grunde egal war, war es eine Erleichterung, dass er keine Verschlechterung der Situation wollte. Die Konsequenzen waren ihm nicht egal, obwohl ich ziemlich sicher war, dass er sich eher Sorgen um ihre Auswirkungen auf ihn machte.

„Wirst du mir helfen?", drängte ich.

Er stand auf und ging auf und ab, sein Gesicht war unergründlich. „Ich habe mich noch nicht entschieden. Ich denke, ich würde das gerne mit Kai, Simeon und Clayton besprechen."

Können wir Clayton außen vor lassen?, dachte ich und erinnerte mich an den Blick, den er mir zugeworfen hatte. Ich wollte diesen Blick nicht noch einmal sehen.

„Mir war nicht klar, dass deine Entscheidungen von einem Ausschuss getroffen werden." Die Frustration hatte mich überwältigt, und ich bereute es sofort. „Das hätte ich nicht sagen sollen. Tut mir leid."

Er nickte und setzte sich auf den Holztisch, wobei er nur ein paar Zentimeter zwischen uns ließ. „Das Klügste, was man tun kann, ist, seine Schwächen zu kennen. Das Dümmste ist, zu glauben, dass man keine hat. Ich denke, wenn du involviert bist, neige ich zu Fehlurteilen. Die anderen haben es bemerkt." Er wandte den Blick von mir ab und betrachtete die abstrakten Gemälde an der Wand.

Als er seine Aufmerksamkeit wieder auf mich richtete, lag eine schamlose Intensität in seinem Blick, die es schwierig machte, ihm standzuhalten. „Ich wünschte, ich wäre so gut darin zu leugnen, was zwischen uns ist, wie du", sagte er leise.

Ich leugnete es nicht; ich weigerte mich einfach, entsprechend zu handeln.

„Ich habe keine Zeit, auf eine Beratung zu warten. Ich brauche jetzt eine Entscheidung."

„Wenn dem so ist, dann ist die Antwort nein." Er stand auf und ging zur Bar. „Möchtest du einen Drink?", fragte er und nahm eine Flasche Scotch aus dem Regal. Aus der kleinen Eiswürfelmaschine daneben ließ er zwei Würfel in das Glas fallen. Nachdem er einen Schluck getrunken hatte, hob er als zweites Angebot das Glas in meine Richtung.

Ich war mir nicht sicher, welchen Rotton ich angenommen hatte, aber ich konnte spüren, wie die Wutröte meinen Nacken und meine Wangen erwärmte.

„Du bist ein Arsch", platzte ich heraus.

Er warf seinen Kopf zurück, und ein tiefes, kehliges Lachen hallte durch den Raum. „Ich will sichergehen, dass ich diese Situation vollständig begriffen habe. Du kommst hierher, nachdem du meine Sammlung ansehen durftest, um einen Xios oder einen Conparco-Schild zu finden, von dem ich dir gesagt habe, dass ich sie nicht habe. Während dieser Zeit hast du versucht, Gegenstände in einem gesicherten Raum zu fotografieren, den außer Kai, Simeon und Clayton noch nie jemand betreten hat. Als du von Clayton daran gehindert wurdest, hast du sein Eingreifen belohnt, indem du versucht hast, seine Magie zu stehlen. Du bittest um den Gefallen, meine Magie auszuleihen, weigerst dich aber, mir zu sagen, warum du so sehr daran interessiert bist. Doch wenn ich Rat suche, um sicherzustellen, dass ich eine Entscheidung treffe, die nicht von meiner offensichtlichen Vernarrtheit in dich beeinflusst wird, eine Frau, die mehr Frechheit besitzt, als irgendjemand jemals besitzen sollte, bin ich irgendwie der Arsch."

„Manchmal muss man sich einfach auf seine Schwächen einlassen. Sich ihnen hingeben."

„Was für eine seltsame Einladung in dein Bett", sagte er.

„Was von dem, was ich gesagt habe, bringt dich auf diese Idee? Ich habe vorgeschlagen, dass du mir einfach gibst, was ich will. Es würde mein Leben so viel einfacher machen."

„Ah, noch ein Vorschlag. Das würde ich gerne, aber du verleugnest immer noch, was du willst."

Ich würdigte diese Aussage keiner Antwort.

„Erin, sie werden in einer Viertelstunde hier sein. Es könnte eine Alternative geben. Etwas, das sicherer ist. Es mag vielleicht nicht deine eindeutige Vorliebe für Gefahren befriedigen, die ich sowieso nicht ganz verstehe, aber ein alternativer Plan könnte das Problem lösen, ohne das Gleichgewicht dieser Welt zu verändern. Etwas, das du nicht bedacht hast. Ich tue das nicht, um dich zu ärgern oder dir das Leben schwer zu machen."

„Das war unhöflich von mir", gab ich zu.

Er stellte ein Glas desselben Getränks, das er trank, vor mich hin. Mein Ausbruch war mir zunehmend peinlich. Es war nicht so, dass Mephisto über Machtspielchen erhaben war – niemand, mit dem ich jemals gearbeitet habe, war das – aber das hier war keines.

„Ich bin der Grund, warum Ian hier ist", gestand ich leise, nahm das Glas und trank einen Schluck. Genug, um mich zu entspannen, aber meine Fähigkeit, im Schleier zu funktionieren, nicht zu beeinträchtigen. Es war nicht die ganze Wahrheit, aber es war nah genug dran.

Er gab einen Laut von sich, trank selbst einen Schluck und presste die Lippen aufeinander. Seine dunklen Augen waren wie brennende Kohlen, als sie mich anstarrten.

„Wir können unsere Geheimnisse haben, aber keine Lügen. Ich möchte lieber, dass du ein Geheimnis für dich behältst, als mir Halbwahrheiten zu erzählen."

Ich erinnerte mich, dass er gesagt hatte, er könne mich lesen. Ich hatte mit Leuten verhandelt. Ich hatte reichlich Geschichten beschönigt. Und ich hatte ein ausdrucksstarkes Gesicht, doch wenn es nötig war, konnte ich ein Pokerface aufsetzen, so wie ich es bei ihm getan hatte. Oder zumindest dachte ich, dass ich es getan hatte. Was an mir verriet mich? Ich wollte fragen, bezweifelte aber, dass ich eine Antwort bekommen würde.

„Einiges werde ich dir nicht sagen", sagte ich, als ich nachgab. „Aber wir haben einen Zauber gefunden, von dem wir dachten, er würde uns in den Schleier lassen. Cory war neugierig. Er hat den Zauber gewirkt, doch er hat ihn nicht in den Schleier gelassen. Was der Zauber getan hat, war, Ian rauszulassen. Neri, Adalia und Asher waren dafür verantwortlich, Ian zurückzuschicken und ihm seine Fähigkeit zu nehmen, zurückzukehren."

„Ah, jetzt verstehe ich dein Interesse. Es ist nicht Asher, es ist Cory." Diese Information schien ihn zu entspannen, oder vielleicht lag es an dem Drink, den er gerade ausgetrunken hatte.

„Kai, du bist schnell hergekommen", sagte Mephisto, ohne

auch nur einen Blick auf den Mann zu werfen, der an der Tür stand. Niemand musste seine Anwesenheit ankündigen. All die Magie, die von ihm ausging, war wie ein Marktschreier, der seine Ankunft verkündete. Wenn das Kai war, der seine Magie unterdrückte, fragte ich mich, wie er war, wenn er es nicht tat.

„Das ist ein Tisch, kein Stuhl", sagte Kai zu Mephisto, der nur lächelte.

„Die anderen sollten bald hier sein."

Ich betrachtete Mephisto und den Raum auf der Suche nach irgendetwas, womit er Kontakt aufgenommen haben könnte. Als ich keine offensichtlichen Mittel sah, wie Mephisto sie hätte anrufen können, wurde mein Interesse an ihren Kommunikationsmitteln noch mehr geweckt.

Simeon kam als nächster und nickte in Mephistos Richtung, der dann aufstand und den Raum verließ, Kai direkt hinter ihm. Simeon blieb.

„Wie geht's Pearl?", fragte er.

„Victorias Pearl?", fragte ich, erstaunt über die Sorge in seiner Stimme.

Er nickte und sagte: „Geht's ihr gut?"

Ja, Simeon, dem hundert Pfund schweren Spitzenprädator geht's gut. Sie hat nicht nur ihre Raubtierinstinkte, sondern wird jetzt auch bewacht. Sie ist besser beschützt als wir.

Anstatt diese Gedanken in Worte zu fassen, lächelte ich und zwang so viel Authentizität hinein, wie ich aufbringen konnte. „Ihr geht's gut. Victoria hat einen Bodyguard für sie eingestellt." Ich war ziemlich beeindruckt, dass ich den Sarkasmus und Spott aus meiner Stimme heraushalten konnte.

Er blickte auf seine Füße und zögerte, bevor er antwortete. „Ich würde sie gern besuchen, um nach ihr zu sehen. Nur um zu sehen, wie es ihr geht."

„Was?" Ich konnte meinen Schock nicht unterdrücken. Ich blinzelte mehrmals, als mir klar wurde, dass er es ernst meinte. Als Wesen, das mit Tieren kommunizierte, hatte er eine Verbindung zu ihnen, die mein Verständnis überstieg. Aber seine Zuneigung zu dem Schneeleoparden konnte ich nicht nachvollziehen.

„Ich werde Victoria kontaktieren und fragen, ob es ihr was ausmachen würde. Ich glaube nicht, dass sie ein Problem damit hat. Tatsächlich würde ich wetten, dass es ihr gefallen würde", sagte ich. *Dann könnt ihr zwei Verrückten zusammen über das Mordkätzchen schwärmen.*

Ein anerkennender Ausdruck breitete sich auf seinem Gesicht aus.

„Ich sollte in ein paar Tagen etwas wissen."

Es würde nicht lange dauern, bis ich von Victoria daran erinnert werden würde, dass ich meinem Job, sie zu bewachen, nicht nachkam. Simeon zu schicken, um nach ihrer geliebten Pearl zu sehen, könnte sie beruhigen, besonders wenn sie wusste, dass er mit dem Tier sprechen konnte. Aber würde er ihr das verraten? Wahrscheinlich wäre es besser, wenn er es nicht täte. Sie würde wahrscheinlich nicht erfreut sein herauszufinden, dass ihr Kätzchen sie fressen würde, wenn sonst kein Futter in der Nähe war.

Ich fügte zu der Liste der Dinge, um die ich mich sowieso schon kümmern musste, hinzu: Ein Spieltreffen zwischen dem magischen Tierflüsterer und Pearl, dem Apexprädator vereinbaren, der sich einbildet, eine Hauskatze zu sein. Mein Leben war alles andere als langweilig.

Simeons Aufmerksamkeit schoss von mir auf etwas zu seiner Linken.

„Clayton." Er begrüßte ihn mit einem Nicken und ging.

Ich wartete nicht darauf, dass Clayton mich begrüßte. Ich bezweifelte, dass er es tun würde, doch ich hoffte, dass er zumindest seinen Kopf in den Raum stecken würde, selbst wenn er es nur tat, um mir einen finsteren Blick zuzuwerfen. Das würde mir Gelegenheit geben, mich zu entschuldigen. Er tat es nicht.

Ihre Beratung dauerte länger als ich erwartet hatte. Fünfzig Minuten länger als erwartet. Etwas, das fünfzehn Minuten hätte dauern sollen, dauerte über eine Stunde, und Mephisto kehrte allein zurück, seine Miene war nicht zu entziffern, was die Anspannung in mir wachsen ließ. Die Abhängigkeit von anderen frustrierte mich. Aber davon abhängig zu sein, dass Simeon, Kai und Clayton zu meinen Gunsten entschieden, war eine andere Art von Frustration und Mangel an Kontrolle. Ich konnte Corys Magie nicht einfach ausleihen, um in den Schleier zu spähen, und ich konnte sie auch nicht lange genug verwenden, um dort nach einem Wandler zu suchen.

„Ich komme aus dem Schleier", sagte Mephisto als Erinnerung daran, dass er Ian ohne Konsequenzen töten könnte. Es war ein verlockendes Angebot, denn je mehr ich mich mit Ian beschäftigte, desto weniger hatte ich das Gefühl, dass sein Leben es wert war, gerettet zu werden. Diese Situation fühlte sich wie eine Erlösungsprobe an, und ich wollte nicht scheitern.

Mein Mund arbeitete daran, die Worte „tu es" zu formen, doch es kam nichts heraus. Ein Mordanschlag, genau das würde es sein. Es würde das Problem aus der Welt schaffen *und* es wäre eine Lösung, die nicht rückgängig gemacht werden könnte. Ich schluckte die zustimmenden Worte herunter und schüttelte den Kopf.

„Er will sich aus einem bestimmten Grund zwischen den beiden Welten bewegen. Vielleicht wegen einer Person. Wenn er getötet wird, hinterlässt das Trauernde, Leute, die bereit sind, ihn zu rächen. Nur weil wir ihn nicht als jemanden sehen, der es wert ist, gerächt zu werden, heißt das nicht, dass andere es nicht tun werden. Es muss eine Alternative geben, doch für den Moment muss ich Ian davon abhalten, die Wandler zu benutzen."

„Okay."

„Du wirst mir helfen?"

Mephisto nickte. „Was passiert jetzt?", fragte er, nahm auf dem Sessel neben mir Platz, von wo aus er den Garten sehen konnte.

„Ich muss packen und mich darauf vorbereiten, in den Schleier zu gehen. Morgen gehe ich. Wenn ich erfolgreich bin, müssen wir uns nur Gedanken darüber machen, Ian zurückzuschicken."

„Ich gehe zu einer Auktion. Ich werde meine Beziehungen spielen lassen, um eine Einladung als mein Gast für dich zu bekommen. Vielleicht haben sie da einen Xios oder etwas ähnlich Nützliches."

Mephisto machte nicht nur Geschäfte auf den dunkleren Seiten der Stadt, er verpackte sie auch gerne in ein großartiges Paket mit einer hübschen Schleife. Ich war kein Dieb, sondern ein Beschaffungsspezialist. Drohungen gab es nicht, sondern lediglich die Eröffnung des Dialogs für Verhandlungen. Ich war neugierig auf seine „Auktionen", die, zu denen nur Leute wie er eingeladen wurden. Ich hatte eine solche Einladung nicht verdient, wahrscheinlich weil ich mir sowieso nichts leisten konnte.

„Wann ist sie?"

„In zwei Tagen."

„Danke. Ich würde gerne gehen." Ich fühlte mich ein wenig von meiner Last befreit und betrachtete die Optionen, die sich mir eröffnet hatten. Mephisto präsentierte eine weitere Option – eine weniger wünschenswerte, aber dennoch eine Option. Es war die nukleare Option und würde nur verwendet werden, nachdem ich alles versucht hatte, einschließlich der Verhandlungen über die Entfernung der Royals vom Thron. Allein daran zu denken, hinterließ einen widerlichen Geschmack in meinem Mund.

Mephisto war still, als er mich zur Tür führte. „Dein Ausflug in Dante's Forest hat nicht das gewünschte Ergebnis gebracht. Ian hat die Wandler terrorisiert und sie zu Komplizen seiner Mission gemacht, den Thron zu übernehmen. Ich bin überrascht, dass er noch lebt." Mephisto runzelte die Stirn. „Ich weiß, Wandler schätzen ihre Kräfte und ihre Magie, aber es überrascht mich, dass es keinen Wandler gibt, der bereit ist, diesen Teil von sich aufzugeben, um ihn aufzuhalten – und sein Rudel zu beschützen."

Doch, gab es. Asher. Aber es war nicht an mir, ihm das zu sagen.

Nein, Mephisto, du bist nicht der Erste, der auf diese Idee gekommen ist.

17

Ich trottete zur Tür, weil jemand wie ein Wahnsinniger dagegen hämmerte. Mit halb geschlossenen Augen spähte ich auf die Uhr an der Mikrowelle: 02:13 Uhr in der Nacht. Ich blinzelte mehrmals und versuchte, meine Sicht zu klären, bevor ich durch den Spion blickte. Asher.

„Du hast doch wohl nicht alle Tassen im Schrank", knurrte ich leise.

„Du weißt, dass ich dich hören kann, oder?"

„Gut, dann weißt du ja, wie genervt ich bin." Ich riss die Tür auf. „Was willst du?"

Es war das lässigste Outfit, das ich je bei ihm gesehen hatte. Sein schwarzes T-Shirt mit V-Ausschnitt spannte sich über den sehnigen Muskeln seiner Brust. Kurze Ärmel gaben den Blick auf beeindruckende Bizepse frei. Locker sitzende Jeans hingen von seiner schlanken Taille. Er sah in T-Shirt und Jeans genauso gut aus wie in einem teuren Maßanzug. Es ärgerte mich, dass ich es zur Kenntnis nahm, und noch mehr ärgerte es mich, dass er wusste, wie gut er aussah.

„Ich konnte nicht schlafen", gab er kleinlaut zu.

„Für die meisten Leute funktionieren Pillen, Alkohol, Sex oder Sport", antwortete ich bissig. „Versuch's damit. Herzlichen Dank, dass du an meinem TED-Talk teilgenommen hast." Ich begann, die Tür langsam zu schließen, doch er legte seine Hand in den Türrahmen, um mich daran zu hindern.

Er schenkte mir ein träges Lächeln, doch es fehlte die für Asher typische Anziehungskraft. „Mein Körper verstoffwechselt Pillen und Alkohol zu schnell, als dass das von Nutzen wäre. Wenn du Sex anbietest, würde das auch den Sport abdecken. Leider muss ich dein Angebot ablehnen."

Ich schnaubte. „Gute Nacht, Asher."

„Erin, bitte, können wir reden?" Sein Ton war leise und zurückhaltend. Seine Bitte ließ mich innehalten. Wenn ich es nicht besser gewusst hätte, hätte ich angenommen, dass er eingeschüchtert und unsicher war, zwei Dinge, die er definitiv nicht war.

Ich trat beiseite und ließ ihn ein. Er fuhr mit den Fingern durch seine Haare, seine Augen wanderten über den Boden. Er hob den Blick, um mich anzusehen. „In deiner Nachricht stand, dass du morgen in den Schleier gehst."

„Es ist zwei Uhr morgens. Es ist heute. Ich habe dir gesagt, dass du bereit sein sollst, damit wir den Zauber ausführen können, wenn ich zurückkomme. Je früher, desto besser."

„Ich weiß. Ist es sicher?"

„So sicher es sein kann, in ein fremdes Land zu gehen, um irgendeinen Wandler zu finden und ihn zu bitten, mit mir zurückzukommen. Kinderspiel. Am liebsten wäre mir ein Alpha – damit er mich vielleicht mit seiner Arroganz zu Tode nervt." Ich setzte ein Grinsen auf, aber es linderte die Anspannung in seinem Gesicht nicht. „Ich komm' schon klar. Ich kann gut auf mich selbst aufpassen."

„Wenn dir was passiert, fühle ich mich verantwortlich, weil du es für mich tust."

„Kein Problem. Das Einzige, was ich riskiere, ist, einen Alpha zu finden, der eine zu hohe Meinung von sich hat."

„Erin. Ich habe dein Gesicht bei Neri und Adalia gesehen.

Ich habe die Sorge und die Angst gerochen, und ich rieche sie jetzt auch."

„Erstens: das ist widerlich. Hör auf damit. Leute zu beschnuppern ist zweifellos das Ekelhafteste, was ihr Wandler und die Vampire tut. Also, hör einfach auf damit. Zweitens, wie wird das deiner Meinung nach enden? Jemand muss was tun, das nicht sicher ist, um Ian aufzuhalten. Keiner, der hilft, wird es leicht haben, weder bei der Suche noch bei der Ausführung."

„Ich habe darüber nachgedacht, seit du mir deinen Plan erzählt hast. Ich überlege, ob ich dich gehen lassen soll."

Ich stieß ein scharfes Lachen aus, das sicher als Schnauben geendet hätte, wenn ich es nicht heruntergeschluckt hätte, nachdem ich den ernsten Ausdruck auf seinem Gesicht bemerkt hatte.

„Willst du das umformulieren?" Ich setzte mich auf das Sofa und verschränkte die Arme vor der Brust.

Er dachte über meine Bitte nach, während Amüsement über die scharfen Linien seiner Züge huschte. Er verschränkte seine Arme genau wie ich meine und sagte: „Nein, passt schon so."

Ich seufzte verärgert. „Ich gehöre nicht zu deinem Rudel. Du *lässt* mich nichts tun. Wenn es eine andere Möglichkeit gäbe, würde ich mich dafür entscheiden. Aber hier sind wir nun mal. Und ich hoffe, dass es funktionieren wird."

Wir verfielen in unbehagliches Schweigen. Schließlich ließ er sich auf den Sessel fallen. Sein himmelschreiendes Selbstvertrauen gedämpft; sanfte graue Augen auf meine gerichtet.

„Wie sieht dein Plan aus?", fragte er schließlich. Sorge lag in seinen Worten.

Ich zuckte mit den Schultern. „Ich kann mir vorstellen, dass der Schleier unserer Welt hier ähnlich ist und die Leute in Gemeinden leben. Ich suche ein paar Wandler und bitte sie, mich zu ihrem Anführer zu bringen … oder sowas in der

Art." Ich fing an zu kichern angesichts des Schocks, den er schnell aus seinem Gesicht gewischt hatte. „Mein Plan ist flexibel und flößt mir auch nicht gerade Vertrauen ein. Ich kann die ganze Nacht eine Strategie entwerfen und beim ersten Schritt in den Schleier löst sich der ganze Plan in Wohlgefallen auf."

„Wandler haben Gemeinschaftshäuser, und wenn du das findest, wird höchstwahrscheinlich der Omega dort sein. Sie sind normalerweise da, um dem Rudel zu helfen, und in der Regel die Vernünftigsten im Rudel."

Fast eine Stunde lang ging er Informationen über Wandler durch, die ich bereits kannte. Wenn es einen Wald gab, würden sie eher dort sein. Ich sollte keinen Blickkontakt halten, denn das könnte als Herausforderung gewertet werden. Auf keinen Fall Silber tragen, vor allem keine Armbänder. Waffen nicht verstecken, denn das galt als feindselig.

Schweigend saß ich da und hörte einem seltsam übermäßig besorgten Alpha zu, der grundlegende Informationen wiederholte, die die meisten Leute kannten. Sie scheuten sich nicht, den Leuten zu sagen, was sie anstößig fanden. Es schien, als hätte Asher das Bedürfnis, etwas zu tun. Dass es ihm ein gewisses Maß an Trost bringen würde.

Er langweilte sich mit den Informationen, weil er zweimal sein Gähnen unterdrücken musste. Nach dem zweiten Mal stand ich auf und streckte mich.

„Verstanden. Dem ersten Wandler, den ich sehe, sollte ich ins Gesicht schlagen, um Dominanz zu zeigen. Dann zücke ich meine verborgene Klinge und zeige meine coole Technik."

Ashers finsterer Blick war eine Mischung aus Belustigung und Frustration. Ich kniete vor ihm nieder, brach damit die wichtigste Regel im Umgang mit Wandlern, begegnete seinem Blick und hielt seinem stand. Etwas, das mehr Mühe erforderte, als es sollte. Ich tauchte in die rohe Intensität seiner Augen ein, die gleichermaßen fesselnd wie abstoßend waren. Ein seltsamer Widerspruch.

„Das ist der einzige Weg, den ich sehe. Ich schaffe das. Es ist nicht das erste Mal, dass ich auf unbekanntes Gebiet gehe, und es wird nicht das letzte Mal sein. Ich bin immer noch da."

„Du wirst oft verletzt."

„Jeder Schnitt, jede Prellung und jede Narbe ist eine Erinnerung daran, dass ich überlebt habe." Ich stand auf und streckte mich wieder, überzeugt, dass ich einen erholsamen Schlaf haben würde. „Wenn du nicht nach Hause fahren willst, kannst du gern bleiben."

„Das wäre schön", flüsterte er, stand auf und ging zum anderen Ende der Wohnung.

„Nicht in meinem Schlafzimmer! Auf dem Sofa. Ich hole dir eine Decke, oder du kannst wandeln und dich als Wolf darauf zusammenrollen."

„Das Sofa ist okay." Seine Enttäuschung war offensichtlich.

Am nächsten Morgen erwachte ich vom Geruch von Kaffee und Essen. Ich atmete die verführerischen Aromen ein, putzte schnell die Zähne und duschte. Mein Shirt klebte an mir, wo ich mich nicht richtig abgetrocknet hatte. Ich trocknete mein Haar mit einem Handtuch, band es zu einem Pferdeschwanz und ging in die kleine Küche, wo ich es gewohnt war, Essen zu riechen, das zu stark gebräunt oder länger als empfohlen im Ofen geblieben war.

Heute war die Küche erfüllt von den satten Düften von Kaffee, Speck, Obst, Pilzen, Paprika und Zwiebeln. Gestern Nacht hatte ich nur Speck und Kaffee im Küchenschrank gehabt.

„Warst du einkaufen?", fragte ich Asher und goss mir eine

Tasse Kaffee ein. Irgendwann hatte er geduscht und sich etwas anderes angezogen, wahrscheinlich die Ersatzkleidung, die die meisten Wandler in ihren Autos aufbewahrten. Ich nahm an, dass er wie ich eine Reisetasche in seinem Auto hatte.

„So ungefähr. Ich habe mir ein paar Sachen von Miss Harp ausgeliehen. Ich habe schon jemanden gebeten, für sie einzukaufen."

„Sie muss dich mögen, wenn sie dir die Tür aufgemacht hat."

Er zuckte mit den Schultern. „Wir unterhalten uns oft, und ich habe gestern jemanden für sie einkaufen lassen. Ich habe ihr erklärt, dass mir, solange Ian in der Nähe ist, lieber wäre, wenn sie es nicht riskierte, ihm zu begegnen."

„Glaubst du, er kann sie zwingen, zu wandeln?"

„Nein. Ich vermute, er würde versuchen, sie zum Wandeln zu zwingen, aber sie kann es nicht, und es könnte ihrem Körper etwas antun, das sie vielleicht nicht überleben würde." Mit einem schweren Seufzer fuhr er sich mit der Hand durchs Haar. „Sie ist so eine Anomalie, dass ich nicht weiß, was ich erwarten soll, aber es ist besser, das Worst-Case-Szenario in Betracht zu ziehen. Ein Wandler hat sich noch nie mit jemandem fortgepflanzt, ohne dass das Baby ein Wandler war. Ich weiß nicht, wie sie möglich ist. Ich bin nicht bereit herauszufinden, was passieren würde. Ich will vorsichtig mit ihr sein." In seiner Stimme lag Sorge. Wenn ihre Existenz ihn vor Rätsel stellte, würde sie das bei jedem anderen auch tun, der von ihr erfuhr, doch derjenige wäre vielleicht nicht so besorgt um ihre Sicherheit und ihr Wohlergehen.

Er biss die Zähne zusammen und bewegte sich mit schnellen, geschmeidigen Bewegungen auf meine Tür zu. „Ich mache mir vielleicht Sorgen um ihre Sicherheit, aber sie scheint das nicht zu tun." Er riss die Tür auf. „Miss Harp, habe ich Sie nicht gebeten, mich anzurufen, wenn Sie das Haus verlassen wollen?"

Ich lehnte mich lautlos vor, damit ich beobachten konnte, was meiner Einschätzung nach eine amüsante Begegnung werden würde. Asher, der es gewohnt war, dass Leute seine Befehle befolgten, und Miss Harp, die sich sehr wenig um irgendjemanden oder irgendetwas kümmerte und streitlustig genug war, ihm genau das zu sagen. Sie mochte ihn vielleicht, doch sein Status als Alpha war ihr egal. Sie würde tun, was sie wollte.

„Ich habe mich dagegen entschieden. Ich muss in den Laden."

„Jemand ist schon auf dem Weg. Ihre Lebensmittel sollten bald hier sein."

„Ich brauche Sahne für meinen Kaffee."

„Welche Geschmacksrichtung?", fragte Asher mit fester, aber freundlicher Stimme.

Sie schnaubte und sagte: „Ich mag meine Privatsphäre und mag es nicht, irgendjemandem Rede und Antwort zu stehen."

„Das verlange ich auch nicht. Ich habe Ihnen das mehrfach erklärt. Es gibt eine Situation, die gefährlich für Sie sein könnte. Sie müssen nur noch ein paar Tage vorsichtig sein." Er seufzte. „Bitte."

Das kann ihm nicht gefallen haben.

„Dann können Sie mit mir kommen", zwitscherte sie kompromissbereit zurück.

Asher reckte den Hals in meine Richtung und warf mir einen vernichtenden Blick zu. Miss Harp hatte eine Faust in ihre Hüfte gestemmt, während sie in der anderen den Stock hielt. Nein, genau genommen hatte sie den Stock über ihren Arm gehängt. Ich war immer noch nicht davon überzeugt, dass sie ihn brauchte.

„Geben Sie mir einen Moment", sagte er.

Mein neues Lebensziel: Miss Harp sein.

„Geben Sie mir Ihre Schlüssel, wir treffen uns im Auto", sagte sie zu ihm.

„Nein, ich treffe Sie in Ihrer Wohnung." Der Befehl in seiner Stimme ließ ihr keinen Raum für Einwände, doch genau das wollte sie tun. Sie schaute mehrmals zwischen ihrem Stock und ihm hin und her, und ich fragte mich, ob sie überlegte, ihn damit zu schlagen.

Er verschwand wieder in meiner Wohnung und holte sein Handy und seinen Geldbeutel. „Ich werde mir ein paar Folgen Judge Judy mit ihr ansehen, vielleicht vergisst sie die Sahne", sagte er kopfschüttelnd.

Ich war mir nicht sicher, ob er mehr bestürzt war über Miss Harps Nichtbefolgung seiner Anweisungen oder ihren Wunsch nach Sahne. Da verstand ich, warum sie es vorzogen, gewisse Dinge innerhalb des Rudels zu belassen. Es gab Regeln und eine Befehlskette. Der Alpha sagt dir, dass du vorsichtig sein und anrufen sollst, bevor du gehst. Du tust es. Es war angenehm einfach.

„Das wird sie nicht." Ich öffnete einen Schrank und holte eine Flasche Kahlua heraus. „Das ist die Sahne, die sie sich unbedingt holen will. Einmal habe ich ihr geholfen, ihre Einkäufe reinzubringen, und habe Kahlua neben ihrer Kaffeekanne gesehen. Ich vermute, sie mag ‚Sahne' in ihrem Kaffee, wenn sie mit Judge Judy rumhängt."

Er schüttelte den Kopf, atmete frustriert aus und bedankte sich dann, als er die Flasche nahm. Bevor er ging, zögerte er einen Moment lang, seine Miene war nicht zu lesen. Er lehnte sich an mich und drückte seine Lippen für einen federleichten Kuss auf meine Wange, der es immer noch schaffte, meine Haut zu wärmen.

„Ich sehe dich später, wenn du aus dem Schleier zurückkommst. Hoffentlich unversehrt."

Er warf mir ein dankbares Lächeln zu und ging. Ich drückte meine Finger auf die Stelle, die seine Lippen berührt hatten. Mein Leben wurde zu kompliziert.

18

Mephistos Gesicht war unbewegt, als er auf mich zukam. Seine dunklen, ausdruckslosen Augen glitten über jeden Winkel meines Gesichts. Als wir nur noch Zentimeter voneinander entfernt waren, senkte er den Blick, und ein schmerzerfüllter Ausdruck huschte über sein Gesicht. Mit großer Anstrengung richtete er seine Augen wieder auf meine, bevor er sie zu den anderen schweifen ließ. Ich drehte mich zu Cory um, dessen Aufmerksamkeit nur lange genug von mir weg wanderte, um *die Anderen* im Raum anzusehen. Wahrscheinlich fragte er sich genau wie ich, warum sie hier waren. Ich hatte Madison erwartet und natürlich Cory und Mephisto. Mit Kai, Simeon und Clayton hatte ich nicht gerechnet.

Die mächtige Energie und das eiserne Selbstvertrauen von Leuten, die große Magie besaßen und noch größere Krieger waren, erfüllten den Raum. Die Mischung aus magischen Gerüchen duftete nach Zedernholz, Rauch, Wasserfällen und Erde. Es war anders, als in einem Raum zu sein, in dem nur Hexen, Magier, Feen oder Wandler waren. *Warum auch nicht*, dachte ich. Diese Leute waren vollkommen anders, und mein Wohnzimmer konnte die schiere Menge an

Magie nicht aufnehmen. Kai beanspruchte den Löwenanteil meiner Faszination; er vibrierte vor Energie, auch wenn er sich nicht bewegte. Ich wandte meinen Blick von ihm ab, als er mich zum dritten Mal dabei ertappte, wie ich ihn anstarrte.

„Glaubst du, es ist eine gute Idee, dass alle hier sind? Könnt ihr euch vorstellen, wie es ist, wenn die Wandler aus dem Schleier kommen und euch alle sehen?"

„Hast du eine Ahnung, wie unklug es wäre, niemanden hier zu haben, wenn du zurückkommst?" In Mephistos Stimme lag ein unausgesprochenes *falls*.

„Wenn sie zustimmen, mit mir zu kommen, denkst du, dass sie feindselig sein werden? Euch als magische Schlägertypen Wache halten zu sehen, wird sie feindselig machen."

Mephisto dachte eine Weile darüber nach, Sorgenfalten bildeten sich auf seinem Gesicht. Er ging noch einmal alles durch, damit ich mich im Schleier zurechtfinden konnte, falls er bei der Navigation nicht helfen konnte. Es war wie das Hinzufügen von Koordinaten zu einem Zauber, um den Standort zu ändern. Einfach in der Theorie, schwieriger in der Ausführung. Doch so war es mit den meisten Zaubern. Die Leute dachten, dass man Zaubersprüche nur aussprechen musste, doch man musste sie unter Kontrolle halten, sobald man den Zauber in Gang gesetzt hatte, und sie lenken, als würde man ein Boot durch turbulente Gewässer steuern.

„Hast du Angst?", fragte Mephisto so leise, dass nur ich es hörte.

„Ob ich Angst habe oder nicht ändert nicht wirklich etwas."

„Hast du wenigstens einen Plan?"

Ich zuckte mit den Schultern. „Im Moment ist er ziemlich flexibel. Ich werde einen Wandler finden und ihn bitten, mich zu ihrem Anführer zu bringen." Ähnlich wie ich es

Asher gesagt hatte. Ich schmunzelte. „Ganz wie jeder andere Außerirdische es auch machen würde."

Es war nicht Arroganz, die meiner Antwort zugrunde lag, sondern die Tapferkeit und das Selbstvertrauen, das ich demonstrieren musste, um alle zu beruhigen. Wenn ich auch nur einen Hauch von Angst zeigte, eine Spur Selbstzweifel, würden Cory und Madison vor Sorge verrückt werden oder, schlimmer noch, Cory würde wieder versuchen, mich davon zu überzeugen, nicht zu gehen. Also legte ich ihnen zuliebe einen Panzer der Selbstüberschätzung an, nicht, dass das meine eigenen Zweifel vertrieben hätte. Madison war an Bord, aber ihr Unbehagen war deutlich spürbar. Sie hatte sich in den Hintergrund zurückgezogen und beobachtete *die Anderen* mit einem Interesse, das meinem gleichkam. Sie hatte mit ihnen gekämpft, gesehen, dass die Magie der Immortalis keine Wirkung auf sie hatte, und aus irgendeinem Grund hatten sie sich jetzt in ihre Magie entspannt. Was auch immer sie getan hatten, um sie zu verbergen oder zu unterdrücken, sie hatten es aufgegeben.

Kai, Simeon und Mephisto ignorierten ihren intensiven Blick; Clayton fand es amüsant. Seine Augen leuchteten jedes Mal vor Schalk, wenn sich ihre Blicke begegneten. Sein melodiöses Lachen schwebte durch den Raum, als sie ihre Augen losriss und versuchte, verstohlene Blicke in ihre Richtung zu werfen.

„Ich habe kein Problem damit, dass du starrst", sagte er schließlich. „Ich fühle mich ziemlich geschmeichelt."

Das ist definitiv keine Farbe, über die sie sich freuen würde, dachte ich, als sich ihr Nasenrücken und ihre Wangen pink färbten. Damit sah sie süß aus, und sie hasste es, wenn jemand das über sie sagte.

Sie erlangte die Kontrolle über ihren Gesichtsausdruck zurück und setzte eine professionell ruhige Maske auf, dann richtete sie ihren Blick auf mich und Mephisto, was ihr nur ein Schmunzeln von ihm einbrachte.

Mephisto beugte sich noch näher zu mir vor. „Du bist so authentisch", sagte er. Was? Sollte ich jemand anderes sein? „Ziemlich interessant", sagte er in einem leisen, trägen Ton. „Sei vorsichtig."

Mit einem Publikum versuchten wir, den Austausch der Magie klinisch und teilnahmslos vorzunehmen, doch es war eine beängstigende Aufgabe. Ich war mir schmerzlich bewusst, dass *die Anderen* uns beobachteten, unsere Chemie und Verbindung analysierten und nach Beweisen suchten, die ihre Anschuldigungen stützten, Mephisto sei kompromittiert, wenn es um mich ging. Ich wollte kein Öl in die Flammen ihrer Sorge gießen. Ich empfand dieselbe Sorge, Verwirrung und Neugier wie sie, was uns anging.

Wir traten auseinander, und ich flüsterte die Worte der Macht, nur ein paar Worte, aber sie zogen und zogen sich dahin, und am Ende wurde mir klar, dass ich vor Mephisto stand, versunken in seiner Magie. Sie durchströmte mich, das nagende Verlangen war gestillt. Seine Lippen berührten meine ganz leicht. Nur der Hauch einer Berührung. Als Cory sich räusperte, versuchte ich, einen Schritt zurückzutreten, doch Mephistos Hände lagen an meiner Taille.

„Sei vorsichtig", wiederholte er flüsternd.

„Nein, ich glaube, ich werde leichtsinnig sein", schoss ich zurück und wünschte mir, er wüsste, wie sehr ich es hasste, wenn Leute das sagten. Die meisten Leute kreuzen wann immer möglich das Kästchen „Vorsicht" an.

„Erin", flüsterte er. „So typisch Erin."

Ich wich noch weiter zurück, beschwor den Zauber herauf, um den Schleier zu öffnen, und blickte einmal über meine Schulter, bevor ich eintrat. Es war der Ausdruck auf den Gesichtern der anderen, der mich einen Moment innehalten ließ. Traurigkeit? Sorge? Nein, *Sehnsucht*.

Dieser Abschnitt des Schleiers war nicht so malerisch wie die Orte, die ich bei meinem ersten Besuch gesehen hatte. Zuvor war ich in eine Welt versetzt worden, in der Raubtiere und Beute in Harmonie lebten, umgeben von üppigen Wäldern und leuchtenden blühenden Bäumen, ohne sich ihrer hierarchischen Positionen bewusst zu sein. Obwohl ich nur wenige Augenblicke dort verbracht hatte, hatte ich nichts vergessen. Ich dachte ständig an den lebendigen Himmel und die schneebedeckten Berge, wo geflügelte Wesen ihre Bahnen zogen. Die Gelassenheit war etwas, das ich hoffte, wieder zu erleben.

Dieser Teil des Schleiers war nicht anders als das, was ich sehen konnte, wenn ich nur fünfzehn Minuten von meiner Wohnung in das nächste Wohnviertel fuhr, obwohl die Häuser dort anders als hier sich nicht durch unterschiedliche Architektur mit verschiedenen Verkleidungen, Putz oder Ziegeln auszeichneten. Jedes Haus hier hatte seine eigene Persönlichkeit, und wenn ich raten müsste, könnte ich sagen, welches die Häuser der Felidae und der Canidae waren. Zwischen den Häusern lagen große Waldstücke. Die Blätter waren golden, braun und orange, wie im Herbst zu erwarten war, und hier war eindeutig Herbst. Ich zog den Reißverschluss meiner Jacke zu und ging weiter.

Es gab keinen blauen Himmel, hübsche Sträucher, atemberaubende Landschaften oder geflügelte Leute. Oder irgendwelche Tiere, die harmonisch oder anders miteinander lebten. Ich sollte im Land der Wandler sein, und ich hatte noch kein einziges Tier gesehen. Ich hatte überhaupt nichts Lebendiges gesehen. Hatte ich den Zauber falsch gemacht? Wenn dem so war, hätte ich erwartet, dass Mephisto sich wie zuvor einklinkte und mich in eine andere Gegend führte.

Vorsichtig ging ich an einem weiteren Wald vorbei, der auf den ersten Blick leer schien. Ich ging tiefer in das Dickicht der Bäume und fragte mich immer noch, wie es möglich war, dass ich noch kein Tier gesehen hatte. Jenseits des Schleiers war ich es gewohnt, Wandler in Tiergestalt herumlaufen zu sehen, als ob es normal wäre, dass Geparden, Löwen, Pumas, Dingos in der Stadt spazieren gingen. Es war auch normal, einen Menschen in einen Wald gehen zu sehen, dabei eine Kleiderspur hinter sich zu lassen, und kurz darauf ein Tier zu sehen, das durch den Wald sprintete. Oder wenn man im Park saß, konnte ein Wolf oder Kojote seinen Kopf zwischen den Bäumen herausstrecken, um einen wissen zu lassen, dass er da war. Sie taten es aus Höflichkeit, doch egal, wie nett sie versuchten, einem ihre Anwesenheit mitzuteilen, war es alarmierend zu sehen, wenn ein Raubtier seinen Kopf aus dem Wald reckte. Außerdem waren Wandler nicht wirklich sanftmütig, also war es noch furchteinflößender.

Hier gab es nichts dergleichen. Ein paar Autos fuhren vorbei, Köpfe drehten sich, und Augen betrachteten mich misstrauisch.

Wenn ich die Regeln hier kennen würde, wäre es einfacher. Hatten die Wandler einen gemeinsamen Rückzugsort wie die Wandler zu Hause? Waren die Gebäude, in denen sie ihre Geschäfte führten, höher als alle anderen in der Gegend?

Ich beschloss, einfach an eine Tür zu klopfen und zu sehen, was passierte; eine modifizierte Version von „Bring mich zu deinem Anführer" schien der richtige Weg zu sein. Dann kam ein Adler angeflogen, und sein Flügel streifte meinen Kopf. Erst, als er ein paar Meter entfernt landete und mir mit seinem Kopf bedeutete, dass ich ihm folgen sollte, war ich mir sicher, dass die Berührung beabsichtigt gewesen war.

Während ich mich vorsichtig auf den Adler zubewegte, wurde mir klar, dass es sich um einen Wandler handelte. Da war das verräterische menschliche Bewusstsein, kombiniert mit einer räuberischen Wachsamkeit, die mich nervös machte, ein goldener Schimmer in den Augen, der mich wissen ließ, dass er in beiden Welten existierte.

Als ich dem Adler weiter folgte, stellte ich fest, dass der Wald dichter und größer war, als ich gedacht hatte. Der Adler hielt an einer Stelle an, die noch dichter bewachsen war. Ein grauer Wolf trottete vorbei. Dann kam ein rötlich-grauer Wolf näher an mich heran. Der nahende Jaguar brachte mich dazu, eine Hand auf meine Waffe zu legen. Ich hatte versucht, mich an die Anstandsregeln der Wandler meiner Welt zu halten und darauf geachtet, dass keine meiner Waffen versteckt waren: Zwei Pistolen und ein Messer waren auf den ersten Blick zu sehen.

Teilweise verdeckt von den dichten Bäumen waren zwei weitere Wölfe und ein weiterer Jaguar. Geräusche von brechenden Ästen und Schritten ließen mich wissen, dass mehr um mich herum waren. *Atmen. Keine Angst.*

Ich bewegte mich nicht und sie auch nicht. Der Adler flog auf mich zu, eine Kralle ritzte in meine Haut, dann zog er sich zurück. Er tat es erneut, nur um sich wieder zurückzuziehen. Als er nach meiner Schulter pickte, griff ich nach meinem Messer.

„Brayden", sagte eine sanfte, aber gebieterische Stimme hinter mir. Beim bloßen Klang der kühlen, heiseren Stimme entfernte sich der Adler und landete am Boden. Dann entfernte er sich noch ein paar Schritte weiter von mir.

Als ich mich umdrehte, sah ich eine große Frau mit kurz geschnittenem, nachtschwarzem Haar. Ein moderner Look zu einem klassischen Gesicht. Intensive smaragdgrüne Augen saßen tief, und die Wangen ihrer sonst rehbraunen Haut waren leicht gerötet. Ihr Gesichtsausdruck verriet nichts, was dazu führte, dass ich unter ihrem prüfenden Blick unbewegt blieb.

„Wandle dich", verlangte sie, behielt mich im Auge, ihre Anweisung jedoch an Brayden gewandt. Der Adler flog tiefer in den Wald hinein. Niemand bewegte sich oder sagte etwas, bis Minuten später ein Teenager in einem weiten T-Shirt und Leggings aus dem Wald auftauchte. Waren sie in der Lage, sich mit Wandlermagie zu kleiden, oder hatten sie Kleider im Wald herumliegen? Ich wünschte, unsere Wandler würden uns diese Höflichkeit erweisen, damit wir aufhören könnten, ständig nackte Ärsche sehen zu müssen.

Wenn ich Brayden in menschlicher Gestalt gesehen hätte, hätte ich aufgrund ihrer verschlagenen Züge auf Fuchswandler getippt. Kleine, runde, ungewöhnlich stumpfe schwarze Augen, langes bräunlich-rotes Haar und eine lange, scharfe Nase gaben ihr eine gefährliche Niedlichkeit.

„Sie stinkt", verkündete sie empört. „Das gefällt mir nicht." Dann warf sie mir einen Blick zu. „Und sie gefällt mir auch nicht."

Ich versuchte, ihr Alter zu erraten, weil ich es für völlig angemessen hielt, einem Kind von über sechzehn Jahren zu sagen, dass es sich verpissen sollte, wenn es unhöflich war. Es war nicht nur die Teenagerangst, die sie unverschämt machte, es waren die sprichwörtlichen Stützräder. Im Erwachsenenalter, wenn die wegfielen, vermutete ich, dass sie ein schreckliches Biest sein würde.

Das angespannte, aber liebenswürdige Lächeln, das ich aufsetzte, war antrainiert und blieb, wissend, dass ich mich in einem neuen fremden Gebiet befand und ihre Hilfe brauchte.

„Ich weiß. Es ist Angst, die du riechst", informierte die kurzhaarige Frau Brayden. „Aber es war nicht richtig von dir, sie anzugreifen. Du solltest dich entschuldigen."

Fest aufeinandergepresste Lippen weigerten sich, die Worte herauszulassen, bis die Frau ihr einen vernichtenden Blick zuwarf. Brayden schnaubte. „Tut mir leid. Dein Geruch hat mich dazu gebracht, dich angreifen zu wollen."

Ab welchem Alter war man zu alt für eine Auszeit? Konnte sie Hausarrest bekommen? Als Teenager war sie nicht zu alt, um sie übers Knie zu legen, oder?

Mein Lächeln immer noch fest verankert, nickte ich nur.

„Du kommst von außerhalb des Schleiers", stellte die kurzhaarige Frau fest, ging um mich herum und musterte mich mit einer Mischung aus Abscheu und Neugier.

Ich nickte. „Ja, ich bin im Namen der Wandler hier."

Das erregte ihre Aufmerksamkeit. Sie hörte auf, um mich herumzugehen, und blieb vor mir stehen. Ich senkte Kopf und Augen und achtete darauf, in keiner Weise herausfordernd zu wirken. Ich hasste Wandler-Etikette. Ich war kein Wandler, sondern jemand, der einen Gefallen brauchte, also sollte ich ihre kleinen Wandlerspiele nicht spielen müssen. Doch ich tat es, weil ich sie brauchte.

„Sie haben einen Menschen geschickt, um sie zu vertreten." Sie hatte eindeutig das Gefühl, dass sie ein minderwertiges Wesen geschickt hatten, um ihre Arbeit zu erledigen.

„Sie können nicht durch den Schleier gehen. Sie sehen ihn nicht einmal."

„Deshalb habe ich noch nie einen von der anderen Seite gesehen. Wir verlassen den Schleier nicht, aber ich bin sicher, du kannst verstehen, warum. Hier ist es schöner, weniger Menschen und nicht so viele" – sie beugte sich vor – „Gerüche."

Das ist keine Angst, das bin ich fünf Sekunden, bevor ich in den totalen Bitch-Modus gehe, wenn du nicht aufhörst, mich zu beleidigen.

Aber anstatt das zu sagen, zögerte ich und hasste jeden Moment. „Ich bin an einem fremden Ort und brauche einen Gefallen, der verweigert werden und dazu führen könnte, dass mein Freund stirbt."

„Wandler?" Sie reagierte auf die Emotion in meiner Stimme. Ich war selbst davon überrascht. Es war ein sehr widersprüchliches Gefühl. Wenn Wandler brauchbare Magie hatten, musste ich den Impuls abwehren, ihre Magie zu nehmen und sie möglicherweise zu töten. Aber hier, in diesem Moment, wollte ich ihre Leben retten.

Ich nickte. Ihre Stimmung entspannte sich sichtlich.

„Wie heißt du?", fragte sie.

„Erin Jensen."

„Ich bin Tabitha." Das war das ganze Ausmaß ihrer Vorstellung. Sie streckte mir nicht einmal die Hand entgegen.

„Welche Farbe hat dein Haar?"

Was? Bevor sie sich irgendwas anhörte, brauchte sie eine Basis, um festzustellen, ob ich log. Lebende Lügendetektoren. Sie tun mehr, als nur den Leuten zu sagen, dass sie nach Angst und Unruhe stinken.

„Braun. Ich bin brünett", sagte ich.

„Die Farbe deiner Hose?"

„Schwarzes Leder."

„Wie viele Waffen hast du?"

„Zwei Pistolen mit Silberkugeln und ein Messer. Die Klinge ist auch aus Silber. Alle meine Waffen sind für euch sichtbar. Mir wurde vom Alpha gesagt, ich solle sie nicht mitbringen, aber wie du bemerkt hast, hatte ich Angst, an einen fremden Ort zu gehen, ohne mich schützen zu können."

Ein Lächeln schlich sich auf ihre Lippen. „Kannst du gut mit ihnen umgehen?"

„Sehr gut. Wenn ihr alle angreifen würdet und ich sterben würde, würde ich einige von euch mitnehmen." Ich hielt meinen Gesichtsausdruck neutral, damit es nicht als Drohung, sondern eher als Feststellung einer Tatsache rüberkam.

„Selbstvertrauen. Das mag ich." Ihr Lächeln wurde breiter, und mit einem Nicken forderte sie mich auf, fortzufahren.

Vorsichtig erzählte ich meine Geschichte und erklärte, dass ein Feenmann aus dem Schleier entkommen war, der die Fähigkeit hatte, Wandler zu kontrollieren, und sie benutzte, um die Royals zum Rücktritt zu zwingen.

„Ein Feenmann. Ist es Ian Carden?"

„Ian, ja, aber ich kenne seinen Nachnamen nicht."

„Niemand kennt den wahren Namen einer Fee, aber so nennt er sich."

Namen waren in der Magie wichtig, daran erinnerte mich Cory oft. Den wahren Namen einer Fee zu kennen, gab einer anderen Fee Macht über sie, ähnlich dem Zwang, den ein Vampir auf Menschen ausüben konnte. Um zu verhindern, dass sie einer anderen Fee dienen mussten, hielten sie ihren wahren Namen geheim. Ich kannte weder Madisons wahren Namen noch die ihrer Eltern, und meine Mutter auch nicht.

Mit einem Kopfnicken von Tabitha zogen sich die Wandler ins Dickicht zurück. Augenblicke später kehrte einer in menschlicher Gestalt zurück. Es war nicht nötig, dass er mir sagte, wer er war; es war ziemlich offensichtlich, dass er der Jaguar war. Die geschmeidige Bewegung, die dunkel getönte Haut, die zimtbraunen Augen und der schlanke, geschmeidige Körperbau. Er war außergewöhnlich groß, fast zwei Meter, und hatte dieselbe Autorität wie Tabitha. Es war ein schlechter Stil zu fragen, ob ein Wandler ein Alpha war, weil wir es irgendwie instinktiv wissen sollten. Sich mit ihnen auseinanderzusetzen war anstrengend.

„Sie hätten ihn nach seinem ersten Putschversuch niemals am Leben lassen dürfen. Die vierzig Jahre Gefangenschaft haben seinen Machthunger offensichtlich nicht gedämpft. Er wird diesen Hunger immer haben, und nichts als die Unterwerfung derer über ihm wird ihn stillen", bemerkte Mr. Jaguar. Seine zorngeladenen Worte implizierten, dass er und Tabitha bezüglich einer dauerhafteren Lösung einer Meinung waren.

Sein Blick wanderte von meinen Füßen über den Rest von mir, bis er zu meinen Augen kam, wo er meinen Blick festhielt. Intensiv forschende Augen musterten mich interessiert. *Ich habe mich schon bei Tabitha beliebt gemacht. Ich habe nicht die Zeit, mich mit einem anderen Wandler anzufreunden. Mach weiter.*

„Wessen bist du schuldig?", fragte er und kam näher. Seine lautlosen, schnellen Bewegungen ließen mich instinktiv nach meiner Waffe greifen. Ich ließ schnell meine Hand sinken, hielt sie aber griffbereit.

„Was meinst du?"

„Es ist keine Angst. Du bist hier, um Sühne zu tun?"

Ugh, geh zurück in den Wald, Kätzchen. Verdammt, verdammt, verdammt. Ich wusste nicht, ob das helfen oder schaden würde.

„Ich habe versehentlich einen Wandler getötet, als ich versucht habe, einen Angriff zu verhindern. Ich möchte nicht, dass ein anderer für etwas stirbt, über das er keine Kontrolle hat."

Wut ist eine starke Emotion, die schwer zu übersehen ist, und man musste nicht sehr gut im Lesen von Emotionen sein, um sie zu spüren und sich so weit wie möglich davon entfernen zu wollen. Wut auf Ian war eine gute Sache, also trug ich dick auf und beschrieb sehr detailliert, wie er versucht hatte, einen Alpha zu benutzen, um mich anzugreifen, dann den Vorfall im Park, und wie er Wandler als seine kleine Armee benutzte, indem er ihnen ihren freien Willen nahm.

Wandler können nervig sein, und die ellenlange Liste von Eigentümlichkeiten eines Rudels machte es schwierig, sich in ihrer Welt zurechtzufinden. Alles, angefangen bei ihren Regeln, Geheimnissen, Rudeltreue, die unerschütterliche Loyalität diktierte, bis hin zu ihrer Hierarchie, die bedingungslosen Gehorsam verlangte. Doch trotz all der Dinge, die ich im Umgang mit ihnen als problematisch empfand, bewunderte ich das Maß an Kameradschaft und Pflichtbewusstsein, das anderen Arten fehlte. Aus diesem Grund wusste ein Teil von mir, dass die Wandler im Schleier helfen würden, denn genau das würde Asher für einen Wandler aus einer anderen Welt auch tun. Genau aus diesem Grund sorgte er dafür, dass Miss Harp versorgt war, obwohl sie keine richtige Wandlerin war.

„Er benutzt sie als Kampfhunde", stieß Tabitha hervor. Ich konnte ihre Empörung verstehen; Ian behandelte Wandler, als wären sie echte Tiere. Wenn man einen domestizierten Wolf streichelte, wurde man vielleicht mit der Schnauze an der Hand angestupst, vielleicht schmiegte er sich liebevoll zum Kuscheln an den Hals, doch wenn man das mit einem Wolfswandler versuchte, würde er wahrscheinlich die Zähne fletschen, und er würde einem an die Kehle gehen.

Tabitha und der Jaguar kochten vor Wut. Ein Punkt für empörte Arroganz. Damit konnte ich leben. Ich ging ins Detail und beschrieb es dramatisch, um den gewünschten Effekt zu erzielen.

„Wirst du ihnen helfen?" Ich war schockiert über die sehnsüchtige Dringlichkeit in meiner Stimme.

Da ihre Gesichter immer noch zu finster waren, hatte ich meine Antwort. Wandler durften nicht von jemandem kontrolliert werden, der kein Wandler war. Es war eine arrogante, egozentrische und etwas narzisstische Einstellung, aber hey, ein Hoch auf Arroganz, Egozentrik und Narzissmus!

Die Vorbereitungen für die Abreise dauerten nicht lange. Mr. Jaguar – oder besser gesagt Ezekiel, wie er sich mir vorgestellt hatte, nachdem er sich darüber geärgert hatte, dass ich ihn zu oft Mr. Jaguar genannt hatte – bot an, Tabitha zu begleiten. Zwei Wandler waren besser als einer, und ich war mir ziemlich sicher, dass sie Alphas waren, oder zumindest jemand, der im Rudel einen verdammt hohen Rang einnahm. Kleinlich konnte ich es kaum erwarten, es Cory unter die Nase zu reiben. Vielleicht würde ich Asher sogar ein „Ich hab's dir doch gesagt. Ich schaffe das"-Nicken zuwerfen.

Bereit, den Schleier zu verlassen, konnte ich leise Schritte hören, als jemand auf uns zu gerannt kam. Wir drehten uns um und sahen den großmäuligen Teenager auf uns zukommen. Sie hatte sich Jeans und ein T-Shirt angezogen und trug eine Umhängetasche.

„Tante Tabby, Dad hat gesagt, ich kann mitkommen.“

„Tante Tabby“ zog eine Augenbraue hoch. „Ich kann mich nicht erinnern, ihn gefragt zu haben, ob du das darfst. Ich habe ihm nur mitgeteilt, wohin ich gehe und mit wem.“ Ein verstohlener Blick in meine Richtung ließ mich wissen, dass ich es mit ihrem Bruder zu tun bekommen würde, wenn ihr etwas passieren sollte. Ich fragte mich, ob ihre Mutter ein Adler war oder ob sie adoptiert war.

„Ich habe es an deinem Blick gesehen“, erklärte Brayden. „Du hast ausgesehen, als wolltest du Gesellschaft. Und“ – sie sah mich an – „es ist besser, wenn du Verstärkung mitnimmst.“

Tabitha machte sich nicht die Mühe zu diskutieren. Mit zusammengekniffenen Augen sah sie ihre Nichte an, dann blickte sie mit einem stillen Befehl und einer Bedingung in meine Richtung.

Braydens Augen rollten fast in ihren Hinterkopf. „Erin, es tut mir leid, dass ich dich gepickt habe.“ Ihre Stimme klang genauso unaufrichtig wie ihre Entschuldigung.

Ich hob meinen Arm und zeigte ihr die von ihren Krallen aufgeritzte Haut. *Hmm, vielleicht bin ich auch ein Arsch.* Ich wollte mit meiner Reaktion der Jugend von heute lehren, morgen bessere Leute zu sein. *Ja, das ist es. Ich bin ein Mentor.*

„Gut“, schnaubte sie. „Es tut mir leid, dass ich dich gekratzt und dir die Wahrheit über deinen Geruch gesagt habe.“

Ich werde ihr ein Bein stellen.

Ein schmallippiges Lächeln war das einzige Zeichen von Akzeptanz, das sie bekam. Wenn man eine unaufrichtige Entschuldigung aussprach, bekam man eine unaufrichtige Antwort.

19

Allein durch den Schleier zu reisen war einfach und schmerzlos. Nur eine winzige Bewegung, ein Flüstern des Zaubers und ein nahtloser Übergang. Das Reisen mit drei Wandlern war umständlich, weil wir schnell herausfanden, dass Wandler sich durch den Schleier bewegen konnten, aber nicht ohne einen Führer, der ihn tatsächlich navigieren konnte. Da ich dieser Führer war, klammerten sie sich unbeholfen an meine Extremitäten.

Als ich mit den Wandlern im Schlepptau in meine Wohnung zurückkehrte, waren nur noch Cory, Mephisto und Madison da. Die Begrüßung war knapp, fast nicht vorhanden. Die Wandler aus dem Schleier sahen wenig interessiert an Vorstellungen aus. Sie interessierten sich nur dafür, Elizabeth zu treffen. Trotz ihrer unhöflichen Direktheit ging es schnell, und Madison versuchte, sich ihre Empörung nicht anmerken zu lassen, als ihre Vorstellung und ihre ausgestreckte Hand ihr nur ein oberflächliches Nicken von Tabitha einbrachten.

Die begrenzte Sicht außerhalb des Schleiers ließ die Wandler unbeeindruckt, abgesehen von Elizabeths kunstvollem Wald, der keinem anderen Zweck diente, als die Leute zu frustrieren, die durch die labyrinthischen Drehungen und Wendungen navigierten, die einen genau dorthin brachten, wo man Minuten zuvor gewesen war. Am Ausgang begrüßte uns der schnippische Kobold, gekleidet in eine dunkelblaue Weste und Hose und ein weißes Hemd mit einem offenen Knopf – lässiger als bei unserem ersten Treffen, bemerkte ich. Seine Brille, die weit unten auf seiner scharfen Nase saß, ließ ihn eben jene heben und erweckte den Eindruck, dass er jeden, den er ansprach, von oben herab ansah.

Bei einem unserer Besuche bei Elizabeth hatte er sich in eine riesige Kreatur verwandelt und uns aus dem Wald geworfen. Ich hatte keine Lust, das noch einmal zu erleben.

Sein gebieterischer Blick schwenkte von mir zu Cory, bevor er seine Zähne zu einem spöttischen Grinsen entblößte. Dann richtete er seine Aufmerksamkeit schnell auf die Wandler. Er verbeugte sich zum Gruß und sagte: „Im Namen der Herrin heiße ich Sie und Ihre Gaben willkommen. Die anderen warten auf Sie." Er streckte den Arm aus und lud sie ins Haus ein. Uns jedoch nicht. Mephisto, der in großer Entfernung von den Wandlern aus dem Schleier abseitsstand, sah nicht so aus, als hätte er die Brüskierung erwartet. Madison und Cory waren darüber empört.

Ich hatte erwartet, dass die Wandler zumindest zögern und fragen würden, warum wir nicht eingeladen wurden. Oder zumindest verlangten, dass ich mitkomme. Doch nichts. Dachten sie nicht, dass das eine Falle sein könnte? Vielleicht hätten sie es geglaubt, wenn Asher und Sherrie nicht vor dem Haus auf sie gewartet hätten.

Aus der Ferne beobachtete ich ihre Begrüßung, die herzlicher war als ihre Begrüßung von Cory und Madison. Mephisto machte keinen Versuch, sich vorzustellen.

Ich war zu weit weg, um etwas zu hören. Selbst wenn ich

näher gewesen wäre, hätte ich angesichts ihres empfindlichen Gehörs nur hören können, wovon sie wollten, dass ich es hörte. Als ich einen Schritt am Kobold vorbeigehen wollte, legte er seine Hand auf mich und stieß mich zurück, ein Vorschlag, den ich ignorierte, bis ich einen scharfen Stich spürte. Vor Schmerzen wich ich ein paar Zentimeter zurück und starrte auf das Loch in meiner Lederhose. Da war kein Blut, das meine Hose befleckte, aber ich wusste, dass die Verletzung da war. Der Kobold blickte auf sein Schwert und holte ein Taschentuch hervor, um es abzuwischen. Wo um alles in der Welt hatte er es aufbewahrt?

Bei unserem ersten Alptraum von einem Treffen hatte ich fest vorgehabt, ihn quer durch den Wald zu treten. Ich hatte nie die Gelegenheit bekommen, aber es schien, als würde sich mir gerade eine neue Gelegenheit bieten. Cory, der meine Absicht bemerkte, legte seinen Arm um meine Taille und versuchte, mich zurückzuziehen. Als ich mich nicht freiwillig bewegte, hob er mich hoch und trug mich mehrere Meter zurück.

„Wir brauchen wirklich keinen Besuch von seinem großen gemeinen Freund", flüsterte er in mein Ohr.

„Ich will ihn nur einmal treten. Lass es mich nur einmal machen", zischte ich leise.

„Keine gute Idee, Erin."

Die Lippen des Kobolds verzogen sich zu einem Grinsen. „Ein Rätsel."

„Ich löse keines deiner Rätsel", sagte ich ihm.

„Hör dir an, was er zu sagen hat", schlug Madison vor und legte eine Hand auf meine Schulter, die beruhigend sein sollte, aber ich war zu gereizt, als dass es eine Wirkung auf mich hätte haben können. Ich fühlte mich um eine Erfahrung betrogen, die mir zustand. Ich hatte Magie; Ströme davon bildeten sich auf meiner Hand, doch ich löschte sie aus. Wenn ich mich mit Elizabeths Kobold anlegte, würde sie sich vielleicht weigern, die Bindung vorzunehmen. Und ich wollte keine Aufmerksamkeit darauf lenken, dass ich immer noch Mephistos Magie hatte, für den Fall, dass er es vergessen hatte. Es war höchst unwahrscheinlich, aber ich wollte es aus der Perspektive des halbvollen Glases betrachten.

„Was ist das Rätsel?", fragte Madison.

„Hör mir gut zu: Was braucht die Herrin von einer Erdfee, einem verbitterten Hexenmeister, dem verfluchten Raben" – er sah Mephisto an, die Augenbrauen auf eine Weise hochgezogen, die mich glauben ließ, dass er eine Ahnung hatte, was er war, es aber nicht aussprechen würde – „und einem Krieger, um einen Zauber zu wirken, den sie schonmal gemacht hat?"

Cory starrte den Kobold, der nur seine Nase zu einer hochmütigen Zurschaustellung seines Spotts hob, finster an.

„Ich würde gerne sehen, wenn sie es tut", erklärte ich.

„Und genau deshalb wirst du es nicht sehen."

„Arius", bat Mephisto mit einer tiefen, seidigen Stimme, die ihm sicher viele Türen öffnete, „ich bin sicher, Elizabeth hätte nichts gegen das Publikum. Sie liebt es, eine Show abzuziehen."

„Da sind fünf Wandler. Sie hat ein Publikum", antwortete der Kobold kurz angebunden. Er wich zurück und lächelte. „Aber wenn du darauf bestehst." Er formte ein paar Worte mit den Lippen, und die Gegend ging in denselben Flammen auf, durch die Elizabeth uns bei unserem letzten Besuch zu gehen gezwungen hatte, um zu ihr zu gelangen. Diese Flammen waren es, die das Mal eines Raben bei mir hinterlassen hatten und bei den anderen komplizierte Male, die einander ähnlich waren. Mephisto trug, wie er es bei seltenen Gelegenheiten tat, dunkle Jeans und ein T-Shirt, der Stoff passte sich seiner Figur an und stellte definierte Arme, eine muskulöse Brust und, was ich aus Erinnerung und Berührung wusste, fein gemeißelte Bauchmuskeln zur Schau.

Wenn er durch das Feuer ging und die Male erschienen, würden sie für alle sichtbar sein. Beim letzten Mal waren es nur *die Anderen* und ich gewesen. So finster wie er dreinblickte, hatte ich das Gefühl, dass er nicht durchs Feuer gehen würde, und ich vermutete, er wollte nicht, dass die Wandler aus dem Schleier seine Male sahen. Würden sie wissen, was sie bedeuteten? Neugier brodelte in mir. Konnte ich ihn überzeugen zu gehen? So angespannt, wie sein Kiefer war, bezweifelte ich es.

Es war mir egal, ob das Rabenmal wieder auftauchte.

„Nichts brennt. Das Gras und die Bäume sind unbeschadet", sagte Cory.

„Es wird nichts brennen." Es war ein Mirra, der dem, was er nachahmte, so wahnsinnig nahe kam. „Wir können da durch, aber ich warne euch, es ist schmerzhaft."

„Ich kann keine Bindungszauber wirken, also brauche ich keinen zu sehen", sagte Madison schnell.

„Wie schmerzhaft?", fragte Cory.

„Du gehst durch Feuer. Du wirst keine bleibenden Verletzungen davontragen, aber das Gefühl wirst du erleben."

Er warf den Flammen einen weiteren Blick zu und sagte: „Das erspare ich mir dann lieber."

„Interessiert es dich nicht ein bisschen, wie sie es machen wird?"

Ich drückte meine Hand in Richtung der Flammen und erinnerte mich daran, dass Mephisto erfolglos versucht hatte, sie zu löschen, als wir das erste Mal hier gewesen waren. In der Nähe des Feuers leckte die Wärme an meiner Haut, erhitzte mein Gesicht und brachte Erinnerungen an den entsetzlichen Schmerz zurück, der mich dazu gebracht hatte, mich zu winden, mich gequält hatte und nur von Mephisto gelindert worden war. Doch heute hatte ich seine Magie; ich konnte meinen eigenen Schmerz lindern.

Ich bereitete mich auf den Abgrund des Schmerzes vor, der mich begleiten würde, und hörte, wie Mephisto mich rief, kurz bevor ich ins Feuer trat. Die Flammen küssten meine Haut, Schmerz und Hitze verzehrten mich. Ich erstickte an dem sengenden Gefühl, das durch mich wütete, und versuchte, tief und beruhigend zu atmen, doch es ließ sich einfach nicht lindern. Es war nicht wie beim letzten Mal; es schien tiefer, ein mühsamer Spaziergang, den ich einfach nicht machen konnte. Ich stolperte zurück, die Augen geschlossen. Ich rief die Magie an, ihre Kühle, zog sie an mich, um das brennende Gefühl auf meiner Haut zu lindern. Meine Atmung entspannte sich von quälend zu etwas Erträglichem, und ich öffnete die Augen und sah, dass Cory, Mephisto und Madison über mir standen und das Feuer erloschen war.

Gemeinsam machten wir uns auf den Weg zum Haus. Madison zog mich zu sich, wo sie mich festhielt.

„Ich werde dir den Hintern aufreißen", drohte sie durch zusammengebissene Zähne.

„Das Feuer hat das schon erledigt", jaulte ich als Antwort auf ihren festen Griff. „Wie ich sehe, hast du trainiert."

„Erin, hör auf, das runterzuspielen. Wie konntest du uns das antun? Du hast geschrien, und wir wollten gerade hinter dir her, dann hat es aufgehört und du bist zurückgekommen. Warum hast du das getan?"

„Ich bin schon einmal durch dieses Feuer gegangen. Ich wusste, was mich erwartet. Es hat schlimmer ausgesehen, als es war", log ich.

„Das bezweifle ich sehr." Sie ging davon, und Cory warf ihr einen anerkennenden Blick zu und lebte stellvertretend durch sie, während er mich anstarrte. Ihre Verärgerung traf mich. Ausgerechnet Madison wollte ich unnötigen Kummer ersparen. Ich verstaute den Gedanken mit dem Rest meines Schuldgepäcks, das immer schwerer zu tragen war, und eilte zum Haus.

Die Magie, die mir an der Tür entgegenschlug, war dunkel, elend und voller dunkler Vorahnung. Elizabeth verbarg keine Geschäftsgeheimnisse, sondern vielmehr ihren Einsatz dunkler Magie. Ich hatte Elizabeth als Fee beschrieben, und ich war immer noch davon überzeugt, dass sie zumindest zum Teil Fee war, aber da war noch mehr. Vermischt mit ihrer unverwechselbaren undurchsichtigen Magie mit den Anklängen von Freesien und dunkler Schokolade, die ich mit den Feen assoziierte, war da jetzt der faulige Geruch dunklerer Magie. Ich wusste, dass sie damit herumspielte. Etwas stank jedoch wie die schwärzeste schwarze Magie.

Wenn ich es spüren konnte, taten die Wandler es sicherlich auch, doch vielleicht akzeptierten sie es als notwendiges Übel.

Asher und Sherrie standen auf der einen Seite des Raums, an die Wand gelehnt, und blickten auf die Schnittwunden an ihren Armen. Ich dachte, sie hätten heilen sollen, vielleicht jedoch nicht, wenn es mehrere Schnitte oder einen Zauber gegeben hätte, um zu verhindern, schnell zu heilen. Blut sammelte sich immer noch in einer Schüssel auf dem Tisch. Tabitha und Ezekiel betrachteten ihre Schnitte nicht, sahen aber so aus, als müssten sie sich hinsetzen.

„Seid ihr alle okay?", fragte ich in die Runde, ging aber zu Asher, dessen Kopf auf seine Brust sank. Er zuckte zusammen, um ihn wieder zu heben. Sherrie sah genauso lethargisch aus.

Bei unserer ersten Begegnung mit Elizabeth hatte sie ein Shirt und eine Yogahose getragen. Als sie meine Enttäuschung gespürt hatte, dass sie nicht so aussah, wie ich es mir vorgestellt hatte, oder ihr Spitzname mich glauben ließ, hatte sie mit einer einfachen Handbewegung ein anderes Outfit herbeigezaubert, einschließlich eines Armreifs in Form einer Schlange mit offenem Mund. Jetzt trug sie ein von der viktorianischen Ära inspiriertes Outfit. Schichten aus schwarzem Satin und Spitze bildeten den Rock ihres Kleides. Mit von dickem Eyeliner umrandeten Augen und weinroten Lippen passte alles perfekt zu dem Namen, unter dem sie bekannt war. Aber es war mehr als nur ihre Kleidung. Die Schlange, die sie vorher als Armreif getragen hatte, wand sich jetzt und vollführte schlängelnde Bewegungen auf dem Tisch. Sie war genauso lang wie das Armband und hatte genau dieselben roten Augen.

Die Frau in Schwarz hatte Zugang zu Magie, den die meisten Leute nicht hatten.

„Es ist vollbracht", verkündete sie.

„Hast du es überprüft?", fragte ich.

Sie zeigte ihre Beleidigung angesichts meiner Frage mit einem tiefen Stirnrunzeln. „Meine Arbeit muss nicht überprüft werden." Dann sah sie Asher an und sagte mit strenger Stimme: „Ich habe meinen Teil unserer Vereinbarung erfüllt. Ich weiß, dass du dich an deinen Teil halten wirst."

Asher nickte, und sie stießen sich von der Wand ab. „Es wird morgen geliefert."

„Ich vertraue darauf."

Ich folgte Asher und fragte: „Was war der Preis?"

„Der Tresor."

„Alles drin?" Ich starrte ihn an.

Er strahlte. „Ja, alles, was sie darin gesehen hat, was ungefähr die Hälfte dessen war, was du gesehen hast."

Selbst die Hälfte schien eine außerordentliche Zahlung zu sein, doch andererseits waren die Wandler jetzt immun gegen Magie.

„Hat sie überprüft, ob ihr immun seid?"

Er nickte.

Da ich zu viel Erfahrung mit betrügerischen Praktiken hatte, war ich nicht scharf darauf, es auszuprobieren. Cory musste ähnlich empfunden haben, denn Magie wirbelte in der Luft, und eine silberne Kugel aus Magie rauschte an meinem Ohr vorbei und fuhr direkt in Asher hinein. Sie breitete sich wie eine Konfettiwolke über ihm aus, bevor sie verschwand.

„Möchtest du, dass ich wandle?", fragte Asher, als wir im Wald am Ausgang zu unserem Auto waren.

Ich nickte, und er und Sherrie zogen sich aus und wandelten. Cory und Madison verbrachten mehrere Minuten damit, aggressive Offensivmagie, Erdmagie und Entwaffnungszauber einzusetzen – ohne Erfolg. Ich entschied mich für Elementarmagie. Feuer war Feuer, doch hatte magisches Feuer dieselbe Wirkung? Sherrie hatte es nicht eilig, sich ihm zu nähern, obwohl ihre Neugier sie überwältigte. Als ich die fragenden Blicke der Wandler aus dem Schleier sah, hatte ich den Eindruck, dass sie ähnlich neugierig waren. Flammen tanzten über meinen Fingerspitzen, aber ich zögerte, als ich mich daran erinnerte, wie es sich anfühlte, durch ein Mirra zu gehen; ich hatte es nicht eilig, jemand anderem diesen Schmerz zuzufügen. Langsam kam Asher auf mich zu. Er wappnete sich und nickte mir langsam zu. Ich richtete das Feuer auf ihn, und orange-blaue Hitze zuckte über sein Bein und ließ das Fell unberührt. Da entschieden wir, dass Kälte- und Windtests nicht notwendig waren.

Nachdem sie zurückgewandelt hatten, distanzierten sich die Wandler von uns, obwohl ich mich bemühte, ihrem Gespräch zuzuhören. Während sie sprachen, war es schwer, die Schärfe der Blicke zu ignorieren, die Ezekiel und Tabitha in Mephistos Richtung warfen. Er beunruhigte sie. Tabithas Augen ruhten auf ihm wie die eines Raubtiers, das den hierarchischen Status eines anderen Raubtiers bestimmte.

Als Mephistos dunkle Augen schließlich zu ihren aufblickten, hielt sie seinem Blick stand, richtete ihre Worte aber an mich.

„Bring uns zurück!", befahl sie.

Ezekiel und Tabitha sahen erfreut aus, wieder zu Hause zu sein, obwohl die Teenagerin mit der unverschämten Attitüde aufgeregt wirkte, nachdem sie unaufgefordert ihre Meinung über ihre Reise in das Land der „Langweiligen" geäußert hatte, wo sie nur unscheinbare Wandler und eine „Steampunk-Fee-Elf-Hybride" getroffen hatte. Ich ignorierte die meisten ihrer Beschwerden, nahm mir aber vor, den Elfenteil später zu analysieren. Könnte Elizabeth eine Fee-Elf-Hybride sein? Wenn sie zum Teil eine mächtige Kreatur war, von der angenommen wurde, dass sie ausgestorben war, würde das ihre magischen Fähigkeiten erklären.

Tante Tabitha, die für ihre Geduld mit Brayden heiliggesprochen werden sollte, küsste sie auf die Stirn und ließ sie implizit wissen, dass ihre Tirade vorbei war. „Zeke" würde sie nach Hause bringen.

Sobald sie außer Sichtweite waren und außer Hörweite, wovon ich annahm, dass es das war, worauf sie wirklich gewartet hatte, wandte Tabitha mir ihr ernstes Gesicht zu. Wenn sie mich bei unserem ersten Treffen so angesehen hätte, hätte ich es mir vielleicht überlegt, ob ich sie ansprechen sollte, geschweige denn, sie um einen Gefallen dieser Größenordnung bitten.

Sie betrachtete mich mit einer Schärfe, aus der ich schloss, dass sie vermutlich erkannt hatte, dass mehr an mir war, als man auf den ersten Blick sehen konnte, und ich nahm an, das lag an der Gesellschaft, die ich pflegte. Mephisto.

„Ich habe getan, wozu ich mich bereit erklärt habe", sagte sie schließlich, „und ich bin zufrieden mit dem Ergebnis und der neuen Beziehung zu Wandlern außerhalb des Schleiers. Das schließt dich nicht ein. Unser Geschäft ist erledigt. Ich bitte dich, mich nie wieder für irgendetwas aufzusuchen, und dass dies unser einziges Treffen ist."

Sie wartete nicht auf eine Antwort, sondern drehte sich einfach um und ging von mir weg. Es war eine nette Art zu sagen: „Verschwinde, ich will dich nie wieder sehen." Aber verdammt. Ich blieb stehen, weil nichts Gutes daraus entstehen konnte, wenn ich hinter ihr herrannte, um zu fragen, warum. Aber ich war neugierig. Vielleicht würde sie sagen, dass es an ihr lag und nicht an mir. Nein, es lag an mir. Definitiv an mir. Und wenn es nicht an mir lag, dann definitiv an Mephisto.

Nachdem ich die Wandler verlassen hatte, kehrte ich nicht nach Hause zurück, auch wenn ich wusste, dass Leute, einschließlich Mephisto, dort auf mich warteten. Stattdessen ging ich zu Elizabeth. Von dort aus machte ich mich auf zu einem gewundenen Ausflug, der mir vierundzwanzig Stunden später nur peinlich war. Ich ging von ihrem Haus zum nächsten Restaurant, von wo aus ich eine Mitfahrgelegenheit nutzte, die mich zu einer Bar brachte, wo ich die ganze Nacht blieb, in der Hoffnung, dass Mephisto das Warten auf mich aufgegeben haben und gegangen sein würde, wenn ich um zwei Uhr morgens nach Hause kam. Ich hatte recht damit, dass er gegangen war. Er hatte nicht auf mich gewartet, doch früh an diesem Morgen, als die Sonne kaum aufgegangen war, stand er vor meiner Tür. Der Ausdruck der Enttäuschung auf seinem Gesicht brannte sich in mein Gedächtnis ein. Anstatt über seinen verärgerten Blick nachzudenken, klammerte ich mich an die Erinnerungen daran, mich vollständig gefühlt zu haben. Zufrieden. Ganz.

Ich presste meine Lippen aufeinander, die immer noch die Wärme seiner Lippen zu halten schienen, obwohl das natürlich nicht möglich war.

„Ich muss deine Büchse finden", sagte ich. „Lass mich dir helfen, sie zu finden."

Er nickte einmal, seine Stirn an meine gedrückt, und ich

gestand mir ein, dass ich es immer noch tun würde, selbst wenn es die Büchse der Pandora wäre oder die vier Reiter befreien oder irgendeine Anzahl zerstörerischer Wesen auf unsere Welt loslassen würde, um meine eigene Magie zu haben. Um vollständig zu sein. Es schmerzte zu wissen, dass das meine Wahrheit war.

20

Kath schien ein ziemlich einfaches Leben zu führen. Sie besaß ein bescheidenes Ranchhaus, etwas, das sie sich mit ihren drei Jobs als Kellnerin und Barkeeperin leisten konnte. Wenn man das Mercedes-Cabriolet außer Acht ließ, das in der Garage parkte, wüsste man nie, dass sie stillschweigend die Vorteile der Arbeit in einer Branche einheimste, in der das Personal oft ignoriert wurde.

Sie hörte viel. Im Laufe der Jahre war sie zu meiner wertvollsten, wenn auch extrem teuren Informationsquelle geworden. Als sie mich anrief, um mir zu sagen, dass sie eine Spur zu einem Xios hatte, beeilte ich mich, sie zu Hause zu treffen.

Ihre Finger strichen sich das dunkelbraune Haar aus dem Gesicht. Es war viel länger als sonst und bildete immer wieder einen strähnigen Vorhang, den sie aus ihren Augen wischte. Doch es waren nicht nur ihre Haare, die sie davon abhielten, Blickkontakt herzustellen. Sie zögerte offensichtlich, es zu tun.

„Danke, dass du gekommen bist", sagte sie nervös und schloss die Tür hinter mir ab. Das hatte sie zuvor nie getan. Unsere Besuche waren normalerweise kurz, knapp und direkt. Sie gab mir die Informationen; ich gab ihr das Bargeld und fügte die Ausgabe der Rechnung meines Kunden hinzu.

Heute hatte ihr Zuhause nicht die übliche beruhigende menschliche Energie, den Trost einer magielosen Interaktion. Und ihr Zappeln machte mich nervös.

„Ich habe gehört, was mit den Wandlern los ist", sagte sie. „Niemand scheint zu wissen, warum sie sich so verhalten. Ist es ein Zauber oder sowas? Die Leute haben wirklich Angst – besonders die Menschen. Du weißt, wie wir reagieren, wenn wir Angst haben." Sie goss sich einen Drink ein und trank einen Schluck, bevor sie das Glas in meine Richtung hob, um zu fragen, ob ich auch etwas wollte.

„Nur Wasser", sagte ich, änderte aber schnell meine Meinung. „Wasser und einen Drink, bitte." Sie würde mir wahrscheinlich das Wasser in einer Flasche und den Wodka in einem Glas geben. Ich wollte Glas. Ich machte eine schnelle Bestandsaufnahme meiner Waffen; ich hatte immer einen Taser dabei, aber würde ich in der Lage sein, nahe genug heranzukommen, um ihn zu benutzen? An meinem Unterschenkel steckte ein Messer.

Als sie mir ein Glas reichte, hielt ich es in meiner dominanten Hand – meiner rechten. Keine noch so große Magie oder hohe Schmerztoleranz konnte einen davor schützen, dass ihm ein Glas ins Gesicht geschmettert wurde.

Ich näherte mich der Tür und verschaffte mir so die Chance, notfalls zu fliehen.

„Ian, ich weiß, dass du hier bist. Du kannst rauskommen", sagte ich.

Sein luftiges Lachen drang vor ihm in den Raum. Mit langsamen und gemessenen Schritten kam er aus einem Zimmer auf der rechten Seite ins Wohnzimmer und drückte einen kleinen Hund an seine Brust.

„Ich möchte, dass das ein zivilisiertes Gespräch wird. Nimm deine Waffen ab", forderte er.

„Ich habe keine."

Er runzelte die Stirn. „Du unterschätzt mich doch sicher nicht noch, oder?"

Er behielt mich im Auge und ließ seinen Blick über jeden Zentimeter von mir gleiten, als wollte er sehen, wo ich sie versteckt hatte.

„Taste sie ab", wies er Kath an. Er streichelte ihren Hund am Hals, und es war schwer, die Drohung darin zu übersehen. „Und nimm ihr auch das Glas ab", fügte er hinzu. Er warf mir ein zynisches Grinsen zu. „Es würde mir gar nicht gefallen, wenn du kreativ damit werden würdest. Ich habe gehört, dass du dazu neigst."

Kath nahm mein Glas und brachte es zurück in die Küche, und unter seinem prüfenden Blick entfernte sie mein Messer und den Taser und legte sie neben mich auf den Tisch. Als Reaktion auf seinen tadelnden Blick brachte sie sie auf die andere Seite des Raumes.

„Jetzt glücklich?", fragte ich durch zusammengebissene Zähne.

„Sehr. Es wäre wirklich unangenehm, nochmal von dir angeschossen oder von diesen scharfen Sternen, die du so magst, gepikst zu werden."

Als er sich davon überzeugt hatte, dass ich ordnungsgemäß entwaffnet worden war und er sich in sicherer Entfernung befand, ließ er den Hund los, der sofort zu Kath rannte, die dorthin zurückgekehrt war, wo er sie hingeschickt hatte, in die Nähe der Tür. Unzuverlässige Menschen neigten dazu, anderen nicht zu vertrauen. Die einzige Waffe, die ich noch hatte, war das kleine Faustmesser an einer langen Kette um meinen Hals. Mit einer kaum mehr als fünf Zentimeter langen Klinge war es nicht meine beste Waffe, aber ich hatte immer noch meine gefährlichste: mich. Wenn ich nahe genug an ihn herankäme, könnte ich ihn in den Todesschlaf versetzen.

„Du hast ihren Hund benutzt, um an mich ranzukommen? Welche Arschloch-Auszeichnung willst du dir damit verdienen?", schnaubte ich angewidert.

„Entschuldigung für die Methode, die ich benutzt habe, aber es war wichtig, mit dir zu sprechen, und noch wichtiger, dass wir es ohne Gewalt tun", sagte er und blickte betreten drein.

Wenn ich seinen Gesichtsausdruck nicht gesehen hätte, als er mich von der Horde Wandler hatte angreifen lassen, oder sein böses Grinsen angesichts des Chaos', das er im Park angerichtet hatte, hätte ich mich vielleicht von seinen ruhigen Augen und seinem reuevollen Blick täuschen lassen.

„Was willst du?", blaffte ich.

„So unhöflich. Sind wir nicht in der Lage, einen friedlichen Dialog zu führen?"

Ich wartete auf ein Lächeln, ein Lachen, etwas, das darauf hindeutete, dass er witzelte. Doch es kam nichts.

„Ich gebe zu, ich habe wahrscheinlich keinen guten ersten Eindruck hinterlassen", gestand er, die Mundwinkel zu einem verschmitzten Lächeln verzogen. Ich nahm es ihm nicht einen Moment lang ab. An diesem Mann war nichts Schüchternes oder Ernsthaftes. Es brauchte nicht die Wahrnehmung eines Wandlers, um den Machthunger, die Täuschung und den Mangel an Vertrauenswürdigkeit hinter diesen dunklen Augen zu sehen.

„Ersten, zweiten, dritten und vierten Eindruck. Als wir uns das erste Mal getroffen haben, wurde ich von Wandlern angegriffen. Das zweite Mal habe ich gesehen, wie du sie benutzt hast, um Chaos im Park anzurichten, während du dich zurückgelehnt und Eis gegessen hast. Bei unserer dritten Begegnung hast du die Brücke niedergebrannt, auf der ich war. Und beim vierten Mal hast du versucht, meinen Kunden anzugreifen. Und jetzt, wo du Kaths Hund als Geisel genommen hast, wage ich zu behaupten, dass du auch beim fünften Eindruck nicht so gut abschneidest."

„Meine Methoden könnten von manchen als unappetitlich empfunden werden."

Jedes Mal, wenn ich versuchte, den Abstand zwischen uns zu verringern, sorgte er dafür, dass er groß blieb. Keine noch so schnelle Bewegung würde es mir erlauben, nah genug an ihn heranzukommen. Er war vorsichtig und aufmerksam, zwei Dinge, die sich nicht zu meinen Gunsten auswirkten.

„Ich bitte dich um Vergebung, Göttin …"

„Nenn mich nicht so."

Belustigung glitzerte in seinen Augen. Es war ein Test gewesen, und ich war gescheitert.

„Ah, du weißt also, wer du bist?"

Mit fest zusammengepressten Lippen weigerte ich mich, ihm weitere Informationen zu geben.

Er verschränkte die Arme vor seiner Brust und begann, durch den Raum zu gehen, wobei er gelegentlich zu Kath blickte, die ihren Hund in der hintersten Ecke des Wohnzimmers festhielt.

„Vielleicht solltest du mit deinem Hund spazieren gehen", schlug er vor. Sie bewegte sich nicht sofort. „Jetzt."

Kath nahm die Leine und ihren Schlüssel und ging, nachdem sie mir noch einen entschuldigenden Blick zugeworfen hatte.

Als sie gegangen war, richtete er seine Aufmerksamkeit wieder auf mich. Es war ein Schauspiel, und er wollte sicher sein, dass sein Publikum aufmerksam war.

„Wenn ich gewusst hätte, wer du bist, hätte ich definitiv nie daran gedacht, dich als Instrument zu benutzen, um Asher gegenüber meinen Standpunkt klarzumachen. Ich musste seine Aufmerksamkeit erregen, und es gab keinen besseren Weg, als ihn sehen zu lassen, dass ich die Kontrolle über sein Rudel hatte. Adalia und Neris Anwesenheit waren Zeichen dafür, dass das Schicksal auf meiner Seite war."

„War das Schicksal auf deiner Seite, als du dich

entschieden hast, wildgewordene Wandler auf Leute im Park loszulassen?"

Er brauchte einen Moment, bevor er antwortete. „Nein, es hat seinen Zweck erfüllt. Ursprünglich war es, um Asher zu einer Reaktion zu zwingen, doch am Ende habe ich dich kennengelernt, und das wiederum hat dazu geführt, dass Olis mich gefunden hat. Er ist Teil der Armee deiner Mutter", erklärte er, als er meinen ausdruckslosen Blick sah.

Ich blieb unbewegt und zuckte innerlich bei der Verwendung des Wortes „Mutter" zusammen, etwas, das er offensichtlich sagte, um eine Reaktion zu provozieren. Den Gefallen würde ich ihm nicht tun.

„Sie haben mich mit dir gesehen. Du weißt, dass die kleine Armee deiner Mutter dich im Auge behalten hat. Doch es war meine kleine Darbietung an diesem Tag, die sie auf mich aufmerksam gemacht hat, und sie wussten, dass ich aus dem Schleier stamme."

Sogar bei all der Anstrengung, die ich investierte, um emotionslos zu bleiben und meine Absicht zu verbergen, ihn näher kommen zu lassen, hielt er übermäßig vorsichtig die Distanz zwischen uns. Er hatte meine Neugier geweckt, und ich würde nichts unternehmen, bis ich so viele Informationen wie möglich hatte. Sobald ich sie hatte, würde ich ihm den Kuss geben und ihm erlauben, in das Zwischendrin hinein- und wieder hinauszuschlüpfen. Ich würde Magie haben, und es würde uns die Zeit geben, die wir brauchten, um einen Weg zu finden, ihn zurück in den Schleier zu schicken und ihn dort festzuhalten.

„Du willst mehr wissen, oder?"

Er würde keine Punkte für Scharfsinn bekommen. Man lässt nicht einfach so eine Bombe platzen, dass einer der Immortalis an ihn herangetreten war, mich eine Göttin nennen und erwarten, dass ich nicht neugierig bin.

Ich wartete schweigend darauf, dass er fortfuhr.

„Sie haben mich angesprochen, weil sie wissen, dass ich

zurück in den Schleier will. Sie sind übrigens ziemlich zuversichtlich, dass ich es tun werde. Und ich denke, das werde ich auch. Ich habe deutlich gemacht, was ich will." Um das zu unterstreichen, entblößte er die Male auf seinen Armen, und sein Gesicht wurde rot vor Wut. Er ließ seinen Arm so gedreht, dass ich die Male sehen konnte. „Sie wollen auch zurück in den Schleier. Wenn du nur für Gewalt und Krieg erschaffen wurdest, ist das Leben hier Folter. Sie haben keinen Zweck, eine Armee ohne einen Kommandanten, der ihnen die Gewalt geben könnte, die sie suchen. Deine Mutter hat ihnen einen wahren Sinn gegeben. Niemand dürstet mehr nach Kontrolle, und niemand schwelgt mehr darin, sie mit Gewalt an sich zu reißen, als deine Mutter."

„Ich frage mich, ob sie jemals Wandler benutzt hat, um Könige anzugreifen, oder Tiere in einem Park losgelassen und Menschen in Gefahr gebracht hat."

„Könige." Er spie das Wort voller Verachtung aus. „Ich bin stärker und geschickter. Ich verdiene den Thron viel mehr als sie."

„Gut, dann verschaff' dir den Thron mit einer Petition. Benutze die richtigen Kanäle. Glaubst du, dass die anderen dir folgen werden, wenn du mit Gewalt auf den Thron gekommen bist, während Adalia und Neri durch eine Kampagne dorthin gekommen sind? Sie werden deine Herrschaft als illegitim betrachten. Ist es Arroganz oder Dummheit, die dich glauben lässt, die Feen würden anders denken? Die Übernahme durch einen Coup ist nur eine Garantie dafür, dass du auf dieselbe Weise abgesetzt wirst."

Er hielt inne, doch ich machte mir nicht die Mühe, einen anderen Antrieb als sein Ego zu suchen. Nachdem er im Schleier gescheitert war, musste er hier Erfolg haben. Hier, wo seine Magie stärker war als die anderer, fühlte er sich im Recht.

„Es gibt andere Höfe. Warum ausgerechnet dieser?"

„Es ist der größte mit dem höchsten Status. Die anderen

blicken zu den Royals auf. Ich habe diese Entscheidung nicht ohne reifliche Überlegung getroffen. Was ich nicht erwartet hatte, war ihre Fähigkeit, zurückzuschlagen." Er streckte seinen Arm erneut aus, um seine Male zu zeigen. Er tat es vielleicht, um ein Statement zu machen, doch es ließ ihn wie ein Kleinkind aussehen, das mir sein Aua zeigt. Es war ein Kampf, ihm das nicht zu sagen.

„Spuck's schon aus. Was willst du von mir?" Nicht, dass es wichtig wäre. Ich hatte nicht die Absicht, irgendwelche Geschäfte mit ihm zu machen.

„Du bist Ashers Abgesandte. Du arbeitest für sie. Sag Asher und Sherrie, dass sie nichts von mir zu befürchten haben. Ich will nur einen Weg, meine Male loszuwerden, und allen wird vergeben." Die Souveränität, die er an den Tag legte, ließ mich denken, dass er sich schon für einen König hielt. „Sie haben einmal einen Weg gefunden, also können sie ihn wieder finden. Sie müssen keine Zeit mehr damit verschwenden, mir die Kontrolle zu nehmen. Ich gebe sie freiwillig ab. Sie haben mein Wort."

Sein Wort bedeutete nichts. Er hatte seiner Königin im Schleier die Treue geschworen, nur um einen Putschversuch zu unternehmen. Er hatte einen Deal mit einem Dämon geschlossen, um seine Empfindlichkeit gegenüber Eisen zu beseitigen, nur um den Dämon zu töten, sobald er bekommen hatte, was er wollte. Ich war mir sicher, dass kein Deal, den er mit den Wandlern schließen könnte, eingehalten werden würde, und aus diesem Grund war ich froh, dass er sie nicht mehr kontrollieren konnte.

„Versuch Neri und Adalia von einer Abdankung zu über-zeugen. Ihr habt versucht, mich aufzuhalten, aber ohne Erfolg. Betone, dass sie nicht gewinnen können. Es ist die Wahrheit. Wenn sie dich als objektive Beobachterin sehen und als jemanden, der es versucht hat und gescheitert ist, lassen sie sich vielleicht überzeugen, dann kann das alles enden. Die Abdankung wird einen problemlosen Übergang gewährleisten."

„Ich weiß das Angebot zu schätzen, aber nein danke. Sind wir fertig?"

„Ich glaube nicht, dass du willst, dass wir fertig sind. Die Immortalis fürchten dich wie deine Mutter. Du scheinst nicht dieselbe Liebe zur Gewalt oder denselben Blutdurst zu haben" – er warf einen Blick auf meine Waffen – „oder vielleicht doch", sagte er mit einem angespannten Lächeln, „aber sie fürchten dich trotzdem. Wie deine Mutter hast du dich mit Kriegern umgeben, die dich beschützen werden. Den Einzigen, die sie verletzen und töten können. Sie hat die Immortalis erschaffen, und bis sie auf deine Armee gestoßen sind, waren sie unbezwingbar."

Ich korrigierte seine Behauptung, dass Mephisto und *die Anderen* meine Armee waren, nicht. Sie waren nicht einmal meinetwegen da, nur motiviert durch den Wunsch, die Freilassung von Malific zu verhindern.

„Sogar Götter fürchteten deine Mutter. Sie hat einen von ihnen getötet, also nehme ich an, dass ihre Angst berechtigt ist. Sie war es gewohnt, mit vielem davonzukommen. Die Leute mögen es nicht, Götter herauszufordern. Sie dachte wahrscheinlich, dass das Töten eines Gottes auch ungestraft bleiben würde. Es heißt, dass das zu ihrer Inhaftierung geführt hat. Ein Schritt zu weit, würde ich sagen." Er zuckte mit den Schultern.

„Scheint, als könnte man daraus etwas lernen", sagte ich spitz.

„Ah, die Götter waren ihr ebenbürtig. Neri und Adalia sind mir nicht ebenbürtig, und auch keine der Feen auf dieser Seite des Schleiers. Deine Mutter hat den Gott aus keinem anderen Grund getötet, als dass er es gewagt hat, ihre Taten und ihre Motive infrage zu stellen und zu versuchen, sie aufzuhalten. Es hat ihn sein Leben gekostet."

Großartig, meine Mutter ist eine Psychopathin.

„Ich sage dir das, damit du es weißt, weil es besser ist, *mich* auf dieser Seite des Schleiers zu haben, anstatt deine Mutter. Olis hat mich um Hilfe bei ihrer Freilassung gebeten. Eure Blutsverbindung zu ihr ist die Antwort. Ich bin mir nicht sicher, ob du dir dieser Tatsache bewusst bist, aber das Gefängnis ist mit ihrer Magie verbunden. Die Immortalis wollen dich in den Schleier bringen und deinen Tod nutzen, um sie zu befreien."

Während er weiter plapperte, setzten wir unseren Distanztanz fort. Ich trat einen Schritt vor; er drei Schritte zurück. Es war, als hätte er das schonmal gemacht. Es ließ mich darüber nachdenken, dass es im Schleier noch mehr wie mich geben könnte, oder besser mehr Raven Cursed.

„Sie denken, sie müssen dich dazu in den Schleier bringen, aber ich habe einen Weg gefunden, das zu tun, ohne dass du auch nur in die Nähe des Schleiers gehst." Er lächelte grausam. „Vielleicht können wir uns einigen. Wenn nicht, gebe ich diese Informationen an die Immortalis weiter und lasse sie deinen Tod nutzen, um deine Mutter zu befreien. Sie wird mich reichlich dafür belohnen."

Ein Schauder lief mir den Rücken hinunter. Ich brauchte mehr als nur das Faustmesser. Mephistos Vorschlag, ihn zu töten, schien in keiner Weise mehr extrem oder grausam. Er bewegte sich langsam auf die Tür zu und hielt Abstand von mir, doch ich behielt ihn nicht bei. Ich rückte näher; er antwortete mit einem magischen Schubs. Eine Warnung. Funken sammelten sich um seinen Finger.

„Du musst glauben, dass es eine bessere Alternative ist, mich hier zu haben und meine Forderungen zu erfüllen, als Malific freikommen zu lassen. Aber wenn du dich mir widersetzt, trägst allein du die Schuld an den Folgen."

Ian gab mir keine guten Argumente, um ihn am Leben zu lassen. Ich wollte das Moralische und das Richtige tun, aber er war eine Bedrohung. Er musste meine Absichten in meinem Gesicht gesehen oder sie in meinen Bewegungen gelesen haben, denn er trat ein paar Schritte zurück.

Er schenkte mir ein schiefes Lächeln. „Ich habe nicht mehr Lust, Malific freizulassen, als du", gab er zu. „Die Hexen sind für ihre Gefangenschaft verantwortlich, na ja, teilweise verantwortlich. Sie haben den Göttern dabei geholfen, und Malific ist darüber ziemlich verärgert. Sie ist eine rachsüchtige Frau, und ich versichere dir, wenn sie freigelassen wird, wird sie mit allen Beteiligten unbarmherzig sein. Ich bin zuversichtlich, dass sich ihr Zorn nicht auf die Hexen innerhalb des Schleiers beschränken würde. Sie wird dafür sorgen, dass es nie wieder eine Gelegenheit gibt, sie einzusperren."

Er betrachtete mich lange. Ich spielte mit der Kette um meinen Hals. Ich sehnte mich vielleicht nicht nach Gewalt oder hatte Blutdurst, doch mit jedem Moment, der verstrich, fühlte ich mich gewaltbereiter und blutdurstiger. Ich studierte ihn. Er hatte sich nicht genug entspannt. Seine Haltung war vorsichtig und bereit.

„Du hast eine Schwäche für einen Gentleman, der ein Hexenmeister ist. Dein Freund? Malific war noch nie jemand für Subtilität. Ihr Zorn wird ein Höllensturm sein, der viele Tote hinterlassen wird. Ich bezweifle, dass dein Freund das überleben wird. Und diese entzückende Hexe, die dir im Park geholfen hat? Sie auch nicht. Aber wenn du dich mit mir einigst, passiert nichts. Alles wird so, wie es sein sollte. Die Wandler werden in Ruhe gelassen. Und du wirst deine Verpflichtung ihnen gegenüber erfüllt haben."

„Was ist mit meiner Verpflichtung gegenüber den Feen? Du willst Neri und Adalia stürzen. Inwieweit ist das fair?"

„Macht ist im Recht", sagte er dreist. „Sie sind nicht stark genug, um das Königreich zu regieren. Herrscher sollten nicht auf der Grundlage von Kampagnen und Popularitätswettbewerben entschieden werden. Die Wandler werden von den Stärksten angeführt. Die Vampire auch. Hexen und

Magier von den erfahrensten. Dasselbe sollte für die Feen gelten."

Ich nahm an, er glaubte, ich wüsste nichts von Feenpolitik. Madison vertraute Neri und Adalia als Anführer; sie verehrte sie, doch sie würde ihnen nicht blind folgen. Die Feen hatten einen demokratischen Prozess. Ihre Herrschaft konnte jederzeit angefochten werden. Ich wollte weder in die Feenpolitik einsteigen, noch wollte ich mich mit diesem Schwachkopf zusammentun.

„Also lässt du die Wandler in Ruhe und übernimmst die Feenhöfe. Was wird aus Neri und Adalia?"

Das dunkle Grollen seines Lachens erfüllte den Raum. „Es muss nicht feindselig sein. Ich würde es vorziehen, wenn es nicht so wäre. Aber ich habe ein Ziel, und sie sind die beiden, die zwischen mir und seiner Erreichung stehen" – ein Lächeln umspielte seine Lippen, und er nickte mir ehrfürchtig zu – „diese beiden und die Göttin."

„Hör auf, mich so zu nennen", schnauzte ich.

„Ändert es, wer du bist?"

Ich suchte nach Anzeichen dafür, ob er mein Herz laut in meiner Brust schlagen hörte. Die Immortalis würden die Information nicht von mir bekommen. Soweit sie wussten, mussten sie mich am Leben lassen und in den Schleier bringen, um Malific zu befreien. Ian hatte einen Weg gefunden, mich zu benutzen, um sie zu befreien, ohne dass ich überhaupt in den Schleier gebracht werden musste. Ich durfte diese Informationen nicht zu den Immortalis gelangen lassen. Sie würden mich sicher suchen und finden. Malific war so berüchtigt, dass ich, wenn die Leute wüssten, dass ich der Schlüssel zu ihrer Freilassung war, von all denen, die ihre Freilassung nicht wollten, beschützt werden würde.

„Ich glaube, ich war nicht ganz ehrlich zu dir", gab er schüchtern zu. „Da ist noch etwas, das ich brauche. Soweit ich weiß, hast du Zugang zu Obitus-Klingen. Sobald wir einen Weg gefunden haben, meine Markierungen zu entfernen, werden die Immortalis schließlich darauf aufmerksam werden. Ich werde mich darum kümmern müssen."

„Spiel nicht den Bescheidenen. Du hast vor, sie nicht nur zu verraten, sondern auch zu töten." Inwiefern war er besser als Malific?

Er nickte kaum merklich. „Am besten wäre es, wenn ich alle vier Klingen hätte."

Er setzte ein unschuldiges Lächeln auf und schaffte es für eine Sekunde, harmlos auszusehen.

„Unsere Allianz wird sich als großer Vorteil für dich erweisen."

„Ach, wird es das?", fragte ich ungläubig. „Allianz lässt das, was du anbietest, unschuldig erscheinen, obwohl du in Wirklichkeit nur hübsch formulierte Drohungen aussprichst."

„Überhaupt nicht." Seine Stimme war unschuldig. „So wie ich in der Lage war, zwischen hier und dem Schleier hin und her zu wandern, gibt es andere, die dasselbe können. Wenn bekannt würde, dass Malific eine Tochter hat und sie der Schlüssel zu ihrer Freilassung ist – ich frage mich, wie lange du leben würdest. Das, Erin, ist eine Drohung."

Das war der Moment, in dem ich der Wut nachgab, die mich überflutete. Ich zog mein Faustmesser, das ich durch mein Shirt ertastet hatte, heraus. Mein Ausfallschritt kam blitzschnell. Schneller als ich glaubte, mich bewegen zu können, war ich bei ihm und zielte auf seinen Hals – die einzige Stelle, an der eine so kurze Klinge größeren Schaden anrichten konnte.

Die Explosion der Magie traf mich so hart in meiner Brust, dass ich gegen den Sessel hinter mir prallte und ihn umkippte.

„Enttäusch mich nicht, Göttin, du wirst es bereuen", knurrte er. Als ich aufstand und nach meinen Waffen griff, war er zur Tür hinaus. Ich rannte hinter ihm her und sah ihn gerade noch davonfliegen. Er war nah genug, dass ich die feurige Wut sehen konnte, die sein Gesicht rot färbte, und den Blick, der sich wie ein Dolch in mich bohrte.

„Ich hatte gehofft, dass wir uns einigen könnten. Ich versichere dir, Erin, du willst mich nicht als Feind, weil deine Verbündeten nicht stark genug sind, um dich zu beschützen. Muss ich dich daran erinnern, wie es dir, dem Alpha, und deiner Hexe in Dante's Forest gegen mich ergangen ist?"

Damit stieg er in den Himmel auf, seine Mitternachtsflügel eine kleine Finsternis im strahlenden Blau.

Ein Mordanschlag ist etwas, das man nicht schönreden kann. Es ist und bleibt Mord. Mein Job zwang mich, in verschiedenen Grautönen zu leben. Ich nahm Dinge, die mir nicht gehörten, doch ich ließ immer Geld zurück. Ich hatte mit reichlich Schurken verhandelt und Zeit in ihrer Gesellschaft verbracht. Ich hatte Kontakte, die lauschten und mir Informationen gaben, die ich nicht hätte haben sollen. Und ja, ich hatte anderen Leuten Dinge vor der Nase weggeschnappt. Aber Mord war eindeutig.

Ian zu ermorden war etwas, woran ich ständig dachte. Er wusste, wie man Malific befreien konnte, ohne dass ich im Schleier sein musste. Die Drohung war ein Akt der Aggression, und ich hatte jedes Recht, mich zu rächen, oder? Es würde keine Konsequenzen geben, und ich könnte meine Magie behalten, weil ich aus dem Schleier stammte, aber von dort weggebracht worden war.

Wie würde er es tun? Feen konnten keine Zauber wirken, also konnte es kein Zauber sein. Vielleicht ein magisches Objekt. Ich hatte mich lautstark über die STF-Richtlinien zu illegalen magischen Objekten geäußert, fing aber an, meine Einstellung dazu zu überdenken. Es gab Dinge da draußen, die nicht zugänglich sein sollten.

Ich untersuchte den Wurfstern. Er war mit genug Blut

überzogen, um Ian leicht aufspüren zu können. Ich hatte das Gewehr in meine Tasche gesteckt. Sollte ich ein Gewehr, eine Pistole oder ein Schwert benutzen? Alte Schule. Sir, Sie haben mich beleidigt, jetzt ist es Zeit zu sterben.

Fuck.

Madison saß mir gegenüber, nippte an einem Glas Wasser, schien aber etwas Stärkeres zu brauchen, nachdem ich ihr erzählt hatte, was ich über mich selbst erfahren hatte; Mephistos Vorschlag, Ian loszuwerden, und dass ich überlegte, es selbst zu tun. Ihre Atmung war langsam und gleichmäßig, und sie schien das Blinzeln aufgegeben zu haben. Sie stellte das Glas auf den Tisch, ließ den Kopf in den Nacken fallen und starrte an die Decke.

Madison anzurufen hätte nicht meine erste Wahl sein sollen. Es hätte Cory sein sollen. Er könnte den Ortungszauber ausführen, Ian finden, und wir wären fertig. Er hätte darüber geschimpft und einen halbherzigen Versuch unternommen, mich davon abzubringen, während er zum Auto ging.

Ich wusste, warum ich Madison angerufen hatte. Ein Teil von mir wollte das nicht.

Sie wühlte kurz in ihrer Tasche herum, zeigte mir ihre Marke und warf sie dann beiseite. Wir wussten, dass ich mit Madison, meiner Schwester, und nicht mit Madison, der STF-Agentin, sprach.

„Glaubst du, er lügt? Ich finde es immer noch schwer zu glauben, dass ein Zauber sie davor schützt, getötet zu werden", behauptete sie. „Was, wenn das nicht stimmt? Das wäre ein verdammt praktischer Mythos."

Mit dieser Fragestellung hatte ich nicht gerechnet.

Ein angespanntes halbes Lächeln war alles, was ich zustande brachte. „Ich denke, es ist die Wahrheit. Es hört sich wahr an. Wandler im Schleier sind immun gegen Magie, und dann gibt es noch Mephisto und *die Anderen*. Sie besitzen eindeutig Magie. Ich kann sie mir ohne Konsequenzen von

Mephisto ausleihen, und sie können mich daran hindern, ihre Magie auszuleihen. Die Leute aus dem Schleier sind anders."

„Oder es könnte einfach sein, dass Mr. Mysterious und sein Haufen seltsamer Freunde anders sind."

„Ich muss Ian aufhalten. Dass er am Leben ist, wird schlimme Folgen haben, nicht nur für die Feen, sondern auch für die Stadt und mich."

Madison hielt mitten im Aufstehen inne. Ich nahm an, dass sie auf dem Weg war, Alkohol zu holen. Ich machte ihr keinen Vorwurf daraus. Sie hatte auch ihre Grenzen. Früher war ich die Frau gewesen, die sie als Schwester betrachtete, für die sie ihre Karriere riskiert hatte, um hinter ihr sauberzumachen. Die, die sie anrief, um gestohlene Gegenstände zurückzuholen, wenn sie diskret vorgehen wollte. Und jetzt war ich so viel mehr. Es musste schwer zu verarbeiten sein.

„Das kannst du nicht. Was ist damit, dass du mit Mephisto zur Auktion gehen willst?"

„Ich bin mit Asher in Dante's Forest gegangen, und du hast gesehen, wie das ausgegangen ist."

„Okay, aber geh wenigstens. Du hast schon zugegeben, dass er Zugang zu Dingen zu haben scheint, den andere nicht haben. Geh morgen mit ihm dahin, und ich gehe unser Inventar nochmal durch."

Sorge verdunkelte ihr Gesicht, die starre Anspannung blieb trotz der merklichen Anstrengung, die sie aufbrachte, um ihre Miene zu entspannen. Ihr Gesichtsausdruck sprach die Worte aus, die sie nicht aussprechen wollte. Wenn ich Malifics Tochter war, gab es einen Teil von mir, der war wie sie? Könnte mich das verändern? Würde ich mich verändern? Oder vielleicht projizierte ich nur meine Gedanken.

„Geh morgen hin, und dann sehen wir weiter."

Sie nahm ihre Marke und hielt sie in der Hand. Ich sprach nicht mehr mit Madison, meiner Schwester, sondern mit

Captain Madison Calloway. „Ich muss deine Waffen nicht konfiszieren, oder?"

Ich schüttelte den Kopf.

„Erin", flehte sie.

„Nein, musst du nicht. Ich werde nichts Leichtsinniges tun."

„Versprochen?"

Ich fuhr mir mit den Händen übers Gesicht. Ich konnte kein Versprechen ihr gegenüber brechen. „Ich verspreche, dass ich zur Auktion gehe und dann entscheide, was als Nächstes zu tun ist." Mehr konnte ich ihr nicht versprechen.

21

Mephisto blieb an der Türschwelle stehen und sah – nein – starrte mich an. Seine Miene war unlesbar. Sein dunkler Blick wanderte von den silbernen Riemchenpumps zu meinem nackten Bein, das aus dem Schlitz des roséfarbenen Kleides glitt, dann folgte er der Naht zu den Trägern des körperbetonten Oberteils mit tiefem Ausschnitt und Faltendetails entlang der Brust. Von dort wanderte er über das Armband an meinem rechten Handgelenk. Dann glitt er zu meinem Hals hinauf, um den ich eine Kette mit einem einzelnen tropfenförmigen Diamanten gelegt hatte. Es war eines der wenigen Stücke, die ich besaß, das nicht nur eine Nachbildung von teurem Schmuck war. Er starrte immer noch, als ich meine Handtasche vom Tisch nahm.

„Ah, du warst also schon einmal bei einer dieser Veranstaltungen", sagte er und warf dem Kleid einen weiteren Blick zu. „Ich hatte Jeans oder T-Shirt und Leggings erwartet."

Das Kleid sah angemessen aus, aber ich war mir vollkommen bewusst, wo ich sein würde und welche Art von Leuten diese Veranstaltungen besuchten. Der Schlitz erlaubte mir Bewegungsfreiheit und die Möglichkeit, bei

Bedarf zu rennen. Das geknotete Design meiner Armbänder war scharf genug, dass ich sie um meine Faust gewickelt als Waffe benutzen konnte. Meine Absätze waren hoch, scharf und konnten, auch wenn es mir wehtun würde, als weitere Waffe benutzt werden.

Mephistos Blick wanderte zu meiner Handtasche, die größer war, als für das Kleid angemessen war, und noch mehr Waffen enthielt. „Du weißt, dass deine Tasche durchsucht und alle Waffen beschlagnahmt werden?"

Das wusste ich nicht. Schweigend nahm ich die kleinere Handtasche, die ich beiseite geworfen hatte. Ein Lächeln umspielte meine Lippen, als ich meinen Geldbeutel, die Schlüssel, das Handy und einen Taser aus der größeren Handtasche nahm, die dabei zu weit aufging und eine Pistole, einen Dolch und Elektropellets enthüllte.

„Erin." Mephisto, der jetzt vor mir stand, sah mich an. „Was hast du dir dabei gedacht? Du kannst nicht denken, dass sie dich mit all dem Zeug reinlassen würden?"

Ich schüttelte den Kopf.

„Diese Veranstaltungen sind ziemlich exklusiv, und ich habe jahrelang darauf hingearbeitet, ein regelmäßiger Teilnehmer zu werden. Ich vertraue darauf, dass du nichts tun wirst, um das zu gefährden."

Es war schwierig, seinem intensiven Blick standzuhalten, weil ich genau wusste, was er meinte.

Er fuhr fort. „Ich habe dein Wort, dass alle gewonnenen Objekte im Besitz des Eigentümers bleiben? Keine Berichte an Madison."

Es gab anonyme Tipps. Ich würde es vorziehen, wenn Madison das Lob für die Sicherstellung bekäme, doch das Wichtigste war, dass ein Gegenstand aus dem Verkehr gezogen wurde.

„Erin", wiederholte Mephisto mit kühlem und professionellem Ton, „mir ist klar, dass du in einem ständigen Interessenkonflikt lebst, weil du Madison und ihrer Rolle bei STF so nahestehst, aber du musst mir versprechen, dass, was bei der Auktion passiert, dortbleibt. Du darfst niemandem von den magischen Gegenständen und Artefakten oder ihren Besitzern erzählen."

Die Anspannung seines Kiefers machte deutlich, dass er bereit war, mich hierzulassen. Er könnte das tun, und für ihn wäre alles gut.

Ich nickte. Es war nicht genug. „Also gut. Du hast mein Wort: Was bei der Auktion passiert, bleibt dort."

„Sehr gut. Hast du irgendwelche Waffen in dieser Tasche? Egal, wie klein sie ist, sie werden sie durchsuchen."

„Ähm …" Ich warf ihm einen Blick zu, zögerte und sagte: „Nein."

Ich klang nicht überzeugend, und sein Blick fiel auf meine kleine Handtasche. Ich öffnete sie und legte die dünnen Dolche, die im Futter versteckt waren, auf den Tisch. Dann entfernte ich die scheckkartenförmige Klinge und die drei kleinen Shuriken, die ich im Reißverschlussfach aufbewahrte.

Mephistos presste seine Lippen aufeinander. „Sonst noch was?"

Ich zog die vier elektrischen Pellets heraus. „Das sind nicht wirklich Waffen; das sind Ablenkungsinstrumente. Nicht tödlicher, als wenn ich mit dem Finger auf irgendwas zeige und schreie: *Hey, da drüben!*"

„Dann mach das. Bitte lass sie hier." Er schüttelte den Kopf. „Was glaubst du, was bei diesen Veranstaltungen passiert?"

„Du hattest bei der letzten Auktion Wandler als Bodyguards dabei." Ich erinnerte ihn an die Gelegenheit, als ich bei ihm zu Hause angekommen war, nachdem ich entdeckt hatte, dass er nicht so auf meine Magie reagierte wie andere. Es war sein Duo von Wandlern gewesen, das mir meine Waffen abgenommen hatte.

Seine Lippen verzogen sich zu einem verschmitzten

Lächeln. „Für diese Auktion war es notwendig. Hast du noch mehr Waffen?" Sein Blick fiel auf das Waffenlager auf dem Tisch. „Muss ich dich abtasten?", fragte er leise und gedehnt, während er näherkam. Eingehüllt in seine Magie bewegte ich mich auf ihn zu. Noch eine magische Verführung, auf die ich hereingefallen war.

Mephisto blieb zwei Schritte entfernt stehen. Er fing an, sich mit den Fingern durchs Haar zu fahren, hörte aber auf. Er wollte es wohl nicht in Unordnung bringen. Er atmete langsam aus, und sein Blick blieb auf mir hängen.

„Wir sollten gehen", sagte er schließlich und streckte seine Hand nach meiner aus. Es überraschte uns beide, als ich sie ergriff. Seine Magie streichelte meine Finger, ein warmes Prickeln huschte über meine Haut.

„Hör auf", zischte ich. Mephistos leises Lachen hallte von den Wänden der Wohnung wider. Das Gefühl verschwand.

Auf dem Weg nach draußen kamen wir an Miss Harp vorbei, die Ashers Bitte ignorierte und ihren Gehstock hielt. Normalerweise bemühte sie sich sehr, Blickkontakt zu vermeiden, in der Hoffnung, keine Gespräche mit geschwätzigen Nachbarn führen zu müssen, aber diesmal tat sie es nicht. Sie warf mir einen kühlen, fragenden Blick zu, und ihr Blick fiel auf meine Hand, die sich in Mephistos schmiegte. War das ein Knurren?

Was auch immer es war, sie bemühte sich, tapfer zu lächeln, und brachte eine starre Linie zustande, die ihre Mundwinkel kaum anhob.

„Wenn Sie mit Asher sprechen, würden Sie ihn bitten, mich anzurufen?", fragte sie mich mit süßer Stimme. Wenn nicht das Aufflackern von dunklem Schalk in ihrem Gesicht gewesen wäre, hätte es wie eine unschuldige Frage gewirkt. „Ich wollte ihm etwas geben, bevor er neulich morgens Ihre Wohnung verlassen hat."

„Natürlich", antwortete ich mit einer Stimme, die ihrer an Zucker gleichkam.

Touché. Ich sehe, was Sie tun. Bravo, Miss Harp. Gut gemacht. Sie war die Königin der Nichtbefolgung von Empfehlungen, aber sie war definitiv ein Fan von Asher. Sie konnte Mephisto nicht einmal einen richtigen Blick zuwerfen, weil ihre Aufmerksamkeit immer wieder auf unsere verbundenen Hände fiel.

„Er ist so ein netter Mann. Ich kann nicht glauben, dass er all die Zeit mit mir verbracht hat, wo er bei Ihnen hätte sein können. Es ist mir wirklich unangenehm, dass ich so viel von seiner Zeit in Anspruch genommen habe."

„Ich werde die Nachricht auf jeden Fall weiterleiten." Ich nahm meine Hand von Mephistos, was sie anscheinend zu sehr ablenkte, um weiterzugehen, öffnete meine Handtasche und nahm mein Handy heraus. „Wenn Sie möchten, kann ich Ihnen seine Nummer nochmal geben." Ich warf ihr einen Blick zu, der ihr sagte, dass ich genau wusste, was sie tat.

„Ich habe sie." Die Anspannung, die aus ihr floss, war beunruhigend. Sie konnte nicht wandeln, doch ihr Verhalten gegenüber Mephisto war angemessen für eine Rudelangehörige. Ich würde sie besuchen müssen, um ihr meine Beziehung zu Asher zu erklären, denn sie hatte eindeutig ein falsches Bild davon.

Als sie sich zum Gehen wandte, landete Miss Harps scharfer finsterer Blick auf Mephistos Hand, die er sanft auf meinen Rücken gelegt hatte, um mich zum Auto zu führen.

Er beugte sich vor und flüsterte in mein Ohr: „Wie ich sehe, habt du und Asher euch versöhnt. Er übernachtet jetzt bei dir. Das erklärt einiges."

„Miss Harp ist ein ziemlicher Fan von Asher", erklärte ich.

„Das sehe ich. Du scheinst auch ein Fan zu sein." Seine tiefe Stimme war professionell neutral, doch sein Kiefer war angespannt. Er entspannte sich, als er bemerkte, dass es mir nicht entgangen war.

Achselzuckend sagte ich: „Nicht wirklich. Wir verstehen uns einfach."

Er nickte nachdenklich, sagte aber nichts weiter. Als er im Auto saß, warf er mir einen intensiven abschätzenden Blick zu. „Verstehen wir uns?", fragte er leise und analysierte mein Gesicht.

„Manchmal." Das war die einzige Antwort, die ich ihm geben konnte. Ich wollte nicht ausweichen, sondern wusste die Antwort einfach nicht.

Minuten nach Beginn der Fahrt schien Mephisto über etwas nachzudenken. Meine Lippen verzogen sich zu einem Schmunzeln, weil ich ahnte, was es war. Ich seufzte und sagte: „Asher hat die Nacht bei mir verbracht. Er hat auf dem Sofa geschlafen. Er ist in der Nacht, bevor ich in den Schleier gegangen bin, vorbeigekommen, weil er sich Sorgen gemacht hat, weil ich reingehen würde."

Die Anspannung löste sich aus Mephistos Gesicht, und er atmete leise auf. „Dann hatte ich recht. Asher und ich haben tendenziell dieselben Interessen."

Ich war überrascht, vertraute Motorräder hinter uns zu sehen, die gelegentlich an die Seite des Autos herankamen, um Mephisto einen ungeduldigen Blick zuzuwerfen, der offensichtlich kein Interesse daran hatte, so schnell zu fahren, wie die Geschwindigkeitsbegrenzung erlaubte. Nach drei Versuchen, ihn dazu zu bringen, schneller zu fahren, rasten sie vorbei, ihre Körper über die Bikes gebeugt, und beschleunigten auf Geschwindigkeiten, die ihnen wahrscheinlich einen Strafzettel oder Schlimmeres einbringen würde. Mephisto blickte wehmütig drein, als sie vorbeirasten und in der Dunkelheit verschwanden.

„Nehmen sie auch teil?"

„Nicht bei der Auktion. Es ist nur ein Gast erlaubt. Sie sind zur Sicherheit da."

„Eine weitere Auktion mit den *guten Leuten der Stadt*", neckte ich und benutzte genau den Begriff, den er benutzt hatte, um sie zu beschreiben, als sie von Maddox und seiner Gruppe ins Visier genommen worden waren. „Ich dachte, du arbeitest lieber mit Wandlern."

„Das tue ich. Aber ich denke, es ist klug, vorsichtiger zu sein. Ich bin zuversichtlich, dass Elizabeths Bindung funktioniert hat, doch ich bin nicht so zuversichtlich, dass Ian keinen Weg finden wird, sie rückgängig zu machen. Er ist jetzt hartnäckiger. Frühere Fehlschläge haben zu einer Verzweiflung geführt, die ihn gefährlicher macht als früher."

„Du glaubst, er könnte bei der Auktion auftauchen."

„Ich weiß es nicht, aber es ist besser, vorbereitet zu sein."

Da bemerkte ich, dass sein Schwert auf dem Rücksitz lag. Ich erkannte die komplizierten Verzierungen auf dem Griff.

Ich wünschte wirklich, ich hätte meine Waffen.

Als wir den Weg zum Haus hinauffuhren, stellte ich mir kein schickes Gebäude vor, in dem ich mich verkleiden musste, sondern viel eher, dass ich zu einer gotischen Villa geführt wurde und dass Jeans, Turnschuhe und eine Vorliebe für Horrorfilme angemessener wären. Blasse schillernde Leuchten tauchten die lichten, ordentlich ausgerichteten Bäume, die den Weg flankierten, in ein stimmungsvolles Leuchten. Die Straße blieb trotz des silbernen Scheins des Mondes schlecht beleuchtet. Es war nicht beruhigend, dass sie uns zu einem kleinen Parkplatz mit wenigen Autos führte.

„Das fühlt sich an wie der Beginn einer Geschichte, die in den Schlagzeilen endet."

„Oh, Erin, du hast eine lebhafte Fantasie." Er stieg aus

dem Auto und wartete. Ich fand es etwas übertrieben, Kai und Clay hier zu haben, doch als sie neben den Autos anhielten, fühlte ich mich wohler.

Ihrer Unterhaltung entnahm ich, dass Simeon Pläne mit Victoria hatte. Ich vermutete eher, dass er Pläne mit Pearl hatte, doch das klang einfach zu seltsam, das zu sagen. Es machte mir nichts aus. Es würde Victoria ein Gefühl der Sicherheit geben und die Anzahl der vorwurfsvollen Anrufe und SMS, die ich von ihr erhielt, reduzieren. Und es für mich überflüssig machen, mir kreative und freundliche Wege einfallen zu lassen, ihr zu sagen, dass sie eine überdramatische, privilegierte, zügellose, schreckliche Kundin war. Es gab nur eine begrenzte Zahl von Möglichkeiten, das zu formulieren und nicht unhöflich zu klingen.

Eng verschlungene Ranken bildeten einen dunklen Tunnel zum Gebäude, durch den nur ein Hauch von Mondlicht drang.

Sie wollten ein bestimmtes Image projizieren. Ich war auf mehreren Auktionen gewesen. Die beeindruckendste hatte im Wohnzimmer eines viktorianischen Hauses stattgefunden. Die Zwielichtigste in einem Lagerhaus, wo sie sich nicht einmal die Mühe gemacht hatten, rechtzeitig die Heizung aufzudrehen. Mitten in einem eisigen Raum hatten wir geboten, während wir mit dem Lärm der antiquierten Heizlüfter konkurrierten. Diese Auktion hier war eine Präsentation. Eine kunstvolle, dramatische Darbietung von Magie und Gefahr, und die Leute, die sich dem Haus näherten, schienen die Show zu genießen.

Einige blieben stehen, um die graphitgrauen Ziegel, das Türmchen, die Säulen vor dem Haus und die Wasserspeier zu betrachten. Ich blieb auch stehen, doch ich tat es, um mit den Augen zu rollen. Man tat sowas nicht, ohne zu erwarten, dass mindestens ein Gast genervt reagierte.

„Manchmal ist das Erlebnis das Spannendste. Die Präsentation ist das, was die Faszination ausmacht." Mephisto war ganz in Schwarz gekleidet, abgesehen von seiner Uhr, von der ich annahm, dass sie aus Platin war. Maßgeschneidertes schwarzes Jackett, nicht zugeknöpft, um die gemusterte Weste zu zeigen. Schwarze Hose. Ein Hauch Indigo in seinen mitternachtsschwarzen Haaren. Seine anthrazitfarbenen Augen funkelten. Mephisto war auch ein „Erlebnis" und eine „Präsentation", die ein oder zwei andere Gäste, die an ihnen vorbeikamen, genossen.

Hey, Lady, man glotzt nicht so offensichtlich. Du schaust, während du näherkommst, und wenn du neben ihm bist, schaust du noch einmal. Man bleibt nicht stehen und hält den Verkehr auf. Das ist geschmacklos ... und sehr offensichtlich.

Mephisto sah mich an und warf dann einen Seitenblick auf die Frau, die ihn sehr auffällig begutachtet hatte.

Er streckte seine Hand nach mir aus, damit ich sie ergriff. Als ich die Frau und seine ausgestreckte Hand ansah, überlegte ich kurz, wie kleinlich es war, sie zu nehmen. Dann machte ich einen Schritt auf den Thron der Kleinlichkeit und nahm sie.

Das gedämpfte Licht und die satten, dunkelblauen Wände des Innenraums passten zur äußerlichen Erscheinung. Kontraste zu den dunklen Farben wurden durch Lichtkunst, Skulpturen und Vasen gesetzt.

Mephisto ließ meine Hand los, um mir ein Glas Champagner anzubieten, während wir einem der Anweiser zu unseren Plätzen folgten. Der Raum schien nicht hierher zu passen, obwohl das helle Licht es leicht machte, den Tisch mit der ersten Gruppe von zum Verkauf stehenden Gegenständen zu sehen.

Es dauerte nicht lange, bis das Bieten begann, und nach vier Gegenständen hatte ich meine Strategie, ein Objekt nicht nach seinem Namen oder seiner angeblichen Wirkung zu identifizieren. Zweimal wurde ein Objekt mit einem sekundären Namen und einer sekundären Verwendung vorgestellt.

Alles hatte einen Zweitnutzen, sogar normale Dinge in der Menschenwelt, und normalerweise war der Zweitnutzen nicht der effizienteste. Dasselbe galt für magische Objekte. Ich war mir nicht sicher, ob sie das hier taten, um das Publikum anzulocken und höhere Gebote zu bekommen, oder weil sie es nicht besser wussten. Mephisto ersteigerte drei der vier Objekte, auf die er geboten hatte. Ich konnte keinen gemeinsamen Nenner für seine Akquisitionen finden.

Als die nächste Sammlung von Objekten herausgebracht wurde, stockte mir der Atem. Ich ballte meine Hände zu Fäusten und versuchte, nicht zu reagieren. Unauffällig sah ich mich unter den anderen Anwesenden um, um ihr Interesse abzuschätzen. Waren sie nur daran interessiert, exquisite, mächtige Gegenstände zu erwerben, oder wussten sie, was dieser Gegenstand war? Ich hatte keine unbegrenzten Mittel, mit denen ich bieten konnte, doch für den Xios hatten die Royals und Asher einen Betrag genehmigt, mit dem man eine kleine Stadt für ein paar Monate führen konnte. Das war jedoch kein Xios; es war etwas Besseres. Ein Nuli.

Wenn ein Nuli angerufen wurde, speicherte er Magie, und ich konnte mir keine passendere Bestrafung für Ian vorstellen. Es würde seine Male vielleicht nicht entfernen, aber es würde ihm die Magie nehmen.

Dass es Leute gab, die etwas so Gefährliches verkauften, ärgerte mich. Weil Nuli so gefährlich waren, hatte die STF alle fünf bekannten. War das einer, von dem sie nichts wussten?

Darüber würde ich später nachdenken.

Als der Auktionator den weinroten, handflächengroßen Stein in Form eines Tropfens mit goldenen Siegeln an der Seite präsentierte, sagte er: „Das ist ein Cante." *Nicht einmal annähernd.* „Es wird verwendet, um Ihnen das Reisen zu ermöglichen. Stellen Sie sich einfach einen interessanten Ort vor, und er wird Sie dorthin bringen. Sie werden wie ein Vampirmeister reisen." *Nein, werden Sie nicht.*

Es stieß auf einiges Interesse. Ich bot niedrig und ließ mir Spielraum, das Gebot nötigenfalls zu erhöhen. Bei der halben Million waren alle bis auf einen weiteren Bieter ausgestiegen. Die Frau, die Mephisto den zweiten Blick zugeworfen hatte, warf mir einen scharfen Blick zu, um mich zu warnen. Ich antwortete mit demselben Blick. Der Nuli gehörte mir, doch als das Gebot weiter stieg, war ich mir nicht sicher. Ich warf böse Blicke in ihre Richtung, als ob die Intensität die Macht hätte, ihre Hand unten zu halten.

Fast an meiner Grenze dachte ich an das Geld auf meinem Konto. Könnte ich drüber gehen? Sie würden es mir sicher erstatten. Das war keine „Ich bezahle später"-Situation. Die Bezahlung musste in derselben Nacht erfolgen, und wenn nicht, ging der Artikel an den unterlegenen Bieter.

Mephistos Verehrerin verlor schließlich das Interesse. Der Auktionator machte eine letzte Aufforderung, mich zu überbieten, als Mephisto ein Angebot machte, das ich nicht überbieten konnte.

„Warum hast du das getan? Ich hatte das höchste Gebot", zischte ich durch zusammengebissene Zähne.

„Und jetzt habe ich es", sagte er, seine Stimme war genauso leise wie meine, aber es fehlte ihr der kalte Stahl und die schlecht unterdrückte Feindseligkeit. Seine emotionslose Miene verstärkte meine Wut nur noch. Abgesehen davon, dass ich Mephisto böse Blicke zuwarf, wartete ich auf ein anderes Objekt, das genauso gut wie der Nuli war. Nichts. Beim letzten Gebot beugte ich mich zu ihm hinüber.

„Hast du das für mich gekauft?", fragte ich in einem hoffnungsvollen Flüstern. Ich war zuversichtlich, dass Asher und die Royals es ihm abkaufen würden, um Ian loszuwerden, aber würde er verkaufen?

Seine Lippen streiften mein Ohr, als er zurück flüsterte:

„Erin Katherine Jensen, wie hoch ist die Meinung, die du von dir selbst hast? Nein, ich weiß, was das ist. Und ich will es."

Nach einem scharfen Blick des Auktionators verstummten wir beide. Ich vibrierte vor Frustration und konnte es kaum erwarten, da rauszukommen. Mephisto durfte nicht der Mann sein, der zwischen mir und Ians Beseitigung stand.

Man konnte vernünftig mit ihm reden, versuchte ich mir einzureden. Aber wollte er das?

Er hatte einen siebenstelligen Betrag ausgegeben, und wir verließen die Auktion mit einer schlichten schwarzen Tüte. Ob es zum Design des Hauses passte oder nicht, wenn jemand so viel Geld ausgab, erwartet man eine Tasche, eine hübsche Schachtel oder etwas, das man wiederverwenden konnte. Keine schäbige schwarze Tüte. Ich musste mich auf die Absurdität der Tüte konzentrieren, um mich von Mephisto abzulenken. Keine Emotionen zeigten sich auf den definierten Ebenen seines Kinns, den Kanten seiner Wangen oder der geraden Linie, die seine vollen, geschmeidigen Lippen bildeten.

Die Tüte in der einen Hand hatte er die andere auf meiner Seite frei, und seine Finger strichen ganz sanft über meine Hand, als Bitte, sie zu nehmen. Es gab kein Publikum, das mich auf meinem Thron der Kleinlichkeit steigen sah, und ich war so wütend, dass ich den ganzen Weg damit verbrachte, seine Finger mit meinem Griff zu zerquetschen.

Zufrieden mit unserer sicheren Rückkehr zum Auto fuhr Kai los. Clayton studierte mein Gesicht, runzelte die Stirn und sah Mephisto an.

„Alles in Ordnung, M?"

Mephistos Stimme klag amüsiert. „Ich glaube, Erin ist verärgert meinetwegen. Das legt sich schon wieder."

Willst du einen Nuli darauf verwetten?

Clayton schien nicht allzu besorgt darüber zu sein, dass ich unglücklich war; ich vermutete Restverdruss wegen meines Versuchs, ihm seine Magie zu nehmen. Ich musste mich entschuldigen, aber er gab mir keine Gelegenheit.

„Ich bin mir sicher, dass das schon wieder wird." Claytons entspannte Miene war verschwunden. Er rollte sein Motorrad zurück, wendete, und ohne ein weiteres Wort war auch er verschwunden.

„Was zum Teufel war das, M!", platzte ich in dem Moment heraus, als wir im Auto saßen.

Er beugte sich zu mir, und seine Freude beim Studium meiner Miene verstärkte meine Frustration nur noch.

„Nenn mich nicht so. Das war eine Auktion, *Miss Jensen*. Ich bin sicher, du weißt, wie die ablaufen. Dort bieten die Leute auf Objekte, die sie haben wollen."

„Du wusstest, dass ich es wollte."

„Du warst da, um einen Xios zu ersteigern, oder? Es gab keinen, und das bedauere ich."

„Der Cante ist ähnlich. Er könnte funktionieren." Irreführung war einen Versuch wert.

Angesichts seiner hochgezogenen Augenbraue und seines schiefen Lächelns war es mir nicht gelungen.

„Du und ich, wir wissen beide, was es ist und wie man es gegen Ian einsetzen kann. Ich habe nichts dagegen, dass du das tust. Was ich nicht will, ist, dass Asher, Neri oder Adalia es bekommen."

„Aber wenn wir es nicht zerstören, nachdem wir Ians Magie genommen haben, wird es immer noch existieren. Und wenn er es jemals in die Finger bekommt, kann er seine Magie wiederherstellen. Außerdem ist es verdammt illegal."

„Ich gebe dir in allen Punkten recht. Willst du mir sagen, dass du es nicht willst?"

„Doch, schon, aber –"

„Das ist die Bedingung für seine Verwendung. Nach der Benutzung will ich es zurück. Madison oder irgendjemand von der STF wird nie erfahren, dass ich es habe. Sind das

Regeln, an die du dich halten kannst?" Er schenkte mir die volle Intensität seines Blicks und wartete auf eine Antwort.

„Asher und die Royals werden nicht glücklich darüber sein, dass du es nicht zerstörst."

„Dann lehnst du das Angebot ab?"

„Nein, überhaupt nicht."

„Gut." Da war etwas in seinem Gesicht, als er sich von mir abwandte, um den Motor anzulassen. Es ließ mich an seine Worte denken, dass er keine weisen Entscheidungen traf, wenn ich involviert war. War das eine dieser Gelegenheiten? Ein Teil von mir erwartete, dass Simeon, Clayton oder Kai angefahren kommen und ihm einen vernichtenden Blick zuwerfen würden. Um ihn daran zu erinnern, dass alle Entscheidungen, die mich betrafen, von einem Komitee oder so getroffen werden mussten. Aber es waren nur wir beide, und er tat mir einen Gefallen, der die Situation mit Ian beenden würde.

Er fuhr aus der Einfahrt, das einzige Geräusch im Auto die leise Musik aus dem Radio.

„Danke", sagte ich nach Momenten der Stille.

„Es geht nicht um Grausamkeit dir gegenüber, sondern ums Überleben für mich."

„Das ist das Problem. Wenn du mir sagen würdest, was du zu überleben versuchst, kann ich dir helfen."

„Du wirst helfen, Erin Katherine Jensen. Ich glaube, das wirst du."

„Das ist einseitig. Du kennst meinen Namen, und ich habe nur den Namen, den du gewählt hast."

„Ich habe nie nach deinem Namen gefragt. Du hast ihn mir freiwillig gegeben. Etwas, womit du vorsichtiger sein solltest. Nicht der Name, sondern wie er gesagt wird. Ich bin sicher, Cory hat dir erklärt, wie wichtig Namen sind."

„Ich glaube, sie sind den Feen wichtiger als den meisten Leuten. Schützt du deshalb deinen? Es ist ein Feending?"

An seinem Profil konnte ich erkennen, dass er von

meiner Frage amüsiert war. „Satan, Elf und jetzt Fee. Hast du Eisen dabei? Möchtest du es an mir ausprobieren?"

„Das hat nichts zu bedeuten. Ian ist immun gegen Eisen."

„Stimmt, aber es ist keine natürliche Immunität. Er hat einen Deal mit einem Dämon geschlossen. Ich versichere dir, dass ich noch nie einen Deal mit einem Dämon geschlossen habe."

„Okay, Satan, also ist ein Kreuz deine Schwäche."

Er reagierte nicht. Vielleicht fand er es zu lächerlich, aber ich fügte das den Informationen hinzu, die ich über ihn und *die Anderen* sammelte.

„Ich nehme an, du hast den anderen Gegenstand, der für den Zauber nötig ist?", fragte er, als er zu meiner Wohnung fuhr.

Ich nickte. „Können wir das heute Abend machen? Ich rufe Cory an."

„Nein, nur wir beide. Ich kann den Zauber ausführen, um den Nuli zu beschwören. Nimm einfach Ians Blut. Bis morgen wird Ian erledigt sein."

Ich konnte nicht glauben, dass ich gestern bereit gewesen war, Ian zu töten, und heute würde ich in der Lage sein, ihn magielos zu machen. Ich hatte nicht bemerkt, wie sehr mich das belastet hatte, bis ich mich nicht mehr belastet fühlte.

„Gib mir eine Minute, um den Shuriken zu holen", sagte ich und streckte die Hand nach der Tür aus.

Er runzelte bestürzt die Stirn.

„Da ist sein Blut dran", erklärte ich.

Als Mephisto aus dem Auto steigen wollte, schüttelte ich den Kopf und hielt ihn auf. „Wird nicht lange dauern. Ich bin gleich wieder da."

Es war albern, aber es wäre schneller, wenn ich ins Haus rannte und Miss Harp mich ohne Mephisto sah. Ich hatte das Gefühl, dass sie ein wachsames Auge darauf hatte, wann ich zurückkam und ob ich allein war oder nicht. Miss Harp – Ashers ungebetene Spionin.

Mit den Schlüsseln in der Hand rannte ich zu meiner Wohnung und schwor mir, vorsichtiger mit meinem Blut umzugehen. Meistens tat ich es nicht, obwohl Hexen, Feen und Magier sehr darauf achteten. Wandler nicht und Vampire auch nicht. Es gab nicht viele Zaubersprüche, die gegen ihre Magie wirkten. Aber das Wissen, was wir tun würden, machte mir sehr klar, wie wichtig es war.

Wind fegte gegen meinen Rücken, und alles wurde plötzlich von schwarzen Flügeln verdeckt. Ein geschocktes Keuchen entfuhr mir und dann ein Schrei, als mir bewusstwurde, dass ich fast zehn Meter über dem Boden war. Der Stoff meines Kleides bauschte sich unter mir, während Ian mich an den Trägern des Kleides festhielt. Aus Angst, dass sie nicht mehr lange halten würden oder ich aus dem Kleid schlüpfen und in den Tod stürzen würde, schrie ich.

„Ich werde abstürzen!"

„Vielleicht", sagte er und ließ einen Träger los.

Der nächste Schrei war pure Angst, selbst, nachdem er mich an den Armen gepackt hatte. Er tat es so ungeschickt, dass ich sicher war, aus seinem Griff zu rutschen. Er war stärker, als er aussah, doch seine Muskeln zitterten, als er noch höher flog und meine Arme losließ. Es ist nicht das Leben, das einem vor den Augen aufblitzt, wenn man denkt, dass man sterben wird, es sind grelle Panik und kurze Momente der Dunkelheit. Ich fiel schnell, griff nach irgendetwas, fand aber nichts.

Arme schlangen sich um meine Taille und drückten mich an seine Brust.

„Besser", sagte er, nicht, um mich zu trösten. Er wollte mich nur nicht verlieren, bevor wir unser Ziel erreichten. Das Herz hämmerte in meiner Brust, und ich blinzelte gegen die Tränen an.

„Du hast mich verraten, Abgesandte", knurrte er. Aus Angst, jede Bewegung könnte dazu führen, dass er seinen Halt verlor, schwieg ich. „Die Wandler sind nicht mehr unter meiner Kontrolle. Du hast was damit zu tun." Er stieß die Worte durch zusammengebissene Zähne hervor, seine Stimme hart und rau.

„Ich werde mit Neri und Adalia sprechen. Gib mir einfach eine Chance. Ich kann hier nichts tun. Du hast gesagt, wenn ich dir helfe, deine Male loszuwerden und Anführer der Feen zu werden, würdest du sie in Ruhe lassen. Was macht es also schon? Ich werde dir helfen."

„Es macht etwas, weil du lügst", sagte er und stürzte so schnell zu einem Dach hinab, dass ich begriff, warum er mich auffangen konnte, nachdem er mich losgelassen hatte. Als wir näherkamen, ließ er mich fallen. Ich schlug hart auf, rollte unbeholfen auf die Füße und zog dabei meine Schuhe aus. Die spitzen acht Zentimeter waren alles, was ich als Waffen hatte. Als er landete, stürmte ich mit all meiner Kraft auf ihn zu. Wenn jemand, der Schuhe wie Dolche hielt, auf einen zu gerannt kam, war es schwer zu wissen, wie man darauf reagieren sollte. Das war mein Vorteil. Der Absatz eines Schuhs bohrte sich hart in den Unterarm, den er hob, um den Schlag abzuwehren. Ich schlug, hämmerte und hieb mit der ganzen Kraft meiner Wut und Angst. Mehr hatte ich nicht, denn wenn ich ihm die Chance gab, sich zu wehren, war ich erledigt.

Als er den Schlag auf seinen linken Arm einsteckte, brach die Kraft der Magie aus ihm heraus und traf mich in meinem Magen, schleuderte mich zurück, bis ich nur wenige Zentimeter von der Dachkante entfernt landete. Ich sah mich um und suchte nach einem Fluchtweg. Ich konnte eine Anrufung von irgendwo auf dem Dach hören. Augenblicke später entdeckte ich den Immortalis. Er kam auf mich zu, seine Hände bewegten sich flüssig. Seine Finger verdrehten und krümmten sich in seltsamen Winkeln, Haken und Formen. Magie flutete die Luft. Ich warf einen Blick nach unten. Unmöglich, dass ich den Sturz überleben würde.

Ich erhaschte einen Blick auf etwas Schwarzes in Ians

Händen und erinnerte mich, dass er gesagt hatte, er könne Malific befreien, ohne dass ich in den Schleier ging. Panik machte es schwerer, einen Plan zu schmieden. Wer war die größte Bedrohung, Ian oder die Immortalis? Ich konnte den Zauber aufhalten, aber Immortalis waren immun gegen den Kuss. Bei Ian war ich mir nicht sicher, obwohl seine Bemühungen, Abstand zu halten, ein gutes Zeichen waren.

Kiesel und der ganze Dreck auf dem Dach gruben sich in meine Füße, als ich zu Ian sprintete und ihn rammte. Er wehrte sich gegen mich. Es ging nicht darum, hübsch zu gewinnen; es ging darum zu gewinnen, Punkt. Sein Gesicht wurde rot, und Tränen liefen ihm über die Wangen, als ich ihm das Knie in den Schritt rammte. Ich wandte mich dem Arm zu, wo ich das schwarze Objekt sah. Seine Magie zu nehmen würde ihn zugänglicher machen, und ich selbst *hätte* Magie. Das Problem war, dass die Immortalis gegen jegliche Magie immun waren. Ich aber nicht gegen ihre. Ich war über Ian und flüsterte die Worte der Macht. Er wand hektisch den Kopf, um ihnen zu entgehen, doch als die Worte aus meinem Mund flossen, fesselten sie ihn, und sein Körper entspannte sich und schmolz in den Zwischenzustand auf das Dach. Seine Hände entspannten sich, und der Gegenstand, den er festgehalten hatte, rollte ein paar Meter weg.

Ich begann, mich darauf zuzubewegen, als sich die Atmosphäre veränderte, gefolgt von einem feuchtkalten und giftigen Gefühl, das die unmittelbare Umgebung einnahm. Als ich mich umdrehte, sah ich den Immortalis neben mir auftauchen. Ich sah auch das Messer, das er mir in die Seite rammte. Als ich keuchte, schoss ein Schwall Magie aus meiner Hand, der ihn traf, ohne etwas zu bewirken. Ich sah auf meine Hand, die vom Blut rot gefärbt war, und schluckte den Schmerz herunter. Adrenalin reichte nicht aus, um ihn zu betäuben. Vor allem, als er das Messer drehte, bevor er es herauszog.

Mit verschwommenem Blick fiel ich nach vorn, schleppte

mich über Ians regungslosen Körper und griff nach dem Gegenstand, der aus Ians Hand gefallen war, während ich versuchte, Druck auf meine Wunde auszuüben, um die Blutung zu stoppen. Der Immortalis stürzte vor und hob den Gegenstand auf. Ich krallte nach seiner Hand, doch es reichte nicht. Dann benutzte ich meine rechte Hand, rot von meinem Blut, und er öffnete bereitwillig seine Hand, damit ich es berühren konnte. Ein Ausdruck der Befriedigung huschte über sein Gesicht, als mein Blut das Objekt bedeckte. Er flüsterte etwas. Rauchschwaden stiegen auf und bildeten eine durchsichtige Gestalt, die ich nicht erkennen konnte. Vogel? Adler? Nein. Ein Rabe. Der Rabe breitete sich zu einer dampfenden Wolke aus, die sich über mich bewegte und mich einhüllte. Meine Atmung wurde zu einem kurzen, flachen Keuchen. Ich sackte zusammen und versuchte, Luft einzusaugen und wieder herauszudrücken.

Atme. Atme. Atme. Mein Körper schien vergessen zu haben, wie man die grundlegendste Funktion ausführte. Ich blinzelte einmal, und der Immortalis war nicht mehr da. Vielleicht hatte ich meine Augen geschlossen. Ich war mir nicht sicher. Es war so schwer, sie offenzuhalten.

„Erin", sagte eine Stimme, als sich ein Mann langsam vor mir niederließ, glorreiche himmelblaue Flügel ausbreitete und alles um ihn herum beherrschte. Als er sich herunterbeugte, konnte ich die Details der Flügel sehen, die vielen Blautöne. Vertraute Magie ging wie eine Brise von ihm aus, nicht annähernd so fieberhaft wie zuvor, aber definitiv unverwechselbar.

„K... K..." Die Dunkelheit zog mich unter sich. Das Letzte, was ich hörte, war, dass Kai mir sagte, dass ich nicht sterben durfte.

Ich gab mir wirklich große Mühe, es nicht zu tun.

22

Ich wachte in einem Zimmer auf, das definitiv nicht mir gehörte. Das Bett war zu groß, die Matratze zu hart und der Raum fast dreimal so groß wie mein Schlafzimmer. Ich war schonmal hier gewesen. Zartgraue Wände, strukturierte abstrakte Kunst an den Wänden und ein Teppich, der sich genauso edel anfühlte, wie er aussah.

„Endlich. Du bist wach", sagte Cory und eilte vom Sessel auf der anderen Seite des Raums in der Nähe des Fensters zu mir herüber. Seine Stimme war heiser und schwer vor Sorge.

„Hi", flüsterte ich.

Er umarmte mich so fest, dass ich ein leises Wimmern ausstieß, da mir nicht bewusst gewesen war, wie stark meine Schmerzen noch waren. Als er mich losließ, hob ich mein Shirt hoch und inspizierte die Narbe, die die Messerwunde hinterlassen hatte.

„Ich habe eine Narbe."

„Ja, du hast eine Narbe", sagte er sanft. Seine Hand streichelte über meine Wange, bevor er mich erneut umarmte, darauf bedacht, es vorsichtiger zu tun.

Als ich mich umsah, sah ich ein Kindle, ein Handy und eine kleine Reisetasche in der Ecke.

„Wie lange bin ich schon hier?"

„Drei Tage. Vor zwei Tagen bist du für ein paar Minuten aufgewacht."

„Du warst die ganze Zeit hier?"

„Nur zweieinhalb Tage. Du warst einen halben Tag lang verschwunden, und als ich nichts von dir gehört hatte, habe ich Miss Harp gefragt, ob sie dich gesehen hätte. Sie sagte mir, du wärst bei Mephisto. Sie ist definitiv nicht Team Mephisto. Ich wollte gerade versuchen, ihn zu erreichen, als er angerufen hat, um mir zu sagen, dass du hier bist. Madison weiß es auch. Ich habe ihr täglich Updates gegeben, und sie war für ein paar Stunden hier."

„Das erklärt einiges." Ich atmete in meine hohle Hand. „Ich brauche eine Dusche und muss mir die Zähne putzen."

„Das wollte ich auch vorschlagen, aber es kam mir irgendwie unhöflich vor."

Das Lachen machte meine trockene Kehle wund. Ich trank einen großen Schluck aus der Wasserflasche, die Cory mir reichte. In der Annahme, dass die Tasche neben der Kommode mir gehörte, und Cory sie für mich mitgebracht hatte, nahm ich sie und ging ins Bad und wurde daran erinnert, dass mir jemand vor drei Tagen ein Messer in die Lunge gerammt hatte.

Als ich in den Spiegel blickte, war es meinem Gesicht definitiv anzusehen, auch wenn ich das Gefühl hatte, drei Tage lang nicht geschlafen zu haben. Mein Gesicht war weiß wie die Wand, ich hatte dunkle Ringe unter den Augen, meine Lippen waren aufgesprungen und mein Haar zerzaust. Ich konnte mich nur die paar Minuten lang ansehen, die ich brauchte, um mir die Zähne zu putzen. Dann stellte ich mich unter die Dusche und ließ mich vom warmen Wasser überspülen, während ich die letzten Dinge durchging, an die ich mich erinnern konnte. Kai hatte Flügel. Wunderschöne blaue Flügel. Ich hatte Ians Magie – oder zumindest hatte ich sie gehabt. Ich schnippte versuchsweise mit dem Finger: nichts. Ich machte vier weitere Fehlversuche. Seine Magie war nicht lange bei mir geblieben.

Ich war niedergestochen worden; die Narbe an meiner Seite zeugte davon. Nachdem ich geduscht und meine Haare gewaschen hatte, zog ich ein frisches Shirt und Leggings an, und mein Körper bewegte sich williger, da ein Teil der Steifheit verschwunden war. Der Duft von Grapefruit aus meinem Shampoo und kühler Melone aus meiner Bodylotion machte mich noch hungriger.

Als ich ins Zimmer zurückkehrte, war das Bett gemacht, was schade war, denn ich wollte wieder hineinkriechen und mindestens noch einen Tag schlafen. Das Duschen hatte mich mehr gefordert, als ich erwartet hatte.

„Ich muss mir etwas zu essen besorgen."

Ich ging zur Tür, aber Cory hielt mich auf.

„Bleib. Ich sage dem Koch Bescheid, dass du Hunger hast. Ich bin sicher, er wird was zubereiten, das dir gefallen wird." Er hielt inne. „Ich hätte nie gedacht, dass ich jemals sowas sagen würde." Er versuchte ein Lächeln, doch es schwand, und er stockte. „Ich muss M wissen lassen, dass du wach bist."

„Er mag es nicht, so genannt zu werden. Ich denke, nur Clayton hat dieses Privileg."

„Ich würde ihm erlauben, mich C zu nennen", gab Cory zu.

„Oh, hör auf!", tadelte ich und nahm das Kissen vom Bett, um es auf ihn zu werfen. Aber das schien mehr Energie zu kosten, als ich hatte. „Er ist ein ziemlich cooler Typ."

„Ja. Das ist er."

Ich kniff meine Augen zusammen und warf ihm einen Blick zu.

„Ich stimme dir zu."

„Hör auf, mir zuzustimmen."

„Nun, wenigstens bist du wieder normal. So süß und

charmant ... nicht bissig und ohne ersichtlichen Grund streitlustig." Diesmal gelang ihm ein breites Lächeln.

Cory hatte es eilig, als er zurückkam, die Tür hinter sich schloss und sich neben mich auf das Bett setzte.

„Wir haben nicht viel Zeit. Sag mir, woran du dich erinnerst."

Ich ging alles durch, was passiert war, bevor in dieser Nacht alles den Bach runtergegangen war, und endete mit: „Ich dachte, ich würde sterben. Oh, und Kai hat Flügel."

„Natürlich hat er Flügel. Warum auch nicht?" Cory winkte das ab, als würde er diese Information zu einer fortlaufenden Liste ungewöhnlicher Dinge hinzufügen. „Ich glaube, du bist gestorben", fuhr er fort. „Ich meine nicht die Art von Tod, dass dein Herz für einen Moment stehengeblieben ist und durch ein Wunder der modernen Medizin wieder angefangen hat zu schlagen. Ich glaube, du bist gestorben, und sie haben dich zurückgebracht."

Automatisch hoben sich meine Lippen zu einem ironischen Schmunzeln. „Natürlich", schnaubte ich.

Er beugte sich zu mir vor. „Ich bin hier, seit er mich angerufen hat, und ich konnte nicht den ganzen Tag im Zimmer bleiben, also habe ich ..."

„Herumgeschnüffelt", beendete ich den Satz, als er Schwierigkeiten zu haben schien, die richtigen Worte zu finden.

„*Erkundet*. Wie hätte ich das auch nicht tun können? Er hat einen wunderschönen Garten und einen Wald nicht nur mit Rehen, sondern auch einem Okapi? Wer ist dieser Mann und warum hat er eins?"

„Simeon hat es ihm geschenkt."

Er blinzelte. „Der, der mit Tieren sprechen kann?"

Ich nickte.

„Ja, das passt. Ich war also ... erkunden, und ich dachte, ich hätte gehört, wie einer von ihnen gefragt hat: *Wie lange war sie ...?*, aber er hat den Satz nicht beendet. Dann kam Mr.

Groß-und-dunkel-mit-falschem-Namen aus dem Zimmer und fragte, ob ich mich verlaufen hätte. Er war so freundlich, mich zurück in dieses Zimmer zu begleiten."

„Woher weißt du, dass er tot sagen wollte?"

„Weil ich vorher gehört habe, wie jemand ein Tactu Mortem erwähnt hat, das zerstört wurde. Ich habe überall gesucht, und es gibt keine Informationen darüber. Aber wenn das Latein ist, hat es mit dem Tod zu tun."

„Ich glaube, es bedeutet *Berührung des Todes*." Es erinnerte mich an den Raben aus Rauch, der mich eingehüllt hatte, an die Unfähigkeit zu atmen und an den Ausdruck der Zufriedenheit im Gesicht des Immortalis, als mein Blut das Objekt berührt hatte.

„Ich war tot." Ich drückte einen Finger an meinen Hals, als würde ich erwarten, einen Vampirbiss oder irgendwas in der Art zu finden. Aber da war nichts. Es fiel mir nicht schwer zu glauben, dass es passiert war. Es hatte sich nicht so angefühlt, als würde ich es überleben, und anscheinend hatte ich es auch nicht.

Ich befeuchtete meine Lippen, aber das war nicht genug. Ich brauchte mehr; mein Mund fühlte sich an wie die Sahara. Als er meine forschenden Augen bemerkte, stand Cory auf, holte seine Wasserflasche und gab sie mir. Ich trank sie aus.

Ein leises Klopfen an der Tür ließ Cory den Mund zuklappen.

Das Schwarz, das Mephisto trug, wirkte ironisch. Oder vielleicht angemessen. Ich war mir nicht sicher.

„Cory, ich werde dafür sorgen, dass Erin nach Hause kommt", sagte Mephisto und warf Cory ein angespanntes Lächeln zu, seine Stimme professionell neutral und bestimmt und ließ keinen Raum für Diskussionen. Ich konnte sehen, wie sich die Herausforderung in Cory aufbaute. Er sah mich an, bemerkte meinen Blick, der ihn aufforderte, es gut sein zu lassen, und mit offensichtlichem Widerstreben gab er nach.

„Ruf mich an, wenn du was brauchst", sagte er leise und umarmte mich sanfter als beim ersten oder zweiten Mal, aber klammerte sich auch länger an mich, und ich tat es auch.

Nachdem Mephisto Cory nach draußen eskortiert hatte, vermutlich um weitere Erkundungen zu verhindern, kehrte er zurück, um mich wissen zu lassen, dass das Abendessen fertig war. Er beobachtete mich besorgt, als ich langsam die Treppe hinunterging. Es war nicht überraschend zu sehen, dass wir die Einzigen in der Küche waren.

Ich war angenehm überrascht, als ich eine gegrillte Hähnchenbrust und eine große Portion Makkaroni mit Käse mit Speckstreuseln auf dem Teller sah, den er vor mich stellte. Ich beschwerte mich nicht, weil mir kein Teil dieser Mahlzeit nicht gefallen hätte. Es war unerwartet. Mephisto dasselbe essen zu sehen, ließ mich jedoch staunen. „Hausmannskost, Futter für die Seele", sagte er.

Ich hatte ein Glas Wasser und ein weiteres mit Saft, während er ein Glas Weißwein hatte. Welcher Wein passte zu Makkaroni mit Käse?

„Kai hat Flügel", platzte ich heraus. Das Wasser war nicht genug, und ich hatte definitiv das Gefühl, dass ich mehr als Saft brauchen würde, angesichts der schweren Aura, die Mephisto umgab. Seine Magie war gedämpft, aber ich war mir nicht sicher, ob es daran lag, dass sie erschöpft war, oder ob er es tat. Jemanden wieder zum Leben zu erwecken, kostete wahrscheinlich viel Kraft.

„Simeon spricht mit Tieren." Ich fuhr mit meiner Liste fort.

Er nickte.

„Du kannst wynden und hast starke Verteidigungsmagie." Das hatte Simeon über Mephistos Magie gesagt, als ich ihn nach den Unterschieden gefragt hatte. Ich wusste, dass es mehr gab.

Er nickte erneut. „Wir alle können Magie wirken. Sehr viel davon. Wenn ich dir Magie leihe, bin ich erheblich geschwächt."

„Clayton?"

„Er kann Wetter und Wasser beeinflussen."

Ich war es nicht gewohnt, dass Mephisto so offen war, und fand mich nicht in der Lage, die richtigen Fragen zu stellen. Sie kreisten in meinem Kopf, aber es gab so viel, was ich wissen wollte, dass mein Verstand es nur langsam verarbeitete.

Mephisto stand auf, und ich starrte ihm nach und fragte mich, ob er das Gespräch so beenden würde. Doch er ging einfach zum Schrank, um ein Weinglas zu holen, und stellte es vor mich hin. Er goss Wein ein, und ich machte eine Bewegung mit dem Finger, um ihm zu signalisieren, dass er weiter gießen sollte.

Ich trank die Hälfte des Weins und stellte die einfachsten Fragen. „Was ist mit Ian passiert?"

Er atmete scharf aus, und alle Emotionen auf seinem Gesicht verschmolzen zu etwas, das ich nicht entziffern konnte.

„Er hat sich so schnell bewegt", flüsterte er mit wehmütiger Stimme. Als hätte er mich enttäuscht.

„Ja, Ian fliegt sehr schnell und präzise", sagte ich nickend. Fähigkeiten, die ich gelobt hätte, wenn sie nicht ständig gegen mich eingesetzt werden würden.

„Vergangenheitsform. Er *flog* schnell und präzise. Er hat es nicht geschafft." Sein dunkler und elender Blick deutete darauf hin, dass Ian vielleicht ins Jenseits geschubst worden war.

Mehrere Augenblicke starren Schweigens vergingen, bevor ich eine weitere Frage stellen konnte.

„Woher wusstest du, wo du mich finden kannst?"

„Ich habe dich nicht gefunden. Clayton und Kai waren nicht allzu weit entfernt, also habe ich Kai gebeten, dich zuerst auf dem Luftweg zu suchen. Ich bin in deine Wohnung gegangen, um den Shuriken für einen Ortungszauber zu finden." Als ich mich daran erinnerte, wie leicht er Blut auf einem Trümmerteil gefunden hatte, als er von Drachen bestohlen worden war, musste ich nicht fragen, wie er es gefunden hatte. Aus Angst, einen magischen Fingerabdruck zu hinterlassen, der identifiziert werden könnte, zögerte er, in der Öffentlichkeit zu zaubern, und hat den Ortungszauber wahrscheinlich in meiner Wohnung ausgeführt, wo niemand ihn sehen konnte.

Ich bewegte meine Finger und versuchte es noch einmal mit Ians Magie, war aber nicht überrascht, als auch diesmal nichts passierte.

„Ich habe seine Magie genommen. Warum habe ich sie nicht mehr? Ich sollte immer noch Zugriff darauf haben."

„Unwahrscheinlich." Er trank einen großen Schluck aus seinem Glas. „Du hast seine Magie verloren, als du gestorben bist. Es ist kurz, nachdem Kai dich gefunden hatte, passiert."

Es fühlte sich anders an, wenn es von Mephisto kam. Echter. Gruseliger. Ich atmete mit geblähten Wangen aus.

Ich hatte definitiv eine andere Enthüllung oder sowas erwartet. Wie geht man dieses Thema an? Wie sagt man richtig: „Hey, du bist übrigens gestorben"?

„Und … hast du … wie lange? … war ich ganz tot?"

„Halbtot gibt es nicht. Entweder du bist tot oder du bist es nicht. Du warst tot. Als wir dich hierher gebracht haben, warst du schon fünfzehn oder zwanzig Minuten tot."

Cory hatte recht; es war keine dieser Situationen, in denen Herz und Atmung kurz ausgesetzt hatten. Ich war nicht nur ein paar Sekunden tot gewesen, sondern mehr als zehn Minuten.

Scheiß drauf, Formalitäten oder Etikette waren mir egal. Ich trank mein Glas in einem Zug aus. Füllte es auf und trank es wieder aus. Die Flasche war leer, als ich dachte, ich wäre bereit, weitere Fragen zu stellen. Mephisto verließ den Tisch und kehrte mit zwei neuen Flaschen zurück. Er konnte unmöglich glauben, dass das ausreichen würde.

„Ich bin gestorben", sagte ich schließlich. „Und ihr habt mich zurückgebracht."

„Ja, wir konnten dich nicht tot bleiben lassen. Jetzt mehr denn je, weil dein Tod zu Malifics Befreiung geführt hat. Jetzt bist du die Einzige, die sie aufhalten kann."

Ein kalter Schauer ließ mich frösteln, als ich mich an den zufriedenen Ausdruck auf dem Gesicht des Immortalis erinnerte. Jetzt ergab es einen Sinn. Als ich das schwarze Objekt in seiner Hand berührt hatte, musste es eine Verbindung zwischen Malifics Gefängnis und mir hergestellt haben, und als ich gestorben bin, wurde sie freigelassen.

Er trank einen Schluck aus seinem Glas und stellte es zurück auf den Tisch. Ein dunkler Schimmer überzog sein Gesicht, stählerne Entschlossenheit presste seine Lippen zu einer schmalen Linie zusammen. Er verschränkte die Hände hinter dem Kopf, und Schweigen zog sich in die Länge, als er mich musterte.

„Erin, du bist so viel mehr, als ich erwartet hatte. Jetzt denke ich, ist es an der Zeit, dass du erfährst, wer wir sind."